U0908293

林丛 著

天津出版传媒集团
天津人民出版社

图书在版编目（CIP）数据

十指相扣/林丛著．--天津：天津人民出版社，2020.7（2021.4重印）

ISBN 978-7-201-15940-9

Ⅰ.①十… Ⅱ.①林… Ⅲ.①长篇小说-中国-当代 Ⅳ.①I247.5

中国版本图书馆CIP数据核字（2020）第070504号

十指相扣

SHIZHI XIANGKOU

出　　版　天津人民出版社
出 版 人　刘　庆
地　　址　天津市和平区西康路35号康岳大厦
邮政编码　300051
网　　址　httpc//www. tjrmcbs. com
电子邮箱　reader@ tjrmcbs. com

责任编辑　张　凯

特约编辑　李　路　张逸尘
封面设计　钟文娟
排版设计　孙志武

制版印刷　北京东君印刷有限公司
经　　销　新华书店
开　　本　710毫米×1000毫米　1/16
印　　张　20
字　　数　260千字
版次印次　2020年7月第1版　2021年4月第2次印刷
定　　价　59.80元

目录
CONTENTS

第一章　双双归来

秋天明亮的阳光照在一座哥特式的四层小楼上。楼前的几棵法桐树，五彩斑斓的叶子在阳光下熠熠闪亮。四层小楼的中间醒目位置，挂着一块亚克力牌子，虽然已经陈旧老化，但难掩其精致的做工，白底黑字“告白婚庆策划公司”几个大字，更是让人一眼能看出从前的气势不凡。

二楼，门上挂着“总经理办公室”牌子的房间里，曹告白一个人百无聊赖地在电脑上打牌。这间足有二百平方的房间装修豪华：暗红色的实木地板、双人床大小的老板写字台、后背高大的老板椅、成排的电话、正中繁体字“同心同德”的黄铜黑字大匾、四周墙上的名人字画、博古架上的琳琅陈设，无不显示着昔日的辉煌和荣光。但现在，博古架上落了一层厚厚的灰尘，实木地板多处掉漆，还有一块板甚至翘起来。这种颓败破落，恰如曹告白此时的心情。

父母回农村老家安度晚年，这座小楼留给曹告白自主创业，于是他开起了这家婚庆公司。当初，这座四层小楼，一楼、二楼的办公室，三楼的员工宿舍，整日人声喧哗，业务蒸蒸日上，何其鼎盛！哥特式的顶层阁楼，他自己的小家，看着漂亮的妻子插上一瓶芬芳的鲜花，何其幸福！

曹告白浓眉大眼、肩膀宽宽，咧嘴一笑，活脱脱就是“海澜之家”广告中那阳光俊朗的男子。可是，他已经很久没有笑过了！

曹告白的苦恼根源是他的黑皮肤。滨海是个小城市，因为黑，他竟然成了当地的名人，人们送给他不少“昵称”，什么“沙漠王子”“滨海第一黑客”“奥马王子”……

他的感情生活也因此大受连累。从小青梅竹马的女朋友小倩离他而去之后，他曾经心灰意冷、一蹶不振，在亲朋好友的热心张罗下，他终于勉强打起精神，陆续又谈了好几个女朋友，可都无疾而终。

当漂亮的女员工王菲同意他的求婚后，他非常珍惜这份来之不易的幸福，对王菲是有求必应、呵护有加。但是，王菲当了老板娘后，就像换了一个人，对员工的态度一百八十度大转弯，老板娘的架子十足，常常找借口克扣员工工资……再后来，王菲不知怎么就和一个客户偷偷好上、跑了……

最终，这座四层的小楼就剩下曹告白一个光杆司令。他痛定思痛，分析得出结论：所有不幸的根源皆缘于他的黑皮肤。他打定主意，先把三楼的两个套房租出去，自己心无旁骛，把全部精力投入到肤色的改善“事业”中。

“有人在吗?”一对年轻男女站在门口，男孩向里探头问道。

这是一对甜蜜的情侣，男孩的右手揽着女孩，左手也不甘寂寞地绕着女孩的一缕头发把玩着。女孩偎依在男孩的怀里，一副不胜娇羞、无比享受的模样。

“秀恩爱也不看看地方，这分明是气死单身狗的节奏!”曹告白抬头扫了一眼，气不打一处来，继续埋头电脑。

“算了，咱们去别家看看吧!”男孩揽着女孩欲离开。

女孩扭了扭身子，不愿走。她开口问道：“老板，结婚仪式多少钱?”

曹告白眼睛没离开电脑屏幕，一只手指指墙上：“价格都在墙上，自己看吧!”

男孩眨眨眼，对曹告白的冷淡迷惑不解，但又不敢不遵从女孩，只好随着她走进房间。女孩看着价格表，跟男孩小声讨论着，又扭头问道：“老板，能打折吗? 有优惠和赠送吗?”

曹告白抬头看了看女孩，面无表情：“我们帮你嫁老公娶老婆，这也能优惠大酬宾——娶一个、送一个吗?”

男孩忍无可忍，揽着女孩往外走：“走吧，咱们去别家，滨海就不缺婚庆公司!”

女孩不想离开：“我们单位王萌萌的婚礼就是在他家做的，我感觉特别好!”

男孩朝曹告白努努嘴：“我感觉不好! 看他那态度……”

曹告白站起身，做了个“请”的手势：“两位，哪家好你们去哪家吧，我今大不接单!”

这下，连一直好脾气的女孩也生气了：“你这人真是不可理喻，送上门的生意竟然不做!”

曹告白几乎是往外轰：“请吧，两位!”

女孩气得脸都红了：“你什么意思……”

“什么意思? 我就是看不惯你们那股酸劲儿! 本大爷不想挣你的钱!”曹告白撇嘴模仿女孩儿的表情嘟囔着，走过去关上门。他回身重新在电脑前坐下，接着翻纸牌。

一辆出租车在曹告白的楼前停下，何双双从车上下来，又抱出何小双。出租车放下两个人，一溜烟开走了。

何双双好奇地打量着周围。这座哥特式小楼，夹杂在同样风格的群楼中间，楼前的平地用花砖铺成，中间是几个大花篮似的花坪，里面种着月季花，暗红色、黄色、白色的月季，开得正艳。再往前，一条青砖的人行道一直向远处延伸，给人无限幽深静谧的感觉。道路两边的法桐，硕大的树冠色彩斑斓，金黄与锈红间杂，煞是好看。

“多少人，千百年的追寻，只为陶令的梦想……”何双双的心里，轻轻响起一曲旋律，她心里涌起欢喜。

“告白婚庆策划公司”的招牌映入眼帘，何双双狐疑起来。她再次核对手里的地址，拿出手机拨通曹告白的电话：“曹总您好！我是何双双……对，是我要租您的房子……我现在就在‘告白婚庆策划公司’楼下，可是……”

曹告白走到窗前探身向楼下一看，不禁眼前一亮：楼下，一名年轻女子正在对着手机讲话，手里还牵着一个五六岁的小女孩。年轻女子穿一件米白色的风衣，大红色的长靴，长长的头发如瀑布般在颀长的身后垂下，秋风轻轻掀起她的衣襟，让她更加楚楚动人；她手里牵着的小女孩，穿一件跟她同款色的风衣，同样的大红色长靴，也是长发垂肩。

曹告白眼前似乎突然浮现出一副名画，就是这样的天高云淡，就是这样的出尘脱俗，秋天的风景恰到好处地完成背景的映衬，让人感到世界是如此美好。

“如果就是她们租房子就好了！”曹告白脑子里冒出这个念头。他冲着楼下招手示意：“楼梯在右边！”然后自己快速冲出办公室。

何双双拉着何小双的手上楼，曹告白已站在楼梯口迎接。

何双双再次核实：“我从网上看到出租信息，是您的房子要出租吗？”

曹告白赶紧回答：“对对，我发的信息。你们要租房子吗？”

何双双拉过何小双，用手抚着她的头发：“我叫何双双，这是我妹妹何小双。我正好在这附近上班，喜欢您这里的静谧，也觉得您这里比较方便。”

“原来她们真的是来租房子的！”曹告白禁不住心跳加快：“房子就在三楼，我带你们去看看，希望你们满意！”

何双双和何小双跟在曹告白后面上了三楼。曹告白用钥匙打开门，详细介绍：“这座楼是四层，当初是拆迁补偿房。一楼、二楼我经营用，四楼是我自己住，三楼这里是两套，以前是员工宿舍，卫生间、厨房很齐全，家具都有，你们可以拎包入住……这个地方生活相对方便，也很安静。楼下虽然是我的公司，但客户相对单纯，不会干扰到楼上……”

两套房子都看完了，曹告白眼巴巴地看着她们："不知你们喜欢哪套?"

他巧妙地采用了营销学中的"二选一"，而不是直接问："这房子你们租吗?"

何双双蹲下身，跟何小双商量："我觉得外面一套比较满意，可以少走一段路，小麻烦，你说呢?"

何小双煞有其事地点头："嗯，我也觉得外面一套比较满意。"

曹告白不禁笑了："小妹妹叫小麻烦啊，这名字有趣！小妹妹长得也很可爱！"

何小双冲曹告白吐了吐舌头，做了个鬼脸，一点也不含糊："你也很可爱！"

"好吧，那就这么定了。我们明天就搬过来，可以吗?"何双双干脆利索地做出决定

"可以、可以，完全可以。你们还需要什么，我再去置办。"曹告白喜出望外。

何小双比画着："帮我弄张小床放在这里，别的就不用麻烦了！"

曹告白被逗笑了，冲何小双大包大揽："好嘞，弄张小床，漂亮的，包小美女满意！"

何双双带着何小双告辞。

曹告白一直送她们上了出租车，目送到车子走远，这才转身上楼，兴奋地搓着手，冲着何双双她们离开的方向，大声说道："我下午就去买小床！"

何双双不禁感叹自己的幸运。当初决定回国，自己曾纠结愁闷，不知回国怎么谋生时，英国公司总裁亲自出面找她谈话，说她进公司两年多、各方面表现很优秀，高管层对她很认可，而中国分公司正好需要一个精干又懂中国国情的人去协助总经理工作。总公司觉得她是最佳人选，决定聘她做中国分公司总经理助理。

就这样，还没回国呢，工作问题就解决了。刚回到国内，就顺利地租上了合适的房子。这是不是预示着接下来在国内的日子，将会一帆风顺呢……

中国分公司不敢怠慢，总经理亲自出面主持欢迎会。这是个和气的小老头，锐利的目光隐藏在慈眉善目的表象下面，眼中偶尔闪过的光芒冷静锐利，似乎能一直刺到人的心底。他郑重向大家介绍："何双双是英国总公司派过来协助工作的，别看她年轻，她已经在英国总部干了两年，综合能力很高，总部对她很器重。以后由她具体负责公司的日常事务，直接向我汇报。请大家积极配合她的工作。大家鼓掌欢迎何助理！"

小老头带头鼓起掌来，大家也都跟着纷纷鼓掌，另有几个人交头接耳，窃窃私语地对何双双评头论足。

何双双含笑环顾，弯腰鞠躬："以后大家就是同事了！我刚到公司，还有许多事情

不熟悉，请大家多多指教，多多配合。谢谢!”

小老头再次带头鼓掌后，宣布大家解散。转过身来，小老头已经是一副笑眯眯的慈祥模样:“来，何助理，我带你转转，熟悉一下情况!”

何双双赶紧推辞:“这事就不劳总经理您了，我自己慢慢熟悉就行。”

小老头笑得更慈祥了:“嫌弃我这个老头了? 小兰，你来，带何助理到各部门去转转。”

一个瘦高姑娘“噔噔噔”一溜小跑过来，一双大眼睛黑白分明，圆圆的脸上稚气未脱。小老头慈爱地看了眼小兰:“何助理，以后小兰就是你的秘书，你们年轻人有共同语言，我老头子就不在这里讨人嫌了!”

何双双笑道:“总经理，您太客气了!”

小兰活泼爽直，声音脆脆的，还带着童音。看着总经理走远了，她一改刚才的拘谨，立刻叽叽喳喳说个不停。两个人边走边聊，何双双很快就掌握了很多信息。

突然，何双双听到有人喊她的名字。她循声回过头，惊喜地瞪大了眼睛:“绿姐?”

“双双!”苏达绿上来拥抱何双双，又拉开距离上下打量:“让我看看，何军师有没有变? 一晃六年了，你冷不丁突然出现，就像你当初冷不丁突然失踪，套用一句俗话，你这叫‘神出鬼没’!”

何双双白了苏达绿一眼:“嘿，‘神出鬼没’，不是俗语、是成语好不好! 记得以前你是高大威武的女汉子啊，怎么现在成了百分百的娇柔婉约丽人了?”

苏达绿哈哈大笑:“高大威武有什么用，当时还比你高几年级呢，又有什么用? 还不是一样被你一黑板擦就脑袋开了瓢!”

高中时，苏达绿曾因作弄低年级的何双双，而被何双双一黑板擦把脑袋砸出了血，此后两个人“不打不成交”，最终成了亲密无间的闺密。何双双称苏达绿“绿姐”，苏达绿称何双双“何军师”。

想起这段往事，何双双不禁莞尔:“世界真是太小了，真没想到啊，咱们又做同事了。”

苏达绿大笑:“对啊，双双你也变成淑女了，但在我眼里，你还是和过去一样的神神道道，还爱挑字眼，哈哈哈……对了，现在住哪里? 下了班去找你好好聚聚!”

何双双如实相告:“我一回国，先在公司附近租了房子，就是那家叫‘告白婚庆策划公司’的三楼……”

何双双还没说完，苏达绿兴奋地一拍何双双:“房东是曹告白吧?”

何双双眼瞪大了:“难道世界真的就这么小! 你也认识曹告白?”

“曹告白既是我的同学，又是我的蓝颜知己。刚毕业那些年，我们一有时间就混在一起，嘿嘿，你可别想歪了，你绿姐到现在还是孤身寡人。他可算是咱们这里的名人，外号‘非洲王子’，又叫‘滨海第一黑客’，咱们这地方很少有人不知道他！因为他长得实在是太黑了，曾经谈了很多女孩，但是又都吹了……这说起来就话长了，回头跟你慢慢聊……”苏达绿如脱口秀般一口气说道。

何双双笑道：“也是啊，这曹告白确实够黑的。我可能以前和非洲女孩菲塔在一起习惯了，竟然没有注意到。下班后到我那里去聊吧。这真是太好了，以后咱们可以天天在一起……”

第二章　遇见“铭铭”

日子在波澜不惊中飞快地流逝。何小双的病是何双双的最大心梗，她不敢掉以轻心，一直小心翼翼。

当初英国医生建议尝试中医治疗，她深以为然，所以才毅然舍弃英国舒适的生活，带着何小双回国。经过多方努力，她打听到云南一位老中医，有家传秘方能治疗急性淋巴细胞障碍性贫血，她的心里重新燃起希望。

何双双决定休假带何小双去拜访老中医。让何双双感动的是，那位细心的英国总裁早就专门嘱咐过中国分公司，对何双双网开一面，多加照顾。因此何双双很快做好休假手续，准备带着何小双启程。

一大早，苏达绿就把何双双和何小双送到了机场，并帮她们从车上的后备厢里取出一大一小两个子母行李箱。

何双双取登机牌，托运行李。苏达绿拉着何小双的手在一边叽叽喳喳地说个不停，何小双不时“咯咯”笑着。

对于这个跟着何双双、并称何双双为“啰唆姐姐”的何小双，苏达绿心里有诸多的疑惑，但何双双一口咬定是自己的妹妹，其他再也不愿多说，苏达绿也就不好再问。

何小双聪明可爱，让苏达绿非常喜欢；何小双也非常喜欢她的“绿姐”，两个人好得如胶似漆。

何双双排在队伍里，看着她们，心里涌起隐隐的不安和担忧，何小双的病前途未卜，不知这种开心的笑能有多久……

对于何小双的病，她只是跟苏达绿轻描淡写地提了下，并没有告诉她实情，所以苏达绿并不知道这是一次决定何小双命运的旅行。她逗何小双说：“小麻烦，你们都走了，绿姐想你们了可怎么办?”

何小双一副大人语气：“唉，绿姐，啰唆姐都说过 n 遍了，想我就 call 我!”

苏达绿故意跟她绕圈："飞机上是要关机的哦，那时想你了怎么办？"

何小双被难住了，歪着脑袋皱着眉认真想。

何双双已经办理完托运，笑着帮何小双出主意："告诉绿姐，让她语音留言，飞机一降落你就能听见了！"

何小双高兴了："对对，我一打开手机就能听到你的留言！"

三个人一边说这，一边往前走。很快，她们到了安检口，何双双跟苏达绿拥抱："回去吧，我们很快就回来的！"

苏达绿抱起何小双，吻吻她的小脸。何小双恋恋不舍地回吻。

何双双假装吃醋："你们两个，肉麻不肉麻，就出去这么几天，至于搞得生死离别似的嘛！"

苏达绿又吻一下何小双，"一日不见，如隔三秋。"

"啰唆姐吃醋了！"苏达绿放下何小双，蹲下身，凑到何小双耳边密谋似的样子，声音却很大。

何小双会意地看看何双双，"咯咯"直笑。

何双双一手拉过何小双："你俩要黏糊到什么时候？走了，绿姐再见。"

苏达绿站在安检口，看着两个人拐到里面，直到看不见了，才转身向外走去。

苏达绿走到停车场，刚打开驾驶室的车门，旁边的一辆车门打开，曹告白从车里下来。两个人同时发现了对方。

曹告白惊喜地叫道："绿姐！来接人？"

苏达绿笑笑："恰恰相反，是送人！"

曹告白解释："我来接我同学，他刚从英国回来。"

"我刚把何双双她们送走，下午下班后还要去你那里一趟，把小麻烦的宝贝金鱼拿回去帮她照顾。"苏达绿边说边上了车。

曹告白想起什么，又跑过来扶着苏达绿的车门："对了，正好帮我从你们公司楼下的豆腐坊捎块豆腐，我就省得再跑一趟了。那家的豆腐是卤水点的，很不错。晚上我要给我同学做海蛎子炖豆腐，他最好这口了。"

苏达绿白了他一眼："你倒是不见外啊，麻烦我不用付工钱……好吧，没问题。"

曹告白笑嘻嘻敬个礼："也不让你白捎，晚上你一起过来吃饭！我那同学可是标准的帅哥，而且是单身，说不定你们来个一见钟情什么的……"

苏达绿不客气地打断他："真能贫。如果都像你说的这么简单，像我苏达绿这样的气质美女怎么会成大龄剩女？好了，走啦！"

“你可别说，冥冥之中，自有天意！”曹告白扔下这句话，“砰”地关上苏达绿的车门，向候机厅走去。

“神神道道，快赶上何双双了！”苏达绿嘟囔着，发动了车子。

夕阳西落，晚霞满天。一辆黑色轿车在“告白婚庆策划公司”楼前停下，车门一开，苏达绿从车上下来，打开后备厢拎出几个袋子，锁了车门，向楼上走去。她熟门熟路地上了四楼，用脚踢了踢门。

门开了，开门的是一个明星脸的大男生。他身上围着围裙，干净利索的寸头，如雕刻般棱角分明的脸，乌黑深邃的目光，略带忧郁。

四目相对，苏达绿的心里莫名慌乱了起来。她避开了对方的目光，问道：“曹告白在吧?”

大男生一边做了个“请进”的手势，一边上前把苏达绿手里的大包小包接过来：“你是苏达绿吧？我叫叶天明，曹告白的同学。”

一口标准的普通话略带磁性，非常好听。苏达绿刹那间恍惚了起来：这人以前似乎见过，怎么看着这么面熟，到底是在哪里见过?

曹告白在厨房高声喊道：“是绿姐来了吧？豆腐买了吗?”

苏达绿意识到自己的失态，赶紧应了一声：“买了，买了！”

叶天明提着苏达绿带来的大包小包走进厨房，苏达绿跟在后面。曹告白正在厨房忙活呢，看见了苏达绿，就指着叶天明给苏达绿介绍：“这就是天明，我的大学同学，今天刚从英国回来！对了，我们平时都习惯叫他明明，你也叫他明明吧。”

然后，曹告白又对叶天明介绍苏达绿：“明明，这是我的蓝颜知己绿姐，名字叫苏达绿。‘绿姐’是个尊称，因为她热心豪爽、敢做敢当，我们当时一帮人都跟着她混，不论年龄大小都一律叫她‘绿姐’。”

苏达绿笑笑：“曹告白就喜欢贫嘴！我们刚才已经认识了，本来我想去取了金鱼就回去，没打算留下来吃饭。不过，现在这情况，还真不好意思走了……我去洗手，给你帮忙。”

曹告白摇摇手：“不用你沾手了，明明已经炒好了大部分菜，我也只是打打下手。你帮忙摆餐桌吧，菜马上就好！明明，你去陪苏达绿，剩下的交给我。”

苏达绿把餐桌摆好，曹告白一手一盘菜，来回几趟，把菜都端出来，又打开一瓶红酒，跟苏达绿介绍：“这是明明从英国带回来的红酒，你太有福了。”

曹告白端起酒杯：“为明明接风洗尘，欢迎回来，干杯！”苏达绿笑笑，端起杯子。三个人碰杯。

“这次回来就不走了吧?”曹告白问。

“没什么意外的话，就不走了!”叶天明简洁地回答。

两个人聊着天，频频碰杯。苏达绿在一旁含笑听着，再次陷入了恍惚，拼命回忆:“这个人我到底在哪里见过呢?”

不多久，曹告白和叶天明已经进入微醺状态，开始海阔天空地聊起往事。叶天明随口问曹告白：“还记得大学时的小倩吧?我问你要不要亲友团支持，你竟然拒绝了……”

曹告白大笑起来:“哈哈，这还不明白——我担心引狼入室嘛!”

叶天明神情一下子有些尴尬——这话正戳在他的痛处。

当初，叶天明不忍看着曹告白痛苦下去，就去找小倩，但从小倩那里得到的信息，是曹告白一直在自作多情，而且出乎意料的是，小倩竟然向叶天明明确表达了好感……

“咳咳咳”，叶天明仿佛被呛住了，赶紧掩饰着端起酒杯:“喝酒喝酒!过去的事情，不管是痛苦也好，快乐也好，现在想起来都是一种可贵的经历，值得珍惜!”

曹告白将杯中的酒一饮而尽，然后往前探了探身，对叶天明说:“你这话说得有哲理。对了，我也有件事情一直想问你，你当年怎么就一声不响地跑到英国去了?”

叶天明摇了摇头，不愿细谈:“说来话长，以后慢慢告诉你。今晚苏小姐还在呢，我们两个老是在这说以前的事，别冷落了苏小姐!”

苏达绿赶紧举举杯:“没事，听你们聊过去的事，很有趣。来，我敬你们一杯，为你们的友谊!”

曹告白和叶天明对望一眼:“对，绿姐这个提议好，来，为友谊干杯!”

三只杯子碰在一起……

夜深了，苏达绿洗漱完毕，闲适地躺在床上，给何双双打电话。这是何双双姊妹俩出去后，她的每日功课:“跟老中医接上头了?找到什么好的治疗方案没有?小麻烦呢?”

何双双还没来得及回答这一连串的问题，何小双抢过电话，她显然等不及了。何小双的语调里满是得意:“绿姐，我给你挑了礼物，保证让你尖叫!”

苏达绿装作意外:“中医那里还能找到我尖叫的礼物?好啊，我太期待了!谢谢小麻烦，还是小麻烦好啊，你的啰唆姐就没想着给我买礼物!”

她压低声音，装作推心置腹:“唉，透露一下，什么礼物?”

何小双不上当:“保密，到时候你就知道了!”

苏达绿继续逗何小双：“透露一点点也不行吗？我也有礼物要给小麻烦哦！”

何小双尖叫：“啊，绿姐也有礼物送给我啊，啰唆姐，绿姐要送我礼物？……对啊，什么礼物？”

显然，何双双在一边支招。

苏达绿继续卖关子：“保密！到时候你就知道了！”

何双双终于接过电话：“好了好了，小麻烦，你该去睡觉了，乖啊……绿姐，你等等，我先哄小麻烦睡觉。”

“我们看了中医，效果不错，我一高兴，就带着小麻烦到丽江来溜一圈儿。”何小双终于呼吸均匀了。何双双确定她睡着，走到外面专心跟苏达绿聊起来。

她话锋一转，换成一种心知肚明的语气：“说吧，绿姐，我猜你今天肯定发生什么事了，心里有话要对我说，那就赶快痛痛快快地老实交代吧！”

苏达绿惊奇地：“真不愧何军师啊，未卜先知……好吧，我跟你说啊，今天曹告白那个英国留学的同学来了……”

何双双漫不经心地“哦”了一声：“好嘛，绿姐什么时候又聘我做军师了……不过，曹哥的同学，跟你有什么关系？”

苏达绿又恍惚起来，她的语气也开始缥缈：“当然有关系，关系大了……我见了他，感觉他是那么熟悉，可就是想不起来在哪里见过！……晕死了，整个晚上都在头晕！”

何双双“扑哧”一下笑了：“看来你的‘真命天子’出现了！你这叫前世的因缘，还记得《红楼梦》里贾宝玉见到林黛玉的那句话吧？——这个妹妹我见过！他们两个本来就是前世的冤家嘛！所以，每个人遇到前世的缘分时，就会是你这样的感觉！”

苏达绿嗔怒：“神神道道！对了，我突然想起上次你给我算过，说最近我的‘真命天子’要出现——不会这么快就应验了吧！竟然真有这么神?!”

何双双得意地大笑：“哈哈，我何军师厉害吧?!……对了，还有最重要的一个问题：有没有问过人家，他到底有没有女朋友？”

“第一次见面，哪好意思问这些！……不过，感觉应该是没有。”苏达绿怔了一下——她没有想到这个问题。

“哦，怎么感觉到的？”何双双又恢复了漫不经心。

“想想吧，如果他有女朋友，刚从国外回来，还不得第一时间去找她？就算他要见曹告白，也可以带着女朋友一起嘛！”苏达绿细致分析。

何双双若有所思：“嗯，有道理！曹哥的这位同学叫什么名字？”

苏达绿回答道："我当时有些发晕了，没太记清……哦，想起来了，他叫'田铭'，曹告白一直喊他'铭铭'。"

何双双一副轻松的口气："哦，这事简单，你们都和曹哥那么熟，那就请曹哥帮你们牵线搭桥呗！"

苏达绿点点头，又摇摇头："算了，老虎不吃窝边兔，你绿姐还没到山穷水尽的时候呢！万一不成的话，以后在一起多尴尬啊。再说，我妈妈给我介绍了好几个，我还都没来得及见面呢。"

何双双打了个呵欠，给苏达绿建议："天不早了，先休息。我看不如这样：你妈妈介绍的那几个男生呢，你也都见个面。至于那个'铭铭'，既然是曹哥的同学，以后机会多得很。你也可以比较一下，择优录用啊。有我这军师在，还能让你山穷水尽?"

苏达绿笑起来："嘿嘿，那就多谢了了。我决定，你的军师聘期永远有效！……不，不是甜言蜜语……晚安，好梦！"

第三章　青梅竹马

曹告白又失眠了。

叶天明和苏达绿走后，屋子里安静下来。曹告白躺在床上好久了，却难以入睡，不知是因为酒精的缘故，还是因为叶天明那句无意的话，一下子打开了他的记忆开关。和小倩的过去，一幕幕清晰地浮现在眼前……

小学二年级时，曹告白举家从农村老家搬到滨海城里。拘谨的曹告白由于自己的口音和肤色受到当地男同学的欺凌，同桌焦小倩是一个皮肤黑黑的短头发女孩，反倒是威风霸气。每次曹告白受欺辱时，小倩都冲上来将其他人赶走。

后来，小倩转学到了外地，他们俩就失去了联系。

再次相逢是在大学新生报到处，曹告白意外地碰见一个很像小倩的女生，犹豫半天才试探地叫道："小倩？"

"曹告白！"对方的应答让他嘘了口气，真的是小倩，没有认错人！

小倩完全变了一个人，从前有些发黑的皮肤奇迹般地变得白皙细嫩，原来假小子似的短发变成瀑布般的披肩长发，更让人惊奇的是她的举止言谈也变得温文尔雅。曹告白看呆了。

小倩笑了："不认识了？"

曹告白不好意思地挠头："嘿嘿，这个，这要是在路上碰见，我肯定认不出来了……这个，更没想到又在一个学校了！"

小倩神秘地一笑："没想到吧？我听说你报了这所学校，也跟着你报的……哎，她们叫我，我过去了，再见！"

小倩急急忙忙走了。曹告白站在原地，嘿嘿笑着："她说是因为我才报的这个学校？"

想起从前和小倩的交往，曹告白不由得心花怒放，他想：这就是所谓的青梅竹马吧?

情窦初开的曹告白一下子像打了鸡血，隔三岔五买一些女孩子喜欢的零食和小礼物送给小倩。虽然每次小倩总是不冷不热，甚至是敷衍冷淡。但他觉得小倩现在变娇羞了，不再是小时候的威风霸气，也更可爱了。因此，他照样对小倩热情有加。

直到那次小倩过生日。他早早准备好了生日礼物，也预定了一个浪漫温馨的咖啡厅，给小倩发了短信。生日当天晚上，曹告白早早来到咖啡厅，耐心地等啊等啊。后来，小倩终于来了，但她是跟另外一个男生来的。男生的一只胳膊紧紧地揽着她，两个人有说有笑，压根就没注意到他。他却一眼认出那男生正是他们学校有名的富二代。

他愤怒地冲到两个人面前，但没等他开口，小倩就大大方方给两个男生相互做介绍:“这是我的男朋友陈子豪，这是我的小学同学曹告白。”

陈子豪挑衅似地吻小倩一下，嬉笑道:“什么小学同学，不会是前任吧?”

小倩温柔地一笑:“你想多了！小时候我们是同桌，我们经常在一起玩，很简单，就是因为他比我还黑，和他在一起，我才不会显得特别黑，而且我还能保护他，特有成就感。可我跟他真的没有任何男女之情……”

“咱俩从小就在一起……应该算得上青梅竹马吧? 对了，上这所大学，也是跟着我上的，是你亲口跟我说的!”曹告白一下子懵了，好久，他才抓住一根救命稻草似的质问。

“切，我随口说说，跟你开玩笑的。别当真啊!”小倩嘻嘻一笑，亲昵地挽起陈子豪的胳膊，走开了。

“我这同学，从小心眼就特别实在……”小倩温柔的声音飘过来。

曹告白愣住了。事情发生得太突然了，他的整个世界一下子天崩地裂。小倩他们是什么时候离开的，他是怎么回的学校，他完全都不记得。好长一段时间，他如一具行尸走肉般躺在宿舍，只有叶天明在旁边陪着他。

后来，小倩跟那个陈子豪分手后，叶天明帮自己找过小倩，但是……

“什么，你们回来了? 这么快！昨天还说在丽江呢……好好，这马上过去!”隔天，苏达绿还在懒洋洋地赖床，突然接到何双双的电话，竟然说她们已经回来了。毫无思想准备的苏达绿一边嘟囔着，一边跳起来，动作麻利地穿衣服梳洗。

几分钟后，苏达绿穿戴整齐，下楼开车而去。

苏达绿赶到何双双的住处，一进门就嚷:“昨天不是说还要在外面玩几天再回来吗? 怎么也不提前打电话，让我去接你们!”

屋子里很是热闹，曹告白也在，何双双和何小双一边跟他有说有笑，一边从大包小包里往外收拾东西，

何小双抢先说道："我和啰唆姐想给你们一个惊喜！"

苏达绿对着何小双的脸一阵猛亲："看这大包小包的，累坏了吧？"

何小双得意地用手比画："不累，一点都不累！包里有好多好多好吃的，我去拿！"

何小双看了一眼曹告白，在包里翻找："白哥哥，有你的礼物！"

曹告白夸张地叫："是吗？还有我的礼物，那就太谢谢了！"

曹告白走到何小双跟前，蹲下来："跟白哥哥说说，都有什么最好玩，回头我也去玩！"

何小双一边翻找，一边脱口而出："丽江的五星级大茅房最好玩！"

曹告白纳闷："五星级大茅房？丽江新开发的景点？"

何小双头也不抬："对，五星级大茅房！"

曹告白皱着眉头："从来没有听说啊，我去网上搜搜！"

苏达绿也有些迷惑："是啊，这是什么新景点？"

何双双忍俊不禁："小麻烦才回国没几天，就把滨海的方言都学会了。所谓的五星级大茅房，就是丽江古城的公厕……导游介绍说是国内最豪华的五星级的厕所，每个马桶的对面都有一台液晶电视，可以一边'嘘嘘'一边看电视。不过也不是什么好事，我们的小麻烦看一个动画片看得入迷，足足在五星级大茅房蹲了半个小时，害得排队等着上厕所的人对她好大意见！"

"哈哈哈！"这下大家都忍俊不禁，大笑起来。

何小双赶紧跑过来，用手去捂何双双的嘴："Shut Up（闭嘴）！不许说！"

何双双拿开小双的手："好好，不说了不说了！你把给白哥哥的丽江雪茶拿给他吧！"

何小双抱着几罐茶，跑过去交给曹告白："白哥哥，这是给你的丽江雪茶，补血养心，治疗神经衰弱和失眠的！"

曹告白接过来："谢谢啊，小麻烦懂得可真多！我一直失眠，吃了很多种药都不见效，喝了这个茶一定就好了。"

何双双在一边笑着补充："导游带我们去听了一场茶的讲座，感觉这种茶可能适合你。"

曹告白连连道谢："谢谢！谢谢！难得你们想得这么周到！"

何小双又抱出几个包装精致的盒子，递给苏达绿："绿姐，这是给你的披肩，还有

鲜花饼！”

曹告白提议：“大家都还没吃饭吧？我请客，大家一起出去吃大餐！”

何双双接道：“还是自己做着吃吧！听苏达绿说上次你英国同学来，做的菜既丰盛又好吃，我和小麻烦要求今天补！”

何小双马上举手表示同意：“Great（太棒了）！我不要吃外面的，我要吃白哥哥做的！”

苏达绿点点头：“还是自己做着吃好，又安全又放心！曹告白，我现在出去采购，你们都想吃什么，列清单给我！”

何小双忙不迭地放下手里的东西：“Take me！Take me！（带着我），我也要去！”

何双双皱了皱眉头：“你不累嘛，又坐飞机又坐汽车的，今天可是马不停蹄！”

何小双连连摇头：“我不累我不累，我要陪绿姐！”

苏达绿刮刮何小双的小鼻子，用心知肚明的语气说：“小麻烦，你是馋棉花糖了吧？”

何小双嘟起嘴，强调道：“我就是想陪绿姐嘛！”

苏达绿笑着抱起何小双：“好吧好吧，绿姐也喜欢小麻烦陪！绿姐还喜欢给小麻烦买棉花糖吃！”

“那好，我也上楼准备一下！”曹告白匆匆告辞……

这是阳光灿烂的一天，“十一鲜花店”的老板陆十一却感觉不到在好天气应有的好心情。当初，他将鲜花店开在“告白婚庆策划公司”旁边，也费了一番心思。多数定好婚庆仪式的情侣，都会顺道过来预订鲜花，少的几束，多的、就无数了：用鲜花搭拱桥的有，婚庆现场铺花道也有，装饰花车更是很多婚礼的必选。

那些年，给婚礼做一条龙的鲜花服务，让陆十一的生意做得风生水起，红红火火。但这些，俱往矣，都随着曹告白生意的一落千丈而一去不复返了。

二十七岁的陆十一，长着一张娃娃脸，顶着一个杀马特的发型，穿衣打扮颇为时尚。这是他们的行业特征，经营鲜花店的人，如果外貌时尚，和鲜花店互相映衬，会起到相得益彰的效果。

但是，很少有人想到，这个看似光鲜的时尚年轻人背后，有着常人难以想象的人生经历。

他生在一个偏僻贫穷的小山村，四十岁的父亲在村人的张罗下，娶了流浪到村子里的疯女。生下陆十一后，疯女的病竟然不治自愈。这时候，人们才知道，这个疯女是个遭遇意外变故的大学生。后来，父母意外去世后，陆十一在全村人的帮助下，用功学习，成为全县的高考状元，一举走出了小山村。

等到他毕业时，国家不再对大学生包分配。陆十一冷静地分析了自己的情况，决定自主创业，开了这家鲜花店。勤奋，加上善于钻研，他的鲜花店开得颇为成功，甚至被媒体当作大学生自主创业的典范报道过，很是风光了一阵子。

朴实的村人公认他是山村里飞出的“金凤凰”，更是村人眼中的“能人”，村人只要到城里来办事，必先到他这里来报道，管饭是必需的，其他诸如借钱、看病、买车票之类林林总总、大大小小的事，都必找他。他一视同仁、有求必应，挣到的钱很大一部分都花在了村人身上。

寥寥可数的几桶鲜花也显得无精打采，像极了陆十一此刻的心情。他百般无聊地看了一会儿来往的行人，起身走出鲜花店。

“曹哥，很悠闲啊，最近业务好像不是很多嘛？刚才出去的那一对……定了没有？”陆十一走进曹告白的办公室，跟正在网上打牌的曹告白搭讪。

曹告白没好气：“谢谢关心，没定！”

陆十一叹了口气：“我不是关心你，我是为自己犯愁！你生意火爆，我的鲜花也卖得火爆；你这边清静了，我那边可就惨了——咱俩戚戚相关、唇齿相依啊！”

曹告白终于离开电脑，招呼陆十一坐下：“坐吧，你的名词还不少呢！”

“曹哥，你得打起精神来，这样下去不是个办法！”陆十一给曹告白打气。

曹告白摊牌：“这婚庆公司，我不打算干了！”

陆十一劝道：“曹哥，这我就要说你几句了……你也没有必要太为王菲的离开伤心。不能因为她，生意就不干了吧?!”

曹告白看了陆十一一眼：“你说我还怎么干，就我光杆司令自己一个人了，还能怎么干？”

陆十一再次打气：“嘿，曹哥，你最初是怎么从一个人干起来的？大不了，从头再来啊！”

曹告白叹了口气：“好意心领了！但我已经做不到像当初那样沉下心来！”

陆十一沉默了一会儿，讪讪道：“对不起曹哥，我也许不该问这些，我只是觉得可惜……你以前的生意多好啊！”

曹告白猛然站起身来：“我要出去一趟。这个店面，你要是感兴趣，我可以转给你。”

……

陆十一从外面回来，看见何双双和何小双走进鲜花店，于是赶紧热情招呼："两位美女，想要什么花?"

何小双抢先道："我们要给绿姐过生日，需要好多、好多鲜花！"

何双双手放在嘴上，冲何小双做了个"噤声"的动作："不是说好要保密的嘛！"

何小双也赶紧把手放在嘴上，冲陆十一做了个"噤声"的动作，小声道："要保密哦，我们要给绿姐一个惊喜！"

陆十一笑了："好的，保密，一定！既然是给绿姐过生日，两位看中什么花，算我送的！"

何双双道："我们要用鲜花装饰酒店，你帮我们参谋一下吧！这是我们公司送的礼物，不用你破费。大家都是熟人，找你，我们放心！"

有生意了，陆十一的心情一下子好了起来："没问题，两位美女尽管相信我的眼光好了！具体时间和地点给我，我到时给送去。"

何小双从身上背的小背包里拿出一张彩笔，在一张纸上写下时间和地址。

陆十一竖起了大拇指："小妹妹太厉害了，这么小就会写这么多字！"

何双双理了理何小双的头发，不无骄傲地说："她呀，我在做计划时，她一直在旁边看，所以就都记住了……好，就这么定吧，我们走了！"

陆十一突然想起什么："双双，曹告白和我说，他的婚庆公司要转让，想让我接过来。我想找个中间人做见证，可我是农村出来的，也不认识什么人……我想，到时候请您给我们做个见证，可以吗?"

何双双痛快地答应："没问题，可以。"

陆十一连声称谢："谢谢！那我再和曹哥确定一下，定下来再麻烦你。"

何双双和何小双离开后，陆十一的精神振作了起来。

第四章　美白风波

曹告白从办公室出来，直奔火车站。他决定马上行动，实施他的皮肤改善计划。

一直让他百思不得其解的是，父母的肤色都很正常，为什么偏偏他的皮肤黑得一塌糊涂，是基因有问题，还是血缘有问题？那么，就先从DNA鉴定开始吧。

为了慎重起见，他从网上查询到省城亲子鉴定中心，早已电话预约好，并根据对方的要求准备了资料。滨海这个地方太小了，如果自己偷偷做鉴定的事传到父母耳朵去，万一自己真的不是他们的亲儿子，今后怎么面对把他抚养长大的父母?!

曹告白坐高铁来到省城。下了高铁，他直奔亲子鉴定中心，跟前台报了预约号。前台一个扎马尾辫的小姑娘拿出一张申请表，让曹告白填写好，交了费，并验收了他带来的父母的毛发样本，带着曹告白走到一个房间门口，敲了敲门，让曹告白自己进去。

一个皮肤白皙的年轻“白大褂”，抬起修长的手指扶了扶眼镜，看了看他：“非洲来的吧？中国话说的不赖啊！”

“医生，我不是，我祖宗八代都没出本省。”曹告白哭笑不得，心里暗暗羡慕白大褂的皮肤，不但白皙，甚至比刚才带他来的前台小姑娘还要娇嫩。

白大褂慢条斯理地例行程序：“哦，我要给你说一下，这鉴定需要抽血出来做检验样本。你以前抽过血打过针吗？不晕针吧？”

“没有，我没有抽过血，这是第一次打针……疼不疼啊，医生？我……有些紧张。”曹告白老老实实承认。

“紧张什么？给你说啊，我今天也是第一次给人打针、抽血，你看我一点儿也不紧张。等一会儿你配合我一下就好了。”白大褂的安慰，让曹告白更紧张了。他不自禁地攥紧拳头：“真倒霉，遇到一个新手！”

白大褂让曹告白把袖子撸上去，拿起消毒棉在曹告白的胳膊上擦拭消毒。曹告白紧闭双眼，身体随着白大褂的擦拭紧张地发抖。

白大褂擦拭完了，曹告白一把把袖子撸了下来，睁开眼睛说："抽完了，是吧？医生，你的技术真好，一点儿也没有觉得疼！"

白大褂翻了个白眼："我刚给你消毒完，针都没扎进去！"

曹告白额头都冒汗了，苦着脸，再次撸上去袖子……

为了缓解紧张，曹告白跟白大褂聊着他关心的问题。

"医生，多久能拿到鉴定结果？"

"鉴定结果大约得六个小时后出来。"

"医生，能不能加急啊，我是从滨海市来的，最后一班高铁是下午六点。"

"可以，你去前台交了加急费，我们中午给你加个班，下午三四点钟过去取就行。"

"谢谢医生，那我就去办加急。"

"好的。交了加急费，下午来取结果就可以！"

曹告白办完加急手续，确定下午能拿到鉴定结果后，嘘了口气，离开了亲子鉴定中心。他先找了个小饭馆吃了饭，然后在街上漫无边际地逛了逛，看看时间差不多了，就又来到亲子鉴定中心。

还是上午的那个白大褂，他看着鉴定报告单说："小伙子，根据你提供的样本，和从你身上采集的血液样本，两份样本提取的DNA比对结果是99.99%的匹配。"

曹告白有些茫然："医生，是不是说，我们有99.99%的可能会是一家人，还有0.01%的可能不是？"

白大褂耐心解释："这个理解不对，99.99%匹配，就已经可以百分之百确定有直接血缘关系，没有可能不是了！"

"谢谢医生。"他挠了挠头，鼓足勇气问道："我还想咨询一个问题……我的皮肤这么黑，但是我父母的皮肤都很正常，这是为什么呢？"

白大褂笑了笑："这个事情的原因比较复杂，我不是这个专业的专家，具体你还要找皮肤科的专家去问一下。"

曹告白又挠挠头："我查了一些资料，说也有可能是基因的问题。"

白大褂拍了拍曹告白的肩膀："小伙子，放心吧，你的基因没有问题！还是到医院的皮肤科找专家问一下吧！"

曹告白不情愿地关门出来，赌气地回头看着那个房间的门，学着白大褂的语气："小伙子，放心吧，你的基因没有问题……哼，你才是小伙子，老子比你老多了！"

看来，只能去皮肤科试试了。

“下一个，曹告白！”挂着“皮肤科专家门诊”的门开了，一个看起来很伶俐的小护士，风风火火地叫号。

“来了来了！”曹告白赶紧应道。

“到你了，进来吧！”小护士一阵风似地转眼缩进门内。

曹告白赶紧跟着进去。这是一个套间，刚才的伶俐小护士坐在外面的桌前。里面的房间，一个粗壮结实、满脸痤疮印的中年男子坐在桌前，若不是他身上那件白大褂，谁也不会相信他是皮肤专家。

曹告白有些失望。为了见这位专家，他可是费了不少周折。从朋友圈的消息里看见这位著名皮肤专家来滨海坐诊的信息后，他托了不少关系，才预约到专家的号。今天又等了大半天，才终于见到这传说中的专家。

曹告白向专家描述了自己的情况和疑惑。专家让他脱了衣服，认真地进行了全身检查，说：“像你这种情况，皮肤虽然黑，但是肤色均匀、又很光滑，不是一种疾病，没有临床价值。说白了，你这皮肤很健康，没有什么病，回去吧……下一个！”

敢情，费了这么大的劲，得到的是这样的结果！曹告白很不甘心，自己想要解决的问题根本没有解决。于是就黏在那里不动：“专家，怎么可能没病呢？没病为什么我的皮肤这么黑？”

伶俐护士走过来：“走吧，你这人怪了，专家都说没病了，你自己还非要查出个病来？”

专家耐心给曹告白解释：“你只是皮肤上的黑色素多了些，皮肤本身很健康，没有任何问题。我们这里只管看病，不管美容。真正有病的人在外面排长队呢！您就请回吧。”

曹告白仍然不甘心：“专家，我这种情况，有什么改善办法没有？”

伶俐护士忍无可忍：“没听专家说吗？我们这里只管看病！皮肤改善是美容科的事，请您去美容科看吧！”

曹告白只好讪讪地离开。重新到下面窗口，去挂美容科的专家号……

第二天，太阳照样升起，曹告白照样在网上打牌。

陆十一倚在桌子边，看了一会儿，装作不经意地问道：“曹哥，上次你说那个转让公司的事儿，是真的，还是逗我玩儿的？”

曹告白回头看了他一眼，又转过头去：“你看我现在这个样子，是做生意的状态？我拿这事儿逗你玩儿，好玩吗?!”

陆十一认真起来："曹哥，咱们算是老伙计了，一直合作得如鱼得水，你要是真转让的话，那我就真考虑接下来，你就不要再找别人了吧！"

曹告白不为所动："朋友归朋友，生意归生意。要看你出的价怎样了！"

陆十一点点头："那是，这我理解，在商言商嘛！我想找个中间人帮咱们做个见证，曹哥看哪天有时间，咱们就趁热打铁把这事儿定下来！"

又一个深夜，林荫道上寂静无人。曹告白从外面回来，一直上了四楼。他进门后打开灯，就直接躺在了床上，然后顺手打开电视，一个美容广告引起了他的注意。

画面中，一个戴眼镜、穿白大褂的中年男子正在口若悬河："各位爱美的人士千万要注意了！各位感觉自己的皮肤不够白皙的女士请注意了！"

"我是美容专家韩教授，有的朋友可能认识我，有的可能不认识，不认识也没有关系。我先自我介绍一下。我是美容专业毕业，在欧美和东北亚地区从事美容工作二十多年了。我的任务就是让更多的人变得更美，我的口号是：上帝欠你的，我来还给你！"

"好了，不再多说了。下面，我来介绍来自美白行业最前沿的一项革命性的技术。这项技术在国外已经给成千上万的爱美人士成功地实现了换肤。"

"而最近，这项技术终于来到了国内、来到了我们这座海边小城。"

"那么，这个技术是什么呢，请大家注意，我开始介绍了！"

"这个技术是果酸换肤法，是一种使用化学手段的技术方法……呵呵，化学技术？是不是和硫酸一样呢？是的，没错，这种换肤法真的和硫酸有的一拼哦，因为果酸也是属于酸性的换肤溶剂，它会像硫酸那样，将你的皮肤彻底溶解掉一层皮，效果就像硫酸一样的完全和彻底。但是，你要放心，它绝对不会像硫酸那样对你造成伤害。"

"这一点，你要完全放心。因为果酸的成分是从多种天然水果中萃取出的，具体说来是由含 alpha 氢氧基的一群羧酸所组成，包含葡萄酸、苹果酸、柑橘酸及乳酸等，呵呵，你听不懂，是吧？不过，听不懂也没有关系，你只要了解，果酸之所以叫作果酸，是因为大部分成分都是从水果中提炼出来的，所以叫作果酸。你问都有什么水果？呵呵，这我可说不好，但是我知道其中要用到甘蔗。甘蔗？对了，就是甘蔗！就是你喜欢拿在手中，'嘎吱嘎吱'嚼的甘蔗！从甘蔗和其他水果中提炼出来的果酸，来给你换肤，你还会担心安全吗？"

"当然不，当然不！这些天然的水果，要多安全有多安全……"

"您还犹豫什么、快拿起手中的电话，拨打屏幕下方的 24 小时免费咨询热线吧……"

电视上白大褂的这番热情洋溢的演讲打动了曹告白，他从床头柜的抽屉里翻出纸和笔，记录下屏幕上的联系方式。

节目结束后，曹告白就拿起手机，拨通了刚才记录的号码："你好，我想咨询果酸换肤……我免贵姓……"曹告白顿了一下，多了个心眼，他想起滨海是个小地方，一点事就能天下皆知："哦，我免贵姓王……滨海就有分院？……好，可以，明天可以，我明天就有时间！"

第二天，曹告白如约走近挂着"韩雅美容"的门前，迟疑了一下，推门而入。

前台接待员热情地招呼："欢迎光临，请问我有什么可以帮您？"

从楼下下来两个女孩，用好奇的眼光审视着曹告白，前台接待员跟她们打着招呼，两个人轻声交谈着从曹告白身边经过，其中一个看了一眼曹告白："这个美容院生意够火的，瞧，生意都做到非洲人身上了！"

另一个亲热地挽着对方："是啊，真的是非洲人啊！真是够黑的啊……"

曹告白不自在地等着她们都出去，环顾周围没人了，这才走到前台，期期艾艾开口："那个……我跟高医生有预约！"

前台接待员翻翻登记簿："王先生是吧，高医生正等着您呢！请跟我来！"

前台接待员带曹告白走进一个房间前，敲了敲门，里面说了声："请进！"

前台接待员在前面通报："王先生来了！"

前台接待员带上门走出去。

高医生是个皮肤很白的中年女子，矮墩墩的个头、水桶腰。

她向曹告白点头示意："请坐。王先生想必从网上已经了解到果酸换肤的介绍，我就不详细解释了。效果嘛，我就是一个活生生的例子，看看以前的我。"

高医生打开手机，调出一张照片。照片上，高医生果然皮肤黑且粗，并且满脸疙瘩。

高医生观察着曹告白的表情："看见了吧？这技术不仅能让皮肤变白，还能改善毛孔粗大、暗疮等缺憾。王先生的五官底子好，尤其是这双眼睛，婴儿般纯净，唯一的瑕疵就是黑了点。中国人以白为美，俗话说得好：一白遮百丑。我保证曹先生做了这个换肤，王先生会成为女孩子喜欢的白马王子，到时候女孩子见到你，就会争着往你身上贴的，你可要提前有思想准备哦！"

曹告白不好意思地挠挠头："我就是因为黑了点，一直找不到女朋友，所以才过来找你、做一下皮肤处理的。要不，大老爷们哪有进美容院的！"

高医生在收费单上奋笔疾书，边写边说："王先生有个误区，美容院可不是女人的专利，男士美容在下一步也将成为生活中一项必不可少的内容……你去缴一下费吧，我给你打了个九八折，等你做好了，可要给我们做个宣传啊！”

缴费回来后，高医生让曹告白躺在美容床上，首先给他做了面部皮肤的清洁，然后一点一点地将调好的果酸涂在曹告白的脸上，并提醒说：“可能稍微有点疼。”

曹告白硬着头皮说：“还行，能忍受。”

这是一种从未有过的体验。那种疼痛可不是轻描淡写的“稍微有点疼”，曹告白感觉自己的脸皮都要被揭下来了。然而，一想到要根治自己的沉疴痼疾，必然就要经过一场“脱胎换骨”的手术，他就硬撑着坚持下来了。

高医生娴熟地操作完毕后，又进行了一番交代：“回去后如果感觉不适、就用冰块敷敷，可能会有些发红，结痂后自己不要抠，要让它自然脱落。两周后再过来一下，我们根据情况再实施下一步的方案。”

曹告白坐起来，迫不及待地问道：“一共要来多少次？大约得多久才能见效果？”

高医生笑了：“别着急，再做两次就出效果了，一共要八次到十次吧！”

曹告白失口惊叫：“这么麻烦？”

高医生递给曹告白一瓶营养霜：“美是要付出代价的，美也不是一蹴而就的……回去要涂这个。”

美是要付出代价的，曹告白终于明白了这句话的真正含义，是在两个月后。做了八次换肤，褪了几层皮，皮肤白了几天后，可是很快又恢复如初。对此，高医生的解释是个人体质不一样，有的见效快，有的见效慢，美不是一蹴而就。开弓没有回头箭，曹告白只好咬着牙，继续增加项目。高医生给他推荐的项目真不少：刮痧、拔罐、美白霜、澳洲天然无公害的农场里种植的有机作物中提取的蛋白粉……当然，与之相对应的，是一次次缴费。

但是有高医生的苦口婆心，循循善诱，让曹告白觉得一切付出都值得，只要坚持下去，他的黑皮肤变白指日可待。

“你想想看，你的皮肤天生就黑，黑了多少年了？如果通过这些天就可以完全改善，岂不是太简单了？”

“我们本着为病人着想出发的啊，能不花的钱，就不花；能给你们省的钱就替你们省下。”

可是曹告白做梦也没想到，没有坚持到底的是高医生，在毫无预兆的情况下，“韩雅美容”闭门谢客，电话也打不通了，曹告白天天往那里跑，可每次看见的，都是卷帘门冷冰冰、结实实地落着锁。

终于，旁边小超市的老太太看不下去了，告诉他："小伙子，别再往这一趟趟来了，没用，人都跑了！"

曹告白吃了一惊："怎么会……您是说，美容院的人都跑了？"

老太太同情地看着他："没错，关门了！听说他们搞一种什么换肤，前几天给一个姑娘把脸烧坏了，公安局过来，把美容院的人都带走了……作孽啊，多么漂亮的一个姑娘，硬是破了相……听说老板判了刑，其他的人都跑了。小伙子，你如果能找到她们，就帮我带个信，看能不能把欠我的钱给我。我们是小本生意，拖不起……零头我就不要了，让她给我三千就行了……"

曹告白一下子晕了："怎么会是这样……我也是受害人，正要找她算账呢！"

他强打精神，硬硬地挤出一丝苦笑："好好，我碰到她一定转告。"

他精神恍惚地转身就走，差点跌倒……

第五章　绿姐相亲

周末，向来被苏达绿视为补觉时间，如果没有事，她能睡上一整天。

可是这个周末，苏达绿没有这么好的运气。一大早，刺耳的电话铃就响起，正在熟睡的苏达绿翻了个身，继续睡。可是，电话却不折不挠响个不停，苏达绿皱眉闭眼，火气很大地一把抓起话筒："不知道今天是周末嘛，大清早的吵什么吵……"

突然，她猛地睁开眼睛，语气变成柔婉："哎呀，老妈呀，我睡糊涂了，大人不计小人过……没事没事，老妈什么时候打电话都可以，我这不是特地为您二老装了座机嘛，为的就是您和老爸把我吵醒嘛！看我这态度，是不是很乖……老妈，有何指示，吩咐！"

话筒里传出一个缓慢的女声："绿绿啊，妈就是问问你，最近个人问题怎样了?"

"昨天你王阿姨、就是经常和我一起跳舞的那个王阿姨，说他有个侄子还没有对象。小伙子是公务员，有车有房，照片我也看了，还真不错……"

苏达绿耐心听着，一边抬高腿，仔细欣赏着脚趾上昨晚刚刚涂上的红色指甲油，心里琢磨着："有时间给小麻烦也涂上，她一定高兴得不得了。"

谢天谢地，老妈终于说完了，苏达绿无奈道："老妈，您就再接再厉，替我看看良人吧……"

"怎么跟你妈说话呢！"一个大嗓门的男声接了过来，这不是老爸嘛，苏达绿下意识地放下跷着的腿。爸爸的语气真不客气："你妈如果能替你早替你了……绿绿，还有几天你不就三十了?！女孩子耽误不起啊，老爸就担心你剩在家里……"

苏达绿无奈地咬咬牙："好吧好吧，我去见，我去见不就得了！时间？地点?"

话筒里的声音变得欢快，苏达绿似乎看见爸爸胜利的表情："快快快，绿绿问相亲的事呢……"

放下电话，苏达绿又躺了一会儿，却是翻来覆去，无论如何也睡不着了。她烦恼地拨通何双双的电话，劈头说道：“何军师，大事不好！”

何双双显然吃了一惊：“今天不是周末嘛?!”

“被老爸老妈吵醒了呗，烦死了，一大早打电话逼我去相亲！”苏达绿无奈地说。

何双双“嗨”了一声：“我以为出什么大事了呢，老爸老妈催得对，你确实该解决个人问题了，滨海是个小地方，再不抓紧，好男人都被抢光了！”

“好吧好吧，你们都是一个鼻孔喘气！”一提起这个，苏达绿顿觉浑身刺痒，心烦意乱。

“要不，我们过去帮你包装一下？正好今天没事。”何双双扬声道：“小麻烦，好了没有，咱们去绿姐那里开时装 party！”

“好啊，好啊，开 party 喽！”何小双欢快地大叫。苏达绿似乎看见她又蹦又跳的快乐样子，顿时心情飞扬起来。

“等着，我们一会儿就到！”何双双“啪”地一下挂上电话。

苏达绿赶紧一骨碌爬起来，洗漱吃饭。

没过多久，门外就传来何小双兴高采烈的声音：“绿姐，绿姐，我们来开 party 啦！”

“说说，要见的是什么类型的人，职业，性格?”何双双这下不啰嗦了，把手里的东西往沙发上一扔，立即进入“军师”角色。

苏达绿皱起眉头：“老妈说是公务员，好像是个科长，有车有房，还说他为人正派、沉稳……总之，是他们眼里的好孩子！”

“没问题，包在何军师身上，包你把他拿下！”何双双胸有成竹。

苏达绿狐疑地：“真有这么神?!”

“绿姐，你大胆地往前走啊，往前走、莫回头！”何双双随手把沙发上的杂志拿起来，卷成一个筒放在嘴边充当话筒，“相亲时装表演现在开始！”

何小双着急道：“我也要，我也要！”

何双双随手从茶几上拿过一瓶瘦长的酸奶递给何小双，何小双立刻眉开眼笑。她正了正表情，装出严肃的样子，大声报幕：“表演者，My dear（我亲爱的）绿姐。”

卫生间的门应声而开。苏达绿一身休闲运动装，夸张地迈着猫步，昂头挺胸走出来。

何双双解说：“我们的绿姐决心要告别自由散漫的单身生活，迈步走向二人世界。”

她把一只手括在嘴边，向着虚拟的观众，放低了声音挤了挤眼：“也就是我们常说的，爱情的坟墓……你们都懂得！”她清清嗓子，重新恢复了之前的语调：“……目的是为了彻底堵上老爸老妈那两张唠叨不停的嘴！”

苏达绿停步，摆出一个 pose，向何双双抛一个白眼。

“今晚被相亲的是位国家干部，大家都来说说，他会喜欢什么样的女朋友？清新的、运动的、活泼的？”

苏达绿配合着何双双，眨眨眼，做了个很酷的跳跃打网球的动作。

何双双眼睛转向何小双。何小双夸张地摊开两手，耸起肩，摇摇头。

何双双继续解说：“是的，清新、运动、活泼，显然会被国家干部视为不稳重的……”

苏达绿也学何小双，摊开双手，做了个无奈的动作，退回卫生间。走到何小双身边，她特地绕过来，亲昵地刮刮她的小鼻子。

何小双抬头瞥了一眼苏达绿，很不耐烦：“刮鼻子是个收费项目，每次十元！”

苏达绿“扑哧”一声笑了，从兜里掏出百元纸钞，蹲下来交给小双：“好吧，老熟人了，打个折吧！合适的话，我来一百块钱的！”

何小双一把把钱夺了过去装在兜里，按按，头也不抬地说：“我说的是英镑，一百元人民币只够一次！”

苏达绿夸张地惊叫：“Why so expensive（啊，这么贵）！”

苏达绿又掏出来一张百元的纸币，在何小双面前晃晃，笑嘻嘻地说：“好吧，再来十英镑的！”

何小双抬起头来，瞪大眼睛认真地：“Sorry，Madam，We are closed（抱歉，女士，我们打烊了）！明天再来吧！”

苏达绿遗憾地摇摇头讪讪地走开。

卫生间的门再次打开，苏达绿穿一件白色的连衣裙，长发扎成一个马尾。

何双双解说：“清纯的？”

何小双摇头，何双双也摇头。

苏达绿不急不慢，迈着优雅的猫步退回卫生间。

何双双继续解说：“瞧人家这风度！即使清纯也忘不了装优雅，这才正点！谁谁谁说得好啊，将来的世界是跨界的天下……不会跨界？等死吧！”

卫生间的门打开，苏达绿穿一套淡粉的职业装，长发挽起。

何双双解说：“职业的？拜托，人家找的是老婆，想吓跑人家不用这招吧！”

卫生间的门打开，苏达绿身着一件红色曳地长裙。

何双双托着下巴认真审视，并做出咨询何小双的姿势：“有点招摇，小麻烦你说呢?”

何小双会意，端起“话筒”：“我觉得吧，绿姐什么也不穿最好看！啰唆姐，你说呢?”

“哈哈哈……”

何双双放声大笑，苏达绿也撑不住，紧绷的脸一放松，“扑哧”笑出声来。

苏达绿一屁股坐在沙发上，有些泄气：“这也不行，那也不行，到底怎么才行? 你们倒是说话呀！”

何双双理直气壮：“这不是为了保证你的出场成功率嘛！”

她突然想起什么，抓起进门放在沙发上的包开始翻找，小心地拽出一件叠得整整齐齐的衣服：“差点忘了，我这里有镇山之宝！喏，试试这件，估计问题不大！”

苏达绿接过来，抖开，狐疑地放在自己身上比画着：“没看出有什么特别的啊?”

何双双上前“唰”地一下拉开苏达绿曳地长裙背上的拉链：“相信何军师的眼光，没错的！”

苏达绿捂着前胸、提着裙子退回卫生间：“好吧好吧！”

很快，卫生间的门再次打开，苏达绿着黑白相间的夏奈儿连衣裙，不自在地左顾右盼。

何双双的眼睛一亮：“不错不错，低调的奢华，有格调有品位，又不张扬不轻狂！”

何小双又拍手、飞吻，又唱歌：“Ooh la la you're my superstar（你看起来像我的超级巨星），Ooh la la Iove the way that you are（爱你现在的样子）！”

何双双右手顺着苏达绿的肩膀向下摸：“瞧瞧，这身材，该显得显，该藏得藏，水到渠成、玲珑有致！”

苏达绿一把打掉何双双的“魔爪”，抱起何小双旋转，一边漫不经心地说：“你这是贬我呢，还是褒我呢?”

何双双又从包里变戏法似地掏出一个袋子，打开，一双细高跟的鞋子出现在眼前：“一定要配这双鞋子才出效果！”

和何小双闹作一团的苏达绿瞄了一眼，头疼地大叫：“天哪，饶了我吧！”

“公务员”叫王宝，不但名字跟演员王宝强差一个字，人长得也跟他半斤八两——个头差不多，只是五官有点差强人意。此人戴一副黑框眼镜，一件肥大的白衬衣，在瘦弱的身上空荡荡飘逸，脚上却穿着一双格格不入的大头鞋，背着一个硕大的背包。

王宝在苏达绿面前一站，竟然只到她的肩膀。苏达绿不由得在心里暗暗悲哀：“难道自己跟老妈的代沟就这么深到不可救药?”

约会的地点在皇家咖啡厅，但是他们两个围着咖啡厅转了四圈，王宝也没有进去的意思。苏达绿终于忍不住了，提议道："我们不进去喝杯咖啡吗?"

王宝一怔："晚上不能喝咖啡，喝咖啡会让人失眠!"

苏达绿尽量耐心："我喝咖啡，你喝苏打水应该没问题吧?"

王宝不为所动："再走走吧，外面空气多好，视线多好，这样说说话多好!"

苏达绿蹲下身摸摸被鞋子磨疼的脚，心里又开始暗骂始作俑者何双双："什么破军师，让人穿这样的鞋子，累死人不偿命啊!"

王宝注意到了："有事儿?"

苏达绿艰难地一笑："没事儿，鞋子有点磨脚!"

王宝咂砸嘴："真不理解你们女同志，穿这么高这么细的鞋子，不就是过去的裹小脚嘛，受罪！像我，宽松肥大，多舒服!"

苏达绿尴尬地苦笑，却在心里把他祖宗八辈都问候了个遍："怎么摊上这么块货，人家还不是为跟你见面才特地穿成这样！苏达绿啊，忍耐、忍耐、忍耐……回去就可以向老爸老妈交差啦!"

迎面走过来两个学生模样的年轻女孩，一个捧着一束玫瑰，另一个抱着一个募捐箱，两个人在苏达绿他们面前停下了。

抱募捐箱的女孩开口道："大哥，我们为同学募捐治病，给这位漂亮的姐姐买支玫瑰吧!"

王宝看了看苏达绿，勉强道："多少钱一支?"

捧玫瑰的女孩介绍："多少钱不限，主要是献爱心，十元不少、一万不多……哥哥姐姐，帮帮我们的同学吧!"

王宝轰苍蝇似地挥挥手："走走走，这种骗人的鬼把戏我见得多了!"

两个女孩满脸委屈，抱募捐箱的女孩从背包里掏出一张纸："大哥，这是我们同学的诊断书。您献不献爱心、我们不勉强，但不能侮辱我们的人格!"

苏达绿迅速地扫了一眼那张复印的诊断书，打开自己的手包，拿出一百元钱放进募捐箱。

两个女孩给苏达绿鞠躬："谢谢漂亮姐姐!"

捧玫瑰的女孩送给苏达绿一束玫瑰花，苏达绿抽出一枝留下，剩下的还给女孩："也得谢谢你们为同学的付出，姐姐祝你们的同学早日康复!"

看着两个女孩离开，王宝埋怨苏达绿："你也太大方了，随便给点就打发走了!"

苏达绿冷冷地："我的钱包我做主!"她直奔咖啡馆而去："我累了，要进咖啡厅去坐！"

王宝跟在后面："那地方能随便让咱坐吗？这样走走不是挺好嘛！"

苏达绿恍然大悟，原来遇到个小气鬼！她指指手包："我带着钱呢！"

"男人怎么能让女人花钱！"王宝的回答让王苏达绿啼笑皆非。

她鄙夷地瞥他一眼："我请客！"

"不好吧！"王宝还在沉吟。

苏达绿已经彻底放弃了对他的忍耐，径直推门走进咖啡厅。王宝顿了顿脚，只好跟着走进去。

服务生拿来酒水单。苏达绿看也不看："给我来一杯卡布奇诺。"

王宝仔细翻看酒水单，服务员拿着点单器耐心等待。

王宝"啪"地合上酒水单："我要杯白开水吧，要滚烫的。这个不收费吧？"

服务生彬彬有礼地躬身答复："先生，我们只收百分之三十的服务费。"

王宝像被开水烫了似地跳起来："白开水也收费？这不是杀人嘛！让物价局来查查你们！"说着，他就掏出手机开始拨号。

苏达绿按下，小声对王宝："这是高档消费场所！"又转身对服务员："就给这位先生上白开水！"

很快，服务员端着盘子过来，将一杯卡布奇诺放在苏达绿面前，又将一杯白开水放在王宝面前，并提醒："先生，小心水烫！"

王宝从肩上拿下包，从包里变戏法般地掏出一个小袋，撕开包装，竟然是一袋挂耳咖啡。他开始熟练地操作，拉开纸袋侧面的两只小耳朵，撕掉纸袋开口，先在白开水里轻轻浸了一下，接着将两只小耳朵挂在白开水的杯沿上，轻轻晃动杯子。然后，他取过桌上的糖包，撕开倒进去。接着，他又放了两小勺奶精，轻轻搅拌。

苏达绿目瞪口呆，瞪大眼睛看着。

王宝放下小勺，端起咖啡轻抿一口，闭上眼睛回味，然后皱起眉头："勉强凑合吧！其实这袋子应该挂在空杯子里，空杯子最好提前温杯；注水也有技巧，要顺时针、划小圈、均速地注入……这样泡出来的咖啡才味道十足……条件有限，只能将就吧！"

苏达绿提醒他："你不是晚上喝咖啡失眠吗？"

王宝端起咖啡，又抿了一口："这个世界从来没有两全其美。想开了，今晚就交给咖啡，豁上不睡了！"

苏达绿心想，索性让他敞开表演，探探他的真面目。她装作兴趣十足："听你姑姑说，你房子和车都买好了？"

王宝自豪地："一点都不错！我上高中时，我爸妈就给我买了房子。老人考虑得长远，他们说现在的女孩子都很现实，没有房子，女孩子连面都不照……不过，车是我自己买的"。

"你一个公务员，自己能买上车，也不容易！"

王宝一点也没察觉出苏达绿的冷嘲热讽："也没什么，就是不该花的钱，一分都不能乱花！"

"是啊是啊，牙缝里都能省钱，也确实值得钦佩！"

王宝不以为然地一笑："听说你们有的女孩子为了买一个手包，连卫生巾都舍不得买……道理都一样，就看你的兴奋点在哪里！"

苏达绿冷笑，招呼服务生过来："服务生，结账！"

服务生拿来账单："先生、小姐，六十元！"

王宝拍出十元钱："我的服务费我自己出！"

服务生恭敬却难掩不屑："先生，咖啡四十五元，不收服务费；白开水的服务费十五元！"

"一杯白开水的钱够我买两袋挂耳咖啡了，回头让物价局来查查！"王宝恼火。

服务生拿过来酒水单，翻到最后一页，不亢不卑地指给他看："先生，这是物价局的收费批文复印件，请过目。"

苏达绿实在忍受不下去了，她将百元纸钞放在桌上，拿起手包头也不回地往外走："不用找了！"

王宝将十元钱收回放进自己的口袋，对服务生说："还有四十元，找！她不要我要！"

第六章　奇葩种种

苏达绿从咖啡馆出来，看看时间还早，干脆直奔何双双的住处。今晚的遭遇太奇葩了，自己一个人真是消化不了。

“哎呀我可怜的肚子……哈哈哈哈……大开眼界了，这么奇葩的男人也被你遇上了！赶紧去买彩票啊！”苏达绿边讲，何双双边笑。最后，何双双揉着肚子，笑得直不起腰。

苏达绿扑过去扯住何双双的嘴，恶狠狠往两边拉：“让你笑让你笑，让你尽情笑个够，还不都是你这狗头军师出的馊主意！”

她转身喊何小双：“去我的包里找找我的针线包，我要把你啰唆姐的嘴缝上，我让她以后还敢乱吐狗牙！”

何小双拍手欢快地大叫着：“Good idea（好主意）！Good idea（好主意）！缝上啰唆姐的嘴，我让她以后……还敢乱啰唆！”

何小双去翻包，突然一声惊喜的尖叫。

苏达绿突然想起什么，放下何双双嘴上的手，牙疼似地捂住自己的腮呻吟道：“我刚买的棉花糖啊！”

那边，何小双已经举着一只棉花糖，一口啃下去，嘴里含混不清地嘟囔着：“谢谢绿姐！”

何双双看着吃得正欢的何小双，低声对苏达绿说：“谢谢，你总是对小麻烦那么好！”

苏达绿毫不领情：“谢你个头啊，小麻烦也是我妹妹不是！”

她转头向何小双叫道：“别光顾自己吃，也过来给你啰唆姐舔一口！没看见她馋得眼泪都要掉下来了?!”

何小双乖乖地举着棉花糖跑过来。

何双双作势虚舔一下，做出满足和高兴的笑容。苏达绿揽住何双双的肩："哎……狗头军师继续留任……帮我做好参谋，明天晚上见的那个，该穿什么衣服？奶奶个头，不蒸馒头争口气，我还没好意思告诉你，路上我就接到反馈意见……那小气鬼竟然没看上我！就那德行！介绍人还跟我妈说，对方嫌我花钱大手大脚，将来没法在一起过日子，哼！"

何双双又是一阵大笑："这都什么世道哪！"

苏达绿咬牙发狠："我就不信了，凭我苏达绿，还找不到个两条腿的男人！"

何双双已经迫不及待进入角色："对对对，天下就没有我绿姐做不成的事！说说看，这次是个什么样的男人？"

转天的昏黄，苏达绿袅袅婷婷走进时尚川菜馆。她穿一件青花瓷的旗袍，头发高高地挽起，随意地插了一只发簪。发现自己引起不少人的注目礼，她禁不住在心里小小得意了一下："这次怎么着，主动权也在自己手里吧！"

老妈说，男孩子是做 IT 行业的，一有时间就趴在电脑上用功，从不出去惹是生非。这样的男孩子将来结了婚，让人放心；老妈还说，这男孩还喜欢陪他妈妈逛街，让那些阿姨们羡慕嫉妒得要命。

服务生引领苏达绿到一个装修别致的小房间，挑开门帘，里面一个着粉红 T 恤衫、白色长裤的眼镜男子正埋头手提电脑。他抬起身子点点头，算做招呼，一边吩咐服务生："让这位女士点菜吧。"说完这句话，他又埋头电脑。

看来这人很忙，不过还知道尊重女孩儿。苏达绿初步对他印象不坏。她看着菜谱，按照自己的口味点了两个菜，然后推让道："我点好了，你也点个自己喜欢吃的菜吧！"

眼镜男手指在键盘上飞舞，头也不抬道："你点就好！"

苏达绿想了想，自己点的都是分量少的菜，只怕不够吃，干脆又加了个酸菜鱼。

菜上齐了，眼镜男仍然埋头忙碌。苏达绿清清嗓子，咳嗽一声，对方毫无反应；她敲敲桌子，对方没有反应；她只好猛地拍了一下对方面前的桌子。

眼镜男吓了一跳，猛然蹦起来，茫然地看着苏达绿。

苏达绿用下巴点点他的电脑："做什么呢这么用功？菜都上齐了，吃吧！"

眼镜男认真地解释："今晚是关键的一战，我负责指挥！你先吃，先吃啊！"

说完这句话，他又进入忘我状态。

苏达绿拿起筷子，心里鄙夷："原来是忙着玩游戏！"

半个小时过去了，即使细嚼慢咽，苏达绿也吃饱了，但是眼镜男还是在忘我中手指飞舞。苏达绿想起以前在微信里看到"世界上最遥远的距离，就是你跟他面对面坐着，却不知道他在想什么”，现在算是体会到了，真不是矫情！

苏达绿用筷子使劲敲敲桌子："他们没告诉你今晚是来做什么的？"

"相亲！"

"有你这么相亲的吗？我长什么样子看清楚了？几个鼻子几只眼？"

"难道不是两只眼睛？"

"既然忙，为什么还过来？"

"妈妈逼着让我来！不好意思了！"

"说不好意思的应该是我，打搅几分钟。"

"没关系，请讲！"

"听我老妈说，哦，是……这样的，听说你经常陪你妈逛街，大家都对你赞不绝口……看这情况，你那帮'战友'也离不开你……我想知道，你是怎么做到的？"

"很简单，我陪我妈到商场，她逛她的，我玩我的……哄老人家高兴呗！"

看来，老妈和阿姨们全被这个"乖孩子"的表面文章给骗了。自认倒霉吧，碰上这样的货色，今晚算是浪费了！苏达绿站起身："你玩吧，姐我不奉陪了！"

眼镜男这次抬起头，直起身："姐姐再见！战斗正在关键阶段，难得这里有 WIFI 信号！吧台在门口，姐姐记得买单！"

苏达又折返回来："为什么我买单？"

眼镜男似乎很奇怪："菜都是你点的，也是你吃的，当然是你买单！"

苏达绿无奈了："第一次碰到你这样的男生，两个人约会，让女孩子埋单！"

"约会就一定要男的埋单，谁定的规矩？"

眼镜男的回答，让苏达绿火冒三丈了："哎，我说你还是个爷们吗？"

眼镜男不屑："这跟是不是爷们有什么关系？这几年给我介绍的女孩子，往里说，也有一百个了。如果每次都请吃饭，我早破产了！你这种人我见得多了，打着和男生约会的名义，到高档酒店混吃混喝。今天没想到会遇到我这样不虚伪的人吧？"

这是今晚他说的最长的一段话，真是小人眼里无君子！苏达绿怒极反笑："这个地方是你选的，我还怀疑你是饭托儿呢！"

"姑奶奶今天就跟你较劲到底了！告诉你，姐今天就不买这个单，看着办吧！"苏达绿扔下这句话，大踏步走出去。

眼镜男子见状，急忙收拾电脑，也要离开。

眼镜男走在门口，早就接到服务员通风报信的饭店老板挡在了他前面："不结账就走？想吃霸王餐！你们演的这套我见得多了！"

胖胖的饭店老板吩咐服务员："打 110 报警，说有人要吃霸王餐！"

很快，一辆警车响着警笛，阵势很大地开过来，"吱"地一下在菜馆门口停下。

从车上下来一个胖胖的警察，带着两位协警，很威严地大声喝问："谁在闹事?"

胖老板赶紧过来："警察老师，这个小伙子想吃霸王餐！"

眼镜男脸色发白："谁要吃霸王餐？刚才那个女的你们怎么不找她要钱？让她走了，跟我有本事了！"

胖老板向警察解释："你们两个是一伙儿的！"又狐假虎威道，"反正吃了饭不付钱就休想出我这个店门！"

胖警察"嘘"口气，严阵以待的架势放松下来："霸王餐，就你?!"他经验十足地快刀斩乱麻："你自己在这里解决，还是跟我到局里去解决?"

眼镜男垂头丧气："我没有钱！"

胖老板乐了："没钱装什么大爷？看看，还拿着电脑，像那么回儿事似的！打电话让家里送吧！微信、支付宝转账也可以吧？先把你那电脑押在这里，改天来送钱也行！……早这么说，还用麻烦警察老师跑这趟了？真是的！"

胖警察息事宁人："你们协商解决吧，没事我们走了。"又对胖老板教训道："这点小事也报警！公安局是你们家开的?!"

胖老板连连点头："大事化小，是警察老师们出马的功劳……谢谢，改天到局里去送锦旗！"

苏达绿正沮丧地坐在出租上生闷气。手机响了，来电显示是介绍人的电话号码。

苏达绿不想接电话。但是电话一直孜孜不倦地响，司机都提醒了，她才不耐烦地接起电话："马姨……什么，他竟然没带钱?! 现在什么年代了，不是还有微信、支付宝吗?! 马姨，不是我背后说坏话，您怎么能用这么不靠谱的人糊弄我妈，弄得我妈非逼我见他……竟然还说我打着和男生约会的名义，到高档酒店混吃混喝，那个小川菜馆是哪门子高档酒店?! 马姨您没跟他说清楚我的情况吧？我差他那顿饭嘛！亏他说得出来！……不管，警察带走就带走，跟我有什么关系！活该，他整个人就脑袋缺螺丝，让警察帮着拧拧也不错！"

怎奈马姨一直在说好话，又是长辈，苏达绿不好再强硬下去，只好不情愿道："好吧，看在您的面子上，我回去把账结了！回头麻烦您跟他说清楚，不要狗眼看人低，收起他那副小人之心！"

苏达绿收了电话，无奈地叹口气，对出租车司机说："不好意思师傅，麻烦您调头回去！"

从时尚菜馆出来，苏达绿嘘了口气，看看表，才七点。此刻，天空晚霞满天，一弯月牙同时挂在暗蓝色的天幕上，说不出的宁静。她凝神看了会儿，心情渐渐好起来。突然，她的手机响了，一个男声很绅士的声音："苏小姐，我是汪洋！如果您那边忙完了请移步到黄海大酒店，我在门口等您！"

苏达绿这才想起来，这个叫汪洋的，已经巴巴地约了自己好几次。

好吧，时间还早，去他那里散散心吧。于是，她答应了对方："我马上过去！"

苏达绿下了车，一个叼着雪茄、戴着一条大金链子、上衣两个扣子敞开着，露着胸前的黑色玫瑰文胸的男子走过来，伸出手："是苏小姐吗？我是汪洋！"

苏达绿只好伸出手："你好，我来得有点晚，不好意思！"

汪洋热情地两只手握住苏达绿的手："没关系没关系，都是自家小兄弟，好说好说！"

苏达绿吃惊道："你的意思是，今晚很多人？这样合适吗？"

汪洋不由分说，热情地拉着苏达绿往里走："合适合适，漂亮的女孩子只会给宴会增光添彩，您的到来肯定是蓬荜生辉，这帮人不高兴死才怪！快进去吧，他们都等急了！"

汪洋带着苏达绿娴熟地七拐八拐，推开一扇门，里面三三两两坐了大约十几个人，有几个人在抽烟，屋子里烟雾缭绕。呛人的烟味迎面而来，苏达绿忍不住一阵咳嗽。

汪洋不客气地点着几个人的名字："念冰、小刚、胜利，把烟掐了，没看见有女生在吗？"

汪洋接着给苏达绿一一介绍屋子里的每个人。那几个抽烟的、被点名的人很配合地把烟掐灭。有一个不情愿的，被其他人戳了戳，也在烟灰缸里掐灭了烟。

汪洋最后指了指苏达绿："各位，这是我的女朋友苏小姐，大家都认识一下！"

苏达绿赶紧声明："我跟汪洋今天是第一次见面。"

刚才抽烟的念冰替汪洋说话："我们汪哥是个好人，你跟着他尽管享福吧！"

其他人纷纷附和："是啊是啊，汪哥热心仗义，现在少见这样的好人喽！"

"苏小姐一看就是个有福气的人！"

"那是苏小姐有眼光！"

……

苏达绿不禁皱眉，后悔不迭。

汪洋用一个手势制止了大家的起哄："大家入席吧，苏小姐，到我身边来坐。"

"咱们来玩个喝酒游戏热闹热闹，青蛙跳水咋样？"三杯酒后，汪洋提议。

“老大，今天苏姐第一次来，我这里有个新鲜的，要不要玩这个?”小刚举手。

念冰一下子来了精神：“什么新鲜的游戏，快说说看！”

小刚解释：“游戏的名字叫‘谁没老婆最倒霉’。口诀是‘天上雷，雷打雷；地上锤，锤碰锤，这个世界谁倒霉，谁有老婆谁倒霉，几个老婆最倒霉?’对门的两个人说到最后一句的时候，伸出手指。比如，你说三个老婆最倒霉，就伸出三个手指；汪哥说四个老婆最倒霉就伸四个手指，你们两个人的手指相加，是几个，从主陪顺时针数、数到谁就由坐在那个位置的人喝酒。喝完酒的人，再由他和对门进行。”

大家齐声叫好。小刚提议：“从老大和苏姐那里开始。”

苏达绿心里踌躇，想借口去卫生间偷偷溜走，但是汪洋早有经验地将她的手包抱在怀里，她只好无奈地又重新回来坐下，心想：“做完这个游戏就走。”

汪洋喊起来：“天上雷，雷打雷；地上锤，锤碰锤……”

小刚督促苏达绿：“苏姐，快啊，你们得一起喊！”

“这个世界谁倒霉，谁有老婆谁倒霉，两个老婆最倒霉！”苏达绿只好跟着一起顺着汪洋，磕磕绊绊地溜。

汪洋伸出两个手指，苏达绿伸出四个手指，赶紧改成：“四个老婆最倒霉！”

大家一阵哄笑。小刚调侃：“苏姐真大方，四个老婆……嘿嘿……恭喜汪哥有福气！”

汪洋指着小刚：“喝酒喝酒！别打马虎眼！”

念冰数了一下，向汪洋竖了竖大拇指：“汪哥一丝不糊涂！”

又指了指小刚：“就是你，没错，快喝快喝！”

……

一圈过后，苏达绿就熟练起来，也渐渐投入了。

几圈之后，汪洋悄悄对苏达绿耳语：“看见胜利的脸色没有?好像不对劲啊！这小子这几天正为小三的事情闹心呢，还是换个玩法吧！”

又一圈结束，汪洋拍拍手：“换个游戏。来个简单的，猜牙签！”

他从牙签盒里又拿出几根牙签，数了数，摊开手心给大家看：“都看清楚了，我手里一共是九根牙签！”

他把手背到身后，然后举起右手：“现在猜猜，我手里是几根牙签！猜中的喝酒！”

汪洋把右手伸到苏达绿面前，苏达绿想了想：“五根！”

汪洋嘿嘿一笑，摊开手，手心里赫然是五根牙签！

大家起哄：“中彩了！喝酒喝酒！”

“这也是心有灵犀吧，一猜就中！”

苏达绿只好端起面前的杯子，闭上眼，将杯子里的酒往嘴里倒。

苏达绿喝完，站起身，一把抢过汪洋放在腿上的手包：“我要回去了，你们玩吧！”

众人不依不饶：“喝了酒再走！”

汪洋冲大家摆摆手，起身追赶苏达绿：“慢点苏小姐，我送您！”

苏达绿急忙闪进旁边一间打烊的空屋子，屋子黑着灯，汪洋没有看见，大踏步走过去。苏达绿确定汪洋回去了，才做贼一样，偷偷从空屋子出来，快步离开。

第七章　山穷水尽

回家后，苏达绿就在心里将汪洋列入删除行列。没想到对方却对她热情有加，每天都有电话来约吃饭，有时甚至一天两个。对于苏达绿的不解，对方的回答让她哭笑不得："苏小姐，您知书达理，人又漂亮随和，我那帮小兄弟都很喜欢您！"

这不，这天临下班时，他的电话又来了。苏达绿深切地体会到：盛情也是一种负担，拒绝盛情更是一种负担！

何双双走过来："又遇到难题了？找何军师啊！"

苏达绿没好气："喏，还不是那汪洋，天天打电话约我吃饭，愁死了！"

何双双做了"砍"的手势："这还不简单，快刀斩乱麻，啪，麻烦事一刀就砍断！"又压低了声音："咱们公司那个韩国外管，有一个韩国同学，要在中国找个女友。我专门去替你相了，人不错，跟你很般配！"

苏达绿一瞪眼："什么叫'替我相了'？看着好自己留下呗，小麻烦也该有个姐夫了！"

何双双委屈地大叫："没良心的，人家给你操心还说三道四的！你这个姐的姐夫也是小麻烦的姐夫，少不了她的！"

何双双从包里掏出一个小盒，递给苏达绿："韩国女人不化妆不出门，咱们也别让人家小瞧了！"

苏达绿狐疑地看着包装："什么？假睫毛？"

何双双又掏出一个小盒："唇膏，换成亮一点的！"

苏达绿头疼地大叫一声："天哪，饶了我吧！"

很快，涂着亮色唇膏的苏达绿就见到那位韩国同学。见过才知道，虽是韩国同学，他却是地道的中国人，只不过在韩国上了几年学，又恰巧跟韩国高管是同学，但是他的名字却真的是叫韩国。韩国身着唐装，戴一副金丝眼镜，倒是跟苏达绿着装很搭，不知道的人还以为他们刻意穿了情侣装。就冲这一点默契，苏达绿对他有了一丝好感。

他们吃过火锅，韩国又提议去银河公园。到了那里走了一会儿，他就在木栈道上盘腿而坐，打开了话匣子，“每个小孩都有一颗天使般的心，当他们知道肉是动物被残杀而来的真相后，被深深震撼了！一个八岁男孩，在日记里这样写道：我想对爸爸妈妈说，我想不通父母为何非要吃肉？假如有人要吃我，你们肯定会伤心。动物也有孩子，你们吃它们的孩子，它们难道不伤心吗？

“不要小看孩子，他们真的是大人的老师啊！小孩是上天赐给我们的礼物，上天怕大人在物欲横流的红尘中迷失了前行的路，所以派小孩来提醒我们要记得真善美，要记得：在这个地球上，每个生灵都是妈妈的孩子，它们和人类一样拥有生存的权利！

“所以，我经常劝说我的朋友，让他们吃素！大家都吃素，就可以为我们的孩子留下更多的动物朋友，为我们的子孙后代留下更多的自然资源！给孩子树立一个真善美的榜样！”

韩国说话间，不时习惯性地用手托托眼镜。苏达绿用鼻子“哼”了一声。韩国刚才在火锅店大口大口吃涮肉的样子，她记忆犹新。

韩国继续宣讲：“通过吃素，也可以给我们带来很多果报。民国时期，上海市闸北建国中学教务长金志骞先生，是社会科学专家。年轻时好食野味，后来患了瘫痪的病，两脚不能举步，在学校上课，登讲坛时也必须有人扶助，患病四年，历经德、日医生治疗无效。”

“一九三五年初，查猛济教授来到上海，常用佛法开导他，他对佛教本来没有什么信心，但与查教授师生情谊深厚，不便拒绝，所以听从劝告，开始吃素。

“查教授同情他的病苦，特别送他一帧药师琉璃光如来圣像，劝他礼拜供养，持之以恒，并为他解说《药师琉璃光如来本愿功德经》的经义，他听了信心大增。

“同年四月廿三日夜，他忽然梦见药师佛，遍体亮光，庄严美妙，无与伦比！他正赞叹间却醒了过来，顿觉全身舒畅。天亮起床，竟能步行，疾病若失……”

苏达绿站起身，嘲讽道：“我明白了，从今天开始，我要放下屠刀，立地成佛！先从不再吃涮肉开始！”

韩国听出苏达绿话中有话，尴尬地停止长篇大论，站起身。

苏达绿伸出手，客气地跟他握手，“听君一席话，胜读十年书。天不早了，再见吧！”

她头也不回离去，直奔何双双住处。进门就嚷：“我真是命苦！看别人找个男朋友那么容易，我怎么就这么难?!好像找个正常的两条腿男人，都不是件容易事！”

何双双一听就明白了；今天的相亲又宣告失败。

“你是没有看见韩国吃肉的样子，不由自主的会让你想到‘贪婪’两个字，就好像一辈子都没有吃过肉一样！”苏达绿犹自无法释怀：“你没见他那副德行呀，拿起来筷子来像饿死鬼一样地吃肉，放下筷子后，就像没事儿人一样的劝人吃素！”

何双双安慰苏达绿：“绿姐太优秀了，找个能配得上的男人太难了！”

苏达绿转一下眼珠，突然坏笑：“你是不是对这些奇葩男人很好奇、特想开眼界啊?”

何双双大力地点头。

苏达绿：“我有一个奇思妙想……耳朵伸过来！”

苏达绿揪着何双双的耳垂，趴在她耳朵上轻声说着，脸上挂着促狭的笑容。

何双双将信将疑，又跃跃欲试：“这……能行吗?”

苏达绿放下何双双的耳垂，搂着她的肩膀打气：“怎么不行？天下还有能难得住我们何军师的事情?”

何双双挺胸昂首，大声道：“当然没有！”

苏达绿做了个噤声的手势：“这么晚了，小麻烦还没睡吗?”

何双双吐吐舌头：“那会儿就上床了，我过去看看！”

苏达绿道：“我也去。”

两个人一起走进何双双和何小双的房间。何小双已经睡着了。

苏达绿轻声说：“真羡慕小孩子，无忧无虑，想睡就睡，想哭就哭。”

何双双轻声补充：“想自由就自由，想单身就单身，也没人唠叨逼婚！”

苏达绿戳戳何双双：“废话、连篇！”

两个人又继续静静地凝神欣赏熟睡的何小双，脸上都挂着爱怜的微笑……

门帘一掀，一个长发男子走了进来，他着一身丝绸的白衣白裤，仿佛从五台山下刚走下来一般，举手投足衣衫翩跹，左耳上还戴着几只闪闪发亮的耳钉。一股刺鼻的香味迎面扑来，何双双禁不住捏住了鼻子。他一直走到何双双跟前，伸出一只手来：“苏小姐吧？幸会幸会！路上堵车，不好意思让女士久等了！叫我方哥就行。”

“我是替绿姐相亲呢，可别给弄砸了！”何双双暗暗提醒自己，赶紧挤出几丝笑容：“没关系，反正不赶时间。”

方哥抓住何双双的手，出乎意料地送到嘴边，吻了一下手背。

何双双嘴边涌上一个讥讽的笑容，“绿姐说的没错，奇葩男人真不少。”她故意找话题：“听介绍人说方哥是做茶叶的。您这身装扮……是你们行业的定制服装?”

方哥在榻榻米上坐下，不知从什么地方掏出一个好像是香水类的喷瓶，朝着自己的手腕、耳根、脖子一阵娴熟的喷射，刚才那股刺鼻的香吻迎面而来。他向何双双让了让，何双双赶紧摆摆手。

方哥将香水瓶慢条斯理地放好，向何双双绽开一个璀璨的笑容："苏小姐有所不知，做茶叶是我的工作，而行为艺术才是我的事业。工作是为了谋生，事业才是活着的全部意义。你好像对茶感兴趣，那我就先给你说说这茶吧……茶叶有红茶、绿茶、白茶、乌龙茶、黑茶、花茶六大种类。要泡茶，茶好没有用，水好才管用。苏小姐想来也读过《红楼梦》，那上面写的，孤高自傲的妙玉，顶着寒风，用她那只鬼脸青的花瓮精心收集一朵朵梅花上的积雪，那烹出来的茶，不仅仅是茶，还是心情。郑板桥写道'寒窗里，烹茶扫雪，一晚读书灯'……可惜，现在雪很少见了……"

方哥看看听得入迷的何双双："不谈茶了，谈茶太俗。咱们还是来谈谈行为艺术，这才是大雅！——知道什么是行为艺术吗?"

何双双点点头，从微信里调出一条刚收到的微信，指给方哥。

方哥接过来，大声念道："这也叫行为艺术？那耍猴更是行为艺术了！……啥叫行为艺术呢？来，方哥给你演示一个！"

方哥突然跳下榻榻米，单膝跪在何双双面前，双手捧着变戏法似的不知从哪里弄出来的一只闪闪发亮的戒指，举得高高的，送到何双双眼前："苏小姐，你闭月羞花、美若天仙，静若处子，动若脱兔，玲珑剔透，完美无瑕，那真是众里寻他千百度，蓦然回首，那人却在灯火阑珊处。山有木兮木有枝，心悦君兮君不知。苏小姐，你愿意嫁给我吗?"

何双双吓了一跳，心想："坏了，替身弄假成真了！怎么办，怎么办?!"

方哥突然站起身，用一只兰花指梳理一下长发："瞧，苏小姐，这才是行为艺术！来，我再给你演示一个！"

何双双赶紧连连用力摇手，捂着自己的心口："别别，不要了！我这可怜脆弱的小心脏啊，我这孤陋寡闻的小眼珠啊，受不了受不了！"

何双双真正体会到了，相亲是件体力活儿，这些天真难为绿姐了！

方哥却惊喜地抓住何双双的手："苏小姐，你这就是行为艺术！这真是惺惺相惜，我太喜欢你了！服务生，拿大碗来，方哥今天高兴，要喝个痛快！"

"嘀"的一声，何双双的手机有微信进来，她划开微信，苏达绿正关注她的动态："怎样？顺利否?"

何双双立即回了个惊恐的表情。

方哥突然贴过来，大声宣布："如果有来生，我不做你的红颜，不做你的知己，不做你的爱人，不做你的任何人，我宁愿做你的手机，如此，你会每天都把我捧在你的手里，把我贴在你的脸上，把我放在你的唇边，我知道你的一切，了解你的所有，如果有一天你匆忙间把我忘在哪里了，你会着急地四处寻找。不是我粘着你，而是你离不开我！"

何双双有些疑惑："这话好熟悉，对了，朋友圈！"

方哥不好意思起来："借鉴，纯粹借鉴！活学活用！"

今天够开眼界了，收工！何双双装作像是突然想起什么，站起身："方哥，咱们能不能改天再切磋，我突然想起来，家里的煤气灶忘了关了，上面还烧着水……"

方哥大喊一声："什么？怎么不早说！赶紧快跑啊！"

何双双抓起包跳下榻榻米就往外跑，跑出几步才想起还没穿鞋呢，又讪讪地跑回去套上鞋："那个……方哥，我走了啊！"

躺在榻榻米上微眯双眼的方哥摆了摆手。

这小子怎么像是在赶苍蝇？什么德行！何双双顾不上跟他计较，赶紧脱身要紧。

听完何双双绘声绘色的讲述，苏达绿也同样笑得前仰后哈，乐不可支。

突然，何双双她眼睛一亮："我突然想起一个人，现在已经算是山穷水尽了，是不是该考虑曹哥那英国回来的同学，你当时挺有感觉的……"

何双双看着苏达绿，两人不约而同叫道："'铭铭'！"

何双双点点头："是该找他的时候了，这事包在我身上，我先找曹哥去打探一下情况！绿姐你就尽管等好消息吧！"

何双双送苏达绿回来，看见曹告白的房间亮着灯，干脆就直接上四楼去找他。

曹告白正在发呆，门外响起敲门声。他大声道："本人心烦，非诚勿扰！"

何双双扭门而入，惊讶道："曹哥，怎么了？愁眉不展的！"

曹告白唉声叹气："你曹哥命苦啊，长得这么黑，找个对象也找不到……"

"绿姐也为这事发愁呢！我说，你们年龄差不多，又有老感情，不是正合适吗？干脆，你们俩就地解决吧！"何双双快言快语。

曹告白苦笑："太熟，不好下手！"又赶紧补充："你别误会，我和绿姐，就是哥们，没有男女之情！"

何双双撇撇嘴："好吧……听绿姐说，前几天，你的一个同学从英国回来了？"

"是的，他有个项目去英国交流，前些天刚回到国内。"曹告白如实回答。

何双双旁敲侧击："听绿姐说，你那个同学长得很帅？"

曹告白眼皮一跳："帅？没错，很帅！但岂止是帅，'帅'这个字形容他不够，应该说是优秀……反正，只要是女孩子见到他，都眼睛发直；如果做了进一步的了解，就都愿意以身相许。你不知道啊，当初追他的女孩有多少……关键是，我这同学从来不拿正眼看她们一眼，也从来没有跟一个女孩子来往！"

何双双明显不相信："是吗？这么帅、这么好！竟然没有女朋友？不会是性别取向有问题吧？"

曹告白急了："不可能，他正常得很！我也觉得奇怪，曾经问过他好几次，他才说一直不找女朋友，是因为自己觉得男人要先立业、后成家……"

何双双脱口说道："弄半天还是一事业型的！你这一说，我还真想见见他，开开眼界！"

曹告白点点头："没问题，他从英国带了一个科研项目回来，这段时间比较忙。等他忙完吧，其实，他喜欢往我这里跑……他说我这里温暖、舒适、温馨、安静。"

他突然警觉，上下打量何双双："双双妹妹，是不是你有什么想法？我觉得你跟别的女孩子不同，他说不定会给你机会。我可以替你们撮合……"

何双双的脸红了："去去去，我有对象了，不劳你费心！我是替绿姐打听呢！你不知道，绿姐的父母催得有多紧。她马上就过三十岁的生日了，确实也该着急了……她呢，对这事还是很配合的，这段时间紧锣密鼓，相亲相了不少，就是没找到自己的菜。可是那天见了你同学，竟然跟我主动打听。这就是缘分吧……你说咱两个是不是该替他们撮合一下？"

曹告白挠挠头道："嘿，你这么一说，我觉得他们两个还真可能有戏！我同学比我高一级，应该比绿姐大两岁，年龄也很合适。这样吧，改天我再见了他，我先给他说说！"

何双双高兴道："太好了！如果真能成，你是第一大功臣！……"

"什么功臣不功臣的，还不是没有女孩子能看得上……对了，双双，你男朋友是做什么的啊？这么长时间了，怎么一直不见他来看你呢？"

何双双顺口说的推辞话，想不到被当了真，只好硬着头皮再编下去："他在国外读书呢，还要过几年才能回来"。

曹告白又自怨自艾起来："真羡慕你啊，不知道什么时候我的感情才能有归属！"

"别灰心，曹哥！你其实是很优秀的，会有好女孩看上你的，要有点儿耐心！"何双双安慰说。

"算了，双双，别安慰了！我知道你是好意，但是，你不知道我都经历过什么……

我知道，不会有女孩子会喜欢我这样、比包公还黑的炭黑子!”曹告白闭上了眼睛，眼角有亮晶晶的东西。

“曹哥，千万别这么说！对于男人来说，其实外貌并不是关键，重要的是内涵!”

何双双一边说着，一边翻手机，找出一张照片，指给曹告白看：“曹哥，其实我男朋友也像你一样，皮肤有些黑，你看这是他的照片。”

照片里的人其实是上次丽江游时的一个导游。云南紫外线强，容易把人晒黑。眼前的曹告白的情绪如此消沉，让何双双非常同情，索性一不做、二不休，把这个善意的谎言编下去，鼓励曹告白。

“真的啊？他真是你的男朋友?！这人的皮肤看起来真的不比我白到哪里去!”曹告白被惊得一下子瞪大了眼，盯着何双双。

第八章　生日派对

时针指向九点，何双双仍在对着一张名单打电话："对，周末，水边西餐厅，就是海边那个，黑白服装派对！注意保密，谁走漏了风声让绿姐知道了，我跟谁没完！"

何双双放下电话，拿起笔在名单上打一个对号，拨通下一个电话："茉莉，这周末给苏达绿过生日，三十岁，对，要隆重，你负责订蛋糕，还有，只允许黑白服装！另外，千万注意保密。"

何双双放下电话，拿起笔在名单上再打一个对号。她伸个懒腰，自语："累死何军师了！绿姐，你就等着尖叫吧。"

想象苏达绿吃惊的样子，何双双禁不住笑出声。

何小双趴在她身边的桌子上，专心地在画着什么。听见何双双的笑声，瞥了何双双一眼，模仿着苏达绿的语气："神神道道！"

何双双刮一下何小双的鼻子，嗔怒："竟敢笑话姐姐！小心我要啰唆啦！"

小双躲闪了一下，继续埋下头来，慢条斯理地说："It's not free（这不是免费的），刮鼻子是个收费项目，每次十块！"

何双双"扑哧"一笑："少跟姐姐来这套！"

她探过身去，抢过何小双的画："哎呀，姐姐看看画的啥？"

画面上，两个女孩儿正在放飞一只风筝，另一个则拿着相机在拍摄。

何小双抢回她的画，弄脏了似的吹吹，对何双双翻一翻眼珠："我画的是那次在海边，你和我放风筝……风筝飞得高高的，绿姐拍着手跳啊跳啊，还给咱俩拍了好多照片呢！"

何双双抚抚何小双的头："小麻烦好厉害，姐姐一点都不记得了，现在小麻烦画出来了，姐姐就永远也忘不了啦！”

何小双骄傲地：“Birthday surprise（生日惊喜），我要送给绿姐作生日礼物！”

何双双吻吻何小双：“小麻烦真乖，绿姐一定会高兴死的！很晚了，赶紧画完睡觉。姐姐下完通知，还要跟餐厅领班敲定生日派对细节。”她踌躇满志，“咱们要给绿姐一个完美的、意外的惊喜！一定让她这辈子没见、下辈子难忘！”

很快，这一天来到了。何双双带这何小双早早地来到现场。

夕阳西下，落日余晖照耀着水边西餐厅，更显得浪漫典雅。何双双看着领班指挥着一个酷酷的服务生挂出“包场”的牌子，又一一查看西餐厅装饰的彩色气球，餐厅里摆好的餐台，脸上露出满意的笑容。

一切准备妥当，她和何小双又来到门口等待迎宾。

被邀请的宾客远远就看到一大一小两个美女站在门口，两人均是洁白的纱裙，长发也都是一泻而下，用一根发带束着。小美女手里提着装满红玫瑰的篮子，大美女则笑容满脸地招呼每一位来客。

两个帅哥门童站在更靠近门的地方，均是黑西装、红色领结，身材挺拔。何双双不时用眼角瞄瞄他们，心里又得意又满意。

来客均是黑色或白色的衣服，何双双跟每个到来的宾客热情地打招呼，并嘱咐：“等会儿注意听我的口令！”

同时，何小双从小篮子里拿出一朵红玫瑰递给何双双，何双双接过来，给来宾别在胸襟上。门童过来引导来宾走进位于后花园的露天餐厅。

很快，餐厅传来惊喜地尖叫，到场的女宾毫不掩饰地议论：

“太浪漫了，太美了！”

“太酷了！”

“若是哪个男人用这种方式向我求婚，我一定会毫不犹豫答应！”

何双双侧耳听着，脸上露出欣慰的笑容。

西餐厅的人渐渐多起来，大家轻声交谈着，何双双走进来，拍拍手，将大家的注意力吸引过来：“各位，绿姐马上就要到了，大家等会儿注意听我的指令。Any problem（有问题吗）?”

众人齐声答：“No problem（没问题）！”

何双双看了看手机，脸上的表情变得凝重，她拿起对手机，按下微信的语音话筒，大声下达指令："各部门注意，各部门注意，现在进入启动状态，注意听我的指令！"

一辆出租车停在灯火通明的西餐厅门口，穿着白纱裙的苏达绿打开后车门，从车上下来。她打量了一下餐厅，回头问道："小兰，你以前来过这里?"

小兰今天穿了一件黑色长裙，她小心地提着裙摆、弯身从车里出来："听她们说刚新开的，我也是第一次过来。"

苏达绿"砰"的一声关上车门，出租车离开了。这声音如一个开关，刚才还灯火通明的西餐厅刹那间一片黑暗。

苏达绿和小兰有些吃惊，她们看看周围的店铺都灯火通明，西餐的霓虹灯也亮着，迟疑着推门进去。

两个人推门而入的刹那，西餐厅又重新变得灯火通明，苏达绿放心了，和小兰走进去，里面却空荡荡没有一个人。

苏达绿有些奇怪，问小兰："你确定是这里，好像没有营业啊?"

小兰也有些奇怪："人哪，人都去哪里了?"

两个人迟疑着退出去。退出的瞬间，餐厅又一片黑暗。

小兰又仔细看了看霓虹灯闪烁的招牌："水边西餐厅，没错，就是这家！走，进去吧！"

两个人又推门而入，餐厅里刹那间又灯火通明。苏达绿禁不住惊叫一声，叫声在空荡荡的大厅里回响："好诡异啊！好诡异啊！"

苏达绿和小兰一起大叫："有人吗？有人在吗?"

连问几声，也没有人应声。苏达绿掏出手机，想给何双双打电话，拨出号后半年没声音，仔细一看，又不禁叫起来："这是什么鬼地方？竟然没有信号?!"

这时，餐厅的灯忽闪一下全灭，整个大厅一片黑暗。苏达绿打开手机上的手电筒，光束照去，整个大厅更显得空旷诡异，小兰恐惧地缩在苏达绿身后。两个人找着出口，不知从什么地方吹来一阵阴风，小兰忍不住尖叫起来。

"拿了我的给我送回来，吃了我的给我吐出来……"餐厅的音响突然发声了，原本熟悉和欢快的一首歌，在这个时候整个地方，反倒让人毛骨悚然。

苏达绿禁不住再次问小兰："你确定是双双亲口跟你说，让我们到这里来?"

没等小兰回答，音乐戛然而止，换成一个彬彬有礼的男声：“欢迎两位贵宾来到本餐厅，您的朋友在此等候多时了！为了表示我们的诚意，我们将派出专机迎接，我们的迎宾天使将到一分钟后到达，请尽管放心跟随我们的迎宾天使往前走。”

话音刚落，她们面前突然出现一架嗡嗡直叫的遥控飞机，闪亮着大灯，上面煞有其事地坐着一个天使模样的玩偶。飞机在他们头顶盘旋了两周，径直往前飞起。

两个人对望一眼，苏达绿说：“走，跟上！”

遥控飞机引导着她们，三拐两拐，很快就到了后院门口。这时，一个奇特的情景出现在两个人面前：三十个点燃的蜡烛，被三十个身着黑白服装、胸配玫瑰花的人捧在手心，分列两边；中间是一条只可两人通过的过道；过道的尽头，是一个露天小舞台。炫目的射灯照着舞台的背景，上面用花体字赫然写着几个大字：“苏达绿生日快乐！”何双双和何小双，正在舞台上连连招手。

苏达绿一下子呆住了。背景音乐适时响了起来，排成两排的众人和着音乐，齐声唱起生日歌：“祝你生日快乐，祝你生日快乐……”

小兰早已悄悄加入到了唱歌的人群中。苏达绿沿着烛光通道，向舞台走去。路两边，捧着蜡烛的都是一个个同事熟悉的面孔，曹告白、陆十一的身影也在其中，大家一边唱着歌，一直向苏达绿点头示意。

舞台上，何双双捧着一只蛋糕，蛋糕上插着三只蜡烛；两边各有一个同样身穿白纱裙的女孩相伴；何小双捧着一个托盘站在前面，盘子里放着由一个茉莉、白菊、满天星编织成的花环。

众人一边拍手，一边唱歌，目光里都是满满的祝福。一遍中文后，开始换成英文：“Happy birthday to you！Happy birthday to you……”

苏达绿走上舞台，下面响起热烈的掌声。何双双右边的女孩接过何小双手里的托盘，何小双拿起托盘里的花环拽拽苏达绿的裙子，苏达绿会意地蹲下身。何小双将花环戴在苏达绿头上，细心地调整端正，然后噘起嘴凑过去，在苏达绿脸上狠狠地吻了一口。

主持人格非登场，激情澎湃：“各位好友，我是主持人格非。三十年前的今天，上天给我们送来了一个美丽善良、率真仗义、豁达大度的好姐妹，她跟我们相伴相惜，给我们无数难忘的回忆；快乐的时候，她跟我们一起纵声大笑；悲伤的时候，她跟我们一起共同承担；她跟我们一起制造机会，尽情享受生活的美好；她也跟我们生气斗嘴，让我们体会什么是百花齐放、百家争鸣……"

在一片笑声中，格非继续道："她，就是我们今晚的寿星、今晚的主题——苏达绿。今晚，我们欢聚在这里，带着甜蜜，带着微笑，带着祝福，为苏达绿庆祝这个难忘的生日。首先，我代表所有来宾向寿星表示最诚挚的祝福：祝苏达绿从今往后一帆风顺、两全其美、三阳开泰、四季平安、五谷丰登、六六大顺、七星高照、八方进宝、九九洪福、十分舒畅、百倍开心、千般幸运、万事如意！"

喝彩、掌声、呐喊声盖过了格非的声音。

格非提高了嗓门："祝愿苏达绿女士年年有今日，岁岁有今宵；季季涨工资，月月加钞票；周周更进步，天天都发财；时时都漂亮，刻刻更年轻；分分惹人爱，秒秒有人疼！"

"今晚到场的很多朋友都认识我。作为一名专业的主持人，我主持过无数的晚会。但是，我要说，今天的晚会，是我见过的最浪漫、最有创意的策划；今天台下的朋友，也是我所遇到过的最热情最真诚的观众。你们的热情感染着我也激励着我。在这个激动人心的时刻，我想代表台下的诸位来宾向我们的寿星问一个问题。寿星，可以吗？"

苏达绿早已热泪盈眶，使劲地点头。

格非转向苏达绿："今天您是这个晚会的主角，我想对您现场采访，此时此刻，您的心情怎么样，心里在想什么，最想说的是什么？"

苏达绿从格非手里接过话筒，清了清嗓子。场内顿时安静了下来。

苏达绿拿着话筒面向台下的观众，刚要开口说话，却又转身问格非："实话实说？"

格非人点点头："当然！"

苏达绿大声道："刚才听到主持人格非代表朋友们送给我的那么多的祝福，我非常感动也非常激动。此时此刻，我最想说的一句话是……格非，你太有才了！"

大家翘首以待，等了半天，苏达绿却模仿宋丹丹小品里的语气惟妙惟肖地来了这么一句。大家先是一愣，接着哄堂大笑。

格非愣了一下，也大笑起来。

苏达绿顿了一下，脸上的表情渐渐变得凝重："说实话，今晚，对我是个意外的惊喜。几分钟前，当我从出租车上下来走进来，我还没有想起来，今天会是我的生日……我得到的通知只是大家聚餐，我还奇怪，聚餐怎么还要求着装啊。现在，才知道，这是双双的特意安排。此时此刻，我只想说，谢谢在场的各位朋友。是你们，让我的生命更有意义！”

掌声中，格非宣布：“请我们燃起生日的蜡烛，再次唱起生日歌，让我们的寿星、苏达绿女士，在歌声中，在烛光中，许下自己的心愿吧！”

当歌声再次响起的时候，苏达绿的眼泪终于落下来。她双手合十，眼角带泪闭眼默念。在众人的帮助下，她一口气吹灭蜡烛。

何双双左边的女孩递给苏达绿一把刀，她接过来，微笑着切下第一刀。台下的朋友依次上台，跟她握手、拥抱，微笑着祝福：“生日快乐！”

苏达绿则不停地说着：“谢谢！”“谢谢！”

苏达绿从格非手里接过话筒：“谢谢，谢谢小麻烦，谢谢双双，我终于明白你们这些天神神道道地都在忙什么了！你们的保密工作做得真好啊，敢情，就我一个人蒙在鼓里呢！”

何双双在下面大喊：“绿姐你这样说对吗你！没良心，自己的生日自己都不记得，还怨我们蒙你！”

苏达绿动情地：“所以，真的要谢谢你们！感谢今晚的每一位朋友，谢谢你们费心为我准备了这么特别而隆重的生日派对，我将终生难忘；感谢我们的爸爸妈妈给了我们生命，抚养我们长大，成为一个对社会有用的人；更感谢上天让我们相遇，有你们相伴，我的生命因此更丰满更快乐；还应该感谢我们自己，因为我们不断进步，不断完善，所以我们才能彼此喜欢和吸引。我祈祷上天让我更强壮更完美，让我有足够的能力爱你们，愿我们每个人每一天每一时都开心快乐。谢谢！干杯！”

格非同样动情地宣布：“寿星的祝词太美了，下面有请大家入席，让我们斟满美酒，借着寿星的美好祝愿，举起杯来，不醉不归！”

众人归席，接着陆续有人过来给苏达绿碰杯并祝贺。

何双双拉着何小双的手走过来，两人对望一眼，苏达绿用没端杯子的右手用力拥抱何双双，抱得何双双喘不上气来。

何小双不乐意了：“I wanna a hug（我要拥抱）！I wanna a hug（我要拥抱）！”

苏达绿蹲下，吻吻撅着嘴巴的何小双：“对对对，绿姐最喜欢小麻烦了！来，碰杯！”

何小双立刻喜笑颜开，用盛着果汁的杯子跟苏达绿碰杯：“Happy birthday！绿姐！”

何小双放下杯子，神神秘秘地从小背包里掏出一张卡片，双手递给了苏达绿，郑重其事道：“这是我亲手做的，送给你的 Birthday surprise（生日惊喜）。”

何双双拍拍何小双的头：“说中文！小麻烦！”

苏达绿白了一眼何双双：“我听得懂！”

接过卡片，看到三个人放风筝的图画，苏达绿一下子惊喜地跳了起来：“小麻烦，这是你画的？真是不敢相信，画得这么好！小麻烦真能干！”

何小双得意地点点头：“小 case 啦！啊！”

话音未落，何小双就被苏达绿抱了起来，一连转了三个圈，然后又是一阵狂吻……

第九章　精彩节目

格非重新走上舞台，拍拍麦克风：“好了，各位，刚才大家该吃的吃了，该喝的也喝了！下面我们进入游戏时间，好不好？”

众人起哄：“好！”

格非眼光在全场转了个圈：“这个游戏的名字叫心心相印，也就是一个人做表演、比画动作，另一个人根据动作来猜一个词语，这个游戏，大家都不陌生吧？下面，我先来宣布一下游戏规则：两人一组面对面，一个人比画，一个人猜。比画者可以用语言来解释，但不准说出词条中包含的任何字，否则该词条作废；根据词条难度，有三次选择放弃的机会。一会儿要猜的词条就出现在大屏幕上，如果猜测者能猜出比画者所做的动作的词条时，就算过关。每组限定十分钟，在十分钟内，哪组猜中的词条多，哪组获胜。大家明白？”

台下，有人故意起哄，大声吆喝：“获胜的，有没有奖品？”

格非卖关子：“哦，有朋友问奖品。当然，大家最关心的肯定是奖品，至于奖品嘛……刚才提问的帅哥，我想问你，如果没有奖品，你还参加不参加这个活动？”

“参加！”台下大声回答。

“这就对了。本活动主要为了调节现场气氛、重在参与，重在娱乐现场的你我他。所以，奖品只准备了一份，授予第一名。奖品是什么呢，暂时保密！但是，我可以透露一些，这个奖品肯定是一件让你今晚激动地睡不着觉的好东西！”

何小双举起手，在人群中不停地往上跳。格非早看见她了，向她招招手：“小美女已经等不及了，那就先从你开始吧！”

何小双一溜小跑跑上舞台，接过格非的麦克风：“奖品是棉花糖吗？”

格非大笑：“小美女喜欢棉花糖，没问题！不过你确定只要棉花糖吗？这个奖品可是比棉花糖棒一万倍！”

何小双转转眼珠，脱口而出："All I want is everything（我都要）！"

格非有些意外："小美女，可以重复一遍吗？我没有听清楚。"

何小双大声地："All I want is everything（我都要）！棉花糖也要，一万倍也要！"

格非这次听清楚了，对着小双竖起来大拇指："没想到小美女的英语这么地道、账算得这么清楚！我又深刻体会到什么是'慧质兰心'！太聪明了！来，小美女，你选谁做你的搭档？"

何小双指着台下，毫不迟疑地："绿姐！"

众人的目光顺着何小双的手指的方向一齐向苏达绿看去。在大家的鼓掌声，苏达绿走向舞台。

格非继续贫嘴："我说的没错吧，小美女一出手就是大手笔，有请我们的寿星！你们两个，谁来比画谁来猜？"

何小双不假思索地："我来比画绿姐猜！"

格非无不担心："我……我先打断一下，作个现场采访：小美女，你上学了吗？等会儿不认识大屏幕的字怎么办？"

何小双胸有成竹："我认识的字有一千多个呢！还有……不认识的字是不是可以找亲友团？"

一阵哄堂大笑，接着是一阵热烈的掌声。

格非也被逗乐了，他笑着连连点头："刚才说你聪明还真是小瞧你了！可以照顾你一下，允许你向亲友团中请帮助！"

在一片热烈的掌声中，何小双面向大屏幕站定，苏达绿则背对大屏幕站好。

格非故意制造紧张空气："准备好了吗？开始！"

大屏幕上出现了一个成语："狗急跳墙。"

众人一阵大笑，都不禁看向何小双。

何小双伸出四个手指："四个字！"然后将两手举到胸前、曲起手腕、吐出舌头，"汪汪"叫两声。

苏达绿："狗！"

何小双娴熟地打一个飞吻："下一个字，啰唆姐的脾气好不好？"

苏达绿："好啊，刁钻古怪、聪明伶俐！"

何小双："可你说她有时不好！"

苏达绿："对，她有时少根筋，十三点！"

何小双摇头："不是这个，还有呢？"

何双双不乐意了，在台下大声抗议："你们两个竟然拿我开涮，公然说我坏话，看我待会儿怎么收拾你们！"

苏达绿冲台下一笑："你着什么急，等会儿才轮到你！"

何小双一下子跳了起来："对，就这个字！"

苏达绿装作恍然大悟的样子："急?"

"对了！"何小双高兴地又蹦又跳，朝着台下一边一个飞吻。众人一起鼓掌。

该第三个字了，何小双想了想，原地蹦跳了几下。

苏达绿知道了前面两个字，自然就猜到了狗急跳墙的成语。可是她故意想捉弄何小双："小麻烦，别光顾得意地蹿高了，快来表演下一个字吧！"

何小双果然上当，赶紧进行澄清："我这不叫蹿高，我这叫蹦！"

苏达绿仍然装着糊涂的样子："蹦也不要蹦了，抓紧时间表演吧！"

何小双急了："我不是在蹦，我就是在表演！"

苏达绿装出一副更加迷惑的样子："你刚才明明说自己在蹦啊，怎么一会儿又不承认了呢？要不，我们让大家评个理?!"

苏达绿转过头问台下："大家给我作证，刚才小美女是不是说她自己在蹦?"

大家默契地异口同声："是！"

何小双几乎快哭了，她扯着嗓门大声地："我现在就是在表演啊。"

苏达绿装作苦思冥想，皱了一会儿眉头，忽然一拍脑袋，恍然大悟："我猜出来了！我知道是哪四个字了，我还敢肯定你刚才的样子就是，'狗急跳墙'，对吧?"

台下的观众哄堂大笑起来，齐声回答："对！"

台上格非也确定："完全正确！"

本来气急败坏的何小双也一下子笑逐颜开，跑过去和苏达绿对击手掌。

大屏幕上出现一个成语："捧腹大笑。"

何小双："我不认识，Pass！"

大屏幕上出现一个成语："捶胸顿足。"

何小双："Pass！ Pass！"

格非提醒："只有一次选择放弃的机会了！"

大屏幕上出现一个词条："螃蟹。"

何小双做了个张牙舞爪的样子："横着爬的，两个字；要掀开盖，吃它的黄。"

苏达绿脱口而出："螃蟹！"

……

格非满面笑容地站在舞台正中:“本次游戏比赛，赛出了水平，赛出了花絮，赛出了配合，现在我来宣布本次游戏最终获胜者……他们是……何小双、苏达绿，恭喜你们！在我们开始颁奖前，先请大家跟随移步到花园外面，沙滩上，有位神秘的朋友送给我们寿星一份特别的礼物，请大家一起共同去分享。”

掌声雷动。大家一起交谈着，一边三三两两往外走去。

外面的沙滩一片黑暗，只有星星闪烁着光芒。大家正在疑惑间，一段轻柔的音乐响起，渐渐地，声音大了，仿佛就在身边。大家都听出来，这原来是《月亮代表我的心》的旋律。随着这音乐，沙滩上，亮起两颗巨大的心形光环。众人细看，原来这光环是蜡烛和玫瑰组成；而音乐，则是从两个小提琴手的手中流出。

一束追光灯中，格非出现在海滩上，他手里举着一支闪烁着火星的东西，大声地:“小美女何在？过来领奖品！”

何小双松开何双双的手，蹦蹦跳跳跑过去，接过格非手里的闪烁不停的东西。

格非俯身问何小双:“认识这是什么吗？”

何小双迟疑地:“香！啰唆姐做香薰就用这个！”

格非竖竖大拇指:“真是见多识广，让人羡慕嫉妒恨哪！来，拿着这个，是不是有点失望？不要着急，这只是把钥匙，瞧这里，这才是今晚真正让人激动得睡不着的好东西！”

格非拉着何小双的手，大家不由得相跟着簇拥了过去。原来在海边，一字排开许多焰火，它们的引信全部做得极长。

何小双乐了，奖品原来是点燃这么多的烟花啊！

她激动地跳起来，一边兴奋地拍手，一边大声招呼何双双和苏达绿:“绿姐，啰唆姐，快过来帮忙！”

格非当然不会放过与何小双开玩笑的机会:“以前放过烟花吗？”

何小双老老实实回答:“Never（没有）！”

格非继续穷追不舍:“是因为自己不敢放，还是不想放？如果不敢放，你可以选择放弃。”

何小双有点紧张，但又给自己打气:“Never（才不）！我敢，这有什么好怕的！”

格非故意刁难:“今晚会兴奋得睡不着觉，怕不怕？”

何小双想了想，使劲地点点头:“嗯，怕！”

格非充满忧虑、但却无不推心置腹:“你要是等会儿睡不着觉，明天怎么去上学啊？我看还是算了吧，找其他人替你吧！”

何小双着急地跺着脚，坚决不同意："Never，never，never（不行）!"

沙滩上的人哄堂大笑。

何双双拿着何小双的手，一一点燃焰火的引信，然后退后，等待引信燃尽。很快，天空开满绚丽的烟花。

两个小提琴手走近苏达绿，继续拉着琴，美妙的音乐悠扬动听；绚丽的烟花照亮了天空，也照亮了海水。

在大家的一阵阵掌声和尖叫中，苏达绿靠近何双双，动情地拥抱着何双双："谢谢!"

何双双回抱苏达绿，两个人一起相拥着看烟花。何双双的语气惆怅又遗憾："绿姐，你今天晚上太漂亮了，我真遗憾自己怎么不是个男人。如果我是个男人，现在就向你求婚!!"

苏达绿用一只手拧一下何双双的腰："去去去，本姑娘会找到男人的，你这个狗头军师也别指望想当甩手掌柜!"

两个人正在嬉闹间，苏达绿的手机亮了，何双双指指苏达绿的手机："先接手机!也不急在这一个晚上吧!"

格非在宣布晚会结束："各位现场的嘉宾，夜深了，我们之间的友谊更深了。在这个满载深情厚谊的夜晚，我代表水边西餐厅再次把深深的祝福送给苏达绿小姐；同时，送给在场的各位亲朋好友。俗话说，天下没有不散的宴席。伴随着难忘今宵的乐曲，我们今天的晚会到此结束了。朋友们，后会有期!"

大家都在等着苏达绿回来，向她告别。

何双双焦急地眺望着。

远处，接电话的苏达绿激烈地打着手势，似乎很激动。

苏达绿回来，仍然一副余怒未消的样子。

何双双担心道："发生了什么事?"

苏达绿气愤难平："太气人了!刚才是房东的电话，说她要紧急收回房子，让我明天就搬走!"

何双双却兴奋地大叫："万岁!"

苏达绿火了："还万岁!幸灾乐祸不是?!"

"一会儿跟你说。"何双双示意苏达绿注意等待告别的朋友："绿姐回来了，各位，改日再聚!"

苏达绿回过神来，赶紧跟大家招呼："谢谢各位!谢谢各位，再会儿!"

沙滩上只剩下何双双、何小双和苏达绿。何双双说："我叫了车，咱们边走边说。小麻烦该睡觉了。"

"是这样，曹告白把我旁边那个小套收拾出来了，我正想着怎么说服你搬过来跟我一起住，没想到老天爷马上就安排好了。这样，以后咱们就不用你来我去的了，推开门就成！……是不是很万岁！"上了车，何双双把困得直揉眼睛的何小双抱在自己腿上，搂在怀里轻轻拍打着，跟苏达绿揭开谜底。

苏达绿转忧为喜："真的？这么巧？确实太万岁了！我马上找曹告白问问！"

苏达绿拨打曹告白的手机，电话刚响了一声，便传出声音："您拨打的电话不方便接听电话，请稍后再拨！"

苏达绿皱眉："怎么回事？拒接电话？"

何双双不信："不可能吧？他还能有什么不方便的时候？"

何双双拨打曹告白的手机，话筒里依然是"您拨打的电话不方便接听电话，请稍后再拨！"

何双双安慰苏达绿："急什么？明天落实也不迟，有句形容词怎么说来着……对，急得如同火上房，原来说的是绿姐……"

何小双不知何时醒了，听见最后一句，着急道："绿姐的房子失火了？快，打电话给999！"

何双双笑着纠正："小麻烦，中国的火警是119，不过，你看绿姐的样子，或许比房子失火都着急，拨打119也不顶用了！"

苏达绿摇摇头："忘了是谁说来着，手中有房，心中不慌，不当家不知柴米贵，事儿没赶在你头上！"

何双双只得点头："好吧！咱们等会儿到曹哥住处找他去！"又转头问何小双，"小麻烦乖，等会儿到家你自己先睡，姐姐和绿姐去找完白哥哥，很快就回来！好吗？"

何小双点点头："嗯，啰唆姐、绿姐，我自己能睡。"

第十章　烦琐仪式

何双双和苏达绿在曹告白的门前敲了半天，却没人应声。

何双双不解："不对啊，他能到哪里去?"

苏达绿掏出手机："我问问陆经理，我看见他们今晚在一起。"

电话通了，陆十一果然知道曹告白的去向："生日派对还没结束，曹哥就走了，他喝得有些多，说她的青梅竹马小倩今天也过生日，要去找小倩，我没拦住他。那个小倩我知道，可那完全是曹告白的一厢情愿，人家小倩根本就没答应过他什么。再说，他要找的那个小倩，也不是他青梅竹马的那一个，而是'盛宴'酒吧里的一个歌女，他只是在这个歌女的身上能看到之前那个小倩的影子……"

何双双在一旁嘟囔："这叫什么乱七八糟！小倩，不是《聊斋》里的女鬼吗？走，那去'盛宴'酒吧找他，不信找不到他！"

何双双和苏达绿走进盛宴酒吧，一眼看见曹告白。两个人一起走到他桌前，坐在他对面。

曹告白已经半醉状态，桌子上有好多空的酒瓶子，还有一堆打开盖子、没喝的啤酒。他双眼死死盯住一个与帅哥调情的女孩儿，看见何双双和苏达绿两个人，嘻嘻一笑："你们也来了，是不是也来找小倩?"

苏达绿顺着曹告白的目光看了看，对何双双示意："那就是小倩吧?"

何双双哭笑不得："这就是传说中的那只漂亮女鬼？还真有那么点味道……不过，我们是来找你!"

曹告白舌头似乎也半醉了："你们知道什么是青梅……竹马吗……我和小倩就……是，就是青梅竹马!"他突然高声唱起来："郎骑竹马来，绕床弄青梅……同居长干里，两小无嫌猜。十四为君妇，羞颜未尝开。"

酒吧中的客人目光被吸引过来，但曹告白唱得南腔北调，不少客人起哄，吹口哨，喝倒彩。

一个面相稚嫩的歌女走了过来："认识一下吧，大帅哥。我叫甜甜，能照顾一下小妹的生意吗？小妹会唱这首《长干行》……"

曹告白不耐烦地推开："小倩才是我的青梅……"

甜甜悻悻而去。

苏达绿急于落实自己的房子问题："曹哥，听说你那里空出一套房子，租给我吧？"

"你们别看小倩那样，秀气文弱的小姑娘，身上的功夫可是很厉害……"曹告白答非所问。突然，他又唱起来："十四为同桌，从没想不开。美女救英雄，小倩救告白……"

何双双伸手在曹告白眼前晃晃："曹哥，听见没有？你那间空房子，苏达绿要租！"

曹告白依旧高唱："十五成黑带，不该把我甩……"

苏达绿摇了摇头，拿手戳了一下曹告白的脑袋："男愁唱，女愁哭。曹哥，你唱成这样，到底有多大的愁事儿啊?!"

曹告白被戳了这一下后，变唱为说："今天是绿姐的生日，也是小倩的生日，所以我就到这里找她来了。她果然在这里，果然是小倩，可是……她冷落我，她……不理我！你们说，是不是天下女子都是铁石心肠？"

不远处，小倩跟帅哥亲昵着，只见帅哥冲服务生招招手，服务生躬身回答着什么，然后向里面走去。

一名男歌手笑吟吟地走上台："下面，有位帅哥为小倩女士献上一首《生日快乐》，同时，我代表'盛宴酒吧'祝小倩生日快乐、天天快乐！"

《生日快乐》的伴奏音乐响起，男歌手唱起来。

苏达绿和何双双对望一眼，无奈而同情地看着曹告白。

曹告白讪讪地招手叫服务生过来："点歌！"

服务生躬身询问："先生，您是自己唱，还是让歌手唱？"

曹告白大着舌头："她们不让我自己唱……说的比唱的好听……还是唱的好听……自己怎么……唱？歌手怎么唱？"

服务生恭敬地："您自己上台去唱的话，一首歌五十元；点歌手唱的话，您要另外付给歌手小费，一首歌要八十元！"

曹告白指着不远处的小倩："就……刚才唱生日快乐的……小倩，让小倩给我唱一百遍《我只在乎你》……邓丽君的……"

服务生殷勤地："好的，好的，我去问一下！"

很快，服务生侍应生回来了，为难地：“先生，那首歌唱一遍就要六分钟，唱到明天早晨也唱不完一百遍！”

曹告白拍拍桌子：“告诉他……那歌手，能唱……多少……唱多少……”

酒吧领班走过来：“先生，请先结账。”

曹告白甩出一张银行卡：“拿去，想刷多少刷多少！”

领班拿着银行卡离开。

何双双摇摇头：“这是醉生梦死的节奏！”

酒吧领班很快回来了：“先生，歌手说，还可以唱二十遍，可您卡上额度只有八百元……您的点歌费用是一千六百元……”

曹告白似乎没听明白：“什么额度不额度的，尽管刷！”

领班耐心解释：“先生，您的卡只能刷八百元！”

曹告白尴尬地拍拍脑袋：“哦，我忘了，这月花了，明天给你们送卡……不，送软妹纸，送美刀……”

领班摇摇头：“对不起先生，本店老板有规定，消费千元以上要有我店的钻石卡，可以无限消费，不然就要预付……”

曹告白甩出自己的信用卡：“那就给我换成钻石的……”

领班不禁苦笑：“先生，你这是银行信用卡，准备购买我店的消费卡？”

曹告白提高了嗓门：“怎么？不行?!”

领班耐心解释：“这上面的额度不够了，欢迎先生明天补足透支，再过来办……”

曹告白瞪大眼睛：“今天点歌不欢迎?”

领班赶紧赔笑：“欢迎，欢迎，顾客就是上帝！不过，老板要求必须先结账后唱歌。”

曹告白冷笑：“你是说上帝也怕老板?”他转过头，像是刚刚看见何双双和苏达绿似的：“对了，刚才你们说要租我的房子，是不是?”

曹告白的眼睛终于聚焦了！何双双嘘了口气：“谢天谢地，曹哥，你终于还阳了！”

曹告白嘿嘿一笑：“租房好说，我想这样……”

曹告白取过桌上的酒水单，撕下一张，在上面龙飞凤舞了几笔，然后递给苏达绿。

苏达绿拿过去一看，上面写着：“租房合约：兹有曹告白把一套居室租给苏达绿居住，租期今生，租金一千六百元。”

曹告白拍拍手：“好了，我同意把房子租给你了，租金马上付……绿姐你只要替我把今晚的账结清就行。”

苏达绿不干："曹告白，你能不能靠谱一点？等你清醒再谈租金的事，今晚我只要知道你租给我就行！双双，咱们走！"

曹告白急了，一把拉住苏达绿的衣服下摆，求婚一般单腿跪下，另一只手像举玫瑰花一样，手里高高举着那张纸条："绿姐，绿姐，你就租了这房子吧！"

酒吧里的人们都被这场面吸引了，小倩的脸上也露出好奇的表情。

苏达绿与何双双局促起来，何双双拉着苏达绿："绿姐，咱们走！"

苏达绿的衣服被曹告白拉住，挣脱了几下没挣开。何双双帮着去掰曹告白的手。曹告白一只手松开了，另一只手又抓上来。

苏达绿看了看可怜巴巴又赖皮的曹告白，只好拿出自己的银行卡，递给领班："把这位先生今晚的消费全部结清！"

领班拿起卡离开。

很快，酒吧里响起《我只在乎你》的歌声："如果没有遇见你，我将会是在哪里，日子过得怎么样……"

领班送回银行卡。苏达绿接过后看着沉入迷离状态的曹告白，摇摇头，打开钱包取出一百元交给领班，想了想，又写了个字条一起交给他，指指曹告白："麻烦等会儿叫辆车把那位先生送回去，这是地址！"

领班仔细看了看字条："没问题，顾客就是上帝！放心吧！"

苏达绿拉着何双双离开："走吧，咱们的小麻烦自己在家里呢，得赶紧回去。反正房子落实了，我明天先搬家再说。"

何双双点头："对，先把你那房东的房子还回去，其他的事都好说！"

何双双和苏达绿走了，曹告白继续喝酒、听歌，看着小倩一边唱歌、一边和刚才的男歌手抛着媚眼……

甜甜端着杯子走过来，坐在他的对面，半开玩笑地说道："曹先生，我今天的生意都被你给搅了，你是不是应该对我进行补偿？"

曹告白看了看甜甜，晃晃头："我怎么搅了你的生意……我一个没有人要的人，哪有那么大的本事？"

甜甜向台上唱得正欢的小倩扬扬下巴："今天，整个晚上成了她的专场，害得我没有生意做，难道不都是因为你吗？"

曹告白看了看，嬉笑着点头承认："那好吧，我认罚……我认罚！"

甜甜向他倾过上半身："那就请我喝一杯吧……"

曹告白醒来时，发现自己全身赤裸，躺在一张陌生的床上。环顾陌生的屋子，并没有其他人，简易梳妆台上，摆满化妆品之类的东西。显然，这是一个女孩子的房间。

“我怎么会在这里?”他拼命回想，记忆却断断续续，拼接不起来。他赶紧穿衣下床，检查一下身上，钱包还在，打开钱包里查了查，银行卡也在。

他拉开门，外面也空无一人。再进来，看见梳妆台上有一张纸条，只有一句话：“同是天涯沦落人，相逢何必曾相识。”

他读完纸条，昨晚的片段点点滴滴地回放：小倩和帅哥卿卿我我，点歌，他和甜甜喝酒，他和甜甜相互搀扶着，走出酒吧……

“这里应该是那个歌手甜甜的住处……昨晚上，我和甜甜共居一室?”他在房间来回转圈，不停地拍打自己的脑袋，拼命地想要弄清楚来到这个小屋后发生了什么，但是脑袋里却是一片空白，“这下麻烦大了！……”

曹告白想了半天，从房间里找到一支笔，在台历上写下自己的电话号码，然后把甜甜的纸条揣进口袋，带上出租屋的门，低着头离开了。

第二天，苏达绿天还不亮就早早起来，简单冲了杯麦片，吃了个面包，就开始收拾东西。

她先把零碎东西装箱，易碎品包装。忙忙乎乎，眨眼天就亮了。来帮忙搬家的陆十一、小兰，还有她们的同事金鑫，陆续赶来，一起帮忙收拾。本来亲切熟悉的房间，很快变成一堆纸箱子，房间变得空空荡荡。这时搬家公司的厢车也来了，搬家公司的师傅和大家一起把东西搬上车。

苏达绿的目光最后落在墙上挂着的字匾，两个装裱别致的巨书大字：滤尘。

这是何双双特地跟一个书法大师给她求的，当时她一脸得意：“绿姐，我特地给你求了这两个字——滤尘，比超凡逸尘更接地气更高大上，喜欢吧? 以后你那小窝就叫‘滤尘居’吧!”

苏达绿抱起在旁边拍手的何小双，吻了吻她嫩嫩的小脸颊：“好吧，滤尘居，我喜欢，更喜欢这两个美女，一看见你俩，我就抑制不住地眉开眼笑；只要你俩在我身边，再大再烦的事也会自动当成灰尘一样过滤掉……”

何双双嗔怪：“甜言蜜语!”

何小双搂着苏达绿的脖子，认真地说：“我也喜欢绿姐，我也看见绿姐就……眉笑眼也笑……我要你们两个姐姐陪着我，永永远远……”

想到这里，苏达绿忍不住嘴角上扬，脸上荡起微笑：“小麻烦，双双，以后我们就可以天天在一起了，而且是永永远远!”

……

何双双风风火火走进来，看着陷入沉思的苏达绿，调侃道："喜欢我给你请的字，也不用赶着这时欣赏吧?!"她喊外面一个忙得正欢的同事："来，金鑫，帮忙把这匾摘下来!"

苏达绿依旧怅怅地："住了三年了，总是有老感情。这里还有太多你和小麻烦的回忆……对了，小麻烦呢？怎么没见她?"

"她来只能添乱，也帮不了什么忙!"何双双脸上掠过一丝忧虑。

昨天晚上何小双太兴奋太劳累、睡得又晚，半夜就开始发烧。她半夜就送何小双去了医院，现在正由护士在陪着呢，好在何小双跟护士混得很熟，加上护士也喜欢可爱的何小双，早晨何小双的体温就降下来，精神也很好，何双双就放心地把她自己留在医院里。

何双双意识到了自己的失神，迅速换上欢快的声音："以后，'滤尘'居就在我隔壁喽!"

苏达绿笑笑："也是，我这是搬家呢！习惯了你们两个成双成对，一刹看不见她心里就空荡荡的。反正以后就可以天天在一起了，走吧!"她端起地上的一盆绿萝，率先走出去。

苏达绿和何双双出现在门口，就听见有人大声喊："可以放炮了，开始放炮吧!"

顿时，鞭炮齐鸣，炸响的鞭炮劲头极大地到处乱蹦。

苏达绿把手里的花盆把地上一放，双手捂住耳朵躲在门里。她抬眼看见往外冲的何双双，一把拉住她，趴在她耳朵上大声道："你疯了，会被炸伤的！奶奶个头，都疯了!"

长长、震耳的鞭炮终于结束，苏达绿确定所有的鞭炮都已燃尽，才放开何双双的手，两个人一起走出门外。

一个中年妇女和一个小伙子急急忙忙从楼里冲出来，远远喊着苏达绿。

何双双早就看见了那两个人，低声跟苏达绿道："是你的房东!"

中年妇女一脸不安："没想到那么快就收拾好了，刚才听见放鞭声才知道，要不过来也搭把手过来帮帮忙!"

小伙子搀扶着中年妇女，对苏达绿解释："绿姐，让你这么急着搬走，我妈很过意不去。"

"你住在这里时，大家都相处得很好，真不舍得你走……对不住了，我们家确实遇到了紧急情况……对不住了……"中年妇女抹着眼睛，急切地、反复地表达着她的歉意。

苏达绿大度地摆摆手："没什么，正好搬过去和双双做伴。"

何双双也跟着宽慰房东母子："放心吧，是搬过去跟我做伴呢，就是你们家没这事绿姐也要搬走的。再见！"

大家都上了车，苏达绿又最后环顾，房东母子看着苏达绿，大家脸上都露出依依不舍的表情。

何双双一把拉走苏达绿，大声道："走啦，这种地方有什么好留恋的，光明而灿烂的新生活在前面向你招手呢！"

第十一章　乔迁之喜

搬家公司的厢车在告白婚庆策划公司楼前停下，众人跳下车，一串鞭炮响起。

曹告白从甜甜那里回来后就又睡下了。不大会儿，被鞭炮声惊醒后，猛然想起昨晚和苏达绿说过房子的事情，于是就从自己的房间内跑出来，揉着眼睛扶着楼梯栏杆看清了下面正在搬家，就急急忙忙地跑下来。

何双双提醒苏达绿："不要提昨晚的事，看他怎么说！"

苏达绿会意："我心里有数！"

曹告白看见苏达绿和何双双，似乎有点不好意思："这么快就搬来了！"

苏达绿笑笑："我这是本末倒置啊，家都搬来了，房子还没看！"

何双双挤挤眼："曹哥的房子还用看吗?！他早就盼着你搬过来了！是不是，曹哥?"

曹告白想起自己是房东，赶紧表态："双双妹妹说得对，我先上去拿钥匙开门！"

何双双从包里掏出一串钥匙，晃晃："在我这里呢！保洁阿姨打扫完卫生没找到你，我替你先收着了！"

曹告白尴尬的挠挠头，接过钥匙转身上楼。何双双拉着苏达绿跟在后面。曹告白打开房门，对苏达绿说："就是这套……以后大家在一起就更方便了。走，先把东西搬进来，回头咱们好好祝贺！"

搬家师傅搬着东西进了屋。看到曹告白，明显地一怔。曹告白看到搬家师傅，惊喜地脱口叫道："刘教授，您怎么来了?！"

搬家师傅微微一笑："我现在的身份不是刘教授，是搬家公司的刘师傅。你先招呼你的新房客，我去做我的事情。"

苏达绿和何双双面面相觑：搬家师傅怎么就成了教授?

曹告白向她们解释："我上大学时，刘教授教我们民俗学。他是蒙古族的，身体素质特别棒……当初，我还跟着他学摔跤呢！”

苏达绿和何双双点头。苏达绿恍然道：“我说呢，刘师傅气质不俗，怎么看都不像搬家师傅，原来是大学教授啊！”

她们的视线都落到刘教授身上，他正指挥搬家公司的小伙子从门外将车上的东西都搬进来。

曹告白过去帮着搬东西，好奇地问：“刘教授，您怎么干起了搬家公司？”

刘教授解释：“这个搬家公司是我儿子的。我退休了，闲着没有什么事情，就帮他一下。正好，我最近也在研究各地在搬家方面的风俗习惯，通过参与搬家活动，也可以增加一些感性认识。”

曹告白有点意外：“哦，搬家的规矩也会有不同？”

“区别大了。我们当地人都是白天搬家，但是有些地方的规矩是不能白天搬家，只能晚上般。估计你都没有听说过！”

一旁的何双双听着刘教授的讲解，心里大叫：知音啊！她得意地冲苏达绿挤挤眼：“是吧？还说我神神道道，人家教授都当成课题研究了！刘教授，刚才我们的那些杀鸡啦之类的动作，是不是也是搬家规矩？”

刘教授嘴角上扬：“没错，搬家也有这种规矩。”他看到苏达绿不以为然的表情，又进一步讲解：“其实这个事情要正确地理解。比如，大家过生日的时候，中国人都要吃长寿面，意思是希望过生日的人长寿。可是为什么西方人不吃面条吃蛋糕呢？”

何双双摇摇头：“这还真的不知道，只是知道要吃蛋糕，不知道为什么要吃蛋糕。”

刘教授：“其实他们生日吃蛋糕，和我们中秋季吃月饼的意思大致一样，都是从圆的形状衍生来的寓意。搬家的规矩也是一样，只是表达了大家的一种愿望。仅此而已！”

苏达绿偷偷冲何双双做了个“抱拳”的手势。何双双得意地笑了。

大家一边说笑着，一边搬运，很快，东西都搬进来了。大家陆续告辞离开。

苏达绿回到新房，认真地环顾四周，满意地点头：“很好，最开心的是以后可以跟小麻烦和她的啰唆姐朝朝暮暮了！”

曹告白送走大家，走进来，跟何双双帮着一起打开纸箱里的东西往外收拾。苏达绿惦记何小双，催促何双双：“你赶紧去接小麻烦吧，这里有曹告白帮我，剩下的慢慢收拾就行。”

何双双看看也收拾得差不多，点点头：“绿姐，那你们慢慢收拾，我去接小麻烦。”

曹告白接口：“对，双双妹妹赶紧去接小麻烦吧，我晚上还要给绿姐举办‘乔迁喜宴'！少了她可不行！"

苏达绿赶紧推让："不用麻烦了，大家都累了，还是先休息吧！"

何双双不同意："不行，一定要搞'乔迁喜宴'，把搬家的那些朋友都叫来，又热闹又喜庆！再说大家忙活半天，请客吃顿饭，也是答谢！"

苏达绿还要说什么，何双双扯一把她的衣角，附在她耳朵上小声道："别忘了，昨晚的事还没了结……咱们得快刀斩乱麻，众人作证，先把这房子的租赁合同签了再说！"

苏达绿冲何双双竖竖大拇指："嗯，亲兄弟明算账，还是会签个合同为好。不愧是何军师，狡猾大大的！"

何双双嗔怪，推推苏达绿："讨厌！绿姐，你这是褒我还是贬我啊?"又看看正在忙碌的曹告白，大声说道："就这么定了，今晚去酒店吧，我买单。我去接小麻烦了！"

酒店里，曹告白、苏达绿、何双双、何小双、陆十一、金鑫、小兰，围坐在一起，说说笑笑。

曹告白端着酒杯站起来："今晚是绿姐的'乔迁喜宴'。来，庆祝绿姐乔迁之喜，同时感谢各位帮忙！干杯！"

曹告白一仰头，一杯酒都倒进嘴里，他向大家照照空杯子，坐下。

坐在副陪位置的陆十一也端着酒杯站起来："曹哥说得对，这是大喜事，这杯酒一定要干掉！"说完，他一仰头，一下子喝掉酒，坐下。

何双双和苏达绿对望一眼，两个人一起站起来，刚要说话。何小双却抢先端起面前的果汁："我要祝贺绿姐乔……乔……"

何双双笑着俯下身，小声提醒："乔迁之喜！"

何小双看了看大家，爬到椅子上站着，认真地大声道："我要祝贺绿姐乔迁之喜！还要祝贺我快乐之喜！以后我就跟绿姐天天在一起了，还有啰唆姐……我好快乐！"

何小双话音刚落，大家忍不住大笑，热烈鼓掌："快乐之喜，小麻烦说得太好了！"

何小双一口气喝掉果汁，学着刚才陆十一的样子，煞有其事地照照空杯子。大家又是忍不住一阵大笑。

苏达绿端着杯子站起来："谢谢大家。我一直认为我是有福之人，每到关键时刻，总能化凶为吉。那边房东刚刚催我搬家，曹告白这里就有空房子给我。曹告白说得对，我今天就是大喜！套用小麻烦的一句话：我很快乐！这杯酒，我一定喝掉！"

苏达绿一闭眼，一口气将酒喝掉。

大家又是一阵掌声。

何双双装作不经意地对曹告白旁敲侧击："今天也没有外人，曹哥，你什么时候有时间，谈谈房子合同的事？"

曹告白恍然想起："对对，租赁合约昨晚忘了给你们！别以为曹哥我喝多了，我记得清清楚楚！"

何双双哂笑："是吗？真是难得清楚！"

曹告白急了，从衣服口袋掏出头天晚上的纸条，展开，大声念道："租房合约：兹有曹告白把一间居室租给苏达绿居住，租期今生，租金1600元。"

"啪啪啪"，何双双带头鼓掌。

何小双一边拼命鼓掌，一边"咯咯"直笑。

曹告白将纸条塞给何双双："双双妹妹，这下该放心了吧?！男子汉大丈夫，一言既出、驷马难追！"

何双双缩回手："正主在这里呢，别给我！曹哥，你这当老板的，应该明白，合约是两个人之间的事，你这单方签字算什么呀？"

苏达绿接过纸条，沉吟道："曹告白，'租期今生'，合约这样写，不太合适吧？我白住你的房子也过意不去啊，我以后就按双双的标准付给你房租吧！"

曹告白大声地："什么合适不合适，我的房子我说了算，这辈子就给你住了！"

陆十一接口："就是就是，曹哥一向是个痛快人！不过，这事儿还是定个正规一点的合约为好，我可以做见证人！我提议，为合约顺利签订，干杯！"

"陆经理这个提议好，干杯！"何双双说道。

大家轰然叫好，各自端起酒杯碰杯。

"等等，咱们能不能改个称呼，能不能叫我'十一'？陆经理陆经理的多见外！"陆十一又提出一个新问题。

"没问题，十一！"大家纷纷表示同意。

何小双跳下椅子，端着果汁跑到曹告白面前："白哥哥，小麻烦敬你一杯！"

曹告白有些意外，跟何小双碰杯："谢谢小美女！"

何小双看着曹告白喝完，才向曹告白说道："白哥哥，你能把那张漂亮的纸条再写一张给我吗？我想……我也想租一间这个样子的一辈子的房子！"

众人高声欢呼："还是小麻烦机灵，曹哥，快表态呀！"

曹告白也很高兴："好好，没问题，没问题！等咱们小麻烦长成了大麻烦，白哥哥保证给你献上一张同样的纸条。"

何小双叹口气："你们大人真虚伪，不想租就不租呗，还非要说等小麻烦长成大麻烦……”

曹告白只能挠着头嘿嘿笑。在大家的哄笑声中，何小双转身返回到自己的位置。

可是大家的笑声很快被惊叫代替：何小双刚刚走到椅子边，就身体一侧，摔倒在地上。

何双双赶紧把何小双从地上抱起，但发现她已经人事不省了。陆十一赶紧操起电话打120……

病房里，经过紧急抢救的何小双转危为安，输着液沉沉睡去。何双双和苏达绿爱怜地凝视着她。

苏达绿拉何双双出来，坐在外面的休息椅上。苏达绿突然板起脸，寒声道：“双双，我要和你绝交！”

“为什么？你得给我个理由！”何双双吓了一跳。

“作为闺密，你肯定对我没有说实话！说吧，小麻烦到底是什么病？一定不是你说得那么简单，是不是?!”

面对苏达绿的咄咄逼人，何双双沉默了。她眼睛望着空中，好久，才沉重地叹口气：“好吧，都告诉你吧。小麻烦的病确实不是那么简单，她得的是急性淋巴细胞障碍性贫血，我是她的……她的姐姐，本来我以为可以用我的骨髓给她配型、做骨髓移植。可是她的血型是AB型RH阴性血，非常罕见……如果我合适就好了，可惜不行……唉……”

苏达绿也沉重起来：“你爸爸呢？我记得你妈妈去世了，可是你爸爸还健在！为什么你爸爸自己不带着小麻烦？为什么你回国后从来不去看他？甚至从来不提他？你们之间到底出了什么问题?”

何双双答非所问：“医生说，小麻烦的病还不是很严重，如果注意，这几年还没有大问题。实话告诉你吧，昨天半夜她发烧我就送她到医院了，今天是从医院把她接出来的！”

“你啊你，你也太大意了！”苏达绿埋怨何双双，“得赶紧想办法给她治啊！”

“你以为我不想治好她的病吗？我做梦都想着把她的病治好啊！可是……看缘分吧！……再说上次看了中医之后，用中医的方子调养，这段时间不是很好嘛！今天是我大意了，把她当成健康孩子，放任她又干什么又干那个。你想想，这段时间，连我们这么健康的大人都差点吃不消，她跟着我们兴奋……这样已经很好了！”

苏达绿叹口气：“又转移话题，你为什么不愿意告诉我，到底跟你爸爸发生了什么？你就是神神道道……唉，你不愿说，我也不勉强。我只想告诉你，别太要强，有些时候，该低头就低头，跟自己的亲人还有什么过不去的？我可告诉你，小麻烦若是有个三长两短，咱们两个谁都没法活下去！”

何双双伸出胳膊揽住苏达绿：“明白！……放心吧，我就是专门为这事从英国回来，我比你还着急。”

苏达绿又着急起来：“什么？你回国是因为小麻烦的病？你这人总是报喜不报忧，从来就不跟我说这些事！”

何双双喃喃：“有什么好说的，又不是什么高兴事，再说，说了也无济于事……”

护士走过来：“何小双的家属？白医生请您到他办公室。”

“白医生是小麻烦的主治医生，一回国都是他在给小麻烦观察治疗。”何双双轻轻地拍拍苏达绿：“你在这里看着点小麻烦，我去去就来，应该还是老问题。”

何双双站起身，跟在护士后边向白医生办公室走去。

离开苏达绿的视线，何双双卸下伪装，脚步顿时变得沉重起来，忧愁和不安涌上何双双的心头。进了白医生办公室，她忐忑地急急问道：“医生，何小双的病是不是又严重了？”

白医生是个面色白净、五官深邃的中年男子，高高的鼻梁，一双眼睛不大却干净威严。他做了个“请坐”的手势，看着何双双坐下来，才像做学术课题一样跟何双双分析：“何小双这病，中医虽然能延缓，但不能根治，当务之急还是要找配型。当然，配型也不是说找就能找到，目前看来，何小双还没有生命之忧，平时要注意饮食，要给她多吃禽蛋、乳类、瘦肉等蛋白质含量高的食品，多吃蔬菜，补充维生素；另外还要注意休息，她现在免疫力低下，抵抗力差，要注意别累着、别受凉……”

白医生的分析客观冷静、有根有据，何双双悬着的心渐渐落下来。她连连点头。

何双双回到病房，坐在何小双床前的苏达绿看见是何双双，“呼”的一下起身拉着何双双到门外，急急地问道：“怎么样，医生说什么？小麻烦的病有解决方案了？”

何双双摇摇头：“没有什么好办法，还是得找配型。”

苏达绿跺跺脚：“那就没什么好说的，抓紧找呗！不是我急，这事确实……”

病房内传来何小双的声音：“啰唆姐，绿姐！”

何双双和苏达绿对望一眼：“小麻烦醒了！”她们一齐应道：“来了来了，啰唆姐来了！绿姐来了！”

第十二章　绿姐辞职

苏达绿怒气冲冲一阵风似的刮进何双双办公室，“啪”地一下，将一份文件拍在何双双办公桌上，一屁股坐在沙发上，呼哧呼哧喘气：“真卑鄙！我真是受够了！”

何双双起身泡了杯绿茶端过去：“喝茶喝茶！出什么事了?”她拿起办公桌上的文件，走过来坐在苏达绿身边。看着看着，她脸上的表情也变了：“确实不像话！别生气了绿姐，我帮你去找总经理评理，这个处理确实太鲁莽！”

苏达绿沮丧：“这已经不是第一次了！我生气的不是这件事的本身，而是这种尔虞我诈的行为，太让人恶心了！太让人寒心了！一项业务投标失败，怎么可以把责任全部推到我一个业务员头上！看这里，‘因苏达绿公关不力’，公关不力，我真不知道怎么理解！我们堂堂一家跨国五百强公司，竟然用这样的理由推卸责任！……”

何双双安慰地拍拍苏达绿：“我也讨厌这种行为，我会报告总经理，尽快处理这件事，你不要跟他们一般见识！”

苏达绿摇头：“没有证据，这种事也不好处理。关键是这种事情太多了，处理了这次，还有下次。靠变相行贿打听招标标的，我确实不能做，不是我有多么高尚，是担心事后去做替罪羊！……我不想在这个公司干下去了！”

何双双耐心相劝：“绿姐，不要为这事小题大做。要走，也得先找好出路再说！”

苏达绿摇摇头：“出路，目前还没有，但是一旦找到合适的地方，我一分钟也不多待，立刻辞职！奶奶个头！”

“对了绿姐，我突然想起来，上次去陆哥的花店订花，说听他准备接手曹告白的婚庆公司，不如你去跟他合作！”何双双出主意。

苏达绿笑道：“陆十一已经找过我了，要我做中间人。他倒是很看好婚庆业务，把前景描述得天花乱坠！”

苏达绿拍了一下何双双的腿：“何军师，我俩英雄所见略同，我还真这么打算呢！

经陆十一一分析，我又深入考察了一下，这婚庆公司还真是一只‘绩优股’，我正在想着找什么机会掺和一下呢！”

何双双大力回拍苏达绿：“嗬，这点灵犀没有，还能叫闺密?!”

苏达绿站起身：“兵贵神速！你帮我请假，我这就找曹告白摸底去！”

苏达绿像来时一样一阵风似的走了。何双双揉着被苏达绿拍疼的腿，嘟囔着：“这个陆十一，原来和苏达绿也说了啊，一女嫁二郎！”

苏达绿从公司出来，立刻去找曹告白。

曹告白听说苏达绿是陆十一请的中间人，也很高兴：“绿姐当中间人，是绝好不过了。绿姐现在有时间吧？咱们到公司转转，实地考察一下？”

苏达绿点头：“转转也好，虽然我就住在这里，但是从来没有深入内部，就怕干扰到你的生意啊！”

“绿姐真是客气，我这里所有的门都是向绿姐你敞开的！”曹告白开玩笑。

“甜言蜜语！”苏达绿不领情。

两个人边说边转。他们走进挂着“业务联络处”的房间，苏达绿仔细观看贴在墙上的公司管理章程，突然对文件柜中的《业务奖惩暂行规定》有了兴趣。她坐下细看，不禁笑了：“怎么？介绍客户有这么高比例的回扣？”

曹告白摊摊手：“这是公司绝密文件……当然，对绿姐你就用不着保密了。”

苏达绿大笑起来：“哈哈，对公司员工也保持绝密？那还有啥用？”

曹告白也笑了：“嘿嘿，对员工哪能保密？这是激励措施，就是专给公司员工们看的。”

苏达绿的语气有些嘲讽：“那还绝的什么密！对谁绝密？税务局？”

曹告白有些尴尬：“隔行如隔山，苏达绿你没干过这一行，不懂得这里面的潜规则，不给人点好处，谁给你上业务？”

苏达绿摇了摇头：“潜规则就该让它潜水，这白纸黑字的，还潜什么？”

曹告白叹了口气：“唉……也算内部奖励机制吧，不然员工说不定就会把上门的顾客领到别家去了。”

苏达绿看着曹告白目光有些同情：“我基本弄明白你为什么身心疲惫了，也理解了你关闭公司的苦衷。”

曹告白“嘿嘿”笑着挠头：“理解万岁，理解万岁。”

曹告白和苏达绿走进一间特大的会议室。

苏达绿眉毛一扬：“很气派嘛！举办个婚礼也够用了！看来你当年还是蛮辉煌！”

曹告白得意了："那当然，前年的接单还要预定，甚至还要推出去一部分，我们自家忙不过来，转手再卖给同行……"

苏达绿有些吃惊："转手倒卖？你这老板亲自干这种事？"

曹告白点点头："是，不瞒你说，回扣收入比自己直接干还划算……"

苏达绿深深叹气："唉……我明白了，'门可罗雀'原来跟'为渊驱鱼'是因果关系。"

两人走进曹告白那间挂着"总经理办公室"的房间，苏达绿细细打量那双人床大小的老板写字台、后背高大的老板椅、"同心同德"黄铜黑字大匾、墙上的名人字画，再次叹气："真让人羡慕哪！"

曹告白更加得意："那不敢说……反正绝对隔音，这房间放礼炮，外面不会听到任何动静！"

苏达绿用手指敲敲："啥年代了，这些有用吗？"

曹告白摇摇头："摆设么，绿姐看来是真外行，谈业务很多时候都需要保密。"

苏达绿若有所思："明白了，正中的匾额四个字写错了！"

曹告白仔细看了半天，仍然不解："繁体字，错了么？"

两人回到了客户接待室，曹告白手忙脚乱去打开热水器烧水。

苏达绿皱眉："曹告白，别烧了，你那大桶水应该是上月的吧？"

曹告白不假思索："哪里呀，快半年了吧……"

曹告白突然醒悟。两人几乎同时捧腹大笑。

苏达绿突然严肃起来："实话实说，给你个外行建议：把你的办公室搬到会议室去，把办公室留出来做客户洽谈，你的公司说不定现在还在辉煌着！我若是总经理，第一天就会这么做。"

曹告白上下打量苏达绿："你行啊，干脆你接手？自己干总经理！如果转给你，绝对底价再五折！我不差钱。"

苏达绿摇摇头："本人现在的身份是中间人。"

曹告白压低声音："做个插手的样子也行啊，这样……陆十一那边出价高了，我把差价全部打到你卡上。"

苏达绿撇撇嘴："这个就免了吧，既然你们都信得过我，我就一碗水端平！"

曹告白笑笑："这么认真！"

苏达绿一本正经："在其位谋其政！给个短信吧，免得空口无凭。"

曹告白拿出手机，痛苦思索半天，终于将短信发出。

苏达绿的手机响了一下，她看了一眼："底价？你刚才说的底价五折算不算数？"

曹告白愣住了，咬咬牙点头："男子汉大丈夫，吐口痰落地砸个坑！"

苏达绿"扑哧"一笑："随地吐痰，小心城管罚你！"

苏达绿从楼上下来，直奔陆十一鲜花店。陆十一自己正在摆开阵势喝工夫茶，苏达绿一脚踏进来："陆经理好享受！"

陆十一看见苏达绿，赶紧请她落座，给她斟茶："绿姐，请喝茶。这是托朋友弄到的正宗日照绿茶，绝对绿色环保，没有用化肥农药。"

苏达绿端起来轻啜一口，慢慢品咂，点点头："不错，看来你没有被骗。"

陆十一长舒一口气："过去跟曹哥打交道也不是一天两天了，他这人还算得上是位正人君子。绿姐，那边底价多少？"

苏达绿顿时严肃："姐是中间人，君子中介！要为你们双方负责，懂吗？"

陆十一有些尴尬："不错，是我问早了。不过绿姐拒绝做托，真是女中豪杰、巾帼丈夫！"

苏达绿嗤笑一声："巾帼迟早嫁丈夫！别给我戴高帽了。说正经的吧，你的最高底价哪？报上来吧！"

陆十一张口要说，苏达绿摆手制止："不用了，发到我手机上来，我也好留着做证据。"

陆十一犹豫再三，发了信息。

苏达绿打开手机扫了一眼，点点头："陆经理看来也是位实在君子。"

陆十一满脸殷切："绿姐，加盟吧，你牵头主持，我配合干点实际工作。你不如把公司炒了，咱们一起共创大业吧！"

苏达绿心里一动，瞟了一眼陆十一、沉吟一下，摇摇头："尽管囊中羞涩，空手套白狼的事儿绿姐不干。"

陆十一大喜："君子一言，驷马难追！咱们两个合作，资金我来想办法，绿姐出智慧就行了！"

苏达绿还是摇头："入干股啊？谢谢高抬，我的能力可没有你想象得的那么高……虽然我的积蓄不多，但是多少有点。看情况再说，你们没谈好之前我绝不掺和。"

盛宴酒吧的卡座里，气氛严肃。苏达绿对面，一左一右坐着曹告白与陆十一。

曹告白首先发言："我这家婚庆公司到底怎么样，十一老弟应该最有发言权，想想你以前跟着我卖了多少鲜花?！不夸张地说，前景无限辉煌！"

陆十一接口："是啊，我有多长时间没收到你的鲜花款了，你自己当然最清楚。"

曹告白不甘示弱："生意有大年小年，你曹哥我今年倒霉，碰上小年了！"

陆十一也没客气："曹哥，只是今年吗？你仔细算算，至少应该两年以上了吧？不好就是不好，说实话，你那个店，我肯出来接，也是看在过去多年合作的份儿！"

曹告白敲敲桌子："陆十一，啥意思，变卦不想接了？"

苏达绿在键盘上飞快地敲打着，将两个人的意见一一录入电脑。看见曹告白发急了，苏达绿才将笔记本电脑放在一边，看着两个人。

服务员送上咖啡，苏达绿将三杯都挪在自己这边，从化妆包里拿出一面小镜子，对着镜子里的咖啡，对曹告白殷勤相让："正宗巴西山多斯咖啡，尝尝，味道真不错！"

苏达绿慢慢品尝自己杯中的咖啡，看着有点尴尬的曹告白："这叫镜子中的咖啡，空有味道，但还是出自别人的杯子，与你口中的公司前景，是不是有点相似？"

陆十一插言："不错，标准的镜中花水中月……"

苏达绿转过头来看着陆十一反问："既然是镜中花水中月，为什么还有人感兴趣？"

陆十一愣住，曹告白却接过苏达绿递过来的咖啡："味道不错，道理也不错……镜中花也是花，只是我当真不愿意再操心费力了。"

苏达绿品一口咖啡，不置可否："公司前景这么看好，为什么不坚持一下？这还叫男人吗？"

曹告白恨恨地翻翻眼："不差钱，想玩儿，不行?!"

苏达绿跟踪追击："既然不差钱，为什么欠着这位卖花公子的鲜花钱不结账？"

陆十一慢慢品一口苏达绿递过来的咖啡，摇摇头："就是呀，曹哥不是一向实在嘛！"

曹告白还要解释，苏达绿用一个手势止住他："这样吧，为了几个小钱伤了朋友和气不值得。你们两个人各自的底价也都发给我了，我已经把差价替你们二一添作五折中一下，如果同意，各自发给我一个 OK，这就是我们的合同，怎么样？"

曹告白和陆十一你看看我，我看看你，举起咖啡杯。苏达绿也举起自己的咖啡杯，三个人碰了碰咖啡杯。苏达绿已经心里有底，她看着两个人，说了声："请！"

"嘀""嘀"两声，曹告白和陆十一的报价信息发到苏达绿的手机。苏达绿给陆十一回复："我出资百分之五十一，同意否？"

她又给曹告白回复："鲜花欠款当作首期付款，其余一年付清，是否同意？"

两个"OK"信息同时回到了苏达绿的手机上。

一切都在掌控之中。苏达绿笑了："看来今天我要买单了！曹哥，我决定与陆经理联手收拾你那个烂摊子，明天一早我们就去公证处。"

曹告白有点意外：“怎么，你打算跳槽了？也好，这样我就更放心了！”

陆十一爽快表态：“绿姐万岁！我最担心的就是精力有限、照顾不过来两摊子生意。绿姐能加盟就太好了，以后婚庆公司就以绿姐为主！”

曹告白将杯中的咖啡一饮而尽：“这样最好！最起码我不用担心资金回收问题！你们放手干吧，我的客户资源也一起转给你们……无偿！”

苏达绿鼓掌：“看来大家都是痛快人！服务员，换酒，三杯拉菲！”

第十三章　前尘往事

早晨一上班，苏达绿就风风火火冲进何双双的办公室，将一张纸拍在她的办公桌上。

何双双漫不经心扫了一眼，一下子跳起来："辞职信?!"

"没错！"苏达绿气定神闲："就是那只'绩优股'，我已经决定和陆十一联手做！"

"绿姐，你也太速度了吧？昨天才说的事，今天就定下来了！"何双双既高兴又失落："看来，咱俩的同事做不成了。"

"速战速决，做不成同事，还是闺密和邻居嘛！"

苏达绿胸有成竹的样子，让何双双放心了："也是啊，自己做老板自己说了算，再也不用受别人的气了！绿姐，加油，回头我也去投奔你！"

"没问题，我去栽树，等着你来摘桃子！……喏，辞职的事就拜托你了！"苏达绿已经急不可待了。

"哦，对了，你妈这段时间没有再催你的终身大事？……上次我和曹告白说起那个'铭铭'以后，他答应帮你们牵线呢，可一直没有回信，也不知道怎么样。我找个机会再问问他吧。"

"再说吧，接下来曹告白的公司后，我想再重新装修一下。先把这事解决了，其他事都先放放，再说这段时间老妈也没有催我！"苏达绿沉浸在开创新事业的兴奋中，"哦，对了双双，你能帮我联系一下你爸，让他派个人给我弄个装修方案吗？"

听到苏达绿说起自己的爸爸，何双双一下变得沉默起来。

苏达绿见双双半天不回答，只好讪讪地说："那好吧，我另外找人吧。你们父女之间真是的，不知道发生了什么……"然后，就起身告辞了。

何双双坐在原处，往事扑面而来。

何双双的眼前，出现了少女的自己，衣衫不整、满身泥土地狼狈低头站在爸爸面前。爸爸的语气已经由暴怒转为语重心长："……你这样老是和同学打打杀杀下去也不是办法啊，你还要把时间和精力多用在学习上，我没有时间一次又一次地被你老师叫去训话……你知道吗?"

……

爸爸揽着何双双："爸爸最近签了一个项目，工地在外省，我要过去到那里待一段时间，可能是三五个月，也可能是半年，不能随便离开。我给你找了个家庭教师，这周末就过来，趁我还没走，爸爸先要看着你们磨合一下，这样爸爸才放心！他刚刚考上了滨海大学，这可是重点大学，我托了好多熟人打听才请到他给你辅导，你学习再上不去，那可真对不住爸爸了！"

……

那个周末晚上，爸爸下班回家，进门后向后招招手："来，进来吧！"

叶天明就这样出现在何双双的生活里。第一次见他，何双双脸热心跳：他长得太像自己痴迷的明星胡歌了。爸爸刚离开，何双双就凑近对叶天明，压低声音："叶老师，你好帅啊，我叫你帅老师可以吗?"

叶天明轻轻一笑，配合地低声道："你愿叫什么都可以，条件是——以后要跟着我好好学习！"

两个人默契地相视一笑。

何双双伸出手："好，成交！——帅老师！"

……

滨海大学，何双双自豪地站在一脸惊讶叶天明的面前："帅老师，我说到做到，从今后我要改口叫你'帅哥哥'！"

叶天明的表情转为惊喜："双双，原来你真的梦想成真，考上滨海大学了！"

何双双笑靥如花："自从第一次见到帅哥哥，我就发誓要考上滨海大学，做帅哥哥的师妹。不过这也得感谢帅哥哥的辅导有功，今晚我请帅哥哥喝酒！"

……

面前的空酒瓶已经堆成山，何双双不让服务生撤走，而是精心地摆成一个"心"型。她眼神迷离，痴痴地看着叶天明，喃喃着："帅哥哥，我好幸福啊！"

"帅哥哥，我要告诉你一个秘密，你把耳朵伸过来。"叶天明顺从地伸过脸去，何双双冷不丁飞速地亲了一下叶天明的脸，"今天是我的生日。"

叶天明下意识地摸了一下被亲过的脸颊，说道："你怎么不早说呢，我一点儿准备都没有。"

何双双绕到叶天明旁边，用身体挤了挤叶天明。叶天明赶紧往里挪了挪身体，跟她拉开距离。何双双调皮地一笑，也跟着往里挪。再往里面就是墙了，叶天明只好缩起身体，目不斜视。何双双“扑哧”笑了。

“帅哥哥，你不需要准备。我今天已经很开心、很开心！”她笑得放肆，“我只想要陪君醉笑三万场，不诉离殇！”

说完这句，何双双招手叫服务员。“服务员，再来一提！”

叶天明伸手去拦：“别再要了。喝得不少了，再要就多了！”

夜深了，何双双和叶天明相互搀扶着，趺趺撞撞地在路上走着。无数的酒精在体内燃烧，两个人都无比轻盈和快乐。

“帅哥哥，如果你想要送我礼物的话，就把你的喜欢送给我。因为我喜欢你！我好喜欢你……”

“我……”

“我什么我……说你也喜欢我！我最想要得到的礼物，就是你说你喜欢我。”

“我喜欢你！”

何双双用手指着叶天明大笑：“你学我，不算不算……重新说！”

“好，我喜欢你，双双！”

“喜欢我什么？”

“喜欢双双聪明，喜欢双双善良！”

“我不漂亮吗？”她不高兴了。

“漂亮，漂亮，这是明摆着的嘛！”

“明摆不行，我要帅哥哥喜欢！”

“好吧，我喜欢双双漂亮！”

“好啊，好啊，我允许帅哥哥喜欢！”何双双拍着手，突然一只手挂上叶天明的脖子，脸向叶天明扬着，陶醉地闭上眼睛。

叶天明柔软的嘴唇落下来，轻轻地、小心翼翼地。何双双两手抱住叶天明，用力将他拉向自己。两个人的唇黏在一起……

终于到了何双双的小小的、温馨的出租屋，这是她为了上大学新租的。关上门，何双双的胳膊挂上叶天明的脖子，喃喃着：“不要走，不要离开我……不要离开我！”

叶天明身体一震，反过手来用力抱紧何双双。两个人的嘴唇像磁铁般相互吸引，不由自主向一起靠拢，然后就再也不愿分开……

何双双一口气跑到滨海大学，焦急地在学校里寻找。她不相信爸爸说的：叶天明要了四十万，从此不和自己来往，她要当面找他问个清楚。

天是那么黑，空旷的寻找无比漫长。终于，她打听到了叶天明的宿舍，但却房门紧锁。同一个楼层只有一个房间亮着灯，她直奔过去。房间的门大开着，里面几个光膀子的男生正围坐在一起打牌，他们有的脸上贴着纸条，有的鼻孔里插着烟卷。

何双双使劲敲敲敞开的门，正在打牌的男生的一齐看向他。

何双双怯生生地问："我想找叶天明，请问哪里能找到他?"

男生们一阵莫名其妙的怪笑。

"呦，真漂亮!"一个胖胖的男生叫道。

"啧啧，遗憾啊，不是找你的!"一个男生挖苦着。

"叶天明请假了，有什么事儿我回头告诉他!"终于有一个戴眼镜的男生往上扶了扶眼镜，算是正经回答。

何双双急了："请假? 有没有听说他干什么去了?"

眼镜男生说："回家结婚去了!"

旁边的胖子操着一口南方话说："不对吧，他不是早就结婚过了? 上次他老婆来找他，肚子都很大了啊。"

眼镜男生："可是他们没结婚，这次就是因为肚子大了，才回家结婚去的!"

一个河南腔的瘦子问胖子："那恁说，前几天整天跟着叶天明的屁股后头，叫他爸的那个孩儿，又是咋回事儿啊?"

胖子说："那是他跟以前的那个女朋友生的啊!"

……

在几个男生自顾自地打趣中，何双双的泪水夺眶而出，如断了线的珠子纷纷坠落。她转身飞奔出去。

何双双一路抹着眼泪冲出学校……

何双双再次不甘心地拨打叶天明的电话，电话里仍然是那个冰冷的女声："您拨打的电话是空号……您拨打的电话是空号……"

帅哥哥，你连电话都销号了，你真的不要双双了……

何双双毫不犹豫地用刀片割向自己的手腕。

……

何双双失神地躺在床上。爸爸进来，小心将一碗粥放在床头柜上，耐心哄劝："双双，你多少吃点吧，看你瘦的，连走路的力气都没有!"

何双双闭上眼睛沉默无语。

爸爸急了："你这个样子，怎么让我跟你妈交代！"

床头柜上，妈妈在镜框里慈爱地注视着。

爸爸放缓了语气："……我给你联系了去英国留学，换换环境，换换心情。有句话说得好啊：时间和空间可以冲淡一切。去吧，等你回过头来，你也许会发现，现在的这一切、根本不叫事儿！……双双，你说话啊！"

叶天明，让我忘记你吧，让你彻底从我的生命中删除…… 何双双轻声开口："好吧，我去英国。"

……

何双双和黑皮肤的室友菲塔一起坐在沙发上，面前的茶几上，摆着她的孕检报告，上面醒目的"＋"号触目惊心。

菲塔语气坚决："这个孩子不能要！医院不给做手术，我可以找我养父母来想办法，你跟你说过，他们都是医生。你刚来英国，又得应付繁忙的功课，很多事情都要适应，现在留下这个孩子非常不合适！"

何双双站起来，神色坚定："不，我想留着这个孩子！你带我去医院之前，我还在考虑这个孩子要不要留下。直到刚才你告诉我，已经过了十二周，不能手术流产……最重要的是，我发现我已经能面对过去了，我的伤口终于有愈合的可能了，谢谢你，菲塔。并且，我也突然意识到，这就是命运的安排，命运让我把整个孩子留下来——我要把孩子留下！"

……

何双双和菲塔目不转睛地俯身看着摇篮。

摇篮里，婴儿在酣睡，双手放在头顶，摆成一副投降的模样。房间里，荡漾着一股混合着奶香的温馨、静谧的味道。

菲塔深深地吸了口气，抬眼看了看何双双："给她起名字了吗?"

何双双甜蜜地一笑："是的，我想好了，她叫何小双！"

菲塔坏坏地一笑："我也给她想好一个名字。"

何双双好奇："哦，叫什么?"

菲塔："Schnappi（德语，发音为：沙皮），小麻烦，她是个可爱的小麻烦！"

菲塔继续解释："最近有一首非常好听、流行得一塌糊涂的儿歌："

她站起来，边扭边唱：

Schni Schna Schnappi（咬东咬西的小麻烦）

Schnappi Schnappi Schnapp（小小麻烦）

Schni Schna Schnappi（咬东咬西的小麻烦）

Schnappi Schnappi Schnapp（小小麻烦）

何双双“扑哧”一下笑了起来：“好吧，Schnappi，我也喜欢这个儿歌，喜欢这个小名，我同意！”接着，她表情一凝：“我有个要求，还要你配合。”

菲塔看着婴儿，心不在焉：“这么严肃？”

何双双表情郑重：“我想今后和孩子以姐妹相称，不想让她叫我妈妈。”

菲塔不解：“为什么？为什么不让她叫妈妈？”

何双双解释：“在我们中国，没有结婚就有了孩子，是件很麻烦的事情。所以，我不想做一个未婚妈妈。”

菲塔惊讶地挑起眉毛：“好吧，我同意替你保守这个秘密！”

……

何双双正在学习，何小双“啪啪啪”跑过来，用英文央求道：“Kiddo，I wanna a cotton candy.（姐姐姐姐，我要吃棉花糖！）”

她板起脸：“小麻烦，以后不许叫我‘蝌蚪’（Kiddo），要叫我姐姐。在家的时候，要说中文，时刻记住你是中国人。”

何小双瞪大眼睛，顺口回答：“No problem（好，没问题）”随即，她意识到自己又说了英文，赶紧捂上嘴。

何双双耐心地：“跟着姐姐学背一首诗：我骄傲，我是中国人！黄土高原，是我，挺起的胸膛；黄河流水，是我，沸腾的血液；长城，是我扬起的手臂；泰山，是我站立的脚跟。”

何小双不高兴地嘟起嘴。

何双双引诱：“小麻烦乖，说完了，姐姐给你吃棉花糖！来，跟着我说：我骄傲，我是中国人！”

何小双：“我骄傲，我是中国人！”

何双双领诵：“黄土高原，是我，挺起的胸脯！”

何小双：“黄土高原，是我，挺起的胸脯！”

何双双领诵：“黄河流水，是我，沸腾的血液；”

“黄河流水，是我，沸腾的血液；长城，是我扬起的手臂；泰山，是我站立的脚跟！我是中国人，我的祖先，最早，走出森林……”没等她继续领诵，何小双一直背诵下去。

何双双惊喜：“小麻烦，好聪明，自己都会背诵了?！姐姐今天要奖给你两块棉花糖！"

何小双鄙夷地白一眼何双双，口齿清楚地说道："啰唆姐，你天天都教小麻烦，小麻烦早就会背了！"

何双双诧异："谁是啰唆姐？"

何小双得意扬扬："你啊，啰唆姐！菲塔姐说了，中国人管你这种人叫啰唆，我们俩都后面都这么叫你，今天我想这么叫你！"

"什么，我啰唆？"何双双提高了嗓门。

何小双伸出一只手："君子一言，驷马难追！拿来，两块棉花糖！"

何双双无语了，打开橱子里去取棉花糖，一边嘟囔："好嘛，小麻烦，啰唆姐……这个菲塔……竟然悄悄地把我们俩的外号都取齐了。"

……

下班后，何双双像往常一样，去学校接何小双。鹤发童颜、仪态万方的校长萨莉笑吟吟地站在门口。

老师介绍："何小姐，校长是特意来等您的！"

何双双紧张起来，不安地问："是何小双出问题了？"

"恰恰相反，我要代表学校荣幸地通知您：何小双开朗阳光、诚实善良，被全校师生推选为形象大使，将于下月代表学校迎接英国女王的到来。这是莫大的荣耀。"萨莉郑重宣布。

何双双不由得高兴万分："太感谢了，校长！我相信何小双一定不会辜负学校的众望！"

何小双也高兴："谢谢校长，谢谢老师！"

撒莉蹲下身，吻吻何小双的脸颊："何小双，你很棒！"

何双双在一旁含笑看着，遗传基因的强大威力，也渐渐在五岁的何小双身上显现。她的眉眼越来越露出叶天明的影子，那高高地鼻梁，薄薄的嘴唇，黑黑的眼珠里面的神采，开怀大笑的模样、甚至走路的姿势，都不由得让她想起叶天明。随着时间的推移，她对他咬牙切齿地痛恨渐渐褪去，取而代之的是越来越多的丝丝缕缕的思念。

……

何双双接到学校的电话，何小双上课时突然晕倒了。

医院，栗色卷发的中年男子休斯医生跟何双双谈话："初步诊断，何小双是急性淋巴细胞障碍性贫血……"

何双双脑子"嗡"地一下，失声叫道："她还不到五岁啊！"

……

配型的结果终于出来，何双双忐忑不安地再次坐在休斯医生的办公室里。

休斯医生耸耸肩，摊开手："很遗憾，何女士，检查结果您也看到了，您跟何小双的配型不符合要求。何小双是非常稀有的 AB 型 RH 阴性血，这不仅是您跟她配型不匹配的原因，而且也增加了手术的难度！"

何双双失声哽咽："怎么会这样……怎么会这样？我该怎么办?!"

休斯医生站起身，同情地将抽纸盒递给何双双："我想上次已经跟你沟通过了，这孩子的病现在还能控制。另外，或许她的父亲可以，您不妨让她的父亲配型试试。"

何双双神情恍惚："她的父亲……父亲……谢谢医生。"

恍惚中，休斯医生在向她交代："还有一个办法，是中国的中医。中医是一个充满神秘的技术，它一直在创造着奇迹。所以，您也不妨去考虑……"

第十四章　主动出击

苏达绿和陆十一的婚庆公司装修方案很快定稿，装饰公司进场，苏达绿和陆十一轮流来查看。期间，何双双和何小双积极地跑前跑后、出谋划策，连曹告白也以过来人的经验不时支招。

婚庆公司装修结束，何双双又特地去买了八挂一万头的鞭炮，红红火火、结结实实地燃放了半天。在满地喜庆的红纸屑中，苏达绿、陆十一、何双双、何小双一起看着焕然一新的婚庆公司，笑容满面。

苏达绿转头看看何双双和何小双："谢谢两位美女，牺牲了那么多休息时间！"

何双双嗔怪："我们乐意，有钱难买我们乐意！是不是，小麻烦?!"

何小双煞有其事，连连点头："是是是！有钱难买我们乐意！"

苏达绿忍不住伸出手去刮何小双的鼻子，又突然想起何小双的规矩，在她开口抗议之前及时止住，一只手改变方向放在她的头上，亲昵地抚摸起她软软的滑滑的头发。

何双双留意到了苏达绿的动作，忍不住"扑哧"一笑。她正了正表情，提议道："我提议，重新换个招牌！"

陆十一热烈附和："对对，所有的一切要从头开始，当然不能再用告白婚庆策划公司的名字。"

苏达绿胸有成竹："我早想好了，名字叫'十指相扣婚庆策划公司'。如何?"

何双双沉吟："嗯，不错！十指相扣……十指相扣，一生相守；执子之手，与子偕老；十指相扣，幸福之花在指尖绽放；十指相扣，左手牵右手，从相知到相守……"

陆十一也点头赞同："不错，这个名字意味无穷，整个就是一大筐，所有的概念都可以往里装！"

何小双快言快语："绿姐，啰唆姐，这就是高大上吧?"

苏达绿竖竖大拇指："太对了，高大上！还是小麻烦会拔高！"

陆十一道："现在是万事俱备，只欠开业了！绿姐，你说什么时候开业合适?"

何双双眼转一转，笑道："我还有个提议——找高僧来推算开业的黄道吉日，做一场超大开业法事，图个吉利——老百姓最信这个！"

苏达绿笑笑："神神道道……"

陆十一抢言："借双双妹妹吉言！超大开业法事，肯定会给十指相扣婚庆策划公司带来好运，往下，就尽管等着滚滚大单上门来吧！"

苏达绿大笑："有这么神奇？这事就拜托何军师了！"

何双双正色："放心，保你又红火又热闹！"

何小双笑逐颜开："太好了！绿姐要再过一次生日啦！"

昔日不起眼的四层小楼焕然一新。"十指相扣婚庆策划公司"的醒目牌子下，摆满花篮；氢气球垂着写满祝贺词的长长飘带，直冲蓝天；楼前的空地上，铺了很大的一块红地毯；再往外的林荫道两旁，法桐树上，则装饰了五颜六色的气球和彩带。

会议室里，苏达绿、陆十一、何双双围在一起浏览着网站信息，都掩饰不住喜悦。苏达绿朝何双双竖竖大拇指："不愧是何军师！"

何双双得意地一仰头："我已经说过了，中国人讲究吉利，尤其是办喜事……你就等着顾客盈门吧！"

陆十一指点着电脑屏幕："看这里，高僧助阵，十指相扣婚庆策划公司赚足众人眼球。光是这个题目就比做什么广告都强！双双妹妹这一着就是高！"

苏达绿正正表情："公司已经运转十几天了，到现在也没有真正开张。这些天过来咨询的人还真不少……可就是，光打雷不下雨，没有一笔业务开花结果……所以，咱们需要分析一下，问题到底出在哪里?"

陆十一接口："是啊，我也在头疼着呢！双双见多识广，国内国外都了解，帮忙给出出主意呗。"

何双双不假思索："很简单，不能在继续这样坐门等客，要主动出击。中国有句俗话说得好：'酒香也怕巷子深'。宣传要连续，营销要上门……公司要尽快做出成功案例，这样才能滚雪球，把业务做多做大！"

苏达绿深以为然："何军师说得对，经你这么一点拨，我是豁然开朗，咱们可以学学卖保险的，也去'扫楼''扫街'……还有啊，你们发现没有？公司还缺少一股精神气，也就是所谓的企业文化理念。这些形而上的东西，我发现真的不能可有可无。"

陆十一频频点头："两位美女分析得对，公司若要长久发展，必须有核心文化价值观，有一面高高飞扬的旗帜，让人们一眼就能看见咱们，找到咱们！"

何双双笑笑："二位，看来你们都想到了。现在就开始做吧，大家集思广益，先定出企业文化理念，要让它既接地气，又高大上。"

陆十一冥思苦想："当时公司起这个名字时，那段寓意不是很好嘛，能不能用？十指相扣，一生相守；十指相扣，幸福之花在指尖绽放；十指相扣，左手牵右手，爱情到永远……"

苏达绿和何双双一齐摇头。苏达绿说道："这是表面字义，显然不行。再想……"

何双双启发："一定要体现爱、关怀、珍惜等等理念。"

陆十一点头又摇头："没错，应该是这样……可是这个东西，我一时半刻真想不出来……"

苏达绿和陆十一不约而同看向何双双。何双双摆摆手："别看我，何军师江郎才尽！"

苏达绿皱眉想了一会儿，看着怀里无聊地玩着陶泥的何小双，说道："这事不急，该吃午饭了，咱们回去想好吧。这两天大家都辛苦了，我请大家去吃小肥羊！"

"嗷，太好了，我要吃小肥羊的布丁！"何小双立即兴高采烈。

"好好，布丁会有的，棉花糖也会有的！"

"啵"，苏达绿话音刚落，何小双就是一个响亮的吻。

何双双和陆十一被何小双简单的快乐感染，都不由自主笑了。

又是一天即将拉上帷幕。夜色渐渐深了，十指相扣婚庆策划公司楼前的林荫小道上，空寂无人。灯光从三楼的窗口投射出来，给夜色涂上一抹温暖的颜色。

屋内，苏达绿和陆十一正热烈地在讨论着。为了"十指相扣"的企业文化理念，两个人已经讨论一会儿了。他们在白板上写了又改；改了又写……最后还是摇头不满意。

何双双推门进来，苏达绿喜出望外："何军师来了！快来帮忙，我和十一在绞尽脑汁，到现在也没琢磨出满意的公司文化理念……对了，小麻烦睡了吗？"

何双双笑吟吟地点头："小麻烦刚睡，我就赶紧过来了……我有一个思路，你们都一起听听，觉得如何？"

何双双打开手机，周杰伦的歌声响起来："素胚勾勒出青花笔锋浓转淡，瓶身描绘的牡丹一如你初妆……"

何双双提示："注意听这段！"

周杰伦的歌声："天青色等烟雨，而我在等你，炊烟袅袅升起，隔江千万里……"

苏达绿兴奋地一拍何双双："好，就是这个——青花瓷！含蓄、柔婉、美丽、易碎。要得到上等的青花瓷，必须碰到难得一见的烟雨天。所谓的天时地利人和，一切都要看缘分，一切要仔细小心，稍有不慎，便前功尽弃。因为得之不易，所以弥足珍贵、值得期待！”

陆十一连连点头。苏达绿快步走到白板前，拿起画笔奋笔疾书。白板上，出现了一段文字：如果我是青花瓷，你就是我的烟雨天，等来了你，我的生命开始有依靠。

苏达绿退步几步仔细斟酌，又在“我的生命开始有依靠”中间加了两个字“从此”。

何双双念着：“如果我是青花瓷，你就是我的烟雨天，等来了你，我的生命从此开始有依靠。”她兴奋地重复着、品味着：“等来了你，我的生命从此开始有依靠……太好了，既空灵又接地气！就是大师看了也会拍手称好的！”

苏达绿开玩笑：“这个就不劳开光了！”

陆十一却接口：“我看还是有劳吧，双双说得好啊，要主动出击！”

何双双会意：“嗯，这事完全可以拿来做篇好文章……对了，我想起一个地方——影楼，咱们不妨去尝试做推广。”

苏达绿和陆十一眼睛一亮。苏达绿兴奋地：“这个思路不错，影楼客户是咱们的上游客户，拍婚纱照的情侣，下一步就是举行仪式了。”

“还有金楼客户也是，谈婚论嫁的情侣，最少也得买枚戒指吧！”何双双发散思维，“正好明天是周末，我和小麻烦一起陪绿姐先去影楼玩玩。”

看着何双双侃侃而谈，苏达绿不由得动容：“谢谢你双双！”

陆十一也接口：“确实太感谢了！”

何双双白了他们一眼：“看你们见外的！时间不早了，回去养精蓄锐！”

苏达绿和陆十一都笑了。苏达绿和何双双约好第二天的出发时间，三个人各自散去。

第二天，苏达绿早早起床，打了豆浆，炸了油条，又用面包机烤了一个面包，做了何小双喜欢吃的水果沙拉，又摆上何双双喜欢吃的小咸菜。一阵忙活之后，桌子上摆满丰盛的早餐。她过去敲门叫何双双和何小双。

何小双看见这么多好吃的，又是一阵开心地大叫。何双双开玩笑：“绿姐你就不能分两顿请我们吃嘛！”

“若想马儿跑得快，就得先让马儿吃得饱。我可不敢慢待我的壮丁！”苏达绿反唇相讥。三个人在说笑中吃完早餐，收拾好了就向影楼出发。

按照事先的排练，苏达绿负责吸引前台的注意力，何双双和何小双趁机混进楼上。

到了影楼，苏达绿深吸一口气，在何双双和何小双的注视下，昂头挺胸地走进去。

看见顾客上门，前台笑脸相迎："请问，是要拍婚纱照吗？"

苏达绿落落大方："是啊，能给介绍一下吗？"

一看来了大客户，前台更加热情："美女快请坐！您来我们这里来对了，我们这里有全市最好、来自台湾的顶级的摄影师，拍摄的外景更多……"

"这小丫头真能吹，我若是有她一半的厚脸皮，'十指相扣'说不定早上好几单业务了……"苏达绿在心里好笑地感慨，摆出一副饶有兴趣的表情："能说得再详细点吗？"

前台更兴奋了，卖力地介绍起来。苏达绿用身体挡住前台的视线，向外面不远处的何双双和何小双招招手。

何双双和何小双会意，蹑手蹑脚绕过两个人，蹑手蹑脚爬上二楼。

楼上，是另一番天地：镁光灯营造出美轮美奂的背景，一对年轻情侣正在这背景中不停变换着姿势。摄影师是一位左耳上带着一只耳环、打扮前卫的年轻男子。顺着新娘精致的妆容向下看，何双双不由得暗暗奇怪：新娘是个大肚子孕妇，且非常自豪地袒露着成熟的大肚子，而那圆滚滚的肚子上，巧妙地画了一个可爱的小猪笑脸，说不出的奇异美艳。

何双双看直了眼，没提防何小双已经跑过去，一只小手直直摸向小猪肚子，嘴里嚷着："好玩，真好玩！"

正专心致志的摄影师疑惑地从相机上移开眼睛："孩子出来了？"

孕妇忍不住"咯咯"地大笑起来。

摄影师从镜头上离开，终于看清楚情况："刚才从镜头上看，真以为肚子的孩子跑出来了！"

孕妇向摄影师丢了个白眼球："这么大的孩子，我肚子能装得下？"

摄影师回过神来，指点着楼梯口的牌子："哪里跑出来的孩子，好好看看，'拍摄期间，禁止外人入内'！"

何双双只好从隐藏地现身，讪讪道："那个，我们来观摩……观摩……"

孕妇被何小双的可爱吸引住了，冲摄影师摆摆手："正好累了，休息一会儿……"她转向何小双："小朋友，你叫什么名字？……"

摄影师欲言又止，抬起手又放下，终于关了大灯到里面的房间休息去了。

何双双看了看孕妇的大肚子泄了气，这孩子都快生了，哪里还有结婚仪式可谈！她实话实说："我们是十指相扣婚庆策划公司的，本来是想来问问您是否想在我们那里举办婚典。没想到……”她过去拉起何小双的手，“不好意思，打搅了！小麻烦，我们走！”

孕妇拉住何小双的另一只手，满脸都是喜欢：“不打搅不打搅，我正好要奉子成婚！你们的公司在哪里？”

奉子成婚？何双双的眼睛睁大了！何小双却反应极快地从小背包里掏出一份彩页：“我们是‘十指相扣婚庆策划公司’，漂亮小猪姐姐要来找我啊！我也要画只那样的小猪！”

孕妇接过折页，交给身边的男子：“替我收好，快谢谢这位小朋友，我准备下个月和你结婚！”

男子惊喜地说：“宝贝，你终于同意嫁给我了？”

何双双瞠目结舌：“好像孩子马上就要出生了！”

男子赶紧做了个“噤声”的动作：“嘘，小心被她听到，孩子也不给我生了……”

何小双趁着大家说话，只管在孕妇的肚子上下其手，仔仔细细摸了个够；孕妇却是一副很享受的模样，任由何小双尽情摸，她则一只手惬意地抚摸何小双的头。何双双赶紧去拉何小双走：“小麻烦，先让这位姐姐忙完，咱们回去等！”

孕妇恋恋不舍地松开何小双的手发。何小双恋恋不舍地回头叮咛：“漂亮小猪姐姐，你一定要来找我哦！”

孕妇向何小双应承，又转向男子撒娇：“我也要个那样可爱的小孩子！”

男子柔情哄劝：“乖宝贝，咱们很快就有了……”

何双双拉着何小双冲下楼。何双双摸着自己的胸口：“还能这样……”

苏达绿看见她们，截住前台接待滔滔不绝的介绍：“好，我都听明白了，改天再来，改天再来……”

前台接待看见何双双和何小双，困惑地眨着眼睛：“你们……这两个人是……”

何双双赶紧拉着何小双，和苏达绿一起落荒而逃。

路上，何双双主讲，何小双补充，两个人绘声绘色地讲完“漂亮小猪姐姐”的故事，苏达绿已经数次笑弯了腰。等听到“漂亮小猪姐姐”要到十指相扣婚庆公司举行结婚仪式，苏达绿眼睛亮了：“真的？真的同意到咱们那里举办结婚仪式？”

何小双兴高采烈抢话：“漂亮小猪姐姐说了，要帮我在肚子上画漂亮小猪！”

苏达绿看了看何双双，后者肯定地点头。苏达绿激动了：“太牛了，小麻烦，你是大功臣！咱们这就去买颜料！”

何小双手舞足蹈：“太好了，我要画肚子喽！”

何双双看着两个人闹，在一旁笑着："绿姐，这样找客户太麻烦，咱们可以直接找影楼合作！"

苏达绿若有所思："这个我也想到了，量能上去，但需要把一部分利润让给影楼。"

何双双点头："不过这样省心。走，时间还早，咱们去金楼！"

苏达绿由衷地："谢谢！"

"见外了吧？我这也是为了自己的后路！小麻烦，来，姐姐抱！"何双双向何小双伸出手，苏达绿却抢先抱起何小双："小麻烦累了吧？中午绿姐请吃大餐！"

"小麻烦不累，小麻烦明天还想做壮丁吃大餐！"何小双的现实让两个人哈哈大笑。苏达绿吻吻何小双软软的小脸，承诺："绿姐明天还请小麻烦做壮丁，不，请小麻烦功臣吃大餐！"

三个人说说笑笑，上了苏达绿的车，很快就到了当地最大的凤凰金楼。

何双双抬头看了看"凤凰金楼"四个金光闪闪的大字，不禁赞叹："名字好，招牌气派！"

苏达绿下了车，又打开后面的车门，将何小双抱下来，顺着何双双的视线瞄了一眼，淡然道："好不好，先看他们的态度！"

"绿姐，太心急了吧?!"何双双不禁莞尔。

第十五章　订单来了

三个人走进金楼，总台是个大眼睛的高个女孩。被苏达绿抱在怀里的何小双，抢先乖巧地招呼："漂亮姐姐好！"

被一个可爱的小女孩叫作漂亮姐姐，高个女孩立刻化了。她笑容满面："小妹妹好！请问有什么可以帮你们?"

苏达绿拿出名片递过去："你好，我们是十指相扣婚庆策划公司，想找你们负责人谈合作！"

高个女孩看了看名片："'十指相扣'，这名字好像听说过。稍等，我去看看经理在不在！"

"听见没有?'十指相扣'这个名字还是挺响的嘛！"高个女孩一离开，何双双就冲着苏达绿得意道。苏达绿龇牙回以一笑。

高个女孩很快回来："请，经理让你们进去谈。"她在前面带路，苏达绿抱着何小双，和何双双一起跟上高个女孩。走到里面一间挂着"总经理办公室"的门前，高个女孩敲敲门："经理，她们来了！"

总经理是一位干净利落的年轻男子，腰杆笔直，着装职业，雪白的衬衣扎在裤缝笔挺的西裤里，衬衣一看就是纱支很细的布料做成，也没有扎领带，虽是职业装，却给人很舒服的感觉。他从写字桌后面绕过来跟两个人握手，连何小双也没落下："两位美女，还有小美女，欢迎！"

大家分别在红木椅子上坐下，总经理娴熟地冲泡工夫茶。何双双心里暗暗赞叹：这人的磁场好大，让人觉得似乎茶室也应该这样着装。

何小双从苏达绿怀里下来，从小背包里掏出宣传册，跑过去，甜甜地说道："帅老总，我们是'十指相扣婚庆策划公司'。"

大家都笑了。总经理有点意外地接过宣传册，柔声道："我叫刘乃武，小朋友，你叫什么名字?”

“我叫小麻烦!”何小双腻在刘乃武膝前，两只眼目不转睛盯着一只青蛙茶宠。刘乃武投向所好，拿过茶宠递给何小双。何小双大声道谢。刘乃武亲昵地把她抱在自己膝盖上。

“我是苏达绿，这位是何双双。”苏达绿做介绍，“不瞒刘总，十指相扣婚庆策划公司刚刚开业，我们正在到处找客户。金楼属于我们的上游，我们想，咱们能不能合作，互惠互利。”

刘洪武专注地听苏达绿介绍完，拿起宣传册翻看:“你们公司我知道，你们的公司介绍很有意思，很有创意。”

没想到何双双的点子这么有效果，苏达绿不禁喜笑颜开:“谢谢关注!”

刘洪武沉吟着:“咱们之间，所谓的上下游关系也不是固定模式。我看这样吧，咱们可以做个合作联盟，客户资源共享，我给你介绍客户到婚庆公司举办婚礼，你介绍客户到我这里来买金饰。你们看如何?”

苏达绿和何双双对望一眼，喜出望外。苏达绿客气道:“这样我们就占便宜了，毕竟我们的客户群更狭窄一些!”

“刘总又痛快又睿智!合作，关键是长远和共赢，不能计较什么吃亏占便宜的。再说能到婚庆公司举办庆典的情侣一般都有经济实力，说不定一对就能顶金楼好几天的营业额呢!”何双双跟苏达绿唱双簧。

刘乃武爽朗地一笑:“两位美女好口才!我看好你们!你们好好发展，以后我这金楼就跟着你们混了!哈哈，不开玩笑了，我这里正好有一对情侣预约过来取金饰，咱们的合作可以先从这对情侣开始……”刘乃武抬起手腕看了看表:“他们应该快到了!”

何双双兴奋地拍拍苏达绿:“太好了，咱们太幸运了!没想到出门就遇贵人!”

刘乃武向外张望，一边笑笑:“希望我们都能成为彼此的贵人……”

苏达绿、陆十一、何双双，围在电脑前边看边讨论着。

苏达绿指点着显示屏:“何军师这着实在是高，现在该是咱们出手的时候了!”

陆十一兴奋地:“我已经写好跟帖了，你们看怎样?”

苏达绿笑着念:“……十指相扣，一生相守;十指相扣，幸福之花在指尖绽放;十指相扣，左手牵右手，爱情到永远…………你还在云里雾里绕啊!”

“也未尝不可，我来段简单的。”何双双边说，边飞快地敲打键盘，陆十一好奇地念：“十指相扣婚庆策划公司期待您的光临，所有您的梦想，都可以交给我们来实现。您的婚礼，我来举办；您的满意，我来保证。嗨，都是大白话、大实话！”

苏达绿所有所思：“这就是虚实结合、荤素搭配，不错不错！”

陆十一仔细品味着，也频频点头。

电话响了，何双双做了个“请”的动作。苏达绿和陆十一对望一眼，苏达绿接起电话：“您好，这里是十指相扣婚庆公司，对……您想要中式婚礼？没问题没问题，包您满意。您可以到公司来一趟，咱们具体敲定细节……费用？我们只收 1000 元的订金，对对，象征性的，如果您满意再付款，好，可以，明天上午十点见！”

苏达绿收了电话，两眼放光：“太好了，订单来了！”

陆十一兴奋地搓着手，满屋转圈。

何双双笑道：“停停，我都被你转晕了。接下来的工作还多着呢，我建议，公司的网站、微信、QQ 群都要建起来，要全方位、无缝隙覆盖宣传。”

苏达绿：“谢谢你，双双！‘十指相扣’继续聘你做军师！”

何双双开玩笑地一抱拳：“何军师愿效犬马之劳！”

一周后，十指相扣婚庆策划公司的第一个订单启动。

一大早，一支迎亲队伍出现在滨海市的马路上。前面，仪仗队敲锣打鼓，抬着一顶红色的空喜轿。陆十一骑一匹栗色的马跟在喜轿后；旁边的新郎王志刚并马而行，他穿着中式新郎装、骑一匹白色高头大马。王志刚身材挺拔，气质儒雅，与量身定制的新郎装非常协调。后面，一辆高高的马车鲜花缭绕，充当迎亲童子的何小双端坐其上，粉雕玉琢，煞是可爱。

这天正好是周末，在家休息的人们听到锣鼓声，很多人开窗探看，特别的阵势，又引得他们跑出来到路上看。就这样，围观的人越来越多，好事者干脆跟着迎亲队伍看热闹。这越来越长的队伍浩浩荡荡来到一个小区，新娘席思敏就住在这里。迎亲队伍一进小区就开始放鞭，锣鼓队也卖力地敲打出密集的鼓点。到了一栋楼前，王志刚下马上楼去迎新娘。

王志刚上楼，后面跟着一群看热闹的人。王志刚敲了半天门，才见席思敏过来应门。王志刚一进门，傻眼了：只见席思敏家里冷冷清清，半点办喜事的样子也没有，而新娘本人，穿着一身家居服，懒洋洋蓬着头，好像刚从床上爬起来。

王志刚急得汗都下来了：“我的姑奶奶，这都什么时候了，你怎么还没梳妆打扮！你平时不都是化妆吗？怎么偏偏今天素面朝天？”

席思敏面无表情，把手一伸：“拿来！”

王志刚迷惑不解："拿什么?"

席思敏脸一沉："这都什么时候了，人家没心情开玩笑！金锁链呢？不是说好今天迎亲时一起带来么?"

王志刚赔着笑："你听我解释……"

"我不听，我不听！没有金锁链，你叫我拿什么梳妆打扮？说好全套金首饰，你让我那些小姊妹怎么看我?"席思敏不耐烦。

王志刚着急地解释："姑奶奶，你看房子买了，车也买了，装修还是借的钱，实在没有钱买那玩意儿了……"

席思敏的脸上雪上加霜："你什么态度！那不是什么玩意儿，那是结婚的行头!"

王志刚连连作揖："好好，结婚的行头！亲爱的，我错了，我想反正都是你的，结婚以后再买也行，我错了，我应该借钱也买好!"

席思敏轻蔑地从鼻子"哼"了一声："谁是你亲爱的！你错了有用吗，没有金锁链，今天这婚不能结!"

说完，席思敏走进自己的卧室，"嗵"的一声关上门。

王志刚着急地敲门，卧室门冷冰冰纹丝不动。他急得团团转，一眼看见席思敏的妈妈从外面走进来，如遇救星："妈，您帮我劝劝她，先把婚结了，我回头一定补上!"

席思敏的妈妈冷着脸："先别急着叫妈，这婚能不能结成还难说呢!"

王志刚几乎是哀求："妈，是我大意，我晕头了，您行行好，帮帮我，我将来一定好好孝顺您!"

席思敏的妈妈"哼"了一声："现在说好的事都放空炮，将来的事还能指望?"

陆十一、何小双和迎亲队伍在下面等了很久，就是不见王志刚下来。陆十一皱眉："怎么这么费事?!"

他向锣鼓队挥挥手："锣鼓，催！使劲敲!"

锣鼓手起劲地敲起密集的锣鼓声。围观的人交头接耳。

楼上，王志刚听见下面急促的锣鼓声，更急了："妈，时间不早了！您大人不计小人过，帮帮我吧!"

席思敏的妈妈不为所动："早知如此，何必当初!"

扔下这句话，席思敏的妈妈进了卫生间，"砰"的一声关上门。

王志刚急得如热锅上的蚂蚁，满头大汗地团团转。他转身看见席思敏的表妹，喜出望外："表妹，帮我……"

表妹却一扭身，如一条鲶鱼般溜了。

王志刚只好又去敲席思敏卧室的门："姑奶奶，我给你跪下了，你先上轿，回头我一定给你补上！不，补两只！"

看热闹的人指指点点："这小伙子太可怜了，新娘子也有点太那个了！"

"你不知道吧，男人就这样，先把你哄到手，回头就不是这样了，新娘子这样也对啊……"

"都什么时候了，对不对也不差这点东西，她是跟人结婚，还是跟那金子结婚?"

等在楼下的陆十一看看表，吩咐仪仗队："我上午看看。你们在楼下看着点，等会儿我们一下楼就放鞭！"

何小双急了，嚷道："我也去我也去！"

陆十一过去把何小双抱下车，拉着她的小手走上楼去。围观的人群自动闪开一个通道。

陆十一走进席思敏家，却发现刚才喜气洋洋的新郎正垂头丧气地跪在地上，冲着一扇门不停哀求着。

他费了好大地劲才拉起王志刚，不解地小声道："你这是唱的哪一出? 时间不早了，新娘呢?"

王志刚一屁股瘫坐在沙发上，顺手拉下领带，满脸沮丧："别提了，没买金锁链，人家就是不梳妆打扮！"

陆十一吃惊非小："哥们，这婚还结吧?"

王志刚垂头丧气："买房子，装修，买车，钱全花光了，又借下不少钱，实在没钱了，才少买了这件金锁链，没想到她在这事上拧上了！"

陆十一皱眉："这……开弓没有回头箭！请帖都发出去了，现在恐怕亲朋好友都在酒店等着了，就是抢也得抢上轿啊！"

王志刚摊摊手："我彻底没辙了！什么招都用了，求也求了，跪也跪了……她们家里人都跟她一个鼻孔喘气……不肯帮忙……"

陆十一打气："别着急，想想，还有什么办法?"

何小双转转眼珠："备用的哪? 新娘是主角，不是主角都有二号吗?"

陆十一瞪了何小双一眼，心想：小孩子真是不知深浅，新娘子哪里会有备用的二号呢！

但王志刚似乎想到了什么，他沉思一会儿，下决心似的使劲点点头，带头走下楼。

仪仗队看见有人出来，急急忙忙点燃了鞭炮。

刹那间，鞭炮齐鸣，硝烟弥漫。陆十一捂着耳朵，气急败坏地大叫："谁让你们放鞭炮的?”

仪仗队领队把耳朵凑近听，委屈地大叫：“是你刚才上去的时候，让我们一看见人下来就放鞭炮的嘛！”

陆十一一不做二不休，干脆吩咐仪仗队将锣鼓敲打起来，一行人高调离去。

外面安静了下来，席思敏的妈妈出来看了看，小跑着去敲席思敏的门：“闺女啊，小王走了，我们是不是做得有些过了？快点去追吧！”

席思敏打开门，快步走出来，气急败坏：“什么，走了？还愣着干吗？化妆师在哪里，快，快给我化妆！”

躲在另一个房间的化妆师急匆匆跑出来，手忙脚乱给席思敏化妆。

王志刚带着迎亲队伍重新上了路，径直向另一个小区走去。

路上，王志刚向陆十一解释：“这个小区住的是我的前女友辛囡。我们两个是高中同学，后来遇见席思敏，我贪图她娇媚、家里条件好……就变了心……和席思敏交往不久，就发现她是个不折不扣的拜金女，但她除了看重物质，别的方面也有可取之处，就这么着，一直走到结婚。只是没想到，她会这么看重一个金锁链……”

“说不定席思敏只是想将你一把，现在正等着你回去求她呢！”陆十一开玩笑。

王志刚目光坚定：“不会了，刚才已经求过了，我一个大男人，把这一辈子能掉的架都掉完了……喏，前面就是辛囡家！”

陆十一提醒：“不先打个电话?”

“不了，碰运气吧，不瞒哥们，我是硬撑着这口气，实在没勇气打电话，如果辛囡在电话里说一个‘不’字怎么办?”王志刚脸上露出无奈和疲惫。

陆十一同情地点点头：“理解！不过，听你对辛囡的介绍，我对这个女孩有信心。等会儿上去，你一定要表现出自己的真诚悔过，请求她嫁给你！我们会瞅准机会帮你使劲！”

王志刚面露感激：“谢谢，谢谢！”

王志刚在一栋楼前停下：“到了！”

他翻身下马，陆十一也下了马，然后把何小双抱下来。刚才，仪仗队也在途中重新购买了鞭炮，此时便燃放起来，锣鼓声也用足劲儿响起来。

王志刚带头，陆十一和何小双陪着，一起向楼上走去，后面一群看热闹的人如一条巨大的尾巴。他们很快就到了二楼，王志刚示意，陆十一对他做了个“加油”的手势，走上前去敲门。

王志刚深吸一口气，紧张地注视着陆定一的手。

门开了，一个端正朴实的女孩站在门里。她穿着朴素的家居服。手上戴着橡胶手套，长发在脑后随便地挽了个髻。显然，她正在干家务。

王志刚一下子跪下去："辛囡，过去是我对不起你，我鬼迷心窍。我只想问问你，你今天愿意做我的新娘吗?"

辛囡满脸惊诧。她看看跪在地上、眼巴巴看着她的王志刚，又看看周围的一大群人。而那群人，同样紧张地注视着她。

陆十一清清嗓子："是这样，辛小姐，王先生今天娶亲时发生了一些意外，这让他猛然明白了谁才是真正值得他爱的人，谁对他才是一片真情……所以他临时改变了抉择，义无反顾地奔你来了！……我开始觉得这事儿有些唐突，但是王先生说，他知道你一直在等着他的回心转意。"

辛囡看看陆十一，把目光转到王志刚脸上，便再也移不开了。那张她熟悉的脸向她扬起，脸上纠结着无数复杂的表情：委屈、恳求、担忧、羞愧……

王志刚恳切地说道；"小囡，我以前全错了，害得我们耽误了太多的时间。我现在一刻也不愿意等了，现在就要把你娶回去……你愿意吗?"

眼泪顺着辛囡的脸颊流下来。她急忙摘下手套，心疼地拉起王志刚，清楚地回答："我愿意！"

"你真的同意了?"陆十一瞪大眼睛，脱口道。

"是的，这些年来、我一直在等待这一天，我愿意做你的新娘！"辛囡回答陆十一，眼睛却看着王志刚。

王志刚一把把辛囡抱在怀里，两个人紧紧拥抱。

何小双挤进两人中间："对不起，两位，打搅一下，时间不早了，请新娘接花！"

陆十一乐了："小麻烦说得对，你们以后的日子长着呢，有一辈子的时间亲热。现在新娘必须得抓紧时间了！"

辛囡回过神来："我什么准备也没有啊！"

陆十一挤挤眼，胸有成竹："放心，我有备用！"

陆十一朝后面招招手，两名工作人员拎着化妆包和衣服走过来，一起走进辛囡的卧室，开始给辛囡梳妆打扮。

酒店里，接到陆十一电话的苏达绿，急忙指挥着酒店领班等一帮人更换横幅和电子显示屏内容，并交代主持人更改台词。

面对这突然变化，参加喜宴的亲朋好友交头接耳、窃窃私语。

一阵锣鼓声，又一阵鞭炮声后，主持人走上舞台："在这特别的日子，我们为一对新人举行结婚庆典，下面有请新郎王志刚、新娘辛囡走上红地毯……”

对十指相扣婚庆公司来说，这场变故的婚礼有意想不到的收获。第二天的总结会上，陆十一用手指点着电脑显示屏：“看这些评论，对王志刚和辛囡的故事，人们的反应真是激烈！”

“还有这些，人们对‘十指相扣’在突然变故面前的临危不乱评价很高！”何双双补充。

“不光是网站，还有微博、微信、QQ，那传播速度就是病毒式转发吧？所谓铺天盖地就是这个样子吧！不过，咱们确实得给自己赞一个！”苏达绿的表情，可以用眉飞色舞来形容。

何双双也是抑制不住地高兴：“没错，这些评论，这个效果，什么广告也比不上！”

第十六章　再遇天明

叶天明终于把手头的事忙完，第一时间就跟曹告白电话联系，曹告白说有重要的事商量。他按照事先两人的约定，准时来到曹告白的住处。

走近曹告白熟悉的四层小楼，叶天明吃惊地发现，以前的“告白婚庆策划公司”的招牌不见了，被一块“十指相扣婚庆策划公司”的招牌代替。晚霞满天，新的招牌熠熠生辉，带着清新，带着朝气，扑面而来，让人不由得精神一振。

曹告白的公司是改名了还是换人了？最近好像发生不少变化啊！看来这段时间自己光顾着忙自己的事情了，对曹告白关心太少。叶天明心里暗暗指责自己，加快步伐向楼上走去。

推开门，叶天明看见曹告白正在跟两个很有气质的女子说笑着，旁边还有一个活泼可爱的小女孩。叶天明认出其中一个是叫苏达绿，回国时在这里一起吃过饭。另外一个长发女子转过头来，叶天明只觉得似曾相识，正在脑子里搜索记忆，却听到曹告白介绍道：“这是我的新房客何双双，也是苏达绿的闺密！那是她的妹妹何小双……”

叶天明只觉得脑子里“轰”地一下，曹告白还在说什么，他已经听不到了。

何双双，多么魂牵梦绕的名字，多少次午夜梦回，他心头发紧地默念着这个名字，一直到天亮。而此时，她蓦然出现在他的面前，幽幽地却意外地扫了他一眼。只一眼，便让他肝肠寸断：这一眼，有他熟悉的刁蛮清纯，但更多的是沧桑和忧郁。她的眼睛依旧亮晶晶的，却冰冷警惕，没有一丝温度。

原来“田铭”，就是天明、就是叶天明！那个胡歌一样帅气的帅老师、帅哥哥，他那一头乌黑油亮的头发呢？那短短的寸头两鬓，为什么落满刺眼的白霜？那曾经明亮阳光的眼睛里，为什么有着挥之不去的忧伤和沧桑？何双双的心里，同样充满震惊和忧伤。

“好久不见！”苏达绿落落大方，跟叶天明打招呼。

“好了，你们接上头了，我该撤了。小麻烦，我们去吃肯德基了！”一切都太出乎意料了。何双双只想快快离开，找一个安静的地方梳理自己纷乱的思绪。她拉过何小双，就要撤退。

何小双经过叶天明跟前，停住脚步，用童稚的声音毫不掩饰地惊呼：“哥哥，你好帅！”熟悉的眼神，相同的语气和称呼，让叶天明心中绞痛。

“帅哥哥，我跟姐姐去吃肯德基喽！你也去吗？”何小双的邀请让叶天明身体一震。他看了看何双双，后者却转过头，拉着何小双：“小麻烦乖，哥哥还有事情，下次再去吃！”

“好吧，帅哥哥，下次你要记得请我吃肯德基！”何小双一双纯净的大眼睛眼巴巴地看着叶天明，直到他点头，才恋恋不舍地跟着何双双向门口走去。

“再陪我一会儿嘛！”苏达绿挽留何双双和何小双。

“你们见了面，我这牵线搭桥的任务就算完成。”何双双回头一笑，并没有停下脚步。

苏达绿觉得何双双如此反常，那匆匆而别怎么也有逃跑的味道，而那笑容，分明有些苦涩，还有些悲伤。苏达绿揉了揉眼，怀疑自己看错了。她还想说什么，门却在何双双身后关上了。

“真不够意思，这么快撂挑子！”苏达绿嘟囔着，对两个人的早早撤离大为不满。

叶天明却根本没有注意到这些。何双双刚才冰冷的眼神挥之不去，他想起从前，曾几何时，她的眼神是那么依恋、那么亲密……叶天明心里巨浪滔天，已尘封多年的往事扑面而来……

叶天明的失神让曹告白有些尴尬，他连忙向苏达绿解释：“我这个同学就是这样，平时不太爱说话，但是人特别好！”

“没什么，内敛的男生还是比较受女生待见。”苏达绿不在意地笑笑。

叶天明努力地笑了笑：“谢谢。告白说得也不完全对，我跟他在一起就很多话！”

“明明别这么说，不知道的人听见，还以为你性取向有问题呢！”曹告白开玩笑。

“不排除这个可能吧！”苏达绿笑吟吟地，眼睛看向叶天明。

叶天明努力地掩饰着，挤出一些笑意。

“绿姐，你先看电视，我跟明明说个事！”曹告白拉着叶天明来到书房，说出今天急火火找他来的原因，“绿姐是我的哥们，人豪爽能干，又善良朴实，我今天找你来，是想撮合你们，你们可以多交往了解……”

“这就是你说的重要事？告白，我以前跟你说过了，我要先立业、后成家。你怎么不跟我提前说一声就乱点鸳鸯谱呢?!”叶天明埋怨。

“嘿，你现在还不算事业有成啊，事业都拓展到英国了?!”曹告白竭力想说服他，“给个面子，跟苏达绿处处吧，说不定会有感觉呢！再说，苏达绿的闺密何双双让我给你们牵线，我也不能拒绝人家呀！”

“什么？何双双，是何双双让你给我和苏达绿牵线?!”叶天明瞪大眼睛，一迭声问道。

曹告白完全没想到叶天明的反应这么强烈，满脸迷惑地说：“至于吗，反应这么激烈?！先做个普通朋友相处，总可以吧……”

曹告白猛然发现叶天明的脸色变得很差，似乎还在流汗，于是紧张起来：“哎，明明，你怎么了？脸色怎么那么苍白？要不要去医院?”

“你先去招呼苏达绿，让我自己待会儿。”叶天明一只手捂住眼睛，无力地冲曹告白摆摆手。

“你真的没事?”曹告白不放心地看看叶天明。

“去吧，让我自己安静会儿！”叶天明摆摆手。

“好吧，我先去陪苏达绿。”曹告白轻轻带上门。

屋子里，叶天明将两只手抱住头，重新陷入回忆……

当地最高档的酒店——海天大酒店，叶天明远远看见何双双和父亲何运洪站在门口。何运洪西装领带，满面春风，意气风发。何双双则穿了件格子衬衣，配着牛仔裤，青春四溢。她笑靥如花，站在父亲旁边，不停地伸长脖子向远处张望。

叶天明一出现，何双双一眼看见，就远远地跑过来。

这时，一个瘦瘦高高的男孩走过来，旁边一个司机模样的人搬着一箱酒跟在后面。男孩远远跟何运洪和何双双打招呼：“何伯伯好！”

何运洪看见男孩走近，亲热地拉起他的手：“小浩啊，你来了！”

他招手让何双双过来：“双双，见见你小浩哥哥，你还记得吧？我跟你说过他，人家年龄跟你一样大，已经能替他爸爸打理很多事情了！”

小浩向何双双伸出手：“双双妹妹好！几年不见，变得更漂亮了！听何伯伯说，你考上了滨海大学，真是太厉害了！”

小浩指指后面搬着的红酒，对何运洪解释：“何伯伯，我爸爸本来说要亲自来的，结果下午临时来了外地客户走不开，他让我替他向双双祝贺，还让我特地带来一箱他上次从国外带回来的拉菲……”

何父笑地眼睛都没缝了：“好啊，好啊，回去替我谢谢陈总。双双，你陪小浩哥哥先进去，客人到得差不多了。”

叶天明见此情景，知趣地与何双双拉开一段距离。何双双却唯恐冷落了他似的，偏偏扔下小浩，拉着叶天明向房间里走去。

何双双拉着叶天明来到一个房门口，推开门。这是一间特别宽阔的房间，中间是一张硕大的圆桌。已经早到的宾客三三两两地坐在沙发上，吃着茶点，喝着茶，轻声交谈着。小浩反客为主，给何双双端茶倒水，刻意地找话题和何双双聊着天，眼睛不时地瞟向何双双。何双双爱理不理的敷衍着，全部心思都在叶天明身上。

不久，何运洪进来，招呼大家入座。大家互相谦让着落座，小浩紧挨着何双双坐下来，并殷勤地把何双双的茶杯端过来续满了水。

何运洪向大家介绍叶天明：“各位，这位就是小女双双的老师叶天明叶老师。我家双双能考上大学，全亏了叶老师的辅导。”

屋里想起一片赞叹声：“这就是叶老师啊！真帅！”

何运洪又带着叶天明一一给他介绍来宾，然后招呼服务员：“服务员，开红酒。”

他环顾一下满桌的客人，自豪地介绍：“这可是小浩的爸爸特地从国外带回来的正宗拉菲，大家今天都有口福了。服务员，都斟上，能喝的、不能喝的，每个人都尝一下……”

何运洪端着杯子站起来，笑容满面：“各位，今天请大家来，主要有两个目的：一是在各位的通力配合下，这个工程得以顺利完工，特地请大家吃顿饭、叙叙旧，表示感谢；二呢，是感谢叶老师对我女儿何双双的辅导，使何双双顺利考进滨海大学”。

大家纷纷鼓掌。

小浩端起酒杯：“何伯伯，我提议第一杯酒先敬叶老师，工程是咱们赚钱的机会，这个机会过去，以后还有；但是，双双妹妹的学业一旦耽误了，就没有机会挽回了。看看我，不就是一个活生生的例子吗！”

众人纷纷附和。

何运洪满意地点点头：“小浩尽管年龄小，但是看问题的看得透！这杯酒就敬叶老师，哈哈，大家都没有意见吧？没有就干了！”

何运洪说完，先将杯中酒一饮而尽。大家纷纷端着酒杯站起来：“祝贺何总！”。

小浩喜滋滋地跟何双双碰杯，何双双敷衍地跟他碰一下，却特地绕到叶天明旁边，跟他碰碰杯，一语双关：“叶老师，谢谢啦！”

何双双沉浸在自己的甜蜜里，叶天明却注意到小浩嫉恨地看着他们。何父看看小浩，又看看叶天明和何双双，皱起眉头。

夜色阑珊，宴会结束了。客人陆续走了。叶天明正要告辞，被何运洪叫住了："叶老师，您稍等一下！双双，你替爸爸送送其他客人！"

何双双不情愿地嘟起嘴。

叶天明说："去吧，听爸爸的话。"

看何双双走远不见了，何运洪才开口道："是这样，双双已经考上大学了，叶老师的任务完成得很好。其实，我早就想请你吃个饭了，只是一直没有抽出时间。我还有一些其他事情，想和你说一下，这样吧，明天你到我公司来一下吧。"

叶天明还没有来得及说话，何运洪已经招呼司机过来了："老宋，你负责把叶老师安全送回去！"

第二天，叶天明按照约定，来到何运洪的办公室。坐在大班台后面想心事的何运洪看见叶天明进来，客气地请叶天明落座。看着有些忐忑不安的叶天明，何运洪将桌子上的一个沉重的无纺袋推到叶天明跟前，和颜悦色地说："叶老师，这是三十万，这几年在你的辅导下，双双考上了滨海大学，这是给你的奖金，也是我答应双双给你的。昨晚回家，她特地跟我提出这个要求。"

这完全出乎叶天明的意外。接到何运洪的电话，他猜测了很多，却唯独没有想到是这样。他搓着手站起来，感动地说："谢谢您，何总！我是跟双双开玩笑的！我的辅导费您都已经给过了，我哪里还能要您这么多的奖金！"

何运洪作了往下按的手势："坐，坐，不要客气，小伙子！我这个钱给你也是有条件的！"

叶天明坐下："何总，您说吧，什么条件。"

何运洪慢条斯理地："其实也谈不上是什么条件，就是我希望，你以后不要再跟我们家何双双来往了……"他做了个压制的手势，制止了叶天明的解释："不瞒你说，小浩的父亲跟我有约定，小浩又很喜欢双双，我们两家联姻，对双双、对我的事业都是最好的选择……"

叶天明一下怔住了，过了一会儿、才直视着何父问："何总，我和双双的事情你都知道了？我只想问一句，这钱到底是给我的奖金，还是买断我和何双双的交往？"

何运洪避开叶天明的眼光："当然是你的奖金，我对你的家教成绩很满意！"

叶天明接着追问："既然是奖金，为什么还附带条件？"

何运洪干咳两声："我是个商人，商人都不会做亏本生意的，都要追求收益最大化。我拿钱出来就是为了交换的，交换到的东西当然越多越好。"

"何总，这奖金我不要了。我知道自己家境贫寒，暂时不能给双双太多物质上的东西，但是我们真心相爱。并且我也已经在一家外资企业找到了工作，生活不成问题。我和双双之间的感情，不是拿金钱可以交换的。我不能断绝和双双的交往！”

叶天明的拒绝在何运洪意料之中。他站起身，走过来拍拍叶天明的肩膀，语重心长：“小伙子，你还很年轻，考虑问题不要太冲动。你的家庭情况我都了解过，你父母下岗，摆的水果摊只够勉强糊口。现在你母亲的病已经很严重，再不手术怕是有性命之忧，这三十万应该够她的手术费。你可以选择谁做你的女朋友，你能选择谁做你的母亲吗？……”

叶天明低下头，沉默了良久，才抬起头问何运洪：“有一个问题我不明白，何总，您真的是嫌贫爱富的人吗？”

何运洪的脸色变了，但很快恢复了正常，他提高了嗓音：“叶老师，你这么想，就完全错了！我不让你们交往，是因为你们两个根本就不合适！……我不想在将来的某一天，看到悲剧发生在我的女儿身上！”

叶天明毫不相让：“如果硬让我和双双分手，那么，悲剧将不会等到将来，也许现在就会发生！”

何运洪冲他挥了挥手，不想再多说了：“你可以出去了！何去何从，自己选择吧！”

叶天明回到医院，母亲在病床上躺着，同房间的病人在收拾东西。叶天明不解地问：“这是准备出院？大婶的病治好了？”

病人的老伴叹气道：“没钱了，回家等着吧！”

叶天明叹口气。叶父将床头柜的手机递给叶天明：“把手机放在身上吧，别丢了。这几天也没听它响过，是不是坏了？”

叶天明轻描淡写：“没电了，一直没顾上充电。”

突然，叶天明发现母亲情况异样：“你怎么了，妈？妈！……”

叶天明母亲再次陷入昏迷。医生闻声而至，一阵抢救，叶天明母亲苏醒过来。医生招手让叶天明父子出来，满脸严肃：“刚才这个情况你们也看到了，病人必须尽快手术，不能再拖下去了，否则一旦病人的身体扛不住，就是华佗再世也救不回她的命了……”

叶父唯唯诺诺：“我们正在到处借钱，医院能不能先给动着手术？”

医生同情地：“我也很想帮你们啊，可是医院有医院的规矩，这笔钱可不是个小数目，我个人爱莫能助……”

叶天明沉思着，听医生说完，他拉起父亲：“谢谢医生，我们尽快想办法筹钱。”

走廊里，叶父愁眉苦脸地皱着眉头：“穷人家没有富亲戚，所有能借的亲戚都借了，还能到哪里再去弄三十万？……”

叶天明掩藏起悲痛，安慰爸爸：“别担心，爸爸，我去想想办法吧。”

叶父担忧地说：“那可是三十万啊，就是抢、一时也抢不到啊！再说，咱也不能干违法的事啊！”

叶天明坚定地：“不会的，放心吧，爸爸！”

何运洪的话在叶天明的耳边回响：“你可以选择谁做你的女朋友，可是你能选择谁做你的母亲吗？”

叶天明在心里问自己：“是啊，叶天明，你有选择吗？”

第十七章　缘起缘灭

当叶天明再次来到何运洪的公司，跟随秘书走进何运洪的办公室时，已然成为一具行尸走肉。

何运洪从办公桌上抬头看着叶天明："叶老师，这次来找我是什么事情?"

叶天明局促地看着桌子上的笔筒："何总，请你原谅我上次对您的冒犯!"

何运洪不在意地笑笑："你们年轻人，使点性子、发点小脾气，我是理解的。说实话，我让你和双双分手，不只是为了双双好，也是为了你好。即使你现在不理解，我也相信将来你能搞明白的。叶老师，你今天来，不是为了专门向我道歉吧?"

叶天明艰难地挤出一丝笑容："何总，上次的事情，我是这么想的：您说要给我的那笔钱，我要了，但不是作为奖金要的，算是我借您的。作为交换，在我没有还清这笔钱之前，我承诺不再和双双交往。等我将这笔钱还清后，您不能再干涉我和双双的来往!"

何运洪愣了一下神，沉思片刻，长舒一口气，笑了："叶老师，你是个有智慧的人。好吧，我同意你的办法。"

他拿起桌上的电话："给我送张四十万现金过来。"

很快，秘书送过来四捆百元大钞。何运洪推给叶天明："这是四十万。我知道手术费就要差不多三十万，术后还要保养，也得花钱。如果钱花不完的话，你回头可以再还给我，不够的话，可以再来找我。但是一定要记住你的承诺：在没把这笔钱还清我之前，你不能跟何双双有任何来往和联系，也不许打探她的消息!"

叶天明咬了咬牙，脱下外套包起四捆砖头似的现钞，向何运洪鞠了一躬："谢谢何总！我说到做到!"

双双，原谅我的无能，离开你是我最无奈的选择。但我会努力，我一定要回来找你。你能相信我吗?

叶天明站起身，双脚似千斤重。

身后，何运洪已经迫不及待地拿起电话："刚才叶天明来找我了，说要三十万就答应不再和你交往。我给了他四十万……你都考上大学了，我想以后你也不再需要他了……"

走到门口的叶天明清楚地听见了电话的内容，心如刀绞。他多想转身回头，痛痛快快将现金扔给何运洪。但想到病床上的母亲和痛苦的父亲，他又犹豫了。母亲的生命只有这一次啊。

叶天明的身体僵硬地顿了一下，在这一顿中，他似乎一下子老去一百岁。

叶天明再次走进医院，怀抱现金，身上却如疟疾般忽冷忽热。坐在病房外面抽烟的叶父，看见叶天明，拍拍旁边的空椅子，示意他坐下。

叶天明坐下来，默默地将那包现金递给父亲："给我妈妈手术吧！"

"四十万?!"叶父打开叶天明的外套，点了好几遍才点清。他吃惊地叫起来："你从哪里借到的?"

"你别管，反正这钱不是抢的，放心吧。快交给医院给我妈手术吧。"叶天明仿佛跋涉千里，只觉得疲惫极了。

"天明，爸爸无能，只是苦了你！"叶父心疼又无奈。以一个父亲的直觉和对这个世界的了解，他肯定在儿子身上发生了什么。但是想到命在旦夕的老伴，他又无法拒绝这救命钱。

"快去交钱，给我妈手术。"叶天明机械地重复着这句话。

"好，你去陪你妈，我去找医生……谢谢你，天明。"叶父叹口气，心情复杂地拍拍叶天明的肩膀，转身离开……

手术室门前，叶天明父子等在外面，度日如年。叶父看了一眼叶天明，突然惊叫起来："天明，你的头发怎么了? 怎么这么多白头发?!"

叶天明跑到卫生间，从镜子里看到自己的两鬓，突然在一夜之间全白了。他审视自己良久，打开水龙头，将头放在水龙头下，用冷水一遍遍冲洗着。

头上挂着水珠的叶天明重新坐下，跟父亲一起默默地等待着。不知道过了多久，手术室的灯终于灭了。叶天明父子扑到手术室前，手术室的门开了，医生摘下口罩，筋疲力尽却又面带容笑："手术很成功，现在需要在ICU病房观察，三天后没有异常就安全了！"

叶天明父子对望一眼，长吁一口气，对医生千恩万谢："谢谢医生！谢谢医生！"

护士推出叶母，她脸色苍白，还在麻醉的昏迷中。叶天明父子过来，一起帮着护士将叶母往 ICU 病房里推。

母亲安静躺在 ICU 病房里的病床上输液，叶天明拿起手机想看时间，才想起手机好几天都没电了，他找个地方将手机充电。打开手机，电话就“吱吱吱”响个不停，叶天明看了看，全是何双双的短信，语气焦急，一遍遍问：“出什么事了？为什么电话无法接通?”“你跟我相处，真的是为了钱?”“为什么不回答!”

看着何双双一迭声地质问，叶天明心里五味杂陈，何运洪的话又在他的耳边响起：“……一定要记住你的承诺：在钱没还我之前，你不能跟何双双有任何来往和联系，也不许打探她的任何信息!”

叶天明，你答应何总不再跟何双双来往，现在母亲没有性命之忧了，是该你兑现诺言的时候了。叶天明在心里对自己说着。

他的心痛苦得皱了起来。父亲看见叶天明发呆，不知出了什么事，急忙说：“有什么事你就去忙吧，你妈在 ICU 病房，也只能在病房外看看，有我在这里陪着就行了!”

叶天明回过神来，急忙将手机装在口袋里，向父亲挤出一丝笑容：“没事没事。”

叶天明来到走廊的椅子上坐下，一遍遍看着手机短信。终于，他咬咬牙，将手机关掉，拔出手机卡。这个动作，让他一下子觉得自己已经死了。他像一个冷酷的杀手，不但杀死了过去的自己，还差点儿害死了何双双……

母亲出院后，叶天明去理发店剃了寸头。他对父母的解释是好看、省事。确实，寸头能掩饰他突然斑白的刺眼两鬓。最重要的是，这是一种励志，叶天明决定在没跟何双双重圆之前，一直留这个发型用以激励自己。

同时，他发疯般找一切机会赚钱。四十万是他的奋斗目标，每接近一步，他就离何双双近一步。

父亲不听他的劝阻，到赚钱多的建筑工地打工，却不小心从脚手架上摔下来，摔断了一条腿，摔伤了腰。父亲打的是零工，工地老板派人把他送到医院，象征性地出了点急诊费，便音影杳无。

为给父亲治病，叶天明再次花光了好容易攒下的六万块钱，他充分体会到了什么是“屋漏偏逢连夜雨”。

随着时间的推移，叶天明对何双双的思念有增无减。他深刻体会到了什么是生不如死、什么是度日如年，没有何双双的日子，一切都黯淡无光，了无生趣。

一个深夜，实在忍受不了思念痛苦的叶天明，悄悄来到何双双的家门前，抬头看着何双双家漆黑一片的窗子，默默回味着和何双双在一起的点点滴滴。

突然，一辆车驶过来，刺眼的车灯让叶天明遮住眼睛。车在何双双家门前停下，从车上下来一个人，摇摇晃晃只奔叶天明而来。走到近前，他停住脚步借着路灯微弱的光，叶天明认出那个人是醉醺醺的何运洪。他心虚地紧张解释："何总，我没有跟双双联系……"

何运洪却用一个手势打住叶天明的话："小伙子，我老远就看见是你！是不是想双双了？……告诉你吧，我也想双双了……我嘛，把双双送到英国去了，这辈子，不光是你见不到了，怕是连我也见不到了！"他突然像刚认出叶天明似的，开始大发雷霆："你滚，你给我滚，都是你，都是你害的……我……我引狼入室啊……"

"双双，我知道你恨我……可是爸爸都是为了你好啊……双双，你能理解爸爸吗……"何运洪自言自语着，摇摇晃晃地向家里走去。

叶天明呆立在原地，努力理解着何运洪的语无伦次，不安地猜测着，何双双是不是发生了什么。

后来，恰逢公司有英国业务，叶天明认为这是一个千载难逢机会，他想尽一切办法争取去了英国。在英国，虽然他不能去找何双双，但是他们同在一个国家，这多少让他心里感到安慰和踏实。

期间，他曾多次幻想会与何双双有一次不期而遇，但都失望了。

六年过去了，他努力挣钱、攒钱，但是距离四十万还差一半；六年，是一段多么漫长的时间，足以让一个孩子长大，长大到像何小双这么大！

何双双，这六年来过得怎么样？对于自己身上发生的事情，她到底知道多少？……这些问题，叶天明都想知道，可是在没有还清何运洪的四十万借款之前，他都不能当面去问何双双。

对了，曹告白说，是何双双让他把苏达绿介绍给自己的，何双双为什么要这么做？……这又是怎么回事？

苏达绿是何双双的闺密，从苏达绿那里也许能够得到一些信息。想到这里，叶天明站起身，向客厅走去……

何双双拉着何小双冲下楼，在林荫道上无意识地走着。

曹告白说话口音重，他口中的"田铭"让人无法想到会是"天明"。

之前，何双双对和叶天明的重逢想象了多种场景，但是这次突如其来的再遇还是完全出乎她的预料。

叶天明短短的头发、两鬓刺眼的白霜，见到她时的局促冷淡，他眼神中的凄苦忧伤，都让她无法释怀。他当年无故失踪，为什么到现在一个解释也没有？

爸爸说，他用四十万买断了叶天明和她断绝关系，何双双在内心深处并不愿相信。

她清楚记得叶天明说过这样的话："我需要钱，但是并不爱钱！"……

时间是一剂很好的疗伤剂。六年的时间，不长也不短。随着时间的流逝，她当初对叶天明的痛恨渐渐消散，思念慢慢占了上风。

她曾想，叶天明当初凭空消失，说不定会有什么难言之隐；还有，那次她去叶天明的宿舍找他时发生的一幕，或许是叶天明一帮舍友们的恶作剧……

多少次，她翻来覆去地设想着推测着，希望这一切只是一个误会，想着有朝一日要跟叶天明当面问个清楚。

何双双曾经多次旁敲侧击地问过爸爸，可是爸爸一直都是同样的说法。凭着自己的直觉和对爸爸的了解，她认为爸爸一定有更多的事情在瞒着自己。直到最后，她和爸爸因此彻底闹僵。

去英国后，他就刻意与爸爸断绝了联系，包括这次回国，没有给爸爸一点信息。她把自己和叶天明分离的账记在爸爸身上，她恨爸爸，她愿意从此没有这个爸爸……

可是，谁能料到，当重逢的这一天到来，上天竟然给自己开了这么大的一个玩笑，让自己亲手把思念的人介绍给了自己最好的闺蜜！……

何双双只觉得天昏地暗，她不禁在心里大叫：上天，你为什么这样考验我！

"姐姐，我累了！"何小双拼命地摇着何双双的手，将何双双从思绪中拉回到现实，这时她才发现自己已经拽着何小双走到了林荫道的尽头。看着何小双扬起的小脸，何双双心疼万分，指责和忧愁同时占据了她的心：自己只顾想心事，竟然让小麻烦陪着自己走了这么远！医生反复叮嘱过，不能让她累着，自己竟然忽视了这个问题。而自己带着她千里迢迢从英国回来，最重要的是为了能找到叶天明配型，而不是为了让自己和叶天明重续前缘……

想到这里，何双双终于让自己冷静了下来：今天这情形，显然之前曹告白没有跟叶天明提过她；而叶天明，也显然没有料到会遇见她。既然这样，且静观其变，看看叶天明怎么表现吧，如果他心里还有她，跟苏达绿见个面又何妨，是她的还是她的，谁也改变不了……

小麻烦的病还未到迫在眉睫；车到山前必有路，明天的事明天再说。现在，还是先带小麻烦去吃肯德基！

于是，她蹲下身，张开双臂抱起何小双："小麻烦乖，咱们这就打车去吃肯德基！"

第十八章　金牌义工

何双双和何小双从外面回来，远远就听见三楼的业务洽谈室热闹非常，不时传出阵阵笑声。何小双早就听到了，松开何双双的手就往楼上冲。何双双担心地在后面追着喊道："小麻烦，不要跑，看着脚下！"

两个人推开门，屋内正聊得热火朝天，桌子上摆满水果、糖果、瓜子、花生。何双双定眼看去，屋里两个年轻人，男的打着红领带，女的穿了一身大红的喜娘服装，一看就是刚结婚的小夫妻，苏达绿、陆十一、曹告白正在跟他们有说有笑。

"小麻烦回来了！"那小两口看见何小双，甚是亲热。何小双连连尖叫："志刚哥哥！新娘二号！"

"小麻烦，吃饱了?"苏达绿过来亲热地抱起何小双，指着何双双向王志刚夫妻俩介绍道，"这是何双双，小麻烦的姐姐！"又向何双双介绍道："这就是王志刚，这是辛囡！"

何双双点头致意："你们两个的故事，早就听说了！"

"不好意思，我这个婚结的，算是出了名！不过，因为婚礼这意外的遭遇，让我明白什么是失而复得，什么最应该珍惜，也算是因祸得福吧。"王志刚的脸红了红，却并不避讳。

"听说那次是小麻烦帮志刚出的主意解了围，所以要特别谢谢聪明的小麻烦。"辛囡看着王志刚，脸上是疼惜和庆幸。她拿过一个包装精美的盒子，递给何小双，"小麻烦，送给你的！"

何小双从苏达绿怀里挣脱下来，过来接过盒子，辛囡帮她拆开包装，又打开盒子。何小双高兴地又是一阵尖叫："哇，棒棒糖！啰唆姐，绿姐，好多好多棒棒糖！"

何小双抱着盒子，"啪嗒啪嗒"跑过来给苏达绿和何双双显摆。

苏达绿故意做出满脸羡慕的表情："真的哦，这么多棒棒糖！高兴吧?"

“高兴、高兴，谢谢辛囡姐！”何小双宝贝似的抱着盒子，高兴地合不拢嘴。

“以后，我们要经常过来，有什么我们能干的，尽管吩咐，我们算是义工！”王志刚诚恳地说道。

“欢迎，‘十指相扣’的门时刻为你们敞开着！”苏达绿一语刚落，大家都笑了。

正在吃棒棒糖的何小双不甘落后：“我也要做义工，我还要、还要……我还要带着我的金鱼一起过来！”

“好啊，小麻烦带着小金鱼过来，绿姐给买好多买多棒棒糖！”陆十一故意逗何小双。

“真的吗？有新娘二号买的这么多吗？”何小双迫不及待地核实。

苏达绿向陆十一不齿地撇撇嘴：“切，乱替人承诺！”转而换上一副笑脸，对何小双：“没错，是真的！”

“噢，太好喽！绿姐还要给我买棒棒糖喽！”何小双眉开眼笑。

“手里的还没吃完呢！”何双双哭笑不得。

一直没说话的曹告白开口了：“‘十指相扣’义务工作人员，也算我一个！反正我也没别的地方可去。”

“不如这样吧，回头把这间洽谈室好好收拾一下，弄得比家里还舒服温馨，咱们没事都过来到这边聚，给苏达绿和陆十一义务打工。这样也可以最大限度地贡献我们的剩余价值。你们觉得如何？”何双双趁机提议。

“好，我要把我的懒人沙发搬来！黑茶电壶也拿来！”辛囡兴致勃勃地规划，王志刚在一旁连连点头，一副幸福和陶醉的表情。

“你竟然喜欢懒人沙发，不像啊！是志刚专用吧？”苏达绿斜了一眼王志刚小两口，刻薄的语气却掩饰不住兴奋：“你们的提议太好了，我和陆十一正愁着人手不够。大家全是熟练工，哈哈，太好了……双双你不用看我，我知道你要说什么！放心，我管饭，管酒，管水果茶水……”

周末一大早，曹告白抱着一块牌子走过来，正在洽谈室忙着收拾的人们全笑了。何双双点着牌子念道：“‘金牌义工之家’！”她忍不住评价道：“义工之家就好了，还金牌义工，也不嫌绕口！”

“嘿嘿，为了显示咱们的义无反顾、无怨无悔和重要性嘛！”曹告白一只手挠着头嘿嘿直笑。

“义无反顾、无怨无悔，名词不少嘛！”陆十一讥讽道。想起当初曹告白就是这么讥讽自己，他笑意更浓。

曹告白毫不在意，自己选了一个显眼的位置，楔上钉子挂上，然后退后几步欣赏着。

“啊，竟然还是手写的？谁的字？”对书法敏感的苏达绿，一眼看出牌子的不同，禁不住啧啧称奇。

曹告白得意：“我特地找了大师给咱们开过光的！”

“什么？你给它也开光了？”何双双闻听，又跑过来，其他人也都围过来一起细细欣赏。但见这块暗红色的木牌上，用金砂笔墨浓重地书写着六个大字，气势磅礴，不管是木牌的材质，还是这六个金色大字，看起来都是非同一般。

“怎样？这可是我好容易求来的。”曹告白看见大家频频点头，又想起什么似的，从兜里掏出一个大纸袋，递给苏达绿：“这是原字，你喜欢就留着吧！”

苏达绿接过来，从纸袋里掏出宣纸上用毛笔写的大字，欢喜地欣赏着，连连道谢。

“小麻烦呢？”何双双突然不见何小双，众人也一起帮着找：“刚才还在这里呢，怎么一眨眼不见了！小麻烦，小麻烦！”

“我来了，小金鱼来了！”何小双从楼上下来，后面跟着一个人，小心翼翼地捧着一个玻璃鱼缸。原来她去楼上取金鱼，何双双一眼看见，被何小双指挥者捧金鱼缸的人，竟然是叶天明。

“小麻烦，你去取金鱼，怎么也不跟姐姐说一声，害得大家都以为你丢了，担心极了！你这样对吗？”何双双故意板起脸，视叶天明如空气。

倒是苏达绿跟叶天明大大方方招呼：“天明你好，早来了？”

“帅哥哥，金鱼放在这里！”何小双蹦蹦跳跳，选了一个自己最满意的地方，大声喊叶天明。

“刚才你们忙着讨论书法，只有小麻烦看见我，就抓我的差了！”叶天明既是回答苏达绿，也是跟何双双解释。他捧着鱼缸走进屋子，柔声对何小双应道：“来啦来啦，是放在这里吗？小麻烦！”

耐心、细致、无微不至，一如当年对自己。不知他跟何小双说了什么，何小双“咯咯咯咯”笑得很是开心。血缘真是奇怪的东西，何小双一见到叶天明，竟是着了魔般，如此依恋和亲近。而叶天明对何小双，竟是把当初对自己的全部柔情蜜意，都转移到她身上似的。

何双双心里感慨万千，故作平静的外表下，波涛汹涌。

一辆车在楼下停住，王志刚和辛囡从车上下来。王志刚打开后备厢，看看，又抬头看见向楼上招手：“谁能来搭把手帮帮我？”

“我来!”陆十一答应着，“噔噔噔”从楼上快步下去。

楼上的人只见陆十一伸手过去，帮王志刚从后备厢掏出一个巨大的布袋子。苏达绿狐疑地看着：“这就是辛囡的懒人沙发吧?”

“没错，也叫懒骨头，顾名思义就知道坐上去有多么懒了。它里面全是细细的EPP粒子，形状随心所欲，人往上面一坐，绝对的满怀热情拥抱。”何双双看着下面，跟苏达绿解说着。

“我的懒人沙发放在哪里?”说话间，辛囡已经在头前开路，怀里抱着一个大纸盒子，后面跟着王志刚和陆十一，很轻松地抬着大布袋。

一直在屋内跟叶天明研究金鱼的何小双，闻声跑出来看热闹。看见这个大布袋子，欢喜地连连大叫道：“嗷，大沙包！啰唆姐、绿姐快来啊，好大好大的大沙包!”

她说着，就往上面直扑过去。

“坐稳了，抬花轿喽!”陆十一和王志刚让她在上面坐稳了，一起抬着向屋内走。何小双高兴得高声尖叫：“坐花轿喽，小麻烦坐花轿喽!”

“竟然还知道沙包！小麻烦虽然在英国长大，咱们小时候玩的游戏倒是一个也没落下！你这个姐姐当得合格!”苏达绿爱怜地看着兴高采烈的何小双，无限感慨。

叶天明从屋子里出来，提醒何小双：“小心点，小麻烦，坐稳了，手抓住啊!”

哼哼，还真是关心啊！何双双心里不舒服，她突然吃惊地察觉到，自己竟然有点小小的醋意。

“绿姐，我可以理解成是夸我吗?”何双双嬉皮笑脸掩饰着自己的心潮起伏。

曹告白想起叶天明和陆十一、王志刚小两口他们是初次见面，热情地给他们相互做介绍。

辛囡捂住嘴笑笑，又凑到王志刚耳朵上跟你嘀咕了一句什么。王志刚听完，再次打量着叶天明说：“刚才我媳妇跟我说，叶大哥太帅了！我媳妇轻易不夸人的!”

曹告白听见这话，自豪地大声笑道：“没错，明明是公认的帅哥，你媳妇眼力不错!”

“他是我的帅哥哥，你们谁也不许跟我抢!”何小双不高兴地挤过来。

“瞧，我们的明明，是大小通吃、老少皆迷!”曹告白故意调侃。大家忍不住大笑起来。

到了屋内，陆十一和王志刚将大布袋连同何小双一起小心地放下。众人也跟着一起到了屋里。何小双却不肯下来，继续舒服地赖在上面，不停变换姿势，一会儿仰面朝天躺着，一会儿脸朝下趴着，一会儿又坐在上面弹跳，嘴里叫嚷着：“真好玩，真好玩！帅哥哥，等我玩完了就给你玩啊！”

“是吗？那就谢谢小麻烦了！”叶天明在一边张着双臂，随时预防着何小双不小心滑落下来。听见此话，笑得嘴都合不拢。那发自内心的快乐容笑，跟何小双真像是一个模子印出来。

何双双看着，不由得痴了。

“这个人可真细心！”苏达绿同何双双一起看着，很是欣赏地赞叹。突然，她像发现了什么似的，压低声音对何双双说道：“双双，你发现没有，小麻烦的鼻子很像叶天明，都是那么高挺的鼻梁，对了，嘴唇也像，看那唇形……”

何双双被苏达绿的敏感吓了一跳，她赶紧环顾左右，还好，大家都在各忙各的，没有人注意到这个情况。她故意撇撇嘴，反驳苏达绿：“才不是，小麻烦的鼻梁才没有那么高！”不等苏达绿反应，她赶紧转移话题：“看这情形，这懒人沙发就是小麻烦的了，什么志刚专用，还有新娘2号，怕是都成浮云了！”

果然，苏达绿的注意力被成功地转移，她看着玩得兴高采烈的何小双，又扭头斜了一眼王志刚小两口：“难不成还跟小麻烦抢？”她叹口气，感慨道：“真羡慕小孩子啊，就这么简单的一个大沙包，就成了天下最快乐的人！”

“是啊，这么多爱她呵护她的哥哥姐姐，小麻烦不快乐能行吗？”何双双一语双关。她看着对何小双呵护备至的叶天明，暗暗在心里打定主意：就让这父女俩这么快乐相处吧，让他们培养感情，自己且冷眼观望。等他们感情建立了起来，再等机会做配型……

辛囡打开她抱上来的纸盒子，从里面掏出一个造型别致的电热壶，从掏出几个用包装纸裹着的功夫茶杯，掏出一个茶托，最后掏出一个茶叶罐和一干泡茶用具。

“你这是，把家里喝工夫茶的家什都搬来了吧？”陆十一忍不住惊讶。

“可不是嘛，她真打算在这里安家了。”王志刚虽是埋怨，但是所有的人都听出了其中满满的宠溺纵容。

何小双被辛囡的别致电热壶吸引住了。她像牵线木偶似的，情不自禁地离开懒人沙发，一直走到辛囡跟前，仰起头、目不转睛看着辛囡操作。只见辛囡用茶刀将黑茶切下一块，放进那造型别致的壶里，又注上水，插上电源，打开开关，很快，壶里的茶汤就上下翻滚，发出迷人的咕噜声。

辛囡将电壶端离底座，给每个茶杯斟上褐红色的茶汤，招呼大家都来喝茶，并将其中的一杯推到何小双面前，做了个“请”的手势：“小心烫哦！”。

她自己也端起一杯，握在手里，轻啜一口，享受地眯起眼睛。

何小双呵呵笑着，无比新奇地用两只手小心翼翼地捧起茶杯，送到嘴边，尝试了喝了一口，但立刻被烫得吐出来。叶天明手疾眼快，伸手接过何小手差点扔掉的茶杯。

“太烫了太烫了！”何小双哇哇大叫，用一只小手当扇子扇着自己的嘴。

苏达绿心疼地搂过何小双，噘起嘴唇帮她吹气，笑道：“刚倒上的茶能不烫嘛，刚才辛囡姐姐提醒过你！”

“新娘二号都喝了嘛！”何小双不服气地指着辛囡。

大家全被何小双逗笑了，王志刚耐心向她讲解：“新娘二号是大人，皮厚，不怕烫。没听说过一句成语嘛，死猪不怕开水烫！”

哈哈哈，大家笑地更厉害了。辛囡红了脸，嗔怒地啐王志刚：“讨厌！”

“讨厌！”何小双惟妙惟肖地模仿辛囡。

辛囡的脸更红了。大家又忍不住笑起来。

苏达绿忍不住刮一下何小双的鼻子，何小双冷不丁着了一下，捂住自己的鼻子恼怒地叫道：“It’s not free（这不是免费的）！刮鼻子是个收费项目，每次十块！”

“好吧好吧，这是十块！”苏达绿乖乖地从钱包里抽出十元钱。

何小双一把抢过来，装进自己的小背包，又伸出手讨要：“是十块英镑！”

“我只有这些了！要不你先还给我吧，等我攒到英镑再给你！”苏达绿装出可怜巴巴的样子，也伸出手。

“不行！这个不算！”何小双捂进自己的小背包，一点也不含糊，“等你攒到英镑，我还要！”

又是一阵笑声。辛囡捂着自己的肚子，笑得上气不接下气：“小……麻烦，哎哟，小麻烦聪明……名不虚传！”

何双双看着笑成一片的众人，尤其是叶天明满眼的笑意，让她不由得眼睛湿润。她暗暗祈祷：上天，让这种欢乐永远不要停止！

即使不能朝朝暮暮，只要能这样快乐地在一起，不是也足够么？何双双满怀柔情地宽慰自己。

第十九章　小双受伤

又是一个周末，像往常一样，“十指相扣”的金牌义务工作人员们，又聚在“金牌义工之家”。这间曹告白昔日的宽大阔气的总经理室，被义工们布置得高雅大气、温馨舒适，大家在一起喝茶聊天，讨论如何创新手段，为一对对新人举办成功的结婚仪式，彼此之间都有莫大的成就感和幸福感。

何况还有何小双这个开心果呢！她聪明可爱、刁钻古怪、天真无邪，快乐地穿行在他们中间，无忧无虑的笑声感染着大家。何小双对跟叶天明尤其亲近，总是无比依恋地粘着他，叶天明走到哪里，她跟在哪里，几乎成了他的小影子，弄得苏达绿都吃起醋来。

而叶天明，也终于找到了感情的喷发口，把对何双双压抑克制的爱，全部挥发在何小双身上。这个让女生看一眼忍不住想再看一眼的帅气男人，这个对女生冷冰冰没有温度的男人，这个让无数女生咬牙切齿又爱又恨的男人，看向何小双的眼神却是欢喜、温柔、宠溺、纵容……那样帅气的男人，配上那样的眼神，会让人陡然觉得世界无比美好。

何双双任由这两个她生命中最重要的人腻在一起。她心情复杂地远远看着，既不干涉也不加温。有时，叶天明看向她的眼神，也是那么柔情，但稍纵即逝，他很快掩饰起他的表情，依然冷冰冰，让何双双怀疑自己是看花了眼。

让何双双意外的是，叶天明对她，竟也是无微不至，所有她刚想到的事情，何双双都会吃惊地发现，叶天明已提前给她解决好了，她只需要坐享其成。这种时刻，何双双总是揉揉眼睛，然后心虚地左顾右盼，担心别人看见，更担心这种甜蜜的幸福只是南柯一梦。

可是让何双双恼怒的是，叶天明对她总是冷冰冰的，仿佛他为她做的这些事情跟他无关，仿佛他们从来没有过从前，没有过花前月下，没有过亲密无间，没有过海誓山盟。面对何双双的旁敲侧击、故意试探，叶天明总是巧妙地避开。气死人了，哼哼，她何双双也不是没有自尊的人，到底应该谁不理谁啊?!

叶天明与苏达绿的交往，始终保持着不温不火的状态，他从来不跟苏达绿单独相处和约会，也从来没有表现出一个男人对女人应有的激情。对此，何双双看在眼里，心里却暗暗欣慰，也暗暗担心。欣慰的是，叶天明对别的女生不感兴趣，说不定他心里真的有她，至于具体原因，她暂时不想追究，但她相信在合适的时候，他会告诉他；担心的是，苏达绿总是她的闺密，这样不冷不热地保持距离，会维持多久？只怕到时候苏达绿不着急，她的老爸老妈又该着急了！

这些事情，纠结在一起，让何双双深刻地理解了什么是左右为难，什么是无能为力。何双双总是祈祷着上天，这个俯瞰着冥冥大众的、被国人信奉的无所不能的上天，希望哪一天，她一觉醒来，上天都能帮她解决所有的问题，所有让她头疼的一切，都能水到渠成、迎刃而解。

无忧无虑的何小双哪里知道这些，她只管快乐地说啊笑啊，蹦啊跳啊，像每个健康的孩子一样活力十足。就在何双双暗自庆幸的时候，何小双又出事了！

事情还是出在懒人沙发上，这次何小双改变了玩法，她把懒人沙发当作弹跳垫，从远远的地方跳过去，一次次乐此不疲。何双双刚刚察觉出不妥，何小双已经摔倒在地——她忽略了懒人沙发和木地板的摩擦力，她跳，懒人沙发也跳。何双双赶紧飞奔过去抱起何小双。何小双已经血流不止，很快昏迷过去。

何双双急了，苏达绿急了，大家都急了，叶天明呆住了。他第一次见到何小双这种状况，顿时，他的眼底充血，一双眼睛看起来红得可怕。本来是他寸步不离地照看着何小双，就在刚才，他离开一会儿，去接电话的间隙，事情就发生了。他从何双双怀里抢过何小双冲出去，何双双紧跟在后面。

苏达绿很快反应过来，几个箭步冲在前面，发动了她的车。路上，何双双就跟白医生电话联系。等他们到了医院，接到电话的白医生和护士已经严阵以待，立刻把何小双推进急救室。

何双双、苏达绿、叶天明，还有随后赶到的曹告白、陆十一他们，在急救室门外焦急地等待着。叶天明反复检讨自己疏忽大意，出去接电话的时间太长。其他人都心情沉重，纷纷自责不已。

苏达绿声音低沉："你们都不要自责了，要说错，大家都有错，尤其小麻烦跟其他孩子不同，她不能受一点伤！我们却这么大意！"她瞟了一眼何双双，戛然而止。

"为什么跟别的孩子不同？小麻烦到底是怎么回事！"叶天明几乎是扑到苏达绿跟

前，用力抓着她的肩膀问道。

苏达绿已经意识到自己说漏了嘴，尽管疼得眼泪都要下来了，却坚决不肯再说一句话。

何双双上前拍拍叶天明的手。他这才意识到自己的失态，赶紧放开苏达绿，目光却转向何双双："小麻烦到底是怎么回事？都到现在这种情况了，有什么不能说的呢？你是她的姐姐，你说！"

"小麻烦不会有事的！"何双双转开脸，望着窗外，语气坚定，像是安慰大家，更是安慰自己。

窗外，阳光明媚，何双双内心却已陷入无底深渊，脸色苍白，全身发冷。她暗暗责怪自己太粗心，对何小双疏于照顾。她问自己，如果这次何小双就此睡过去了、再醒不来，她怎么办？她能活下去吗？想到这里，她不禁抬手抹了一下眼睛……

急救室的门开了，一个看起来很沉稳的护士走出来，焦急等待的众人"呼啦"一下扑过去。护士看了看大家："白医生让我告诉你们，何小双失血过多，需要输血。何小双是 AB 型 RH 阴性血型，我们医院没有这种血型的储备，中心血库的这种血液存量也不足。现在唯一的办法是赶紧发动社会力量，寻找血源……"

"什么，AB 型 RH 阴性血型？我就是！护士，我可以给她输血！"叶天明失声叫道。

护士的眼睛一下子亮了，打量了一眼叶天明，点点头："太好了！这么巧！我们再去跟血库沟通！"

"护士，我身体很健康，情况紧急，现在抽我的，赶快给她输血吧！"叶天明着急地说。

"医院不能直接从一个人身上抽血、输给另一个人，那种办法太危险，早被淘汰！"护士解释。

"再从血库里取？那不耽误事儿了！电影、电视里，都不是直接从一个人身上抽血、输给另一个嘛！"曹告白着急地问。

"那都是胡编乱造！"护士叮嘱叶天明："你现在赶紧去血站献血，我马上跟中心血库联系！"说完，护士急匆匆进了急救室。

急救室的门又重新关上。何双双一屁股坐在椅子上，轻轻舒了口气。只有她明白，有叶天明在，何小双就安全了。

苏达绿看见何双双的表情，心里的一块石头也落了地，回身招呼大家："大家都坐下吧，你们男生陪天明去血站，我陪双双在这里等。"

苏达绿将车钥匙递给曹告白，三个男生急匆匆走了。

苏达绿走到何双双身边，轻轻拍拍她：“别担心，小麻烦会没事的！”

何双双感激地：“谢谢你，绿姐！”

不知过了多久，急救室的门再次打开，护士面带微笑走出来：“何小双已经脱离危险了。这次多亏了叶先生！他是血站记录在案的重点爱心献血人士，他的血液帮助过不少人。这次因为他，我们和中心血库的协调特别顺畅！”

这时，叶天明他们三个人也回来了。苏达绿看见他们，征求了护士意见，与大家商量：“小麻烦没事了，这里也用不了那么多人，有我和双双在就可以了，你们先回去吧。”

“也好，我们也确实帮不上忙，什么时候需要我们，随叫随到！”陆十一招呼曹告白和叶天明离开。

三个男生走了，苏达绿看了看表：“饿了吧？双双，你先在这听着点消息，我去买东西吃。”

苏达绿刚走，叶天明却回来了。他径直走到何双双跟前，在她身边坐下。

何双双紧张地四顾，正是吃饭时间，走廊里静悄悄没有一个人。

“你怎么又回来了，这里用不着那么多人！”何双双冷冷地说道。

叶天明压声音沙哑：“能不能跟我说实话，小麻烦到底是你什么人？”

“小麻烦是我妹妹！”何双双仍然冷冷的。

原来他开始怀疑了！何双双气不打一处来。刚才叶天明往身边一坐，她以为他要向自己忏悔，要向她示好呢，谁知道他关心的却是这个问题。哼，偏不告诉你！当年你扔下我人间蒸发，如果不是抢救及时，你还能见到我们娘俩吗?!

叶天明皱眉，痛苦地梳理着自己的思路：“我记得你妈妈很早就去世了，你根本不可能有妹妹！还有，小麻烦的血型为什么跟我一样？AB型RH阴性血，全世界也找不出几个人，为什么小麻烦会是AB型RH阴性血，怎么可能这么凑巧?!”

何双双的心一下子沉到谷底，刚刚涌起的柔情迅速冷却。她扬起眉毛，讥讽道：“你这样说，对吗？谁家的规矩，我妈妈不在了，我爸爸就不可以再给我生妹妹?!为什么你是稀有血型，其他人就不应该是？这世界变数太多，不是吗？有人还对我说过永不离开我呢！结果呢？”她的声音哽咽了：“结果还不是扔下人家跑了！”

叶天明叹了口气，深深地低下头：“双双，我对不起你，但我有不得已的原因。”

“不得已？什么不得已！是因为拿了钱吧！”何双双“嗵”地站起来：“是啊，有人说过，他需要钱，但是不爱钱！我后来才明白，原来他是需要我，但是并不爱我！”

走廊里寂静无息，何双双压低的声音、压抑的愤怒，有着意外震撼的爆发力。叶天明深深埋入双肩的头颅，那短短的寸头，两鬓刺眼的白霜，身上散发的熟悉的气息，她恨不得扳起他的头，狠狠抽他几耳光，然后不要自尊地扑进他怀里，狠狠地大哭一场，将自己这么多年来的委屈发泄一空。

时间仿佛停滞了。叶天明不置一词的样子，让何双双慢慢冷静下来，心也冷到极点：她不会再求他给小麻烦配型！我再也不求这个男人为她做什么！

急救室的门再次打开，白医生走出来，何双双闻声迎上去："医生，何小双现在的情况怎么样了?"

白医生的脸上没有一丝笑容："这次看来要在医院多住一段时间。您到我办公室来一趟！"

叶天明跟着过来："医生，我可以进去看何小双吧?"

白医生看看何双双："这也是何小双的亲属?"

何双双犹豫了一下，点点头。白医生又嘱咐："可以进去了，注意不要让她兴奋刺激她，也可以给她吃点有营养的流食。"

"可以给她喝酸奶、吃棉花糖吧?"叶天明认真地核实。

"棉花糖?"白医生迟疑，他想了想："可以，但是要少吃！"

"好的，谢谢！"叶天明连连道谢，他仿佛得到特赦，粲然一笑。

何双双敏感地捕捉到了叶天明的笑容，突然一阵心酸。他的笑容，如阳光瞬间洒满全身，她又瞬间陷入纠结；他对何小双发自内心的关心，是那么让人心动。他是爱屋及乌、把何小双当成自己吗？还是真的认定自己的判断，认为何小双就是跟他有血缘关系？或许，当年他真的有不得已的难言之隐？……

"何女士，请跟我来！"何双双惊醒过来，白医生已经迈步向办公室走去。

"我进去看小麻烦了！"叶天明半是请求半是打招呼。

何双双点点头，低声道："那就麻烦你，等她醒来对她说，姐姐有事情，一会儿就过去看她。"

叶天明表情复杂地看了一眼何双双，擦着她的身体向急救室走去。

何双双抬脚去追赶白医生，心里却满满是叶天明怨艾的眼神。

"请您过来，主要是谈谈何小双的骨髓移植配型问题。本来乐观地预计中药维持，至少三五年没有问题，但目前看，不能太依赖中药了！"一落座，白医生就言简意赅地开口。

何双双紧张起来："您的意思是，只有骨髓移植这一条路可走?"

“中药也不是没有一点效果，在没有找到合适的配型前，不能停止用中药。但是要彻底治愈，还是要加紧速度寻找骨髓移植配型，医院这边配合你们亲属，大家一起找。”白医生耐心地逐一分析着。

“刚才给何小双献血的那位叶先生，不知道你们什么关系？难得他的血型和何小双一样，您可以问问他，是不是愿意为何小双做一下骨髓配型手术。何小双的这种血型的人极少，但是没料到她今天这么幸运，身边就有合适的血源。所以，我们有理由相信，何小双还会有再次幸运，找到配型合适的骨髓。”

何双双忧心忡忡：“我明白了，白医生，谢谢您的鼓励，我会好好考虑的。”

白医生点点头：“其他要格外注意的，还是那些护理，饮食，休息，不能受凉、受伤，不能累着……”

第二十章　菲塔投奔

何双双从白医生办公室出来，何小双已经转到了普通病房。她一推门，就看见何小双双和苏达绿两个人正在开心地边吃边聊，叶天明在另一边坐着，微笑着看着她们。何双双阴郁的心情好了一些。

“啰唆姐，我给你留着棉花糖！”何小双看见何双双，忙不迭地将手边的一只棉花糖举给她。

何双双高兴地接过来：“谢谢小麻烦！”

“我也有！‘帅哥哥’也有！”苏达绿故意挑衅——不是吗？大家都有份，不光是你何双双，我也有，叶天明也有。在何小双心目中，大家一样重要。

“大家先吃饭吧！要凉了！”苏达绿拿出几个盒饭。

叶天明站起来：“目前看，这里没什么事了，我单位还有事，先回去了。”说完，他不顾苏达绿和何小双的挽留，推开门走出去。

“你怎么不帮着挽留一下，他的盒饭我都给买好了。小麻烦这一摔，他心里愧疚着呢！”苏达绿埋怨何双双。

“嘿嘿，这还没怎么着呢，就这么心疼他了？”何双双故意跟苏达绿开玩笑。她在心里暗暗冷笑：挽留？哼，不对他下逐客令就是客气的了。让他心里愧疚吧，他应该愧疚的事多着呢！

大家刚拿起来饭盒，门开了，陆十一一手提着一兜水果、一手抱着一个可爱的绒布小熊玩具走进来。他把水果放在床头柜上，把绒布玩具放在何小双枕边：“送给你的，吃完饭再玩！”

“小熊！”何小双惊喜地叫道。她将小熊抱在自己怀里，饭也顾不上吃了。

苏达绿无奈地摇摇头，拿起何小双的勺子：“来吧小麻烦，再吃点，你抱着小熊，我喂你吃！”

“十一，吃饭了?”何双双转过身来问陆十一，递过去一份盒饭：“绿姐多买了一份盒饭，一起吃吧。”

陆十一正好也没吃饭，毫不客气地坐下一起吃起来。

饭后，苏达绿拉着何双双来到走廊，脸上的表情一正：“小麻烦的病，医生怎么说?”

何双双头皮一麻，又来了！她轻描淡写地笑笑：“没什么大问题，中药不能停，其他的什么注意饮食，注意休息，都是一样的常规护理！”

苏达绿的表情明显松懈下来：“我警告你，赶紧去找你们的亲属，找你爸爸也好，其他任何人也好，反正耽误了她的治疗，大家都轻饶不了你！……唉，如果我能给她配型就好了！”

“废话，我也这么想啊，我也想给她配型！”何双双不想在这个问题上纠缠下去。

突然，苏达绿一个念头闪过，她热烈地看着何双双：“哦，对了，有没有考虑让叶天明试试?他既然能给小麻烦输血，为什么不试试骨髓配型?他知道小麻烦的病情吗?”

何双双吃了一惊，她没想到苏达绿会这么提议。可是，在现在这种情况下，打死她也不会去求叶天明的。

“这次纯粹是意外，医生也说中药可以维持！再说，脊髓移植对人的影响太大，医生说，甚至会改变人的血型。血型都变了，那还是我原来的小麻烦吗?还有，我也不想让小麻烦的病情弄得人人皆知，这对她的治疗不利！”何双双轻描淡写。

苏达绿狐疑地看了看何双双，嗯了一声：“具体的医学知识我不懂，我只是不想小麻烦再有任何闪失！”

“放心吧，不会有任何问题的！”何双双笑嘻嘻地保证。

“还有，我觉得叶天明很喜欢小麻烦，只要跟他说，他肯定会同意做配型手术。为什么连让他试一下配型都不肯?如果你觉得和他不熟、不好开口，我来跟他说！”苏达绿再次旧话重提。

“你以为我不想小麻烦快点好起来吗?她对我的重要性你知道吗?没有她，我根本没法活！但是，现在我不想叶天明知道，包括十一、曹哥，我不想任何人知道！就是不想让他们知道！我不想让小麻烦被大家当成一个病人，我想让她过一个正常孩子的生活，我这点要求过分吗?你都不能理解吗?”何双双几乎是歇斯底里。

苏达绿莫名其妙地看着何双双泛红的眼睛，无奈地摇摇头：“好吧，我保密！”

这时，曹告白从远处走来。

何双双宽慰似地拍拍苏达绿："别担心，小麻烦一定会好起来的!"

"就这样等下去?"苏达绿很不乐观。看着这曹告白走近，两个人互望一眼，默契地停止了谈话。

何双双指着曹告白手里的一个特大的袋子，忍不住开玩笑道："曹哥，这是准备在医院摆摊?"

曹告白看看自己手里的袋子，不好意思地挠挠头："嘿嘿，大是大点，但种类不多!"

苏达绿好奇了："这么神秘?"

三个人边说，边推开病房的门。曹告白掏出袋子的东西，向何小双晃了晃。何小双尖叫一声："大熊!"

众人一看，都忍俊不禁笑了。苏达绿笑着，用手指轮流点着陆十一和曹告白："你们两个，你们两个不是专门商量好的吧?一个买了熊孩子，一个买了熊他爹!"

原来曹告白买的这个绒布大熊，跟陆十一买的那个一模一样。只不过曹告白这个，要大出陆十一那个好几倍，比何小双还高出许多。

"给我，给我，我要他搂着我睡觉!"何小双张开手，向曹告白叫着。

白医生刚刚说过小麻烦不能激动，这眨眼就激动上了，这才了得!何双双赶紧将大熊接过来，放在何小双身边："好了，大熊乖，搂着小麻烦睡觉!"

何小双躺下来，舒舒服服缩进大熊的怀里，闭上眼睛："熊爸爸，你当小麻烦的爸爸吧!"

何双双鼻子一酸。

在英国时，何小双从幼儿园回来，曾经问过自己："别的小朋友都有爸爸妈妈，我为什么没有?"

当时何双双回答道："小麻烦跟别的小朋友不一样，小麻烦是上帝送给姐姐的圣诞礼物!"

于是她绘声绘色给何小双讲道，圣诞节那天，她早晨醒来，发现身边多了一个漂亮的小宝宝，装在大袜子里冲着自己笑。那个小宝宝就是小麻烦。

何小双眨着大眼睛认真地听完，一副很高兴的样子，从此再也没有问过这个问题。但何双双疏忽了，何小双内心是这么渴望爸爸妈妈的怀抱。

何小双很快康复出院，比白医生预计得还要快，这让何双双心情又放松起来。出院这天，苏达绿开着她的车，早早地来到医院。

正是初春难得的一个好天气，风和日丽，万物复苏，阳光暖洋洋地照耀着大地，垂柳摇曳着柔软的枝条，上面密密麻麻缀满米粒大的叶包，迎春花开得正艳，坐在车里，何双双贪婪地看着窗外，她吃惊地发现，美好的春天只是一眨眼就到了。有多久没有好好看看外面的风景了？她心里默默自问，又指点何小双看着、讲解着。

看着何双双兴致勃勃的样子，苏达绿忍不住鼻子发酸。这段时间，因为何小双的病，何双双担惊受怕，好久没有这样心情飞扬了。

“咱们来客人了！本来大家都要来接小麻烦的，我觉得用不着这么多人，就让他们都在家陪着客人。”苏达绿语气轻快。

“又不是搬家，确实不用那么多人。”何双双继续跟何小双欣赏着春天的美景。

“客人是要找你的。”看着何双双一副执迷不悟的样子，苏达绿强调。

“是嘛?”何双双仍然漫不经心。

“是位非洲姑娘，从英国来的，说早有约定来投奔你！”苏达绿大声说，她觉得很有必要把何双双拉回现实。

“菲塔姐姐，是菲塔姐姐，她说要找中国老公！”何小双抢先一声地叫道。边说边兴奋地连连跺脚。

“小麻烦就有这么喜欢菲塔姐姐嘛！”看着何小双的激烈反应，苏达绿的语气里有些酸溜溜的。

何双双默契地感受了苏达绿的心情，不由得“扑哧”一笑：“肯定是菲塔来了！大家都要小心了，这个非洲姑娘喜欢送人昵称，我这‘啰唆姐’的外号就是她送的，还有‘小麻烦’，也是她的杰作！”

她顿了顿，又解释道：“上个月，我接到菲塔的邮件，说要来中国，我想着还早呢，没想到她动作这么迅速！菲塔是我在英国上学时的室友，她帮我学英文，我教她学中文。”

她突然忍不住笑起来：“第一次见到菲塔，她穿着一件小碎花的橙底白花连衣裙，大大的眼睛，黑白分明，长长的直发随意披散着，我知道菲塔是非洲女孩，但她看起来完全不是我想象的非洲女孩样子，尤其她的皮肤是黑褐色，不像一般非洲人黑得不可救药。她用拗口的中文称呼我‘中国来的阿酸酸?’然后热情地带我参观，‘这是你的武士（卧室），这是御使（浴室），这是厨师（厨房），然后话锋一转，我喜欢中国菜，我还喜欢和你们中国人睡觉，所以，我积极申请让你来和我同居。’我当时心想：‘坏了，这黑女孩不会是同性恋吧？’结果人家更加得意：‘猪肉大葱的睡觉，是我的最爱……’”

“哈哈哈……”苏达绿也忍不住大笑起来：“她说的是猪肉大葱水饺吧？”

“没错，后来我才知道她是故意的，这黑孩子，聪明着呢！……她的故事也很多：菲塔十三岁那年，部落里发生了一场冲突，菲塔成了孤儿，被一对英国夫妇收养。这对夫妇把她带到了英国，让她像每个英国女孩一样，接受英国的教育。”

“菲塔的家族接受过中国医疗队的帮助，所以她从小就对中国充满好感和好奇。她还有一手用扑克牌算卦的绝招，她认为红牌是神的旨意……在英国也多亏了她，陪我度过最艰难的时期，帮我一起照顾小麻烦！所以……小麻烦对她很有感情。”想起和菲塔在一起的日子，何双双心里柔情万分。

“小麻烦，快想想，给菲塔姐姐起个什么昵称好呢？快点想，等会儿作为见面礼送给她！”想起自己曾经“来而不往非礼也”的誓言，何双双又对何小双循循善诱。

何小双转着眼睛：“小沙包？小香蕉？小苹果……”

何双双和苏达绿忍俊不禁，何小双想到的昵称，怎么都是“小”字辈的！何双双边笑边说：“呵呵……就小苹果好了，跟小麻烦一个辈！”

“对了，你准备怎么安排菲塔？让她加入‘十指相扣’可以吧？你帮忙跟她做做工作，我们现在很缺人手！”苏达绿又想到一个问题。

何双双沉吟：“这个安排不错，菲塔肯定求之不得。她在中国也就认识我一个人！在英国时，她让我帮着找个中国老公。”

“曹告白，现成的中国老公！”苏达绿快言快语。

何双双笑笑：“何军师掐指一算——绝配啊！菲塔聪明泼辣，曹哥朴实稳重，两个人真是绝配！至于曹哥的黑皮肤，那简直不是问题了，他比菲塔还白……说不定两个人已经一见钟情了！”

三个人说说笑笑，很快就到了十指相扣婚庆公司楼下。

何双双和苏达绿刚打开车门，从车上下来，就听见菲塔爽朗的大笑，夹杂着曹告白嘿嘿的憨笑。两个人对望一眼，又不由地看了看楼上。何小双已经迫不及待向楼上跑去，何双双只好赶紧去追赶何小双，把苏达绿自己留下取后备厢的东西。

金牌义工休息室里真是热闹，除了叶天明，其他所有的义工都在。菲塔正跟大家相谈甚欢。何小双一头撞进去，大叫一声：“小苹果姐姐！”就往菲塔怀里扑。

“小麻烦想死你了！”扑到菲塔怀里的何小双继续喊道。

“小麻烦！小麻烦！菲塔姐姐想死你了！”菲塔抱着何小双，连连亲吻。

何双双随后赶进来，菲塔一手抱着何小双，一手拥抱何双双：“双双，我来了！”

“小苹果，欢迎你！没想到这么快就到了！也不提前打个电话就来了，你这样对吗你！好歹我去接你一下！”何双双拥抱菲塔。

“鼻子下面有嘴，你邮件里都说得很详细，机场大巴帮我找到滨海市，出租车司机帮我找到十指相扣婚庆策划公司，绿姐帮我找到啰唆姐和小麻烦！”菲塔如脱口秀似地一口气说道。

何双双竖竖大拇指：“厉害，当初在英国的绕口令没有白练！”

“确实厉害！”陆十一、王志刚等人都钦佩不已的样子。

菲塔得意扬扬地抱拳：“过奖过奖！”

何双双又看了看大家：“看来大家都已经熟悉了。菲塔是我在英国上学时的舍友，她喜欢中国，这次来中国就不走了。是吧，菲塔！”

“是的，我要找一个中国老公，在中国扎根！”菲塔一点也不避讳，大大方方承认，说完含情脉脉地看了看曹告白。

曹告白的脸“唰”地红了。

苏达绿和何双双都同时捕捉到了这个细节。何双双对苏达绿挤挤眼，一语双关：“看来，又不幸被我何军师算中了！小苹果真是给咱面子！”

“小苹果，说的是我？”菲塔眨着眼睛，终于意识到这个称呼，“在中国，有我这种颜色的苹果？”

何双双哈哈大笑：“我说过，来而不往非礼也！……”

“小苹果姐姐，这个昵称是我送你的……送你的见面礼！”在菲塔怀里的何小双，一只手搂着菲塔的脖子，乐滋滋地表功，仿佛这个外号真的是一份很好很大的见面礼。

“小苹果……”菲塔重复着，脸上的表情阴晴不定。

苏达绿向何双双递个眼色，何双双会意地点点头，转向菲塔问道：“绿姐想邀请你加入十指相扣婚庆策划公司，小苹果你愿意吗？”

“加入？”菲塔又开始眨眼睛。

苏达绿解释道：“听双双说你在中国暂时还没有联系工作，我们想邀请你到十指相扣婚庆公司！”

“我邀请你在这里住……”曹告白也接口。

“真的？在你那里同居？我喜欢！谢谢！”菲塔落落大方，又转头对苏达绿说：“我愿意到‘十指相扣’工作，这个名字我很喜欢，谢谢！”

大家都笑起来。曹告白的脸又红了，他挠着头对众人解释：“刚才我的话还没完……我旁边还有一个小套间，可以收拾出来给菲塔住！”

“不用解释，越描越黑！”陆十一调侃。

何双双也跟着打趣：“曹哥没有老婆，小苹果要找中国老公，供求相当，正是天造的一对、地设的一双！不如干脆今晚就来个‘送入洞房’?!”

大家都笑嘻嘻地看着曹告白。曹告白嘿嘿笑着，挠着头看着菲塔。

“我要小苹果姐姐跟我一起住！小苹果姐姐是我的姐姐，你们谁也不许抢！”何小双急了，大声喊道。

大家都哈哈大笑起来。辛囡翻旧账：“小麻烦真贪心，帅哥哥是你的，现在来了个小苹果姐姐也是你的，你的心里有多么大啊，你能放得下吗?”

“我的心很大很大，新娘二号也能住得下！”何小双毫不含糊地用两只小手向外扩张着。

辛囡的脸也红了。苏达绿笑着警告道：“跟小麻烦说话要小心，弄不好就把自己绕进去。”

“这样吧，小苹果还是跟我们一起住，我那里还有一个房间。我们又恢复甜蜜的英国三人生活模式。暂时先不麻烦曹哥！”何双双的定夺让何小双高兴不已。

“今晚我做东，请大家一起吃饭，大家说想吃什么吧?”曹告白的兴奋溢于言表，主动宣布道。

众人相互交流诧异的表情——自从见到菲塔，曹告白真是让人刮目相看！不但事做到点子上，话也说得漂亮。看来，是菲塔唤起了他的热情。

菲塔却高兴地提议道：“我要睡觉，中国睡觉！”

众人都面面相觑：这个非洲女孩胃口也太大了，先是要跟曹告白同居，这又要和中国睡觉。

何双双却哈哈大笑道：“我第一次听她这么说也吓了一跳，后来才知道她是故意的！”她又跟众人解释：“她是说想吃水饺！”

“啊呀，这让我想起来一个成语，夫唱妇随。曹哥说要收拾房子，菲塔就说要同居；曹哥说要请客，菲塔就说要睡觉！”陆十一不放过每个调侃曹告白的机会。

曹告白也不恼，只是嘿嘿笑着，担心地看看菲塔的反应。

“嗷，太好了，我要包水饺！我要包小刺猬水饺！”何小双闻听，欢呼不已。此前，她曾经包过一次水饺，相比玩橡皮泥、软陶之类，面团更有成就感。

“好吧，我们今晚自己包水饺吃。既然曹告白说要请客，就给他个机会！曹告白你负责去采购，小麻烦也出院了，菲塔也来了，‘十指相扣’一下子加入两个成员，咱们今晚来个一醉方休！”苏达绿笑容满面，摩拳擦掌。

“采购算上我，我也要去采购！”菲塔跃跃欲试。

“小麻烦，咱们在家和面好吗？”何双双担心何小双要跟着一起去。白医生交代过，何小双不能累着。

果然，何小双转着眼珠想了一下，和面的诱惑大过了采购，她点点头同意了，却要求道：“白哥哥、小苹果姐姐，你们要多给我带好吃的哦！”

第二十一章　幸福沉沦

“贪心的小麻烦！我最懂得你，我要给你买好多好多好吃的！”菲塔做个鬼脸，向何小双挥手告别。

这时，门被推开了，叶天明走进来。何小双看见他，亲热地扑上去，叶天明抱起她。她在叶天明怀里，双手搂着他的脖子，一迭声地说道：“帅哥哥来了，想死小麻烦了！帅哥哥，你怎么不去医院接小麻烦？”

“哥哥有点事情来晚了，是哥哥不对……”叶天明也是一迭声地检讨。

菲塔好奇地看着和何小双亲热无比的叶天明。

曹告白向叶天明打招呼：“正好我们今晚要包水饺，你别急着走，留下来一起吃！”他点着菲塔道：“这是菲塔，今天刚从英国过来投奔何双双。”又向菲塔介绍道：“我的同学叶天明，你叫他明明哥就行！”

“你就是叶天明？”菲塔回头看了一眼何双双。后者摇头又摆手，催促道：“你们快点去吧，大家都等着呢！”

“叶天明……”菲塔刚才见到何小双亲热地叫叶天明是帅哥哥时，就已经满脑子谜团，现在看见何双双慌乱的样子，她更加迷惑了。她想说什么，曹告白已经在连连催促着出门。

一进超市，菲塔眼睛就不够用的了。中国的超市一望无边，每个货架琳琅满目，商品多得眼花缭乱，太多以前没有见过的商品。她瞪大眼睛好奇地看着，还不停地拉着曹告白问这问那，尤其是在现场加工区，那些麻辣烫、凉皮、肉夹馍、鸭血粉丝之类的东西，菲塔都是第一次见到。

她不停地问，这个好吃不好吃，那个好吃不好吃。那些售货员当然不会说不好吃，纷纷地热情介绍。很快购物车被塞得满满当当。

曹告白看购物车实在放不进去东西了，就跟菲塔商量：“菲塔，不如这样，我们下次再来买，今天够吃了，吃不了会坏掉的！”

菲塔这才恋恋不舍地收手，两个人意犹未尽地推着车说说笑笑向商场的收银台走去。

等到曹告白刷卡结账时，老觉得有目光在盯着自己。四周一看，发现甜甜在超市门口向自己招手。

他心底一沉，赶紧将购物车推到门口的休息椅边，对菲塔说道：“我去一下卫生间！你先在这里等一下！”

通道里有几个促销员在做活动，免费试吃、试喝，菲塔的注意力被吸引了过去。

“去吧，我等你！”菲塔没有注意到曹告白的异常。

真是阴魂不散啊！曹告白一把拉住甜甜，大踏步走出老远，看着走出菲塔的视线区，确定菲塔看不见了，这才甩开她，气急败坏道：“姑奶奶，又啥事？”

甜甜摔了摔被曹告白抓疼的胳膊，不满地瞪着曹告白：“干吗这么凶？刚才那副怜香惜玉的温柔劲头呢？！”

“看看自己配吗？你是香还是玉？什么事，快说！”曹告白根本没心情跟她纠缠。

甜甜向菲塔那个方向点点头，脸上羡慕嫉妒的表情：“女朋友？不赖啊，挂上国际友人了！我说这一段时间，人也不见，电话也打不通。”

“我跟你……跟她，不是……嗨，不是你想的那回事儿……”曹告白想尽快打发走甜甜，但又一时不知道如何说才能解释清楚。

如果让菲塔看见甜甜，引起误会，那么他蠢蠢欲动、刚刚萌芽的爱情小火花就注定被浇灭了。

“甜甜，有机会我再向你详细解释吧。我得赶快回去，家里还有一大群人等着我们买菜回去做饭呢！”曹告白决定快刀斩乱麻。

“你对我就这么没有耐心啊！当初说每周都去酒吧给我捧场，现在已经有两个多礼拜没去了！”

甜甜抱怨道，眼神里流出来深深的幽恨。

有句话：一失足成千古恨，再回头已百年身。酒吧的那一夜，让曹告白后悔得肠子都青了。

一夜荒唐后，为了表示自己对甜甜的愧欠，他承诺经常去酒吧给她捧场。可是话说出去时很轻松，做起来就不是那么回事儿了。

开始以为，每周去酒吧一次给甜甜捧场，很简单稀松。可是，等到后来兑现时才发现：那是要真的每周都要去，每周都要去、没完没了！如果不去，甜甜就会来找他。

甜甜那幽恨的眼神具有绝对的杀伤力；即便不声不响，也能让曹告白的自我犯罪感沉重得窒息。

曹告白的内心希望尽快解脱，但是理智又要求他：答应了人家，就不能不兑现。

有时候，曹告白去了酒吧、实在不愿意在那里多待，就直接点了甜甜的歌后交钱走人。再后来，他连酒吧也懒得去了，直接和甜甜约个地方，把钱给她。

如果曹告白忘了，甜甜就会带着幽恨的眼神去找他，并总能轻而易举地找到他：无论在家里休息，还是在超市购物、在饭店和朋友们吃饭，甚至在加油站加油的分分钟时间。

在甜甜面前，曹告白根本无路可逃。

“不好意思，甜甜。这段时间有些其他事情。你知道，我这人皮黑心不黑。只要是答应了你的，一定能够做到！即便是人不能过去给你捧场，但点歌的钱，一定保证不会少！”曹告白掏出钱包，从中抽出些钱来，递给甜甜。

甜甜接过来，不紧不慢地一张张点了一遍：“哥哥，我可不是讹诈你的钱，也不是向你伸手乞讨。这都是你答应过我、心甘情愿给我的，对吧？所以，该多少就是多少……”

曹告白把空荡荡的钱包掀开给甜甜看：“刚刚买了一车子吃的东西，身上只有这些了，下次再多给你一些吧！”

看到曹告白的钱包确实空了，甜甜露出失望的表情，但很快又换上一副笑脸：“哥哥既然这么说，我就不耽误哥哥了！还是请哥哥抽空到酒吧听小妹唱歌吧。小妹新学会了几首歌，到时候好好地唱给哥哥听！”

……

金牌义工之家，两张拼在一起的桌子上蒙上一块白色的台布，上面摆满盘盘碗碗。

“今天咱们双喜临门，我提议，庆祝小麻烦康复出院，欢迎菲塔加入‘十指相扣’！”苏达绿笑吟吟地端着杯子站起来，“咱们大家一起，干杯！”

大家都笑哈哈地相互碰杯，何小双更是开心，端着一杯饮料，跟苏达绿、何双双、菲塔、叶天明一个不落地碰杯。

刚才排座位时，何小双很是纠结了半天。以前，她喜欢的人就是苏达绿和何双双，只需往两个人中间一座，左右逢源，谁也不落下。现在又增加了叶天明和菲塔，一下子让她不知如何选择好了。

何双双早就看出了她的小心思，给她出主意：“你好久没见小苹果姐姐，就挨着她坐。然后，喜欢你的人自己就坐过去了！”说完，下意识地扫了一眼正在厨房里忙活的叶天明。

果然，叶天明从厨房里出来，不假思索地就直奔何小双，在她身边坐下。大家都哄堂大笑。只有叶天明很无辜地看着开怀的大家。

苏达绿三个酒结束，曹告白接着端着杯子站起来，一脸郑重："今天，我有一个请求，我想申请加入'十指相扣'！请苏达绿、十一老弟批准，请大家验收！"

"曹哥，你不会是看着'十指相扣'的生意蒸蒸日上，后悔把公司转给绿姐十一了吧?"何双双故意打趣。

"看，你都想哪里去了，双双妹妹。我这人你还不了解啊，皮黑心不黑。大家都知道，对吧?我哪会做那种事儿呢。只是今天看到菲塔要成为公司员工，我想自己整天也闲着没什么事儿，为什么不能一起给十一和绿姐帮帮忙、打个下手什么的?"曹告白连忙解释。

"呵呵，夫唱妇随……"陆十一话一出口，立即意识到现在不是开玩笑的时候，赶紧正了正表情："真的?太好了，欢迎加入！"

"欢迎曹告白！"苏达绿也赶紧表态："这是你的老本行，以后还得多指点！"

曹告白看看菲塔，后者眼睛里也满是赞同："指点谈不上，反正我倒是有一些经验，我进来以后肯定能帮二位老板多做业务，多挣钱！"他端起酒杯："这就算两位老板同意了，感谢给我这个机会，我敬大家。先喝为敬，干杯！"

"祝贺，干杯！"众人纷纷举杯，气氛更加热烈。

何双双悄悄地观察每个人。她发现不仅曹告白和菲塔眉来眼去，陆十一对苏达绿竟然也表现出关怀备至。只是苏达绿大大咧咧，似乎毫无感觉，一双眼睛有意无意老是溜向叶天明。并以何小双为中心，不停地向叶天明发号施令，一会儿说"天明，给小麻烦扒一只虾"，一会又说"天明，小麻烦最喜欢吃鸡"。而何小双早已被叶天明抱在腿上坐着，叶天明自己吃一口，喂何小双一口，两个人简直旁若无人。

何双双突然感慨万千。她端着酒杯站起来："我来敬杯酒吧，一是欢迎菲塔来到中国，实现了梦寐以求的夙愿；二是对大家表示感谢，感谢大家这段时间对小麻烦的关心和照顾。此时此刻，此情此景，让我想起一句诗：陪君醉笑三万场，不诉离殇！来，大家都要尽兴，干……杯！"

陪君醉笑三万场，不诉离殇！叶天明身体僵硬了一下，放下何小双，端起酒杯和大家一起站了起来。何双双却和菲塔觥筹交错，避开叶天明投射过来的目光。

这时，何小双打了个呵欠，跑到何双双面前："小麻烦困了，要去睡觉！"

何双双正和菲塔聊得热火朝天，看了看表，说："小麻烦乖，再等一会儿姐姐就陪你去睡觉!”。

叶天明过来:“让姐姐她们再聊一会儿,哥哥带你去睡觉,好不好?”

苏达绿抢先说道:“小麻烦,让帅哥哥送你上楼去睡觉吧。菲塔姐姐和大家还有好多好多的话没有说完呢。”

何小双边打呵欠边和大家再见,叶天明抱着她上楼了。

何双双、菲塔和大家回忆当初在英国的事情,曹告白和陆十一讨论着婚庆公司的事情,苏达绿给大家讲述她一桩桩相亲的故事……大家说啊笑啊,心情越来越飞扬,气氛越来越热烈,不停地频频举杯、杯杯见底,地板上很快出现一堆空酒瓶。

菲塔的酒量尤其大,她来者不拒,又爽直多话,很快成为焦点。何双双这些天在医院奔波,身心透支,虽然刻意控制,但是她很快觉得头晕目眩,心口突突乱跳。

过了一会儿,不见叶天明回来。何双双惦记着何小双,就说要上去看一下,让大家继续尽兴。

出了门,冷风一吹,何双双酒意一下子上了头,眼前发花,脚步也有些踉跄。她扶着墙,努力地走到房间门口,正要推门进屋时,门突然开了,何双双站立不稳,差点儿跌倒。

正要出门的叶天明眼疾手快,一把扶住了她,而何双双却借势扑进了叶天明怀里,双手搂住他的脖子。

压抑太久的渴望一下子冲破心的堤岸,排山倒海汹涌而来,她不顾一切地狠狠吻着他。他身上久违的熟悉的气息,他的柔软的甜蜜的唇,让何双双几近陷入疯狂。

“别吵醒小麻烦……”叶天明脑子“轰”地一下,他用残留的一丝理智想推开何双双。但双臂却不听指挥地紧紧抱住了她,抱住眼前这具柔软、炙热、熟悉又陌生的身体……这具身体比记忆中更圆润更丰满也更炽烈,陌生的成熟气息,代替了记忆中的少女清香。他的嘴唇情不自禁地张开,何双双灵巧而柔软的舌头趁机一下子探进来,急不可待地找寻着他的;他迎着她的召唤,回应着她——如同两条缺氧的鱼,相濡以沫。两条苦苦思念的舌头,先是试探性地轻轻碰触,接着就开始了难分难舍的缠绕和倾诉……

叶天明紧绷的神经一下子崩塌,仿佛天地都不存在了。如果上天要惩罚不遵守诺言的人,那么、这一刻我愿意交出我的一切!……

第二天早晨,何双双醒来时,觉得自己昨夜做了一个羞羞的梦。在梦里,她和叶天明幸福地在一起了……

外面客厅里,传来何小双和菲塔叽叽呱呱的说话声。她看看表,竟然八点多了。

她跳下床拉开窗帘打开窗子，和煦的春风徐徐吹进来，明媚的春光一下子打疼了她的眼。她眯起眼睛看着窗外的一片新绿，在这晨光里，充满生机勃勃和让人欣喜的力量。

何双双像是第一次发现这美景似的，久久地站在窗前看着。脑海里，昨夜的细节也渐渐地连接起来。她的嘴角情不自禁上扬，脸上的笑容是那么甜蜜，那么幸福。她将唇贴在窗玻璃上，情不自禁地印下柔情蜜意的一吻。

何双双打开门，脚步轻盈地走出来。何小双首先看见了她，叫道："啰唆姐，我很乖，我听绿姐和小苹果姐姐的话，不去吵醒你！"

菲塔仔细观察着何双双，脸上露出意味深长的笑："双双，气色不错！绿姐做了早餐，快去吃饭吧，我们都吃过了！"

何双双的脸"腾"地红了，她不好意思地问道："我昨晚喝多了，你们折腾到几点？睡得还好吗？"

"某人睡得跟猪似的，我叫了半天门也没叫开，只好去绿姐那里睡了！"菲塔一副埋怨的强调，脸上却笑吟吟的。

何双双懊恼万分："对不住了，考虑不周……没想到，喝了两杯就成那个样子了……"

没等何双双说完，菲塔捧腹大笑："哈哈，我是骗你的……昨天你回来看小麻烦，好久没回去，我们不放心，要回来看你，结果叶天明回去了，说你已经喝多睡觉了……我们结束时都快十二点了吧，看来你不胜酒力，真是喝多了！"

何小双也一起跟着拍手大笑起来："嗨、嗨、嗨，啰唆姐昨天喝醉了，啰唆姐昨天喝醉了。"

第二十二章　见义勇为

一晃一个多月过去了。叶天明自那夜后，再也没露过面，这让何双双愈加怀疑那夜只是做了一个梦。同时，也让何双双对叶天明的思念愈加强烈。

菲塔和曹告白加入“十指相扣”后，苏达绿他们更加频繁地开拓市场，整天忙得脚不沾地，似乎也分不出心来关注叶天明。

实在抵不住思念的何双双，对苏达绿旁敲侧击刺探消息：“你俩进展怎样了？怎么最近老不见叶天明?!”

苏达绿不在意地回答：“老样子，叶天明说最近忙项目，正好我也忙得很！”

老样子？老样子是什么样子？何双双不敢问下去，也不敢想下去了。

她想办法从曹告白那里要到了叶天明的手机号，给他发了几十条短信，都如石沉大海，这让何双双又生气又担心，胡乱猜测个不停，简直度日如年。

这天下班后，何双双忙完公司的事，一看表已经过了接何小双的时间。她赶紧打了辆出租车往幼儿园赶，想到何小双自己孤零零地等着自己，何双双心急如焚，一个劲儿催促出租车司机。突然，何双双电话响了，她一看是幼儿园的徐老师，接起电话开口就道歉：“不好意思徐老师，我马上就到，单位有事耽误了……”

“……何小双受伤了，现在滨海人民医院，您能现在马上赶过来吗?”徐老师打断了何双双，声音异样。

何双双脑子“嗡”地一下：何小双受伤，这意味着什么，她心里最清楚了！

“师傅，去滨海人民医院！”何双双赶紧指挥出租车司机掉头，又对着话筒说道：“徐老师，我马上到医院。你们跟何小双联系卡上的白医生联系没有?”

“何小双一出事，我们就联系白医生了，现在她没有大碍了。”徐老师的话让何双双松了口气。自从上次何小双受伤后，何双双就给何小双做了一个紧急联系卡带在身上。联系卡上，第一联系人就是白医生，并专门跟幼儿园做了交代。这其实也是白医生的建议，在何双双让何小双做正常孩子的意愿下，这是最稳妥的方式，只有白医生知道怎么争取时间挽救何小双。

何双双赶到医院，徐老师已经在门口等着了。

“下午放学时，孩子们排队在门口等家长，突然不知从哪里冲来一个长头发年轻人，拎着刀冲进队伍就乱砍，幸好有一个小伙子冲上来……小伙子被砍了好几刀……何小双其实就是摔倒了、磕破了头，伤得不重，但不知为什么，就是血流不止，怎么也止不住，把我们都吓坏了……”两个人一边走，徐老师一边介绍。

这时，何双双听见有人在后面喊她。她回头一看，原来是苏达绿和陆十一、曹告白、菲塔、叶天明他们。

“你们怎么都来了！”何双双和徐老师停住脚，等他们赶上来。何双双看见了人群中的叶天明，他神色焦急、眼睛发红，而且明显憔悴了！何双双克制自己不动声色，心里却已百感交集。

叶天明这段时间确实很忙。他从英国带回的项目已经到了最后的冲刺阶段，马上就要产生效益了。自从上次和何双双突破身体界限，他更迫切地想快点挣钱、还清何运洪的四十万。在这期间，他收到了何双双给的几十条短信，都没有回复，就是想在最后的关头坚守自己对何运洪的承诺、不想越走越远。

可是，苏达绿了解何小双的情况，当她得知小麻烦受伤的消息后，知道叶天明必须出现，于是马上让曹告白接来了叶天明。

“嗨，你不知道滨海是个小地方嘛，这么大的事，朋友圈都刷爆了！我们担心小麻烦，所以抓紧就赶过来了！”苏达绿喘着气说道，众人跟徐老师相互打了招呼，跟着徐老师大步往前走去。

急救室里，众人隔着玻璃看见何小双头上缠着绷带、挂着吊瓶昏睡。旁边躺着一个小伙子，浑身缠满绷带，身上插满各种管子。身边的医生和护士在忙碌着，各种仪器在不停闪烁着。

走廊里，幼儿园的庄园长也在，旁边还有一位粉色套装的年轻女子，穿得颇为正式。庄园长给大家介绍：“这位叫景盈。”又一一介绍众人。

“救人的小伙子叫崔磊，是景盈的未婚夫。当时我们都吓蒙了，幸好他们路过，幸好崔磊及时冲上去……危急时刻，他救了我们，他是个大英雄！”徐老师快言快语。

“我们是去办结婚登记手续，回来的路上，正好赶上幼儿园发生那件事……崔磊就是这样喜欢管闲事，平时遇到什么事儿他都是第一个往上冲……”景盈说着，开始抹眼泪。

“这是见义勇为，不是管闲事！”何双双以肯定的语气说道，其他人都连连点头。

“这有什么区别呢，我们已经定好两个星期后举行结婚典礼。可是现在，他还不省人事……”景盈的眼泪又如断了线的珠子。

“别着急，刚才医生也说了，现在昏迷主要是因为失血多，输上血、休养一下，意识很快就会恢复的。婚礼的事情，等崔磊恢复了意识，和家里人商量一下，推迟一段时间找个良辰吉日举办吧。”庄园长安慰景盈。

“婚礼怎么能够往后推呢？我父母开始时就不太同意和他交往，嫌他爱管闲事。后来好不容易同意了，挑选结婚的日子时，又和他父母发生了分歧……这次出这个事儿，我都不知道怎么样跟父母说。再说，咱这里的风俗，大家都知道，婚期不能推延。老人们都忌讳这事儿，推延婚礼太不吉利，推延了，一辈子的婚姻都不顺利、不幸福。”景盈抽泣得更厉害了。

大家正不知如何安慰之际，崔磊的主治医生出来了。景盈停住了抽泣，和大家一起围住医生询问情况。

医生微笑着说：“大家不用担心了，病人已经清醒，恢复了意识。只是现在身体极度虚弱，还需要继续静养和观察。”

不一会儿，白医生也走了出来，看着一脸担心的众人，先说道：“何小双也可以放心了，问题不大。再观察一下，正常的话，明天就可以转到普通病房！”

众人道过谢，一起来到休息区坐下。悬在墙角的电视正在播放本地新闻，大家同时看到幼儿园的伤人事件报道。医院的电视声音很小，大家只能靠字幕来揣摩内容，但都看得聚精会神。

突然，曹告白的脸色大变：他在幼儿园监控录像的镜头中，看到砍人长发男子的身边，有一个熟悉的身影——甜甜。从录像的画面中，很明显的可以看到，甜甜和砍人者很相熟。

莫非这场砍人事件和甜甜有关?！曹告白心神大乱，心“咚咚”直跳。他往周围看了一下，好在没有人注意到他的异常。

电视上在显示字幕：“目前，砍人男子已经被警方控制。警方经过调查，该男子长期酗酒，此次事件是男子醉酒后产生幻觉导致行为失常……”

一个护士带着电视台的记者走过来。两个记者一个扛着摄像机、一个拿着话筒，要对景盈进行采访。

当景盈说事情是发生在从民政局回来的路上，记者激动地说：“崔磊刚和你领了结婚证，就成为一个救人英雄。这真是一个有特殊意义的事情，你也功不可没！嫁给一个英雄是多少女孩子梦寐以求的事情，而你马上要嫁给了一个见义勇为的英雄了，真是可喜可贺啊。刚才我们也采访过医生了，崔磊的身体不会落下什么后遗症，你也就不用太担心。如果你愿意，到时候，我到你们的婚礼现场，给你们做婚礼主持人！”

记者竟然是上次主持苏达绿生日派对的格非！何双双和苏达绿同时认出了他。

苏达绿走上前去，接着刚才的话题说道：“如果你愿意，到时候，我们十指相扣婚庆公司负责你们的婚礼策划！”

格非这时也认出了何双双和苏达绿：“你们怎么也在这里？什么时候干起婚庆公司了？”

何双双把事情经过简要作了介绍。格非说：“那就太巧了，我正想找个受害者家长采访……”

采访结束后，格非对景盈建议：“你们的婚礼就让他们帮你策划吧，他们的活动都很有创意。上次我给他们主持过一次生日派对，真是别出心裁，让人难忘。”

格非绘声绘色讲述苏达绿生日派对中的细节。景盈的情绪渐渐平静下来，感兴趣地问苏达绿：“你们的婚庆公司叫什么名字？怎么收费？”

陆十一抢着回答：“我们是十指相扣婚庆策划公司。你放心，我们一定会为你俩安排一场有特别创意的婚礼，价格也给你们做到最优惠，成本费就可以了！”

苏达绿瞪了陆十一一眼，对景盈说：“什么收费不收费的，回头再说。崔磊见义勇为，连命都豁出去了，我们给你们策划个婚礼，就不要再谈收费的事情了。”

“原来你们就是‘十指相扣’？我听说过，很有名气！本来我们也是想着这两天到你们那里去联系的，结果，出了这个事情……”景盈眼睛一红，眼泪又开始在眼眶里打转。

何双双的眼睛也红了，安慰景盈：“我是何小双的姐姐，如果没有崔磊的见义勇为，不知道还有多少和何小双一样的小朋友会受伤。我替大家谢谢你们！至于你们婚礼策划的事情，你就不用操心了。我也是半个‘十指相扣’的人，我们一定会把这个事情办好。”

景盈点点头，脸上的表情变得舒展。

何小双的各项指标恢复了正常，苏达绿和何双双将她接回来。何小双进门高兴地跟大家一一问好。大家看着她的气色不错，恢复得这么快，都放心了。于是，开始讨论崔磊和景盈的婚礼，怎样别开生面，怎样打动人心、令人难忘。

陆十一说：“其实，我觉得，收费的问题，还要再考虑。我们自己费些心思、花些时间，已经算是为正能量尽义务，我没有任何意见。只是，还有一些其他的，我们自己都需要花钱的，比如：鲜花、彩饰、礼炮、烟花、租车，等等，这些费用，让他们自己来负责，我觉得他们应该能理解和同意。”

“什么同意不同意、理解不理解的，给见义勇为的英雄举办一场婚礼，弘扬一下正能量，这样的机会打着灯笼也难找，怎么能收费？社会影响力这么大的件事，我都恨不得给人贴钱、请人家同意让咱们帮他们策划。如果收费，岂不让人笑掉大牙！”苏达绿的语气不容商量。

陆十一耐心解释：“我不是不同意弘扬正能量，我只是觉得咱们做事情要量力而为。‘十指相扣’刚刚起步，如果现在开始就学着人家大企业的样子去做善事儿，动不动就免费、甚至还要倒贴，没准儿到头来，我们会搞得自身难保！”

何双双理解陆十一的看法，然而更赞同苏达绿的意见：“我觉得你们两个都没有错。要不这样吧，到时候，他们婚礼的费用，由我来贴补。虽然咱们势单力薄，但是弘扬正能量的事情，都应该不遗余力。尤其是我，要不是崔磊，小麻烦还不知道会怎么样呢，我不知道怎样来向人家表示感谢，正好趁这个机会表示一下。只有这样做，我才会安心！”

曹告白也发表自己的看法：“我觉得，我们不要太过于纠结收费不收费的事情。大家都看得出来，崔磊他们都不差钱。弘扬正能量没有人反对，但是我们要用合适的方法去弘扬。对待见义勇为的人，我们要雪里送炭，而不应该炎炎夏日给人送炭。崔磊只是身体受伤，钱又没受伤，他们有经济能力、不缺钱，咱非要给人家免费，没太大必要吧？咱们不如把他们的婚礼设计得用心点！”

陆十一听曹告白说出了自己的心里话，连连点头。

菲塔心里本来支持苏达绿，听了曹告白的话，觉得有道理，也跟着连连点头。

苏达绿觉得曹告白说的有一定道理，但是心里还是不认同收费。她斟词酌句，想着怎么说服他们。

这时，叶天明说话了。叶天明什么时候进来的，谁也没有注意到。但是显然，大家讨论的内容，他都听到了。

叶天明说：“我认为，收费不收费，是在表明我们自己的一个态度，和他们有钱还是缺钱没有什么关系。我们平时做业务，也不是说这个客户有钱我们就多收一些，那个客户没钱，我们就少收一些。这次的活动，也是同样的道理。我们既然是想弘扬正气、是为了感谢见义勇为的英雄，如果再向他们收费，无论如何都是有瑕疵的，算不得是完美无缺的行动。”

苏达绿听到此言，眼睛一亮，这话说到她的心坎上了。她忍不住以钦佩的目光盯着叶天明，准备听他继续说下去。何双双看到苏达绿投向叶天明含情脉脉的目光，心里突然涌出酸溜溜的异样感觉。

曹告白和陆十一同时张嘴，想要争辩，被叶天明一个手势制止了。他接着说："我有一个想法，说出来给大家讨论一下。我计划就此事给市长写一封信，信的内容，就是婚礼当天，邀请市长来参加。现在全社会都在倡导弘扬正气，我想，市长收到我的信，必定会非常重视，会来参加婚礼的。"

"市长一旦有回复，确定参加婚礼，我们就通过各种媒体把消息向社会传达。发布消息时，同时面向社会发布征集赞助单位的信息。"

"对于一个市长亲自参加的婚礼，我想，征集一些社会赞助商，不会有什么问题……"

叶天明话音未落，大家就鼓起掌来。苏达绿两眼放光，以少有的崇拜表情看着叶天明，说："是啊，到时候，我们请格非在电视台上把这个事情报道一下，只要商家有点脑子，哪个不是争先恐后来赞助。"

何小双跑过来，叶天明会意地蹲下身，何小双搂住叶天明的脖子，用力送上一个吻："帅哥哥，我真的好喜欢你！"

隔日，苏达绿和陆十一再次去看望崔磊，他已经转入普通病房。两人征求他和景盈的意见："十指相扣婚庆策划公司决定全程免费、义务为你和崔磊举办一场史无前例的婚庆活动，我们计划邀请市长参加，请你和崔磊同意。"

景盈眼睛一亮："太好了，这样一来，就彻底解决那个让我头疼的问题，以后崔磊再管闲事，我的家人就不会说三道四不满意了！太谢谢你们了！"

陆十一双开玩笑地伸出一只手，看着景盈不明白，解释道："授权书！"

景盈痛快地说："我和崔磊给你们写一份授权书，授权、委托你们全权策划我们的婚礼。另外还得写一份材料给你们！"

"还有一份材料？"这次轮到苏达绿和陆十一莫名其妙了。

景盈俏皮地一笑："感谢信啊！"

崔磊住院后，这是第一次看见景盈的笑容，果然是嫣然一笑百媚生。两人发现，景盈原来也是个活泼爽朗的女孩儿。

第二十三章　盛大婚礼

苏达绿、陆十一就把婚礼的安排，通过传单、海报和网络的渠道向全社会发布。很快，帖子被转发到了当地门户网站上，社会各界回馈的热烈程度超出所有人的预想。几分钟内，跟帖和回复就铺天盖地。反应灵敏的当地报社等传统媒体和门户网站，很快就捕捉到这个信息，辟出专栏，结合当前社会“扶不扶”、“让座”等热点问题，对崔磊的事迹展开激烈的讨论。不少热心人对婚礼献计献策；还有一些女孩子一点也不避讳对崔磊的钦慕，嚷着要嫁就嫁这样的新郎。

第二天下午，崔磊的见义勇为行为被确认，民政局专门派人送来荣誉证书。

第三天，市长回了信，答复到时候一定按时参加婚礼并当证婚人。

接到市长回信，苏达绿去电视台找到格非，格非又带着苏达绿面见了电视台台长。台长非常重视，同意在跟踪报道崔磊见义勇为事迹时，同时征集婚礼赞助。台长还决定，到婚礼那天，派一个小组现场采访，专门制作一个题为“见义勇为英雄的婚礼”专题报道节目。

电视台的播出征集赞助的消息后，主动来“十指相扣”联系、表示愿意提供赞助的应接不暇，远远超出了大家的想象：

水云间欢乐农场，愿意提供所需全部水果；

雨林古树茶，愿意提供所需全部茶饮；

舒雅美容，愿意提供全套的新娘化妆；

新视觉摄影，愿意提供全程的婚纱摄影；

黑虎山度假山庄，愿意提供蜜月套房；

华美大酒店，愿意提供婚庆餐点；

凯莱旅行社，愿意提供马尔代夫的蜜月旅行；

新市区街道的大妈们，愿意现场舞蹈助兴；

太平人寿保险公司，愿意给新人送上一份健康保险……

崔磊和景盈举行结婚庆典的日子终于到了。

这天是一个难得的好天气，天空碧蓝如洗，温暖的春风吹拂着大地，到处都是盛开的鲜花，仿佛专门为这个特殊的日子怒放。

愿意为本次婚礼免费提供场地的有度假村、也有星级酒店，最终婚庆活动选用了全市最大的房地产商提供的场地。

这是一个坐落在海边的小区，据说设计师是从欧洲请来的。小区的建筑充满异域风情：沿着邻水的露天草坪，一条红地毯铺就的路一直延伸到主持台，红色、白色蔷薇花搭建漂亮的花棚下，一组组长条桌整齐排列，上面铺着蔚蓝色桌布和椅套，点缀着白色花边，清新明亮，宏大而壮观。

华美大酒店提供的精致餐点色香味俱全，让人馋涎欲滴；市里有名的烘焙店送来特地烤制的蛋糕，香甜四溢，据说是滨海市有史以来最大的一只蛋糕；而桌子上摆放的那一盘盘水果，都是刚刚从水云间欢乐农场新鲜采摘的有机水果，娇艳欲滴如同姑娘们的笑脸。

幼儿园的老师来了，孩子和家长们组成的亲友团来了，新郎新娘的亲朋好友来了，新闻记者来了，社会各界的热心人士都来了。现场气氛热烈，人头攒动却井然有序。

首先是军乐团《婚礼进行曲》开场，三声礼炮之后，身着婚纱的景盈推着坐在轮椅上的崔磊出现，全场掌声欢呼声响成一片。欢呼声中，彩色的气球和鸽子飞上蔚蓝的天空。

格非和陆十一出现在舞台上，宣布婚礼开始。市长第一时间出现在现场，以证婚人的身份对一对新人表示祝贺并讲话。

崔磊控制不住内心的喜悦和激动，一直想要从轮椅上站起来，但是都被劝住了。

进行到互换信物环节时，崔磊送给景盈的是一份保额五百万的保单，景盈惊讶极了："这么多?"

崔磊深情地说："我特地选了太平人寿保险，受益人是你。太平人寿保太平，我活着，就会永远保护你；万一哪天不能陪你，这保单就是我对你无尽的爱!"

进入拜堂环节时，崔磊终于按捺不住，走下轮椅，和新娘子一起对着双方父母规规矩矩、结结实实地举了三个躬。此时，全程掌声雷动。

接下来，是一场精彩纷呈的演艺活动。幼儿园的小朋友献上精心编排的小话剧，大学生们演绎了激情澎湃的真情祝福，当地文艺界的著名诗人朗诵了特为崔磊写的诗歌，街舞大妈们打起"越来越好"的喜庆腰鼓。魔术杂技演员叠罗汉的高度足有两层楼高，让人看得胆战心惊之际，最上面的两个演员竟然口吐莲花，从高空中变出来两面条幅，上面写着："青花瓷等到了烟雨天，祝崔磊景盈十指相扣、幸福美满！"

崔磊和景盈的婚礼大获成功。

一对新人对婚礼的隆重场面喜出望外，双方父母也对庆典的热闹喜庆十分满意。另外电视台连篇累牍地对崔磊进行跟踪报道，"见义勇为英雄的婚礼"的专题播出，特别是市长亲自到现场参与婚礼，让一对新人和双方父母都有极大的荣誉感和自豪感。街坊四邻、单位同事对他们刮目相看，纷纷跷起大拇指。最让景盈高兴的是，她父母从此绝口不提崔磊爱管闲事儿这茬。

崔磊见义勇为的行为也得到社会的普遍赞扬，政府以此为契机，对弘扬正能量的引导收到事半功倍的功效。各种形式的帮扶小组、志愿者队伍等如雨后春笋般地冒出来，街头巷尾经常能够看到公益组织在活动。街道的退休大妈也行动起，自觉承担起居委会所辖小区里的环卫、治安等工作的监督和维护。

参加婚礼赞助的企业也受益匪浅，参与活动达到了意想不到的效果，他们无形的收益不可估量。婚礼之后，大家余兴未了，几个大企业联合牵头成立滨海市企业家联盟，决定持续对见义勇为的行为进行表彰和资助。联盟的联络点设在十指相扣婚庆公司，并推选陆十一为协会秘书长。

当然，这次活动收获最大的还是"十指相扣"。"十指相扣"对这次婚庆活动的成功策划引起社会的普遍关注。陆十一在主持方面的天赋，在镜头下的超常发挥，他和格非一唱一和相得益彰的搭配，不仅赢得了现场观众的好评，更让电视台的台长眼睛一亮。事后，台长委托格非邀请陆十一到电视台去做主持人，被陆十一婉言谢绝。

格非却没有轻易放过陆十一，从他身上又挖掘到有价值的新闻线索。那次婚礼过后，他无意中问陆十一为什么取这么奇怪的名字。陆十一就把自己的身世一五一十向他讲了：父亲在他很小去世，他到村里六十一户人家中轮流去吃饭；到后来读书上大学时，村里六十一户人家给他拼凑学费……所以，为了提醒自己、时刻不要忘记乡亲们的恩情，他把自己的名字改成陆十一。

出于职业敏感，格非意识到这是一个难得的新闻题材。于是，他又给陆十一做了一个弘扬正能量的访谈节目，在电视台上播出。

从崔磊见义勇为事件，到崔磊和景盈的婚礼专题，再到陆十一的电视访谈，十指相扣婚庆策划公司在本市各个电视频道、各家广播电台、各种报纸、各大门户网站中频频出现，社会知名度一路攀升，很快成为当地家喻户晓的知名公司。找他们举办人生大事的情侣越来越多，婚庆公司的生意越来越红火。

苏达绿和陆十一心里明白，这一切的成绩都是来源于当初叶天明的一个创意。他们多次商量，为了感谢叶天明，也为了庆祝这一场婚庆活动的成功，要好好地请大家撮一顿。可是，自从何小双病愈出院后，叶天明就再也不见了踪影。

每次苏达绿打过去电话，叶天明总是说自己工作太忙、没有时间，再加上婚庆公司的生意也忙得团团转，这件事情就暂时被搁在了一边。

格非在制作陆十一的访谈专题时，到陆十一老家进行采访。陆十一的父母均已过世，当初曾向陆十一伸出过援手的老人健在的也为数不多，陆十一的小伙伴也大多在外地打工。但是，当大家知道电视台要给陆十一拍电视时，全村人还是都沸腾起来。尤其前些天，有村民在电视上看到过陆十一和市长在一起谈话，一传十，十传百，很快在村里引起了轰动。村里没人不知道，村里的那个老光棍和疯女的孩子现在市里工作，混得很好，攀了高枝，能跟市长称兄道弟。

一些老乡认为陆十一理所当然地应该给他们找关系办事儿，有的甚至打算直接投奔到他门下，让他给安排事儿做。

对于老家来的不速之客，陆十一每次都会热情接待，能办的事尽力去做，不能办的也尽力去办，实在办不了再耐心解释。但是，并不是每次尽力而为都会有圆满的结果，也不是每次耐心的解释都能换得对方的理解。尽管“十指相扣”在本市算得上是一家知名企业，陆十一也渐渐跟几个口的主要领导建立了关系，但是他在社会上的地位依然是“头重脚轻根底浅”，更别说满足村民们对他过高的期望了。他们认为他无所不能，只有想不到的事、没有办不到的事。

陆十一的实际能力和乡亲对他给予的厚望，形成的反差矛盾越来越明显。他常常费很多心思，但最终没有把事办成，出力不讨好，甚至还要受到老乡的冷嘲热讽。

对于这些，苏达绿看在眼里，心里暗暗替陆十一着急、生气。她多次提醒陆十一：“并不是每次老乡找上门来请你帮忙，你都必须去帮，那样做不叫见义勇为，甚至有的连助人为乐都算不上。你得明白你的能力有限，别打肿了脸充胖子，自己累还不说，还让乡亲们说三到四。还是少管那些闲事吧！”

陆十一嘻嘻一笑，照样我行我素，照样对来访的老乡热情接待。

弄得每次苏达绿只能暗暗叹气。实在看不下去，有时碰巧陆十一外出，她也替他掏钱打发一些乡亲，但从来没有跟他提过。

这天，老家的村主任到市里开会，期间专门来找陆十一。他像其他村民一样，看过陆十一的电视专访，也听村民说起他的能耐，对他报以极大的期望，这才萌生了找陆十一的想法。村主任责任感极强，既然村里有这样的能人，就应该为村里发光发热。

他的想法很简单：让陆十一找关系给村里争取一些国家政策，或者招商引资，或者帮村里上一些项目。他觉得这对陆十一来说，是小菜一碟、手到擒来，肯定不是什么问题。

看到村主任对自己这么信任，陆十一当即表示要竭尽全力，为乡亲改善生活、为家乡的发展增砖添瓦，尽自己的一份心意。

两个人正聊得热烈，苏达绿从外面回来，一听说村主任过来找陆十一办事儿，苏达绿气不打一处来。她直奔村主任，伸出手跟村主任握手，自我介绍："村主任好，我叫苏达绿，跟陆十一是合伙人。您有时间听我说几句话吗?"

村主任笑吟吟地看看陆十一，初见苏达绿，对这个漂亮精干的女孩儿，他印象极好。

陆十一的脸不知怎么红了，他跟村主任解释道："婚庆公司是我们两个人合伙干的……"

苏达绿也不看陆十一，对着村主任连珠炮似的开口了："求求你们，放过陆十一吧。我们婚庆公司没有那么大的实力，陆十一也没有那么大的能量。您是村主任，大小也算个干部，老百姓不明白，您应该知道，现在要办成事情，不是用钱铺路，就是用关系铺路。陆十一既没有钱，又没有关系。他只是上了次电视，见了一次市长，可那只是一次狗屎运，纯属偶然，并不代表他有那个实力，不是说他想见市长就能见到市长。拜托村主任把真实情况跟咱们的乡亲父老说说，大家不要再来为难找陆十一了。你们从小看着他长大，应该了解他的为人，他真是死要面子活受罪，我们看着都替他难受。村主任您不知道，我们婚庆公司的现在的房子还是在租了别人的……"

苏达绿一口气说完，其间陆十一数次想制止苏打绿，但苏达绿一点不给他说话的机会。她一口气把憋在心里的话痛痛快快地全部说完，没有一点思想准备的陆十一尴尬极了。村主任也显然没想过真相会是这样，更没想到苏达绿会这么直截了当。

到底是村主任，沉默了一会儿，他很快恢复了镇定，理解地笑笑，对苏达绿说："你说的情况我非常理解，农村人就是这样朴实。只要他们认为你有出息了，就应该义不容辞地为他们办事儿。无论我现在做村主任，还是之前做一个乡镇企业的负责人，都经常会有亲戚朋友找我办事情。今天有人找我安排工作，明天有人找我来承揽业务。说实话，对这些事情，我也很烦、很头疼，现在陆十一遇到的情况应该类似。"

陆十一连连点头，不好意思地承认："确实是这样。有时候老乡过来找我办的事儿，我真的是能力有限、力不从心，我这么说不是嫌烦，不想让乡亲们来找我了，而是想请村主任回去给乡亲们解释一下，大家找我办事儿，办成了大家别太激动，办不成大家也别怪我。大家有用得着我的地方，欢迎大家继续过来找我。我肯定都会一如既往地用心去办好！”

看到村主任也有切身体会，苏达绿嘘了口气。她冲村主任笑笑：“不好意思，我说话直接，村主任别介意。你们聊着，我就不掺和了。”说完起身推门出去。

说实话，这段时间苏达绿对陆十一有一肚子的意见。眼看着公司的业务越来越忙，时间越来越不够用，找陆十一办事儿的老乡也越来越多，替老乡跑腿办事儿占据了陆十一大部分的时间。人的精力有限，陆十一去忙乡亲们的事了，对婚庆公司的事就有些敷衍应付，让客户很是不满，苏达绿已经跟着收拾好几次残局了。尤其是这几天，每天的日程本来已经排的满满当当的，又出来个村主任找陆十一，她实在忍无可忍，终于爆发了。

苏达绿走后，村主任也坐不住了，又有搭无搭地聊了几句，便起身告辞。陆十一送到门口，正好碰到苏达绿，两个人一起送别村主任。

村主任看了看陆十一，又看了看苏达绿：“你们什么时候结婚，一定要通知我，到时候，我过来吃喜酒！”说完，不等苏达绿解释就转身上了车。

陆十一的脸一下子红了。苏达绿白了他一眼，没说话，心里却念道：“小破孩，在村主任面前又装什么大头了？我跟你结婚？下辈子吧！”

第二十四章　创新业务

一个西装革履、头发锃亮、瘦猴一样的年轻人走进婚介公司。

苏达绿放下手里的材料，起身迎上去：“您好，请问有什么可以帮您？”

年轻人笑笑：“我找陆总！”。

陆十一正准备出门，听到这话又转回身。但是他并不认识对方。

年轻人好像很熟悉的样子，迎着他走过来：“呵呵，陆总！好久不见，生意做的是越来越大了啊！嘿，人也比过去胖了！”

他热情地拍着陆十一的肩膀：“嘿嘿，怎么、不认识了？真是贵人多忘事儿！不会是买卖做大了就忘了老乡亲了吧？我是邻村的邓二扁啊，大名叫邓卫平。那时候，咱们在一个学校里读书，你的外号叫作假妮儿。你还到我们家的菜地里拔过萝卜呢，当时被我爹给抓住了……哈哈，想不到，你现在成了这么大的老板了啊！”

陆十一仍在迷惑，但对方连自己小时候的外号都说出来了，便不好意思地拍拍脑袋，装作恍然大悟的样子：“哦哦，想起来了，你看我这记性！这两天事情多，没睡好觉，脑袋里都快乱成一锅浆糊了，不好意思。来，坐下说话。”

两个人坐下，苏达绿给邓二扁接了一杯水，放在面前。趁机瞪了陆十一一眼。陆十一心知肚明，知道她又担心自己给人掏钱。他装作没看见，亲热地对邓二扁说：“二扁啊，真是难得，今天怎么有空过来了？”

邓二扁直切主题：“我看你也很忙，我就不绕圈子了。这次来找你，是请你帮忙的。”

苏达绿每次见到老家的人找陆十一，就会心神不宁，根本做不下去任何事。虽然眼睛在电脑屏幕上，心却在陆十一这边。刚才她近距离看了一眼邓二扁，发现他的西装和皮鞋明显是地摊货。因此，她更担心了。听到这人又要找陆十一帮忙，赶紧扬起嗓门，大声咳嗽。

陆十一知道苏达绿在提醒自己，说话就谨慎了些："二扁，实话实说，我的能力不像老家人说的那么悬，不一定能帮上你。你说说看什么事儿吧，能帮上的我全力以赴，帮上你也别激动，帮不上也别不高兴。"

邓二扁说："这对你来说，小菜一碟，你只要愿意帮，肯定能帮上！"他接着说道："我一直给新市区的一家饭店老板供应农副产品，以前结过几次账，都很顺利，但是这次到了结账的时间，老板耍赖不给钱了。现在我手里有饭店的欠条，就拿着欠条把饭店老板给告了。我就打听到了陆总……陆总现在是大老板，见过世面，肯定知道这事儿怎么弄。"

原来是这个事儿！苏达绿松了一口气。

可是，这事儿让陆十一为难了。他还真不知道怎么做合适。

看到陆十一的样子，苏达绿决定快刀斩乱麻，她来把二扁打发走，好让陆十一能尽快出去办事儿。

苏达绿问邓二扁："那饭店欠你多少钱？"

邓二扁连忙起身，从口袋里掏出一个已经被揉得皱皱巴巴的字条，走到苏达绿前面，把纸条摊在桌子上。苏达绿瞟了一眼，见上面写着"今欠人民币八千七百元整"，后面落款是某某饭店，没有盖公章，数字书写也不规范。

苏达绿说："这位老乡，你告他就对了，这事儿还真没有其他什么办法。你看，要是没有别的事儿，陆经理就该出去办事儿了。他和客户都约好了，刚才人家在微信上都催好几遍了。"

邓二扁搓着手头，对陆十一说："按道理，我不该给你张这个口，但是事情太紧了，明天法院就要断案，我想今天请法院的人吃个饭，但是身上的钱不宽裕了，现在回家去取也来不及，你看能不能从你这里拿点钱，改天我再给你送来？"

陆十一心里"咯噔"了一下，但脸上还是不动声色："需要多少？三百两百的、我这里有，再多的话、就……"

邓二扁说："三百两百肯定不行，我想从你这里拿五百。"

送走邓二扁，苏达绿摇着头，对陆十一说："你这个老乡很不靠谱，怎么看也像个骗子！"

其实，陆十一在心里也有这个怀疑，但是苏达绿说出来，他又无论如何不肯承认。他轻描淡写道："为骗五百块钱大老远地跑来，不至于吧！"

苏达绿苦口婆心："我不是不同意你帮助老家的乡亲们，我只是觉得咱们做事情要量力而行。事业才刚刚起步，如果现在开始就学着人家大老板的样子去做善事儿，动不动就给这个老乡送钱、给那个老乡借钱，没准儿到头来，你会搞得自身难保！”

陆十一心里清楚，苏达绿故意拿这话怼他。当初，在讨论崔磊婚庆是否收费时，他就曾经这么说过。于是，嘿嘿干笑两声：“这次是借钱，人家会还的，又不是不还！”

苏达绿瞪大眼睛，从抽屉里拿出厚厚的一摞纸条，全是陆十一老乡的。她往桌上一扔：“看看吧，这些人，哪个不是当时说得好好的！有的都过来找你借两三次了，有一个还的嘛?!”

陆十一也知道，这些钱多半是肉包子打狗回不来了，但是他嘴上仍然强硬：“别着急，早一天还、晚一天还，有什么区别呢？反正银行利息这么低！”

苏达绿的火“腾”地上来了，她大着嗓门嚷道：“哎，什么叫早一天晚一天没关系！照你这么说，那些找工头要工资的农民工都是无理取闹是不是？下次再有这样的事情，你过去对要钱的农民工说去，告诉他们，早一天晚一天没有关系。你看他们抽不抽你?!”

看到苏达绿发火，陆十一尴尬地笑了笑：“我出去联系业务了！”接着脚底抹油溜走了。

看着陆十一离去，苏达绿渐渐平静下来，又开始后悔跟陆十一发火。

其实如果换位思考，如果她处在陆十一的位置，有老家的乡亲来求她，她也不好意思拒绝。但是不拒绝，不代表这样无原则地掏钱。有时候，那些找上门来的老乡，很明显陆十一根本就不认识对方，只要能说得上村里某个老人的名字，陆十一都会掏腰包。尤其是近一段时间，新闻报道里常常说一些骗局，都是冒充老乡骗人钱财。苏达绿一直怀疑来找陆十一的那些人中，可能混有骗子。她多次提醒陆十一，要注意防骗。但是陆十一还是我行我素，丝毫不当回事。

苏达绿曾经绞尽脑汁给陆十一出主意：“以后再有老乡找你，不认识或者没有把握的，就查验对方的身份证。”

陆十一觉得那样做实在太过分，他为难道：“怎么张口问人家要身份证?!”

苏达绿还注意到一件事：每次陆十一给老乡掏钱以后，都会过一段时间节衣缩食的紧日子。苏达绿甚至怀疑，是不是陆十一从自己的牙缝里省出钱来给老乡？想到这些，她又好气又好笑。

苏达绿曾经毫不客气地查验过好几个老乡的身份证。当然，查过之后，苏达绿自己掏了腰包给他们。这些，陆十一并不知情。

傍晚时分，陆十一从客户那里拿到了订单，喜气洋洋地回来了。

一进门，他就冲着苏达绿嚷嚷：“我有一个新创意！我有一个新创意！”

他拿起苏达绿面前的水杯，一饮而尽，抹一下嘴，接着说："重要的事情说三遍：我有一个新创意！"

苏达绿正忙着在网上答复咨询，抬眼看了看陆十一兴奋的样子，顺口问道："什么创意？找到办法让你的老乡还钱了？"

陆十一被兜头浇了一盆冷水，讪讪地一笑："不开玩笑，我给你说正经的。你说，咱们给新人做婚庆，最发愁的是什么？"

苏达绿头也不抬："淡季的时候，闲得身上发痒；旺季的时候，忙得分身无术。"

"嗯，这算一个。还有呢，我说的是，设计婚庆仪式的内容时？"陆十一热烈地看着苏达绿，提示道。

到底葫芦里卖的什么药！苏达绿抬起来头来："当然是新人的审美偏好啊。有的人，告诉咱们说是想搞一个西式婚礼，我们给他们设计好了，他们又嫌太洋相；有的说是要一个民族风格的，但是，设计好以后，他们又嫌土得掉渣……新人的口味难以把握啊！"

"对了，没错！就是这个问题。我现在想到了一个解决办法。"陆十一故意卖关子。

"快说吧，再不说我就走了！"苏达绿不吃陆十一这套。

陆十一酝酿半天的情绪一下子泄了气："我们为什么把握不准新人的口味呢？关键原因是我们对新人不了解，我们和新人的标准不一样。比如上次，新人说要举办一个复古风格的，我们费了半天的劲，又联系花轿，又联系轿夫。结果人家根本不用那些，认为穿上传统服装举行仪式就算是传统婚礼了。"

"为什么沟通会出现障碍呢？主要是我们和新人接触时间短、交往少。刚才我在客户那里，他的一个同学让我给介绍对象。这事启发了我，我突然想到：如果是一对新人从结识开始，就和我们接触，那他们结婚时，给他们设计婚礼，绝对不会再有什么沟通障碍！"

"你的意思是：我们除了现在的婚庆业务，再开展婚介项目？"苏达绿说穿了陆十一的想法。

"没错！"陆十一信心满满地点点头。

苏达绿忽然对陆十一有点儿刮目相看了，她上下打量着陆十一："嘿，看不出来你的脑袋里还有智慧，这个想法很赞啊！"

……

"你们谁看见小麻烦了？"何双双满脸焦急，从楼上冲下来。

苏达绿奇怪："小麻烦不是跟你一起在楼上吗！"

何双双的汗一下子就出来了。众人也急了，赶紧分头去找。可是楼上楼下、屋里屋外，能找的地方都找遍了，就是不见何小双的踪影。

“咱们打电话报警吧！”“报警也得超出二十四小时才可以吧?”众人急得团团转。

这时何双双却似乎听见何小双在喊她。她冲出去一看，果然是何小双，一边大声喊她，一边拽着一位陌生的高个女子的手，急急忙忙跑来。

“你跑到哪里去了？吓死姐姐了！”何双双飞奔过去，一把抱起何小双，紧紧地抱在怀里。

“我去捉蝴蝶，后来，就不认识路了！后来，阿姨就陪我回来了！”何小双绘声绘色地讲述着。何双双这才想起高个女子，赶紧抬眼去找，却看见她正笑吟吟地跟苏达绿他们一起看着她。这位女子衣着朴素却气质不凡，她的两鬓已经斑白，看去大约五十来岁，但是很多女性看不出年龄，看起来要比实际年龄年轻，何双双确信她就是那种女性。她穿了一身裁剪合体的咖啡色套装，头发整整齐齐向后梳，在脑后盘了一个大大的发髻，露出光洁的额头。她身高大约一米七，腰板挺直，举止沉静，依稀可见年轻时的绰约风姿。

美人迟暮、资深美女，何双双在心里暗暗打了个高分。她诚恳的感谢道：“谢谢，我们正在到处找小麻烦，都急坏了！”

高个女子说：“其实是我找你们找迷路了，小双小朋友帮我领路！”

“什么？不是小麻烦迷路?”何双双迷惑不解。

苏达绿招呼道：“先上楼，有话慢慢说！”

大家一起向楼上走去。高个女子边走边自我介绍：“我叫薛红，出来寻找迷失多年的男友，正好碰见何小双小朋友，她说‘十指相扣’能帮我找到！”

“哎呀，小麻烦真能干！”苏达绿夸何小双。

何小双得意极了，她在何双双怀里比画着：“阿姨说她迷路了，我说我住在‘十指相扣’，阿姨就跟着我来了！”

是阿姨带着你来了才对！何双双心里有数，跟苏达绿交换了一个会意地微笑。

“是阿姨跟着我小麻烦的，阿姨要找迷路的男朋友，小麻烦给‘十指相扣’接下这个订单了！”看见何双双不相信，何小双急了。

“小双小朋友说的没错，我请求‘十指相扣’提供一项特别的服务。”落座后，薛红证实何小双的话，“我想请‘十指相扣’帮我找寻失联多年的恋人王东。”

苏达绿笑了笑，婉拒道：“‘十指相扣’是一家婚庆策划公司，寻人的业务不在我们的经营范围。阿姨还是通过专业的寻人渠道去找人吧。”

薛红摇摇头："没有一份责任心，哪里来的专业的寻人渠道？我从电视上看到'十指相扣'为崔磊和景盈举行的婚礼，发现主持人和王东模样相似，从此就留心'十指相扣'有关的事情，经过这段时间的观察，我认为只有具备你们这样的责任感和关怀感，才能完成这项别人看来无法理解的任务，并且，这位'十指相扣'的小员工已经许诺：'十指相扣'是一只好大花瓶，没有装不下的麻烦事。"

何小双给予证实："找不到人怎么结婚？就该先帮人家找迷路朋友嘛！"

薛红接口道："我已经六十二岁，人生的大好年华在等待中逝去，想到剩下的时日不多，我不想再这样等下去。前些天，我偶尔碰到一个多年不见的熟人，得到了一些王东的信息，我的这份寻找心情更加迫切。"

"您已经六十二了？"苏达绿惊叫道："真看不出来！"

何双双暗暗点头，自己的猜测没错。

薛红看看众人，说："你们有兴趣听听我的故事吗？"

众人都饶有兴趣地点点头，这个老太太确实引起了他们的好奇心。

薛红慢慢讲出她的故事：

薛红和王东是中学时的同学。

王东的家境不好，平时总是独来独往。但他的学习成绩一直在班级前三名。

薛红则是一个活跃分子，能歌善舞，不仅是体育积极分子，而且还是文艺积极分子，加上人长得秀气端庄，只要是不上课，身边总会有一帮小伙伴围绕着她叽叽喳喳、嘻嘻哈哈，用现在的话说，她属于学校里的校花。

两人彼此倾慕、心照不宣。后来因为一场突如其来的变故，两人不得不分开。

眼看就到了成家立业的年龄，薛红因为心中一直放不下王东，无法再接受他人。她千方百计地打听王东的下落，可是得到的却是王东已不在人世的消息。

绝望之余，薛红在父母的催促下，就和一个曾经帮过自己的男子刘伟结了婚。

一晃儿，几十年就过去了。不久前，薛红的丈夫刘伟出了一起车祸、危在旦夕。

临终前，他说出了一个一直压在自己心底的秘密：王东并没有死，他曾经给薛红写过一封信。那是一封表白信，刘伟偷偷看后，醋意大发，就把信截留了，还向薛红编造了王东已不在人世的消息。

刘伟在弥留之际，反复请求薛红的原谅。他告诉薛红，他打听到王东现在一个山村小学教书，一直没有结婚。

而刘伟车祸的起因，就是因为他突然间在路边的大屏幕电视上，看到一个酷似王东的人而走神引起的。那个酷似王东的人，正是陆十一。

刘伟说，这场车祸就是上天对他的惩罚。他知道这些年，薛红的心里一直装着王东。他请求薛红一定要找到王东，重续前缘。到时候，替他当面向王东道歉，只有这样，他才能死后瞑目。

薛红百感交集，她自己明白，其实她没有资格责怪刘伟，她也对不起刘伟。这些年来，刘伟真心爱她，对她付出那么多，可自己竟然没有为有着传统观念的刘伟留下一点骨肉！这些年，她一直不孕不育，并不是因为她不能，而是因为她不想！事实上，结婚后，她为了不要孩子，一直在偷偷地吃避孕药！……

第二十五章　特别业务

薛红提供的线索非常有限，既没有学校的具体名字，也不知道学校在哪个区县。寻找王东的难度比预想的大很多。

这天，苏达绿和陆十一专门抽出一上午的时间，探讨去找寻王东的细节。苏达绿从网上搜索了一下，差点儿打了退堂鼓：滨海市各个区县的山村小学有好几百所！从这么多的小学中找到一个老师，简直等同于大海捞针！王东在山村小学教书，也只是薛红听说，并不能确定。如果信息不属实，即使把所有的小学都翻了底朝天，也找不到王东。

苏达绿头一下子大了，泄气地把搜集到的情况跟陆十一一说，陆十一也仿佛被兜头一桶冷水。他们意识到这件事情的复杂性和艰难性。两个人冥思苦想，设计一个个方案，却又一个个排除了。陆十一突然灵机一动："咱们从网上搜一下'滨海市山村教师王东'这几个字，说不定会有发现。现在学校都喜欢搞个'先进个人''劳动模范''最美教师山村教师'什么的评选，说不定王东就在其中之列……"

苏达绿眼睛一亮，赶紧上网去搜，结果还是一无所获。苏达绿用手指轻轻敲着头，皱眉分析着："我现在都怀疑，王东未必还在山村当教师。算算看，薛红阿姨都六十二了，王东是不是也该退休了？还有一个问题，他们那个年代改名字的人很多，他会不会不叫原来的名字了？"

陆十一又有了新思路："我想到另外一个办法。我去教育局一趟，让他们帮我在全市在职的教职工当中，把所有叫作王东的都找出来，然后我再从中筛选出年龄在六十岁左右的……"

苏达绿一下子也来了精神："我也想到一个办法，我去找一下电视台的格非，看能不能让他帮咱们在电视台上发布一个寻人启事。"

下午，两人分头行动回来。

苏达绿收效甚微。格非说，寻人启事归属他们电视台的广告公司，是有偿服务。苏达绿声情并茂地讲了薛红的故事，企图打动格非。格非摊摊手，表示自己确实无能为力。如果找到王东，如薛红所说，他仍然是山村教师，两个老人成功相聚，倒是一个很好的新闻线索，电视台可以做一期弘扬正能量的专题报道。如果寻人，只能作为广告处理。苏达绿又不愿把这事当广告弄得人人皆知，只好先回来再想其他的办法。

陆十一这边的情况好得多。他到了教育局，说明来历以后，教育局的有关工作人员很热情，从电脑上调出档案，发现叫王东的有二十多个，其中年龄相符的有三个。这三个人间，还有一个王东，就在陆十一邻村的小学教学。

陆十一还试图进一步去查三个人的详细档案。但是教育局的工作人员拒绝了，说更进一步的资料要提供有关部门的手续，不能随便查阅。陆十一只好记下三所学校的名字，打道回府。

陆十一找到的信息，大大缩小了寻找范围，苏达绿本来沮丧的心情又得到鼓舞。按照陆十一带回来的学校名字，她逐一给三所小学打电话联系，但是所有的电话都是故障声音或者无人接听。

接下来的问题就是：先从哪一所小学开始找？

陆十一盯着苏达绿，一本正经地说："要不，咱们扔鞋来决定吧！"

苏达绿"扑哧"一下笑了。菲塔走过来，问清楚原委，大包大揽："交给我吧，我用扑克算一卦！"

苏达绿和陆十一坐上了开往山村的客车，他们决定先去陆十一老家邻村的那个小学——范庄小学。范庄，范家的老祖宗在这里开枝散叶，逐渐繁衍成一个村庄，村人也均为范姓。

两个人说着话，车就在一个地方停下，司机特别客气："这就是范庄小学，你们顺着这里往前走一里路就到了！"

两个人谢过司机，下了车，很快就到了范庄小学。说是一个小学，其实只有一排房子。除了墙上挂着的牌子外，和民房稍微不同是门前有一个操场，就是一片稍大一些的空地，空地的中间有一个旗杆，边上有个破旧的篮球篮板。

苏达绿和陆十一转了一圈，发现只有一个头发花白的男教师在其中一间教室里上课，其他教室里都没有老师，孩子们在上自习。所谓的教室，无非是用石头垒成的毛坯房，没有水泥勾芡，四面漏风，一共是五间。教室的边上有一间小屋，看起来像是宿舍。另外还有一间偏房，似乎是厨房。

他们两个没有打扰老师的授课，在门外静静地等着，心中充满紧张和忐忑。

这位老教师就是他们要找的王东！苏达绿第一眼就确认了这点。

见到王东，她就像见到三十年以后的陆十一，这两个人不光貌像，而且神似。之前，苏达绿从来不相信从来不相干的两个人，会相像到这种程度。她想起当前有个电视节目：明星模仿秀，是一些外貌跟明星相似的人模仿明星秀才艺的节目。如果王东是明星，陆十一说不定也就火了。

而陆十一见到王东，也有一种奇怪的感觉，这个人跟自己实在太像了。薛红说在电视上看到自己就像见到王东，刘伟也因为在电视看到自己而分神出了车祸，看来他们都所言不假。

想到这里，陆十一不由得看了一眼苏达绿。苏达绿向他点点头，分明是说，没错，确实很像。两个人同时笑了。

终于到了下课时间，学生们欢叫着跑出教室。这些孩子衣衫过时、甚至有的几近破烂，但个个朝气蓬勃、顽皮可爱，一点也不比城里的孩子逊色。孩子们看见陌生的苏达绿和陆十一，一个个都放轻了步子，神情也腼腆起来。有一个学生飞快地跑去告诉老教师："老师老师，门口有两个城里的客人！"

低头忙着收拾资料的老教师这才注意到教室门口的两个人。苏达绿和陆十一迎着走过来。苏达绿微笑着问道："是王东老师吗？我们是受薛红的委托来的！"

"薛红……你们认识薛红?!"听到这个名字，老教师愣住了，他两眼发直，好像身体的每个细胞都停止了活动，眼神一下子变得迷茫，眼睛也慢慢变得湿润。

这种反应，苏达绿和陆十一早就预料到了，但没有想到会这么强烈。他们也不禁心里发酸，同时，又涌起担心甚至恐惧：老教师的神经，能够经受住这种强烈刺激吗？

历经千辛万苦找到初恋情人的剧情，在很多电视电影里都有过，很多明星大腕都曾演绎，基本上都是一副瞪大眼睛、惊喜若狂的样子。那时，他们都认为王东也会是这种表情。但此时，苏达绿和陆十一明显感觉到，那些明星大腕的表演都是那么装腔作势、苍白无力。和他们比起来，王东老师此时的表现才叫真正的震撼人心，这种感觉，任何再强大的语言也显得苍白无力。

"您就是王东老师吧?"陆十一清了清嗓子，既是确认也是提醒。

"哦，是是是，我就是王东。"王东似乎清醒过来。他很快调整了自己的情绪，说道："跟我来。"

他把苏达绿和陆十一带到教室旁边的小屋里，说道："不好意思，麻烦你们再等一下，我还有一节课才能放学。"

"没关系，我们找到您就好了！"苏达绿心情放松。确实，找到王东，他们此行的任务已经完成了大半。王东又给每人倒了一杯水，匆匆出去上课了。

果然如苏达绿和陆十一的猜测，这个小屋就是王东的宿舍。屋子狭小、简陋却收拾得很干净。一张单人床，卧具叠得整整齐齐，一床被子已经褪色，有一个地方甚至补了一块补丁；一张破旧的办公桌，上面摆满了作业本。屋里还有一个放在架子上的洗脸盆，一条半旧的毛巾搭在脸盆架上，盆里有干干净净的半盆水。最显眼的家具是一排书架，书架的中间放了一台很极其老旧的款式、不知道还能不能用的电视机。苏达绿好奇地从书架上抽出几本书，翻了翻，又放回原处。屋子只有一把椅子，陆十一只好坐在床上，把椅子给苏达绿留出来。

这里的艰苦条件出乎苏达绿的意料，她没有想到，在滨海市还有这么简陋的学校。刚才见到的学生课桌，其实就是一块块长条木板架在两块石头上，也好像没有凳子，大家都坐在一排排的长凳上。可是陆十一却不以为然，他说："这也比我小时候的条件强很多！我们那时候的桌椅，都是用石头砌的，教室的窗户都是用塑料布蒙的。就是现在，我们老家仍然没法跟城里的学校比。"

苏达绿表情凝重，她从小在城里长大，这些贫寒和落后超出了她的经验。

门外传来孩子的嬉笑声，苏达绿走出屋子。她在这所学校里就看到王东一位老师，好像这所小学也只有王东一位教师。王东看着学生一个个离开学校后，再一一锁上每间教室的门。中间发现有一个学生落单，没有小伙伴一块儿走，他就大声呼叫学生的名字，让他赶快赶上其他同学一起走。

最后一个学生离开，整个学校变得空寂。王东匆匆向这边走来，他脸上挂着谦卑的笑容："让你们久等了！"

"没关系！我们找您，是受薛红阿姨委托的，就是想了解一下您的近况。"

苏达绿开门见山。她刚才跟陆十一商量好了，趁着天还没黑，他们赶末班车回去。否则，看整个简陋的学校，恐怕连他们住的地方都没有。

"你们的故事，薛红阿姨都告诉我们了！"苏达绿又补充了一句，以彻底打消王东的顾虑。

王东点点头。他把椅子让给苏达绿，自己在床上坐下来。他看着苏达绿、陆十一，毫不隐瞒地说出埋藏在内心深处许久的一个秘密："这么多年，薛红，这个名字只有我自己天天在心里叫，却从来没有机会从别人的嘴里听到。既然你们都知道了，我也就一吐为快吧。"

"我一直喜欢薛红。当时，我因为家庭出身不好、老被其他同学欺负。每次我被欺负的时候，就会把目光投向薛红，而每次我的目光都会和薛红相遇。四目相对，那种怦然心动的感觉，这辈子都忘不掉。从那时起，我就从心里打定主意，今生非薛红不娶。”

“当时我心里也明白，是自己拖累了薛红。在我后来去乡村插队前夕，为了表达对薛红的感激，同时也是表达一直隐藏在内心深处的感情，我写了一封信寄给薛红。我自认为自己这次下乡村，如果再不向薛红吐露心声，恐怕再无机会。”

“可是，信寄出去后，便石沉大海，我从此再也见过薛红，也没有收到她的只言片语。我就在想，我这是剃头挑子一头热——自作多情，也是癞蛤蟆想吃天鹅肉！”

“后来，村里成立了夜校教识字班，老支书让我去教识字班。我经常在讲台的课桌，还有我的住处门口发现绣花鞋垫、做工精细的布鞋，还有的姑娘塞给我一个包转身就跑，我打开一看，有时是绣了花的手绢，有时是几个麦子面煎饼。那时，白面是稀罕东西，麦子面煎饼，过年的时候才摊几个全家人尝尝鲜。老支书告诉我，这是村里的姑娘看上我了，向我表示好感。村里的乡亲也有给我做媒的，但都被我一口回绝了。我的理由是，我很快要回城里，不想耽误姑娘们的前程。其实，是我心里只有薛红，不愿凑合没有爱情的婚姻生活。”

苏达绿开玩笑地插话道：“王老师，恕我直言，您这是标准的一叶障目。”

王东不好意思地笑了笑。他接着继续讲道：“三年后，我回到家里，父母都已经离世。按照邻居的指点，我找到父母的坟，给他们上了香，又重新返回范庄。一是无处可去，习惯了范庄的宁静平和、与世无争，再就是老支书说村里的学校缺老师，希望我留在村里教书。于是我决定继续留在范庄教学。”

“这期间，我去找过薛红一次，但是我看到薛红和刘伟在一起。刘伟骑着自行车载着薛红出门，看得出，他们两个人之间默契而亲热，就没再上前去打扰他们，自己一个人直接悄悄返回了范庄。”

“我在这所小学一干就是几十年。改革开放以后，政府号召以经济建设为中心，小学里仅有的几个老师纷纷跳槽到市里的学校。学校的校长也提前退休到城里开了私立小学，他曾经私下找过我，让我跟着他一起下海到他那里干，还承诺给我股份。但是，村里的孩子需要老师，我要兑现当时对村里老支书的承诺，再说我也没有太多的非分之想，对类似的邀请都婉言谢绝了。”

“有一年，老支书亲自带领一帮人给学校修缮房子，不慎从房顶上掉了下来受了重伤。弥留之际，他握着我的手说：‘我一辈子没有文化，不能再让孩子们没有文化了。这是一件事关子孙后代的大事儿，村里的孩子们就交给你了。’当时，看着老支书期盼的眼神，我突然想起了那些年流行的一个电影《朝阳沟》里男主角的一句唱词，心里暗暗打定主意：‘我决心在农村干他一百年。’”

“这些年来，乡村里的这些孩子成了我唯一的寄托。学校里现在只剩下我一个教师，我却越来越离不开这些孩子。”

苏达绿和陆十一聚精会神地听着，随着王东的讲述，两个人脸上的表情都不停变换着。

第二十六章　乡村之夜

苏达绿小心翼翼地开口问道:“如果……我是说，如果薛红当年并未收到您的信，薛红一直爱着您，您会怎么想?”

“什么? 薛红没收到我那封信?!”王东失口叫道，显然，这种情况是他始料未及的。

“是的，当年，薛红的丈夫刘伟截留了那封信，一直到临终才把信拿出来交给薛红阿姨。而薛红阿姨一直喜欢您，直到刘伟告诉她，您已经不在这个世上了，她才跟刘伟结婚。她见到那封信，得知您还活着，她找到我们……承蒙她信任……她说她爱的始终是您。她想知道，剩下的余生，您是否愿意与她一起度过?”苏达绿说完，和陆十一紧张地注视着王东。

“这太突然了……让我好好考虑一下。”王东的眼睛亮了一下，又瞬间熄灭了。他脸上的表情，没有他们预料的惊喜，反而更多的是痛苦，是落寞? 苏达绿怔了一下，为什么会感到王东落寞? 她不敢肯定自己的判断。只是，通过这些天和薛红、王东的接触，她在内心深处是多么希望这一对痴情的苦命情侣能最终走到一起。

“不着急，让王老师考虑一下。”陆十一冲苏达绿递了个眼色。

“其实，我也是非常希望能和薛红在一起。这些年，我日里夜里盼的，也是这一天。但是，我更不舍得这些孩子，我没有办法丢下这些孩子，去找薛红。”

“薛红老师也可以来这里陪您。”陆十一和苏达绿不约而同地说。

王东叹了口气:“这些年，我有了一点钱都用在孩子们身上了，自己没有什么积蓄。你看看就这么一间小屋，我怎么好意思让她过来!”

这时候，门外传来一片喧闹声。王东走出去，苏达绿和陆十一也好奇地跟在后面。不知什么时候，外面竟聚集了很多村民。

原来，学生放学回家后告诉家长，王老师的儿子和儿媳妇从城里回来了，儿媳妇很洋气。消息很快传开，家长们纷纷带着自家养殖的农副产品来了，鸡、鸭、蛋、肉，各种蔬菜水果，还有自酿的米酒，煞是丰富。

村主任也走过来，手里也拎着一包东西，远远地就冲王东大声喊道："王老师，孩子来看你了，你怎么不提前给我们说一下？"

王东愣住。

村主任很快走近，拍着陆十一的肩膀："小伙子，不是大叔说你，这么多年都不来看望你爸，不应该啊！你爸爸年龄都这么大了，还一个人过，不容易啊，你该早些来看他！"

这下轮到陆十一愣了。

王东醒悟过来，笑着解释："村主任，你搞错了，他不是我的孩子，人家是市里婚庆公司的老板。"

村主任摇摇头，根本不信："嘿，不用瞒着大家吧？长得这么像，不是你的孩子才怪！当初，你刚到这里时，就是他这个样子，一模一样！"

陆十一也明白了，于是就简明扼要跟村主任介绍了一下来意。村主任哈哈一笑："小伙子你可别介意，你和王老师长得这么像，连小学生都认为你是他的孩子呢。我孙子今天放学后，也是给我这么说的，说王老师的孩子来看他了！"

村主任接着叹了口气："这些年，王老师一直一个人，乡亲们给他做了几次媒，他都看不上。除了几个同学偶尔来看望他一下，不见他有其他亲人。我们每次说起来都着急。王老师多好的人，不该过的这么苦啊……"

王东打断村主任，不满地说："村主任这话说得，全村的乡亲可不都是我的亲人嘛！"

村主任开心地大笑起来："哈哈没错，咱们全村人都是王老师的亲人。你们两个是王老师的客人，也就是我们全村的客人！"

苏达绿早就被几个大婶团团围住，其中一个大婶亲热地拉住苏达绿的手不放，还有几个大婶围着苏达绿上下左右细细打量着，嘴里啧啧有声："啧啧，瞧瞧这手，这脸，人家是怎么长的！"

"真好看，跟画上的人似的。"

"闺女说王老师的儿媳妇洋气，这一看可不是咋的，就是洋气！"

苏达绿第一次遇到这种阵势。山里人说话速度快，还有一些口音，苏达绿听得似懂非懂，只好求救般的看着陆十一。但陆十一显然自顾不暇。苏达绿只好脸上堆满笑，努力猜测大家的话语。她隐约觉得，大家似乎是在夸她，可是以前从来没人这么夸过她，她也从来不知自己的容貌还这么值得夸赞；还有陆十一不是王东的儿子，她也不是陆十一的媳妇。她想给大家解释，可是又不知道从何说起，也怕自己理解偏差，闹出更大的笑话。她频频往陆十一那边看。

陆十一一边跟村主任和王东说话，一边眼睛亮亮地看着苏达绿，仿佛几个大婶夸赞的真的就是他媳妇，一副欣欣然、乐不可支的样子。

看我回去怎么跟你算账，苏达绿心里暗暗发狠。面上，还得好脾气地继续微笑着任由大婶们蹂躏。

苏达绿终于有了说话的机会，她隔着人群冲陆十一喊道："十一，天不早了，我们也该回去了！"

确实，已经夕阳西沉、暮色四合，天色暗了下来。王东看了看外面，征求苏达绿和陆十一的意见："天也晚了，这个时间没有返回市里的客车了，你们今晚留下来吧。咱们在操场上燃一堆篝火，搞个烧烤，请你们两个也品尝一下山村的乡间野味。明天早晨你们也可以看看范庄小学的升旗仪式！"

听到篝火，苏达绿和陆十一都有些心动，升旗仪式也让他俩感到好奇和新鲜：王东看重和自豪的升旗仪式到底什么样子？这个简陋的小学在哪里升旗？还有，王东对薛红殷殷期盼的共度余生，一直还没有明确的答复，苏达绿觉得有必要再给王东做做思想工作，力争有一个皆大欢喜的好结果。

村主任对王东说："篝火还是到打谷场吧，大家都去准备一下！"

一直拉着苏达绿手的那个大婶以不容推辞的语气道："今晚住我家，我家宽敞！"

盛情难却，陆十一已经在拼命点头，苏达绿也爽快地答应："好吧，我们今晚就留下来，凑凑热闹，体验一下乡村夜生活！"

苏达绿、陆十一答应留下来，村人都大为高兴。拉着苏达绿手的大婶一拍自己的大腿："我家里还有刚晒的咸鱼，我回去拿！"

说完，她松开手，急火火地走了。其他村民也分头各自去准备。

苏达绿好容易解脱，赶紧把手心朝自己身上狠狠擦了几下，刚才她的手被人一直紧紧抓着，手汗都出来了。

一抬眼，她看见陆十一正在似笑非笑地看着她。倒霉，这么不淑女的动作被他看在眼里了。她心里嘀咕，瞪眼发狠："有什么好看，收费！"

"好看！"陆十一的笑容别有意味。苏达绿的脸上飞上一抹绯红。她感觉自己突然变得不可理喻的娇羞。这才离滨海市没多远，可恶的陆十一就大了胆子，又赖皮又讨厌！

不久，就有村民过来喊王东，说篝火已经好了。王东就带着苏达绿和陆十一向村里的打谷场上走去。

打谷场离学校没有多远，其实这个村子本来也没有多大。苏达绿和陆十一远远就看见打谷场上燃起一堆巨大的篝火，围着篝火两边排开十几张低矮的小方桌。桌子上，摆着各种各样、大大小小的碗盘。再仔细看篝火，苏达绿吓了一跳：篝火上面的架子上，架着一只整羊，还有几个村民在篝火旁手脚不停地忙活，刚才拉着苏达绿的手的大婶也在其中。他们看见苏达绿，冲她一笑，又低头干活。

苏达绿为这种最原始和淳朴的方式所打动，手上不停地拍下照片和录像，只遗憾山村通讯信号不好，否则随时发送微信和各网站，再立即接收他们或赞叹或惊呼的反馈，该是多么爽！还有何小双，如果她看见这情景，不知要怎么连连尖叫！想到这里，她笑容满面。

苏达绿和陆十一坐到了上席，村主任、王东还有村里的一个长辈陪着他们，显然把他们当作贵客。苏达绿一杯接一杯喝着村民的自酿米酒，这种米酒酸酸甜甜又米香浓郁，非常好喝，不知不觉，她就开始头晕晕的，身体却身轻如燕。

陆十一看着苏达绿发红的脸，提醒道："这种米酒的后劲大，小心！"

"陪君醉笑三万场，不诉离殇！"苏达绿脱口而出。不知怎么回事，苏达绿感觉这句何双双的话，最能表达自己此时的心情。

陆十一看了一眼苏达绿，笑容更欢畅。

不知什么时候，村民们围着篝火跳起欢快的舞蹈，一个人拉着手风琴站在中间高声唱着一首他们从来没听过的歌，歌声粗狂而动听。苏达绿和陆十一吃惊地发现，唱歌的人竟然是王东！

"公社是棵常青藤，社员都是藤上的瓜。

瓜儿连着藤，藤儿牵着瓜，

藤儿越肥瓜儿越甜，藤儿越壮瓜儿越大。

公社的青藤连万家，齐心合力种庄稼。

手勤庄稼好，心齐力量大。

集体经济大发展，社员心里乐开花……"

伴随着歌曲，越来越多的人加入到舞蹈的队伍里：大人、小孩、男的、女的……苏达绿和陆十一也被邀请，加入到这个简单而又欢乐的舞蹈中。

王东唱得那么投入、动听，村民的舞步跳得那么开心、热烈，苏达绿的眼睛模糊了，眼前的一切变得如梦如幻。她仿佛在一个远离尘嚣的世外桃源，岁月静好，无忧无虑，纵情地跳啊笑啊。她多么希望就这样一直下去，永远都不停……

第二天一早，手机闹铃响了好久，苏达绿才挣扎着爬起来。头天晚上睡得太晚，又加上米酒喝得多，按照她一贯喜欢睡懒觉的习惯，这起床真是辛苦极了。经过激烈的思想斗争，到底是看升旗仪式的重要性战胜了睡觉的舒适。

苏达绿简单洗漱了一下，走出房间，陆十一已经在门口等着她。一看见她，笑着问道："昨晚睡得可好?"

苏达绿感觉他笑得异样，斜了他一眼，根本不领情："好不好跟你有关系嘛!"

"跟我关系大着啦!"看着苏达绿一副不食人间烟火的样子，陆十一做了个"请"的姿势："大婶已经先走了，咱们也赶紧走吧!"

"什么大婶已经走了?"苏达绿迷惑不解。

"昨天晚上的事还记得吧? 你抱着我非要跳贴面舞……后来，又让我背着你回来，还大叫着猪八戒背媳妇……"陆十一边走边说着昨晚的事，像是在讲故事。

苏达绿停下脚步，挡在陆十一面前，指着自己的鼻子问他："我跟你跳贴面舞? 还让你背着走?"

陆十一看着苏达绿，似乎是看一个淘气的小妹妹："不信? 咱们可以找大婶作证!"

"什么，大婶也看见了?"苏达绿心底一惊，举起两只拳头轮流捶打陆十一："你这个坏人，人家喝多了，你就让别人看笑话啊!"

陆十一双手插在裤袋内，挺直胸膛，任苏达绿的拳头雨点般打在自己身上。

苏达绿抬起头来，陆十一脸上分明是一副享受无比的表情。气得她抬起拳头又要打，陆十一一把抓住她的手，放在自己肩膀上，比画着她的身高："相差半头，真有夫妻相啊，最佳搭配!"

苏达绿这才注意到，自己的身高正好到陆十一的耳朵下方，自己扑在他胸前捶打……这个姿势，真是暧昧之极! 她的脸一阵发烫，抽回自己的手，恨恨地跺跺脚："等我回去再跟你算账!"

她突然又想起一个重要问题："对了，还有，昨晚就一张床，咱们怎么睡的?"

"怎么睡的? 当然是同枕共眠了!"看着苏达绿当真了，陆十一正了正表情："放心吧，昨夜咱俩和衣而卧、相敬如宾! 好了，别闹了，赶紧去看升旗!"

远远地，就看见之前他们见到的学校操场上整齐地站满人，前面是学生，后面……苏达绿仔细一看，才明白先前陆十一说的"大婶已经先走了"的意思，原来后面站的全是村民。

大家都在静静地等待着他们两个的到来，见此情景，他们赶快小跑起来。

“升旗仪式现在开始”，随着这声通报，所有的人都表情严肃，正了正自己的姿势。对面，四个护旗手跨着大步，抬着一面国旗走过来，一直走到操场中间的旗杆下，敬一个队礼，将国旗交给两个升旗手。升旗手接过来，将国旗挂上旗杆上。响亮的国歌适时响起，孩子们都将手举过头顶，致以少先队队礼。村民们也是一个个胸膛挺直，表情凝重，随着孩子们的歌声唱起国歌。

让苏达绿和陆十一眼前一亮的是，护旗手和升旗手都穿着崭新的少先队队服，还戴着白手套，在孩子们中间，特别惹眼和不凡。

难怪王东一再邀请他们看升旗仪式，这所山村小学的升旗仪式训练有素，流程讲究，比起市里那些学校毫不逊色。而且它的意义显然非同寻常，它不仅仅是一个学校的升旗仪式，还是这个村的每一个村民每一天的认真开始。

国歌继续响着，国旗有节奏地上升。苏达绿看着这些健康可爱的孩子，他们有的脸上明显地带着两坨太阳的红艳印迹，有的脸上的皮肤皴裂粗糙，但一个个看起来像小牛犊一样壮实。

看着他们，苏达绿的脑海中却不由得浮现出何小双可爱的面庞，她红润的脸蛋正慢慢变得苍白……

升旗仪式结束，王东陪着苏达绿和陆十一回到住处，陆十一由衷地感慨道：“难怪王老师邀请我们看升旗仪式，这些小同学做得真不赖，护旗手的步伐和升旗手的升旗节奏都把握得恰到好处，和滨海市任何一所学校相比都不差。更重要的是，全村村民都参加的升旗仪式，估计全世界也找不到几所。”

王东笑了，自豪地跟两个人介绍：“对同学们来说，能做升旗手和护旗手是一种荣誉，只有学习优秀，或者‘三好学生’才有这个资格。”

两个人频频点头。苏达绿还惦记着王东给薛红的答复，这时开口问道：“王老师，我们这就告辞。但是我们非常想知道，回去怎么跟薛红阿姨说？”

“你们回去，跟薛红如实描述我现在的状况……我现在的样子，我觉得配不上她。虽然我从心底里非常希望能够和她走到一起，但是，我的客观条件不允许。”王东沉吟着。苏达绿感觉他在艰难地克服着自己的情绪。她发现他的眼睛布满红血丝，是否，他一夜无眠，辗转反侧，在进行艰难的抉择？

“好，我们回去转告薛红阿姨。看看她的意见再联系吧！”苏达绿拉拉陆十一的衣角，两个人跟王东告别。

孩子们和村民听说两人人要走，都一起来送，送到学校门口，陆十一跟王东握手：“王老师，留步吧，让大家都回去，不出意外的话，我们很快还会再来的。到时，来的可不仅仅是我们俩了！”

第二十七章　十一媳妇

苏达绿和陆十一在车站没等多久，一辆对面的车路过，又折返回来在他们面前停下。一个脑袋伸出车窗大喊：“十一，十一！”

陆十一定眼一看，也惊喜地叫道：“村主任！”

“果然是你们两口子，怎么在这里?”村主任跳下车。

陆十一简单介绍了一下情况，说正在等车返回市里。

“别急着回去，到了家门口就得回家去看看！带着媳妇来了，回村让老少爷们、大婶大娘都看看！”村主任不由分说，热情地拉着陆十一就往车上走。车上的售票员也跑下车来拉苏达绿。

陆十一无奈地看着苏达绿，苏达绿只好跟在后面上了车。

陆十一的老家二村离范庄不远，不到一个小时，车就稳稳地停下，村主任边跟售票员、司机告别后下车。苏达绿和陆十一跟在后面。

路上，不时有村民打招呼，看见陆十一都很高兴。苏达绿和陆十一到了村主任家，村主任家已经聚满了村民，有的坐、有的蹲，满满一院子的人，还有一院子的篮子。村主任进门，嘿嘿一笑：“你们这些家伙，消息真是灵通，都是听说十一带着媳妇回来了吧?”

村民们都是一个劲笑，有的人看见苏达绿还有些羞涩的样子。苏达绿朝那些篮子好奇地看了看，发现有的是鸡蛋，有的是核桃，还有一个篮子是一只火红冠子的大公鸡，虽然被捆住腿塞在篮子里，但是雄风不减，伸长脖子雄赳赳气昂昂地观察着每个人。

看着苏达绿满脸的惊奇不解，陆十一小声解释：“这都是乡亲们送来的。”

“我知道，他们都是给村主任办事儿、送礼的?”苏达绿仍是不解，小声问。

村主任大笑着解释：“不是给我的，大伙儿找我办事儿从来不用送东西。他们是感谢十一的。这些年，他们在城里遇到大小的事儿都去找十一，十一可是给他们帮了大忙啦！”

苏达绿没想到村主任的耳朵这么灵，她和陆十一的私下交谈都被听去了，正不知该怎么说才好，却听一个村民大声道：“村主任，我的这只大公鸡可不是送给十一的，是送给十一媳妇的！上次我家娃肚子疼，送到市里医院，医院让交钱，我去找十一，他不在家，是十一的媳妇给的钱救了娃的命！医院说娃是急性盲肠炎，如果不是手术及时、娃就没命了！”

苏达绿早忘了这事，村民这么一说，才恍然忆起。可是，自己偶然的一个善举，竟然被村民当成救命恩人，她有点不好意思。

陆十一这才知道，苏达绿私下里瞒着自己竟帮助了不少老乡。他意外又感动地看着苏达绿。苏达绿却装作没看见，跟村民聊天：“这只大公鸡真漂亮！”

“那当然，在我们家喂了两年了，瞧这鸡冠、这羽毛，神气得很！早晨一打鸣，整个村子都能听见！”村民很是得意，又压低声音：“更神的是，这公鸡能辟邪！”

“神神道道，跟何双双差不多！”苏达绿暗暗嘀咕。她突然想起自己当初搬家时，杀的就是公鸡，心里涌上一阵不安，赶紧说：“心意领了，大公鸡拿回去吧，市里不让养鸡！”

村民不同意拿回去。

看着村民急得脸红脖子粗，村主任出来解围：“闺女说得对，公鸡拿回去。老汤头、张叔、王叔王婶留下陪客，其他人都回家吧！”

被点到名的人都受宠若惊地留下来，其他人恋恋不舍地离去，一边走，一边还议论着：

“十一这娃现在真是混得有出息，听说在电视上都和市长坐一起！”

“上次电视台来找十一，咱村好几个人都上了电视，要不是十一，咱哪有机会上电视！”

“十一的媳妇多俊啊，要是十一的父母能活到现在，你说他们能多高兴！”

……

而苏达绿和陆十一反复要求他们拿回去的篮子，都原封不动地留在院子里。村主任拍拍陆十一的肩膀：“大家的心意不能违，回去的时候我让人送到车上，带回去给城里的朋友尝尝鲜。”

陆十一无奈地冲苏达绿摊摊手：“别瞪着我，大家都是好意。我从小在这里长大，最了解乡亲们，他们朴实醇厚，有恩必报。我们不收下，他们会不高兴的！”

“是这个理！”村主任证实陆十一的话，又招呼大家：“都来坐吧！十一啊，上次从城里回来，咱们一晃又是有段日子不见了吧！”

“村主任，您上次安排我的任务，我可没忘。我已经找好一个项目，正好跟您汇报！”陆十一说道。

“什么汇报不汇报，别跟我说见外的话！”村主任一听有项目，眼睛就亮了。其他几个村民也关心地凑过来。

陆十一说：“最近，我从网上看到外地有一个旅游景点，叫‘花仙子’，就是用四季的鲜花吸引游客。我分析了咱们村的情况，具有和他们类似的天然资源，上这样的旅游项目正好合适。咱们村可以把山上辟出一块地方，种上各种花，一年四季都保证不间断有花儿开放——春天种郁金香，夏天种玫瑰，秋天种一大片向日葵，冬天全是蜡梅。另外山上其他的杏树、桃树、梨树、栗子树都留着，开花的季节看花，结果的时候就搞采摘……”

“到时候，咱们婚庆公司可以在这里建一个拍摄基地，联络市内各家的婚纱影楼，让客户把结婚照都到这里来拍，还有，喜欢浪漫的情侣还可以在这里举办婚礼！”苏达绿兴奋地补充。

村主任沉吟着看着大家，几个村民频频点头，但仍然有点怀疑：“就种点花，就有人来看？就能卖门票收钱？”

“没错！现在都有双休日、小长假，城里的人更喜欢到农村去周边游。以后发展起来了，不光是门票收钱，停车也可以收钱，村里的人还可以开农家乐、便利店，还可以搞蔬菜采摘，挣钱的地方多着呢！”陆十一胸有成竹，对听得入迷的村主任和村民说道：“前期的推广我们可以帮着做，电视台、各个网站，有了回头客，咱们只要保证别坑人，就不会有问题。”

“不坑人，这事能保证，咱们村里的人从来不坑人！”老汤头摸着白胡子，一脸凌然：“谁要是敢坑来看花的客人，我老汉敲断他的腿！”

“十一他们在这里，我给各位老少爷们透个底，这段时间以来，我其实一直都在为咱们村里这个路的问题跑来跑去。人们都说，要想富，先修路。上次去市里开会，有人给指了个路子，说可以用招商引资的办法修路，等着这山上的旅游搞活了，投资修路的人也有分成！”

这时，一个身材健硕、圆脸大眼睛的中年妇女走进来，嗓门很大地笑着说道：“村主任，可以上桌了，边吃边说！”

“来，翠莲，还认识十一吧，这是十一媳妇！”村主任笑眯眯地对中间妇女招招手，又对苏达绿介绍："这是我们村里的妇女主任，相当于你们城里的外联部主任，村里大小能出头露面的事都靠她顶着！"

翠莲一张口把陆十一弄了个大红脸："十一兄弟，我怎么能不认识呢！小时候还吃过我的奶呢！"

陆十一低着头不吭声。苏达绿好笑地瞟了一眼陆十一，跟翠莲打招呼："翠莲主任好！"

"十一媳妇真洋气！"翠莲拉着苏达绿的手。

"您搞错了，我不是……"听着翠莲的夸赞，苏达绿想要纠正，但是看见仍在低着头的陆十一，又把到嘴的话咽了下去。

仍然是苏达绿和陆十一被让在上席，一张八仙桌，桌子上摆满大大小小的碗碟，有好多菜苏达绿根本就不认识。陆十一善解人意地给苏达绿一一介绍："这是油炸豆虫，高蛋白；这是凉拌山菜、苦碟子、蒲公英，都是山里的野菜……"

"原来有这么多野菜可以吃啊？"看着陆十一如初家珍，娓娓道来，苏达绿看他的眼神都是崇拜了。她进一步联想到："到时候山上开发出来了，光是这野菜宴也是一大亮点，很多人会冲着野菜来的！"

苏达绿一边说着，一边兴致勃勃地用手机拍照。

"这个真是那么稀罕？村主任让我们做这些菜，我们还觉得上不了大桌，用这个招待贵客不好哩！"翠莲看着苏达绿欢喜的样子，很是不解。

"稀罕，很稀罕，太稀罕了！"苏达绿不容置疑。

"这个也能卖上钱？我们野地里到处都是！"王婶高兴地说道。

村主任端起酒："来，我代表二村的全体乡亲欢迎十一带着媳妇回家！"

酒是蝎子酒，苏达绿刚才看见泡在酒里的一只只蝎子，倒在茶杯里，大家都端起面前的茶杯碰了碰，却抿了一小口，陆十一仰头一口喝掉，苏达绿有些发怵地看了看自己满满的一杯酒，这杯酒怎么也有二两。她喝了一小口，忍不住大咳：酒又辣又呛！

翠莲看见苏达绿放下酒杯，走过来端起杯子递给她："十一媳妇，第一杯酒要干掉！"

苏达绿笑着拒绝："你们都没喝掉，为什么要我喝？"

"山里规矩就是这样，以前我们这里难得有机会喝酒，有点酒要留给客人喝，自己不舍得喝！"陆十一赶紧解释。

翠莲不依不饶地站在自己面前。苏达绿无奈，只好端起茶杯，将杯中的酒一口喝掉。翠莲又监督着看了看茶杯，看着苏达绿把最后一滴也喝干净，满意地笑笑："十一媳妇爽快!”

这酒太厉害了，酒一下肚，苏达绿只觉得一团火顺着喉咙一直到胃里，全身都出了汗，眼前也腾起一阵烟雾。她把空茶杯往八仙桌上一顿，扬声道:“我不是十一的媳妇!”

此话一出，全桌人都紧张地看着陆十一。陆十一看着苏达绿的脸，此刻，这张脸浮上两朵好看的红云。他笑道:“她真的不是我媳妇，她是我领导!”

“我比他大三岁!”苏达绿解释。意思是，他在我眼里就是小孩，我能看上一个小孩?!

“大三岁好，女大三抱金砖!”王婶的理论让苏达绿有“秀才遇见兵”的感觉。

“十一兄弟，看你的了——你们城里人不是说嘛，男子汉大豆腐，能屈能伸!”翠莲向苏达绿努努嘴——苏达绿是陆十一的媳妇，跑到天边也是陆十一的媳妇。

苏达绿百口难辩、哭笑不得，想着赶快转移这个扯不清的话题。她“呼”地站起来，抄起酒瓶给每个人添满酒，两手捧起茶杯，微笑着看着每个人:“我敬各位乡亲一杯酒，祝二村在村主任的带领下，日子越过越红火!”说完，她带头一口喝掉，然后挨个看着大家:“这杯祝福酒大家一定都要喝掉!”

陆十一看见苏达绿小脾气开始发作，赶紧把杯中酒喝掉，然后督促没喝酒的村民:“在座的除了村主任就是村里德高望重的长辈，大家都干了，为了咱们整个村子今后过上好日子!”

“哈哈对，都喝了!”村主任最喜欢这杯酒的意义。他带头一口喝掉，其他人也都跟着村主任喝掉酒。

看见陆十一这么将就自己，苏达绿的心又软下来。她坐下来，只觉得腾云驾雾一般。陆十一发现苏达绿不对劲，挡住倒酒的翠莲不让她再给苏达绿:“不要再让她喝了，她喝多了!“

“你才多了呢，没事，倒满，我要再敬可敬可亲的村主任一杯酒!上次在公司，我态度不好，希望多多担待!”苏达绿偏偏不领情，她双手端着酒走到村主任跟前。

村主任喜出望外，赶紧一口喝掉:“十一媳妇是爽利人!我代表乡亲们谢谢你们小两口了!”

苏达绿故意不看陆十一，后者无比担心的样子是那么让她舒畅。

“慢慢喝，多吃菜，都尝尝，看味道怎么样，回去好向大家推荐!”陆十一给苏达绿往碗里夹菜，哄孩子似的哄劝着苏达绿。

其实此时苏达绿的心智真是降到孩子状态，她只记得自己又说又笑，从来没有的放松又放纵……

苏达绿醒来，发现天已经黑了，她抬身坐起来，想了想，叫了声："十一！"

陆十一应声："我的亲姐啊，你总算醒了！快闭上眼睛，我打开灯！"接着"啪"的一声，整个屋子亮了起来。苏达绿睁开眼睛，被灯光刺得睁不开眼，又赶紧闭上眼睛，过了一会儿才渐渐适应。她发现床的对面竟然贴着一个大红的喜字，再看天花板上，拉着拉花，身上的被子也是大红的被面，显然，这是一间婚房啊。

我怎么会在一个新房里呢？苏达绿百思不得其解。

陆十一递过来一杯水，苏达绿正渴得厉害，接过来一饮而尽："我们这是在哪儿啊？"

"你怎么忘了？我们中午入的洞房啊，现在是在新房里！"陆十一神秘地一笑。

苏达绿努力回忆中午喝酒后的细节。可是任是她挠破了头，她还是什么也想不起来。

她低头看着自己，尽管有些衣衫不整，但是秋衣秋裤还是好好地穿在身上。她一扭头，看到床头的墙上挂着一对新人的照片。

"这是王婶儿子的新房，人家刚收拾好，先让你来试新了！"看见苏达绿四处打量，脸上写满了狐疑，陆十一不敢再开玩笑了。

"你真的没有趁我醉酒，对我做什么不轨的事？"苏达绿追问陆十一。

"天地可鉴，我陆十一不是那种人！"陆十一右手放在胸前，左手举过头顶，表情郑重。

苏达绿放下心来，看着陆十一诅咒发誓的样子，"扑哧"一下笑起来："真的没有？难道我就那么没魅力？"

"没有没有，不是因为这个。你的魅力大得很，实话告诉你吧，绿姐，我其实没能抵挡住你的魅力，结果倒在沙发上就睡着了。后悔莫及啊，饮酒误事，这句话果然不假。多好的机会啊，竟然被我白白错过了！"陆十一用力拍着自己的脑袋，一副懊恼异常的样子。

苏达绿往沙发上一看，果然看见自己的外套上面放着。她忽然惊叫一声："天哪，坏事了？"

"坏什么事了？天地良心，我真的就是给你脱了外套，别的什么事也没干！"陆十一紧张起来，又要指天发誓。

苏达绿娇嗔地瞥了他一眼："你心虚什么？我是说天又黑了，现在还有回去的车吗？你怎么不早点叫起来我？都是你，不让我自己开车来，这样被动了吧！"

找到了王东，苏达绿迫不及待地想回去当面把喜讯告诉薛红，同时分享薛红的惊喜。但是今天看样子又回不去了，苏达绿很是失望。

陆十一翻翻眼："绿姐，我也是刚睡醒！要不是渴得要命，说不定现在我还没醒呢。刚起来自己倒了一杯热水，好不容易等到水的温度合适了，可以喝了，你就醒了，想和你客气客气一下，让一让你，嘿，谁知道你还真不客气，一饮而尽，一口水也没有给我留下。你看我是什么人品啊，还落得抱怨。我倒杯热水放凉了，要等好一会儿呢，我容易嘛我?!"

"自己开车？说得轻巧，看看这边这路的德行，这么晚了，你敢开回去？你敢开，我也不敢坐啊！"陆十一得理不让人。

第二十八章　深夜卧谈

“十一，快和媳妇出来吃饭了！”王婶在院子里喊道。

陆十一应了一声，叮嘱苏达绿快点穿衣服，自己就走出门去。苏达绿听见他在院子跟王婶聊着天，自己赶紧穿好衣服，对着镜子简单收拾了一下，也走出房间。

堂屋的方桌上，已经摆好饭。王婶招呼他们，并一人给他们递过来一个大包子：“中午看你们特别爱吃野菜，我下午专门给你们包了一锅山菜大包子。你们尝尝，喜欢吃的话，带一些回去。碗里是刚磨的棒子面糊糊，小时候十一最爱喝了，还有十一最爱吃的焖辣菜，这也是我昨天刚做的！”

苏达绿接过包子，有些难为情地：“不好意思，中午喝酒喝多了。”

王婶甩了一下手：“嗨，没事儿，都喝的不少！村主任和老汤头也喝多了！”

玉米粥很香，山菜大包子也别有味道。苏达绿和陆十一连说好吃。苏达绿一连喝了两大碗粥，感觉胃里舒服了很多。王婶看他们两个吃得欢，脸上荡漾着满意的笑容。

吃过饭，两个人帮王婶收拾好好桌子，回到房间，苏达绿心里又打起鼓：就一张床，这可怎么睡啊？上午喝多了，和陆十一共处一室，现在酒醒了，还要继续在一个房间过夜，就有点难为情了。可是，所有的人都认定自己跟陆十一是小两口，自己怎么再好意思麻烦王婶另找房间呢！

陆十一看出来了苏达绿的顾虑，善解人意地说：“我去跟王婶再要一床被子，你还是在床上睡，我还是睡沙发。”

两个人和衣而卧，关掉了灯。

苏达绿睡了一下午，躺在床上怎么也睡不着。她的思维空前活跃，从薛红和王东，想到曹告白和菲塔，再想到自己和叶天明。她发现，人的缘分真是个很微妙的东西。

自己和叶天明交往了这么久，几乎就没有单独在一起过，而和陆十一，现在却鬼使神差地孤男寡女同处一室。

有句话说，百年修得同船渡，千年修得共枕眠。前世的五百次回眸，才换来今生的一次擦肩而过。我和叶天明能有缘认识，前世至少修了一千年吧？而和陆十一这样，要前世修多少年呢？

苏达绿辗转反侧，各种事情争先恐后在脑海里涌现。她又想起何双双，想起上学时她挑衅何双双，却被她一黑板擦拍破了脑袋，两个人却不打不成交，从此成为无话不谈的闺密。又想起何小双，她那让人心疼的病。而且，何双双跟她好像不仅仅是姊妹那么简单，可她为什么对何小双的治疗不上心不积极，一次次任由何小双的病发作？还有叶天明，他的血型怎么就那么巧，那么稀有的血型，他竟然可以给何小双输血？别说，他们俩长得也真是有点像，叶天明既然能给她输血，说不定也能给她配型，为什么何双双连试也不想试一下呢？……

苏达绿爬起来，看了看手机，发现都快十二点了。她冲沙发的方向轻声问："十一，十一，睡着了吗?"

"没有呢，睡不着！"陆十一回答。

"在想什么呢?"苏达绿问。

"我在想，你如果真的是我媳妇多好。我带着你去给父母上坟，让我父母也看看你！"陆十一的声音充满向往。

"少贫嘴了。我都有男朋友了，你又不是不知道。"苏达绿嗔怪。

"我当然知道，可是，我也知道，找男朋友，还是要找一个你喜欢人家、人家也喜欢你的人！要两情相悦不是?"陆十一一语双关。

"少说没用的！"苏达绿不以为然。

"绿姐，不怕你笑话。我真的喜欢你，很多年前就喜欢！我租房子开鲜花店时，你和你的同学去找曹告白，我第一次见到你，就一眼喜欢上了你！那天你穿了一套深灰的职业套装，落落大方、干净利落、气质不凡，漂亮、成熟、高雅，我从来没在现实生活中见过你这样的女孩子……但是我是农村出来的孩子，没钱没地位，你在我心里就像女神，可望而不可即。这么多年，我只敢远远地看着你，偷偷地喜欢你……"陆十一从沙发上坐起来。

苏达绿听到了，赶紧制止："别，别激动，咱们今天不是座谈会，是躺谈会。你继续躺着说。"

陆十一重新躺下，接着说:“我当时之所以开鲜花店，就是因为我大学毕业，找不到合适的工作，也是想快点挣钱跟城里人拉平。我曾向曹告白打听过你，当我得知你是世界五百强外企的白领后，我就泄气了，自己这是纯粹癞蛤蟆想吃天鹅肉，白日做梦!”

没想到陆十一对自己竟然这么一往情深，为什么过去一点没注意到呢?

“既然这样，那为什么现在就敢想了?”苏达绿不解。

“这些天跟你这么亲密，连乡亲们都认为咱们是小夫妻，我再不敢想，我还是男人吗?”陆十一又恢复了嬉皮笑脸。

“其实，自从跟你合作婚庆公司，随着对你的了解加深，我的自信心也随着增强!你善良正直，不是那种追名逐利的女孩!跟你，虽然也有意见不一、发生争执的时候，但是大多时候，咱们都能想到一起。你看，咱俩三观相近，又有共同的事业，如果再身心交融，就更是锦上添花!我不想真的就不对了!”

听着陆十一的表白，苏达绿不敢鼓励他:“十一，你是个很好的青年，外貌和自然条件都不差，人能干善良，肯定会遇到喜欢你的姑娘。”

“这个我倒是不担心。我自信不会像我爸那样，都四十岁了还没有找到老婆。说实话，当时我开鲜花店时，附近有不少自己开店的姑娘，好几个都想我表达过好感。一个服装店的，一个玩具店的，还有一个是开茶店的，只是，我心里只有你!”

“得得得，别再往我身上扯!”这两天，陆十一想方设法对自己发动感情攻击，但是他比自己小三岁呢，怎么可能?得赶紧把陆十一的危险想法消灭在萌芽状:“我隐隐听他们说，你爸爸和你妈结婚时，年龄已经很大了，是真的吗?”

“嗯，是真的。只是我妈不是一直疯，有时候也清醒。清醒时和正常人一样。”

陆十一沉默了。过了好一会儿，他语气低沉地说:“我给你讲讲他们的故事吧……”

“我的爸爸家本来是普通的山民，同村里的山民一样，过着日出而作、日落而息的平淡生活。但是一次突如其来的变故改变了他的命运。

“有一年，他爸爸外出到邻村给人做木工活。回来的路上，他碰到一个疯疯癫癫的女子。这个女子看起来不到三十岁，她看到爸爸，就一直跟在他后面，赶也赶不走。爸爸只好把她带回二村，报告给村支书。本来脏兮兮的疯女，洗干净后，眉目清秀，也算漂亮。他在爸爸身边，特别安静。过了很长一段时间，不见有人来找她，疯女也没处可去，支书就做主，让爸爸和这个疯女结为夫妻。

“疯女并不是一直都疯，有时候神智很清醒，清醒时发现自己的现状就会发脾气，大吵大闹，摔东西。这时，爸爸就会耐心哄劝，问她家在哪里，说要送她回家，可是她也说不清自己家在哪里。爸爸曾经带她找过医生看病，结果也是无功而返。

“后来生下我，疯女、也就是我的妈妈，神智也逐渐稳定下来。我记得小时候，妈妈教我唱儿歌、背古诗，爸爸才知道原来疯女还是能识文断字的文化人。于是，爸爸对妈妈除了疼惜，又增加了尊重。

“我们一家三口，靠爸爸一个人给人做木工活，日子过得清贫，但是知足平静。在我的记忆里，只要爸爸收工回来，就会守在妈妈和我身边，一杯接一杯地喝一种廉价的大叶子茶，满足地看着妈妈教我认字、背诗。

“但是不幸还是降临了。我七岁那年，妈妈一个人跑进山里。爸爸发现妈妈不见了，赶紧去找。走到半山腰时，爸爸看见了妈妈，但是也同时看见妈妈在紧张地跟一头野猪对峙。野猪步步进攻，妈妈步步后退，爸爸大吼着冲上去，但是妈妈已经一脚踩空，滚下山崖。

“随后赶来的村民吓退了野猪，爸爸赶紧跑到山崖边去找妈妈。妈妈正悬在半山中，被突出来的一个树杈挂住。妈妈仰头看到了他，拼命地叫道：‘娃他爸，救救我！’

“这些年来，妈妈从来没有这么亲热的称呼过爸爸，就是这一声称呼让爸爸奋不顾身从山崖上下去……结果，他们双双坠了下去……村里人找到他们时，两个人的身体都已经摔的不成人形，但是他们的手还是紧紧地拉在一起……当时妈妈为什么自己跑到山里去，始终是个谜，但是这些都不重要了……

苏达绿嘘唏不已。

陆十一继续讲道：“从那时起，我就吃百家饭、穿百家衣，村里的每个人都拿我当自己的孩子。有时他们有了好吃的，不舍得给自己的孩子吃，偷偷塞给我……记得有一次，前院的二叔家来了亲戚，给他们捎来几个肉火烧，二婶塞我一个，嘱我别让他们家的大旦、二旦看见，找个地方偷偷吃了。肉火烧那个香啊，隔着包着的草纸，香味直往我鼻子里钻。我一口口咽着唾沫，忍着馋劲，悄悄喊出大旦、二旦。我们三个躲在草垛里，你一口、我一口，分吃了那个肉火烧。

“那是我们第一次吃肉火烧。吃完了，我们各自舔着手指，都觉得这个肉火烧真香啊，怎么世界上还有这么好吃的东西?！三个孩子禁不住憧憬，神仙日子是不是就这样？如果这辈子能天天吃上肉火烧，我们也就是神仙了！但是怎样才能做上神仙，大家都各抒己见。大旦说，只有学习好，考上大学，就能天天吃肉火烧。我心里‘咯噔’一下，我想起妈妈曾经说过，读书改变命运，我一直一知半解。但就是那时，读书，考上大学，天天肉火烧，过神仙日子，这个目标就这么具体诱人地摆在我眼前。我在心里暗暗发誓要好好学习，考上大学。

“后来，我考上了高中，又考上了大学。大旦、二旦却早早下地干活，又早早地结婚生子，走上了跟他们的爸爸、爷爷同样的路。

“我成了村里第一个大学生。村支书很高兴，我上大学那天，特地去买了一挂鞭到我爸爸妈妈的坟上放了，告诉我的爸爸妈妈，娃有出息了，你们就放心吧。就这样，我上了大学。每隔三五个月，我都能收到村支书寄来的汇款单……我知道，那是全村六十一户人家省吃俭用省下来的。所以，我后来自己改名字叫陆十一，提醒我自己不要忘了乡亲，我是全村人的孩子，全村人都是我的亲人。

“大学毕业后，我正赶上不包分配，但是我开鲜花店，后来跟你做婚庆公司，自己养活自己绰绰有余，也能帮帮村里乡亲，你知道这对我是多大的幸福和安慰吗？”

苏达绿不好意思了：“结果，为这事，你还屡次受到我的阻挠。你为什么不早告诉我？我现在明白了，你为什么对村人有求必应，为什么在金钱上既大方又小气！”

她接着说道：“这里的生活让我内心平静，我很喜欢你的家乡。当务之急，是要和你好好经营‘十指相扣’，争取社会各界的力量，改善范庄、二村的生活条件，要让孩子们坐在宽敞明亮的学校里上学，让更多的人通过知识有能力改变山村的落后面貌。”

“谢谢你，绿姐！”陆十一声音沙哑了。

“见外了吧？别忘了咱们俩是合伙人！说实话，过去我对你有些偏见，尤其是把你当作小孩，因为你年龄小而瞧不起你，这是不对的。”苏达绿发自肺腑地说道。

“而我，最大的梦想，是和你成为生活的合伙人，跟你朝朝暮暮！”陆十一又开始憧憬。

“天快亮了，睡吧！”苏达绿赶紧转移话题。

“真的，绿姐，求你，在你的心里给我一点点位置，让我进去！”陆十一梦呓般祈求。

“好了好了，睡觉！”苏达绿心里一震。她身上一阵燥热，一脚蹬掉被子。

“对了绿姐，中午说起修路的事，你好像胸有成竹，是不是有什么好思路？”陆十一忽然又想起这个问题。

“无外乎发动社会力量，利用他们的资源。放心，车到山前必有路……”苏达绿说完，拉上被子。

沙发“咯吱咯吱”响了几下，陆十一翻了好几次身，终于沉入梦乡……

第二十九章　满载而归

苏达绿和陆十一回来了，带回一篮篮土特产，还有一只神奇的大公鸡。第一个惊喜地尖叫着扑向他们的是何小双。

苏达绿抱起何小双，一阵猛亲。两个人互相倾诉着思念，让所有的人觉得肉麻无比。

何双双斜眼看着她们，以示自己的不屑："真是'一日不见，如隔三秋'！你们这才两天不见嘛！"

何小双关心地问道："绿姐，你们替阿姨找到了迷路的朋友吗？"

"找到了，找到了！"陆十一替苏达绿一迭声应道，语气里掩饰不住的得意和自豪。

"那绿姐……你们自己的迷路朋友找到了吗？"何小双关心的事可真多。

"唔……"苏达绿含混答应着。

好在何小双很快被那只大公鸡吸引了注意力。她先是有些害怕，当弄明白大公鸡不会咬她时，大公鸡很快成为一个极好的玩伴，她和大公鸡玩得不亦乐乎。

熟悉和了解他们的何双双，却发现一种不同于以往的微妙变化在苏达绿和陆十一之间发生，两个人一颦一笑之间，似乎多了一些心照不宣的东西。苏达绿对待陆十一的态度也不像以前那样大大咧咧，偶尔的目光相交、两个人似乎都有刻意的躲闪。

这引起了何双双的浮想联翩。事实上，她之前就曾注意到陆十一不经意间对苏打绿流露出来的倾慕之情，只是苏达绿一直无动于衷，所以她也没做多想。而这次他们两个一起去寻找王东，回来后发生了这么明显的变化，他们之间肯定发生了一些"敏感"的事情。

是不是他们之间就此产生了感情呢？如果是，那可是件值得庆幸的事情，自己接下来和叶天明的交往，就会少了一道障碍……

想到这里，何双双又暗暗悲叹：天意弄人，这叫什么事啊，明明是自己孩子的爹，却弄得自己像和闺蜜争抢男朋友！

其他人更感兴趣的是苏达绿和陆十一的见闻。大家都凑过来，看苏达绿和陆十一拍的照片和视频。视频上，在陆十一的家乡，苏达绿和陆十一被理所当然当成小两口的时候，大家都不由得看向苏达绿。苏达绿的脸刹那间布满红云。她在心里懊悔不已，怎么就疏忽大意，忘记了这茬，竟然忘记剪辑，被所有的人看到了。

大家纷纷和苏达绿、陆十一开玩笑，尤其是何双双揪住这个话题不放、非让他俩老实交代，把苏达绿弄得糗大了！

范庄小学的简陋超出了大家的经验和想象。

曹告白将一叠钱放在桌子上，语气沉重："我一直觉得，我小时候已经够困苦了，没想到现在竟然还有比我小时候更艰苦的学校！这些钱，十一帮我捎过去，给孩子们买些学习用具！"

其他人也深有同感，纷纷掏钱要求去支援范庄小学。

苏达绿看着大家："本来是去寻找王东，为一对苦恋情人圆满，没想到又碰到更苦的事。但是仅靠咱们几个人的力量，还是杯水车薪，远远不够。大家别着急，我把照片和视频发出，发动社会力量，我相信一定会有我们希望的回应！"

陆十一将照片和视频发到微信和各门户网站上，当然，这次他没有忘记删掉视频上关于他和苏达绿被当作小两口的那段。

照片和录像很快就有了反应，跟帖和回复刷屏一样铺天盖地，很多人的反应是主动提出捐款，还有的人提出一对一助养家境贫穷的孩子。

陆十一提议："不如我起草一份募捐倡议，为这个小山村建一所'希望小学'。同时发送一份给市长。大家看如何？"

苏达绿第一个拍手叫好，其他人也都觉得很赞。陆十一立刻着手起草，他自己从小的经历，加上在范庄小学的所见所闻，很快一气呵成，当场征求大家的意见。

这是一份声情并茂的募捐倡议书，所有的人看了不禁动容。何双双朗诵着其中的字句："当您的孩子吃腻了蛋糕、比萨，背着名牌书包、穿着名牌衣服，甚至一双鞋子上千元的时候，您可曾想过，现在仍然有一些孩子，他们在石头垒起的、四面漏风的教室里上课，课桌是石板，凳子是石头。在他们来说，能吃饱肚子，每天坐在教室里上课，就是最大的幸福。他们哪里知道，这个世界上还有巧克力这么好吃的东西，更不知道薯条，不知道冰淇淋……如果您愿意帮助这些孩子，愿意为这些孩子尽一分力量，请您伸出手来！我们倡议，为这个叫范庄的小山村建一所希望小学！我们需要您的一份参与，不要太多，只要少您吃一只冰淇淋，只要名牌换成普通品牌……只要人人都献出一份爱，我们的山村孩子就有了希望，他们就会有新的学校……”

苏达绿一竖大拇指：“真心佩服，没想到十一的文采这么好！”

陆十一没想到苏达绿会有这样的反应：“绿姐过奖，大家有什么意见再提一下，我汇总了一并修改。”他嘴上谦虚着，心里却乐开了花。

陆十一又想起他的企业家联盟秘书长身份：“最后定稿后，我把这份倡议书同时发送企业家联盟，那些人应该更有经济实力。”

大家都纷纷叫好。何双双说道：“十一已经把我们的心里话都写出来了，事不迟疑，这就发走吧！”

大家也都同意何双双的意见。陆十一看看苏达绿，后者也连连点头。

得到大家的鼓励，陆十一信心十足地将倡议书发到各大网站、滨海企业家联盟的各家企业老板们的信箱和微信。很快，各种跟帖和回复就反馈回来。

让大家意想不到的事，市长的反应最快，他的秘书把电话直接打给陆十一，当核实实际情况后，秘书当即传达市长的意见：“市长指示，尽快派教育局和财政局组成的小组去范庄小学调查，根据实际情况，给学校增加老师，再拨一部分财政拨款改善教学条件！”

“谢谢，谢谢市长，我替范庄的父老乡亲谢谢市长！”陆十一激动地连连道谢。众人都欢欣鼓舞。

几家企业老板要求去现场考察范庄小学，曹告白理解地点头道：“到底是企业家，不见兔子不撒鹰！”

苏达绿提议：“不如这个周末，大家一起组团去范庄！”

“好啊好啊，我也要去！”菲塔跃跃欲试。

一直没有说话的何小双问苏达绿：“我们是在为那个迷路的阿姨准备婚礼吗?”

一句话提醒梦中人，苏达绿一拍脑袋：“小麻烦你说得太对了，我们就是在给阿姨准备婚礼！”

“嗨嗨，太好了，我要去看婚礼！”何小双高兴地又蹦又跳。

苏达绿吐吐舌头，悄声跟与陆十一商量：“小麻烦说得没错，我们是应该给薛红和王东补办一个迟到的婚礼！”

陆十一摇摇头：“事情一件一件来，当务之急是组织各方力量为范庄小学改善教学条件。为范庄乡的孩子建一所希望小学，其意义和社会影响力远远大于一场成功的婚礼！再说，薛红阿姨到底愿不愿去范庄，咱们还不知道呢！”

“薛红阿姨肯定愿意去范庄！”苏达绿肯定地说：“薛红阿姨不是注重物质享受的

人！再说，他们都年龄不小了，苦了那么多年，好容易找到一起，婚礼怎么能少！再说，举行婚礼也用不了多长时间，耽误不了学校建设！”苏达绿说着说着，嗓门就高起来。

何双双表达了自己的意见：“婚礼的事情不可操之过急，不如等学校的事情有了眉目，两件事合为一件事，搞个双喜临门更有意义！”

周末，陆十一带领着一个车队浩浩荡荡奔上崎岖不平的山路。

果如苏达绿他们所料，老板们现场看了范庄小学的艰苦条件，都很动情。年长的甚至回忆起自己的童年，年轻的老板更是异常震撼。一家房地产公司老总当即表示他负责建一座教学楼，一家餐饮行业的老板看见孩子们吃的饭就是煎饼卷大酱，根本不能满足其生长的营养需求，提出给孩子们增加小饭桌。其他老板纷纷出钱改善学校条件。有的老板看得长远，干脆提出给范庄修路、安装通信设备，从根本上解决范庄的落后面貌。

而教育局和财政局组成的考察小组的成员也被老板们感染，纷纷表示回去尽快落实市长的指示，从根本上改善范庄孩子的上学条件。

这次随行的还有电视台的格非，他听苏达绿讲述了找寻王东的过程，希望小学和王东、薛红婚礼同时举办的计划，对苏达绿他们的精神非常佩服，认为又找到一条有价值的新闻线索，决定跟踪企业家联盟的老板们、教育局和财政局考察小组，以及王东的范庄小学，做一期希望小学和一场迟到婚礼相结合的电视专题报道，题目他都想好了——梦想成真的希望！

“范庄希望小学”以日新月异的速度建设着。苏达绿他们也不失时机地来到工地现场、报道工程的进度，引发社会的更多关注，越来越多的力量以各种方式汇集过来。

有一天，一个西装革履、瘦猴似的男子找到正在工地现场的苏达绿。苏达绿认出那是曾找陆十一借过钱的邓二扁。

“谢谢你和十一。上次那钱要回来了，这是五百元钱，麻烦你交给十一。”邓二扁从身上掏出一卷钱，皱巴巴的厚厚一叠。

开始以为他又是来借钱，没想到他是来还钱的。苏达绿粗粗打量了一眼，这叠钱，最大的面额是五十元的，甚至还有角票。显然，这都是他卖菜的钱、没来得及换整钱，就急着来还了。她的心不由地软下来：村民们挣个钱，真的很不容易。

“不急，你先用吧，我替十一做主了！”苏达绿不打算让二扁还了。但二扁急了：“那有借钱不还的理儿。我从小就跟着王校长念书，他教育我们，人而无信、不知其可。如果你不收下，那我就把这钱交给王校长，算是陆十一给学校的捐款。”

看着邓二扁急得脸红脖子粗，苏达绿“扑哧”笑了，她忽然觉得邓二扁傻傻的样子可爱极了。

“金牌义工之家”好久没有这么热闹了。“范庄希望小学”马上就要竣工，大家在讨论建成典礼、薛红和王东的结婚仪式的诸多细节。尤其是后者，金牌义工们更是铆足了劲，要把这场婚礼办成教科书一般的经典，以不负这对老人的数十年情感坚守。

苏达绿时时会忆起，当薛红听到王东的消息之后的那种容光焕发，仿佛一下子年轻了好多。她不假思索，当即表示，她要把现房产都处置了，到范庄去找王东。

而当她把薛红的决定告诉王东时，王东的表情似乎并没有多少意外。可是，当他要起身去拿热水瓶给苏达绿他们倒水时，却身体晃了晃、捂着脸蹲在了地上，紧接着，苏达绿就听到了轻轻地抽泣声。那声音，让苏达绿刹那间热泪盈眶。

因为薛红和王东的事情，苏达绿和陆十一的婚庆公司多做了很多跟主营业务无关的事情，但他们得到的回报也是始料未及的，口碑越来越好、生意越做越大。

“范庄希望小学”竣工前夕，市长秘书打来电话，说市长将要亲自去给“范庄希望小学”揭牌并给王东他们证婚。

第三十章　特殊婚礼

期盼已久的这天终于来到了。

企业家联盟的老板们来了，十指相扣婚庆策划公司的所有金牌义工来了，薛红带着几个大纸箱子来了，热情的青年志愿者们带着爱心也来了。当然，更少不了电视台的记者格非。

企业家联盟专门联系了几辆大巴，一个车队浩浩荡荡地驶向了山村。

这一天对范庄来说，意义非同寻常。好多村里的老人事后回忆起来，都说只有在解放时打土豪分田地时才这么热闹。

车进范庄，大家看见路边站满了村民和孩子，全都跟过年似的刻意打扮过，一个个喜气洋洋。孩子们手里举着五颜六色的野花编成的花环，大家一下车，孩子们就有秩序地跑上来，将手里的花环戴在来宾的脖子上。

村主任带着村民迎了上来，市长伸出手跟大家一一握手，一边跟村民唠着家常，一边往新修建的学校走。

很多企业家带来了书籍、零食等礼物，而当薛红的几个大纸箱子一打开，让所有的人大吃一惊：箱子里，是一套套崭新的少先队队服，还有一条条红领巾，一个个书包。最后，她郑重地取出一面崭新的国旗，交给护旗队的代表。每个孩子都分了一份礼物，一个个眉开眼笑。村民们也跟着一起笑得合不拢嘴。

苏达绿笑着道："这下，升国旗的时候，所有的孩子都可以穿上崭新的少先队队服了！"

王东站在一群孩子的后面，看着薛红给孩子们分发礼物。只见薛红穿了一件大红的上衣，一头依然浓密的长发在脑后整整齐齐盘了一个圆髻，上面别了一只很小的红色发卡。岁月在她身上留下的印迹，更多的是成熟、平和、优雅。因为心情飞扬，她的脸上浮上一抹好看的绯红，比从前更加端庄耐看。孩子们叽叽喳喳地围着她，比过年还热闹。

所有的孩子都领到礼物离开了，薛红看着王东，王东也看着薛红，两个人相隔四十多年的岁月，深情地凝望着。曾经当他感到无助时，他们就是这样四目相对，心潮暗涌。这一切仿佛就到昨天，四十年的岁月只是弹指一挥间。

薛红微笑着，从身上背着的包里取出一个信封，向王东扬着："也有你的礼物，快过来领！"

王东憨笑着走上前来，接过薛红手里的信封，在薛红的示意下，好奇地从里面掏出一张存折。他看了看存款余额，不禁吃惊地叫起来："七十万！"

"这是我这些年的全部家当，我都带来了！我的人也带来了！都归范庄，归一个叫王东的人！"薛红微笑着，深情地说。

"可是我一无所有，这让我怎么敢当？……我何德何能，让您这样对我。"王东惶惑不安，低着头，不敢看薛红。

"你的情况我都知道了！你说错了，你不是一无所有，你有这么多可爱的孩子，有这么美好的教育事业，还有这么多百姓的支持！"薛红握住他的手，然后一直拉着他的手，大大方方一起向学校里走去。

孩子们冲他们做鬼脸，村民善意地笑着，王东数次不自在地想要挣开她的手，但是薛红紧紧地抓着，他越挣，她抓得越紧。

新建的学校在原址上扩建，村里专门划出一大块空地，给学校建了一个操场，里面有鲜艳的塑胶跑道，有篮球架，有健身器材，还有体育看台。在操场中间的草坪上，立着一根高高的、亮晶晶的不锈钢旗杆。学校的大门口上方，拉着一条红幅："范庄希望小村建成典礼"。

村民们看着操场，啧啧赞叹："在这里升国旗太气派了，孩子们再都穿上新衣服，我们可以上电视了！"

"肯定没错啦，看见没，后面那个录像的年轻人就是电视台的！"

三声礼炮后，一声"升旗仪式现在开始"的通告，让所有人的表情都凝重了起来。孩子们换上了薛红带来的少先队队服，系着崭新的红领巾，一个个挺着胸膛，兴奋得小脸红扑扑的。

在嘹亮的国歌中，崭新的国旗挂上不锈钢的旗杆。之后，市长走上主席台，宣布："'范庄希望小学'建成，正式启用。"

说完，他将在"范庄希望小学"铜牌上的红布掀开，全场响起雷鸣般的掌声。伴随着掌声，苏达绿注意到，现场很多人的眼睛变得亮晶晶起来。

接下来，由捐建学校的爱心人士代表上台对学校落成表示祝贺；随后，志愿者代表也走上主席台，给大家介绍他们下一步要为范庄希望小学义务教学的内容，有音乐、有舞蹈、有朗诵、有表演，还有体育……

孩子们和村民都兴奋地听着，眼里充满了憧憬。

下一项内容开始了。

王东在陆十一和格非的陪同下，走上主席台。换上了西装的王东，打着红色的领带，头发也精心地梳理过，手里还捧着一束白色的百合。这让所有人感到眼前一亮，村民们第一次发现、西装革履的王老师竟然如此潇洒英俊！

陆十一微笑着开口："接下来，我们要为一对新人举行一场迟到的婚礼，各位乡亲，请准备好您的祝福和热情！"

格非充满感情地说道："四十年前，一个年轻的小伙子和一个美丽的姑娘相爱了！在那个特殊的年代，两个年轻人惺惺相惜，相互爱恋。但阴差阳错，一错就是四十年！"

陆十一接过来："四十年的风风雨雨，四十年的思念成疾。四十年后，他们终于又找寻到对方，他们，这次，再也不分开！"

格非朗诵了一首古情歌："我欲与君相知，长命无绝衰！山无棱，江水为竭，冬雷震震，夏雨雪，天地合，乃敢与君绝！"

此时，歌曲"牵手"响了起来，格非和陆十一同时伸出手，向人群中示意："有请新娘薛红！"

伴着歌曲，苏达绿和何双双一左一右陪伴着薛红、款款走上主席台。

王东迎上去，将手中的百合花捧给薛红；薛红从中取出一朵，插在王东西服领子的扣眼里。然后，两个人四目相对，深情相望。

"抱一抱！抱一抱！"不知谁带头，有节奏地喊起来；孩子们更是放开了喉咙，竭力大喊。

两个人不自在地忸怩了好半天。最后，还是薛红主动抱住了王东，王东接着反抱住了薛红……

现场又是一阵热烈的掌声。掌声中，陆十一宣布："有请市长为一对新人证婚！"

市长走过去跟王东、薛红握手祝贺。然后，他从陆十一的手中接过了话筒，说："很高兴，今天参加这么一个非常有意义的典礼！既是新校舍的落成典礼，又是新学期的开学典礼，还是一对新人的结婚典礼！

"在这里，我代表全市人民祝孩子们学习进步，祝咱们学校越办越好，同时也祝愿王东、薛红一对新人百年好合、永结同心！

“为了表达这份祝愿，我今天也带来了全市人民给大家准备的礼物。孩子们的礼物是每人一套多功能文具盒，学校的礼物是一套多媒体电教室的设备，然后，还有一份特殊的礼物要送给今天的一对新人。”

市长秘书将一本大红证书递到了格非的手上。格非好奇地接了过来，只见封皮上写着“市长特别奖”几个熠熠生辉的烫金大字。

市长示意格非宣读证书内容。格非掀开证书，读道：“王东老师，您从事乡村教育工作满四十年，为本市乡村教育事业做出突出贡献，特此嘉奖、以资鼓励。”

格非从证书里还发现了一张支票，他取出来宣读道：“市长热别奖，肆万元整！”

市长带头鼓掌祝贺；然后，在大家的掌声中，市长从格非手中接过证书和支票交给王东；王东接过来又转交给了薛红。

两个人幸福地对望，脸上溢满甜蜜。

新人开始拜堂了！

“一拜祖国！”“二拜乡亲！”“夫妻对拜！”　对新人顺着格非的口令，“一鞠躬、再鞠躬、三鞠躬”。

看着王东、薛红正在对拜，陆十一脱口说道：“让我们再次祝愿一对新人相敬如宾、永浴爱河，白头到老、早生贵子！”

说到“早生贵子”，惹得人群中发出一阵哄笑。陆十一意识到自己出现了口误，正要纠正时，王东接过了话筒。

“范庄小学的所有学生都是我的孩子；过去他们只有一个爸爸，现在他们终于也有妈妈了！”

现场立刻掌声雷动，孩子们一片欢腾，冲着薛红喊：“妈妈！”“妈妈！”

薛红热泪盈眶，感动地说：“谢谢你们，谢谢！有你们这些好孩子，我真的感觉非常幸福！”

随行来的电视台工作人员，一刻不停地拍摄着，全方位地拍下这场特别又感人的婚礼。

孩子们欢呼完了，何小双却拉住何双双的手哭了：“姐姐，我的妈妈在哪里？爸爸在哪里？他们都迷路了吗？我也要让绿姐帮我找回来！”

从范庄回来后，苏达绿宣布：“今晚大家都安排好自己的时间，我要好好请大家撮一顿，庆祝我们圆满完成薛红阿姨交给我们的任务，奖励我们每个人的付出！”

何双双直撇嘴：“绿姐有一颗吃货之心，只要一庆贺就大吃大喝！”

何小双和菲塔却异口同声："我喜欢，我要吃货之心！"

苏达绿得意地看看何双双，用温柔得不能再温柔的语调问何小双和菲塔："小麻烦、小苹果，你们喜欢吃什么？"

"我要吃何双双做的蛋炒饭！"菲塔突然想起来："我第一次见到何双双，她就说蛋炒饭最拿手，我想吃！"

"我也要吃蛋炒饭！"何小双跟着说，想了想，又补充："我还要吃炸鸡腿！"

苏达绿乐了："你们的要求真是高大上啊，动用这么高级的厨师，还给我省了钱！好好好，我这就去采购！"

"我去给你当壮丁！"陆十一自告奋勇。

let's go！苏达绿潇洒地一甩头，前头开路。陆十一紧跟其后，何小双和菲塔也跟上来。苏达绿向后看了看跟在后面的小尾巴们，开心地一笑。

到底是人多力量大，几个人到了商场，很快就将购物车堆满。几个人说笑着走出超市，一个衣衫褴褛的老妇人，端着一只豁了边的碗伸过来："行行好，可怜可怜我这老嬷嬷！"

循着这只手，众人看到弯腰驼背的老太太，一头花白的头发乱蓬蓬地纠结在一起，好像很久没梳了。她颤巍巍地拄着一根竹竿，扬起头，用一双无助和期盼的眼睛看着他们，嘴里重复着："行行好，行行好……"

苏达绿打开钱包，取出一张二十元的纸钞，陆十一却按住她的手，从自己的口袋里掏出一元钱："我这里有零钱！"

老太太收走一元钱，又伸手到菲塔面前："行行好，行行好……"

陆十一摆摆手："我们是一起的，你去找别人要吧！"

菲塔从包里掏出五元钱，放进老太太手里。老太太虚虚的双手抱拳，颤巍巍地连连道谢："毛主席保佑你，毛主席保佑你！"

看着老太太蹒跚离开，苏达绿感慨："太可怜了，这么大年龄还在乞讨，咱们应该问问情况帮帮她！"

陆十一不以为然："这种人多得很，说不定是好逸恶劳的年轻人化妆的！回过头来你看吧，人家用的手机说不定比你们的都高级。你们这些温室里长大的大小姐，出手那么大方！"

"老奶奶真的很可怜哎！"何小双大人一样地叹息。大家被她逗笑了。

夜深了，大家从曹告白住处尽兴而归，各自散去。何双双、苏达绿、何小双走在前面，突然，何小双惊叫起来："老奶奶！讨钱的老奶奶！"

大家都闻声围过来，借着走廊的灯光，他们看清楚蜷缩在二楼楼梯拐角的老太太。苏达绿也忍不住叫起来："这不就是我们在超市门口碰见的老太太吗?"

"老奶奶，你怎么在这里?"何小双问道。

老太太的头深深缩在胸前，双手夹在两腿间蜷缩着，身体不停地颤抖。陆十一过来，用手探了探老太太的鼻息，立刻感到一股灼人的热度，他皱眉说道："坏了，好像是发高烧!"

"我打120叫救护车，你们不要动她，小心回头说不清楚!"曹告白镇定自如。

菲塔点点头，经验十足地解释："对，不要乱动，老年人容易有心脏、血管方面的问题，这些病都不能乱动。"

不久，一辆救护车一路鸣笛在楼下停住，两个医护人员推着担架车和一名拎着医疗箱的医生，在陆十一的引导下走上二楼。医生拿出医疗器材简单地给老太太检查了一下，说道："体温40.2摄氏度，这样的体温对一个老人来说是很危险的!先抬回医院治疗吧!你们来一个人跟着过去帮着办办住院手续!"

陆十一叹了口气："我们这麻烦算是惹上了，下午在超市门口碰见她乞讨，是不是看着两位人小姐有钱、一路跟踪我们来的……"

"走吧，既然到了咱们家门口，就是咱们的责任，见死不救，咱们也于心不忍啊，传出去到社会上也给咱们'十指相扣'丢人!"苏达绿打断陆十一。

"我们陪你一起!"菲塔拉着曹告白。

"双双，你陪小麻烦早点睡吧!"苏达绿看看蠢蠢欲动的何小双，"小麻烦，我们去处理一些小麻烦，你和啰嗦姐要早睡哦!"

第三十一章　爱心联盟

救护车开动了，陆十一自我解嘲："既然麻烦是一起惹下的，就一起解决吧！"

苏达绿纠正："我不同意'麻烦'的说法，人在社会上，总会遇到这样那样的事，人生无非就是这样的过程，遇山砍柴，遇路架桥。自己遇到困难时，期望别人的帮助；碰到别人有困难时，自己也要伸出援手……"

"呵呵，其实就是：遇到乞丐给钱，遇到乞丐病倒垫钱！"陆十一抢话，他仍然有点气不顺。

曹告白竖竖大拇指："两位哲学家！"

到了医院，苏达绿拿着缴费单去缴了费，却仍然没有离去的意思。陆十一看着苏达绿道："难不成你还要在这里陪着过夜？"

苏达绿白了陆十一一眼，耐心道："你能不能把她当成你的乡亲！"

陆十一不吭声了，过了好一会儿才剖析般解释道："我想清楚了，我对乡亲那么好，给他们掏多少钱一点都不心疼，那是源于报恩心理；对这个乞丐，我总觉得跟自己无关，内心充满厌恶，觉得麻烦，其实是不对的，即使是救助机构，也要通过人的力量来落实。"

曹告白接过话来："十一也没有错，'十指相扣'做好事习惯成自然，但也不能没有底线。今天这老太太的医疗费，估计不是小数目，我们老是这样自己掏腰包，掏不起啊！"

"医生来了！"菲塔看着急诊室走出的医生。大家一起围过去。

医生看看众人连连摇头："老人醒了，我们发现老人全身都是伤疤，问她家在哪里，她也不肯说。"

"怎么会这样？"苏达绿惊讶。

"我们可以进去给老人拍张照片，通过网络寻找她的家人吗？"陆十一问道。

医生想了想，沉吟道："按说，你们这种办法在我们医院是不允许的。但是也没有更好的办法，老人发烧引起肺炎，接下来还要住院相当长一段时间，你们去吧。记住，这事我不知道啊！"

"谢谢医生！"陆十一由衷地感谢道。

苏达绿和陆十一走进急救室，老人已经醒了，打着点滴，看样子她认出了苏达绿，表情复杂，嘴张了张，却最终没有说话。

"老人家，你家在哪里？家里都有什么人？"苏达绿耐心地问道。

老太太看看苏达绿，声音嘶哑："我孤老婆子一个，什么人也不认识！"她说完紧紧闭上眼睛，任大家说什么也不再搭理。

陆十一看着手机里的照片，示意苏达绿离开："咱们回去慢慢找吧！反正急诊室也用不着陪护！"

他俩退出来，跟留在外面的菲塔和曹告白一起回到"十指相扣"，陆十一接着就起草了一则寻人启事，将老太太的照片一起发到各大网站和朋友圈。

网站顿时热闹非凡，"夜猫子"之多超出大家的想象。大家都没想到，这么晚了还有这么多人没睡。

网友纷纷跟帖表达他们的关注。一些网友说老人是不是得了老年痴呆？还有一些网友猜测老人是否有难言之隐，不方便说出自己的真实身份？

苏达绿他们关注着帖子的动向，及时跟大家互动，并把老人身上的伤痕也说了。

多数网友对此感到难以理解。

有人跟帖说，要依靠政府的力量，先联系一下救助机构。

一个网友说他就是民政局的，已经把老人的情况做了汇报，等待局里研究指示。

还有一个网友详细询问老人的每一个细节，甚至老人的说话口音也问得仔细。苏达绿肯定地说，老人就是典型的本地口音，应该是本地人。该网友怀疑，老人是当年负责他们学校门口的环卫工人，看起来很像，但最终不敢确定。

第二天一大早，一个本地的电话打到陆十一预留的"十指相扣"的电话上，陆十一打开免提。电话里，一个语速很快的女声，愤愤不平地说道："我是你们要找的老人的同事，老人姓张，叫张红梅。我们都是环卫工人，老张每个月也有退休工资，她儿媳都一分不剩地拿去，还逼着她去乞讨，每天不讨够二百块钱，不给饭吃，还经常打老人。她儿子是个笨蛋窝囊废，媳妇打他亲妈，屁都不敢放一个！如果我以前早知道这些就好了！"

"我和几个老姐妹看了你们的寻人启事，一大早就到老张家里去了，结果看见好几个小伙子正在教训老张的儿子、儿媳，都是血气方刚的年轻人，哪受得了这样的恶妇在自己眼皮底下干出这样的事！对了，还有一个上次电视上报道的见义勇为的那个小伙子，叫崔磊的，原来跟老张的儿子是球友，他和其他几个小伙子都在，他说昨晚知道情况以后，气得一夜都没睡着，一大早就跑到老张家里，老张的儿子、儿媳还想抵赖，结果被教训了一顿！"

"后来，又赶过来一些人，中间还有我们的另外几个闻讯而来的老姐妹，他们小区的邻居也把他家围得水泄不通，他们义愤填膺，历数了老张儿媳的恶行，我也加入到教训她的行列——气愤不过哪！老张儿子、儿媳吓得浑身像筛糠一样，抱着头不敢动。老张儿媳为了给自己壮胆，说要报警，结果不等他们报警，警察就过来找他们了。派出所的公安把他们两个带走了！"

大家不禁面面相觑。没想到真相会是这样，比他们想象的还要丑恶和残酷。

苏达绿说道："我妈经常怀念过去的居委会大妈，这种问题到她们都迎刃而解！如果现在还有这样的居委会就好了！"

曹告白"嗨"了一声："现在的社会，可能连对门是谁都不认识，大妈们都忙着去跳广场舞去了！"

陆十一说道："大妈们跳广场舞，是她们有太多空闲的时间和精力，如果居委会的组织功能能再发挥起来，干点对社会更有益的事情，她们肯定是非常乐意的！"

苏达绿眼睛一亮："十一说得没错！咱们可以给政府提个建议，政府可以先找一个小区试点，不是之前有一些小区的退休大妈已经主动承担起环卫和治安维护了吗，可以让他们再增加一项义务工作的内容，发现谁家有老人受到虐待的，就去报告政府、曝光其儿女的恶行，然后以点带面，让星星之火燎原！"

何双双的惊叫引起大家的主意："快看哪，'寻人启事'被刷爆了！绿姐说得没错，滨海确实是个小地方！"大家过去一看，果然，启事后面的跟帖铺天盖地，有一个跟帖详细历数老人儿媳的恶行和信息，引起一片骂声，所有的帖子都在指责老人儿媳的不孝，有的人跟帖说已经打电话把这个不孝的儿媳大骂一通，还有个人说已经报警，警察已经带走老人的儿子、儿媳，让他们为他们的虐待和遗弃罪行买单吧。还有一些网友举一反三，贴出了他们发现的其他虐待老人的悍妇。

医院里，嗅觉灵敏的格非正在采访老人。格非很是不解："老人家，您的情况我们都了解到了，公安机关已经介入处理。不过，我还是有一个问题不明白：您也是有退休金的，为什么能长期忍受儿媳的虐待不报警！"

面对镜头，老人那张饱经沧桑的脸上表情复杂，显然在做激烈的思想斗争，最后，她长叹一口气，羞愧地说："家丑不可外扬，我能忍就忍着，没想到给别人添麻烦了。孩子他爸在孩子很小的时候就工伤去世了。我们孤儿寡母生活，家庭条件很不好，我儿子都快三十了才好不容易娶上了媳妇，也因此花光了家里的积蓄。当时，媒人介绍时就给我们说了，说她的脾气大，我觉得我儿子老实，如果再娶个没脾气的媳妇反而容易受外人欺负。所以，我也就没多加考虑就同意了。"

"开始他们相处得还不错，儿媳脾气大点，但是每次我忍一忍也就过去了。但是，儿媳生了孩子后，脾气变得更大了。那时正好我儿子单位倒闭，儿子下岗，没有一分钱收入，连小孙女买奶粉的钱都成了问题。儿媳就让我去捡破烂卖，后来又嫌捡破烂赚的少，就让我去到街上直接去要钱。还给我专门弄了一身破旧的衣服。"

"我张不开口找人家要钱，她就给我每天给我制定一个任务，完不成就对我动手。这些，我都瞒着儿子，不敢让他知道，一是儿子管不了她，二是担心他们两口子闹不和。"

"我经常都做噩梦。梦见我的婆婆指着我的鼻子说，这都是对你的现世报！我知道，我自己没脸怪我的儿媳，我过去对婆婆不好，我当时不相信真的会有一天老天报应到我身上！你们不要怪罪我儿媳，怪就怪我自己吧！年轻时不懂事，做错了很多事儿。再说，我的孙女还小，她不能没有妈妈！"

格非这则讨论形式的专题采访，其中穿插了一些街头采访，虐待老人的讨论又延伸到关怀老人，引发社会的强烈反响。

这天上午，众人正在各自忙碌着，"十指相扣"来了一群人，大家仔细一看，走在前面的老太太竟然是张红梅！老太太俨然换了个人：衣着整洁，精神焕发，脸上也红润润的。

张红梅指指跟在后面低头不语的一对中年夫妻和一个七八岁的小姑娘，介绍道："儿子、儿媳、孙女，都特地过来感谢你们！"

儿媳拉住苏达绿的手，一下子就跪下来："谢谢你们，要不是你们，我就进监狱了！"

苏达绿赶紧拉她起来："快起来快起来！要谢还是谢你通情达理的婆婆！"

儿子也上前一起拉媳妇："咱妈大人大量，以后只要好好待咱妈就好。其实，我也有错，我不像个男人！"

"像不像个男人，跟我们无关！以后你媳妇再对你妈不好，那就跟我们有关了！大家都不会饶了你们夫妻俩！"陆十一说完，冲老张儿子扬了扬拳。

张红梅一家人走了，众人却一个个心情沉重、若有所思。虽然事情得到了圆满解决，但是这件事情带给他们的震撼太大，让他们久久无法平静。

突然，崔磊语调激昂地打破沉默："这件事就这么过去了，你们觉得可以吗?"

众人愣住了，一起看向他。崔磊明显是话中有话。

苏达绿笑着看了看崔磊，说道："崔磊说的没错。这件事给我们启发很大，通过这件事情，我发现社会正能量需要引导，需要帮助的人很多，我们可以做更多的事情改变这些状况。"

崔磊这才说出他的想法："'十指相扣'已经有这么多志同道合的铁杆粉丝，我们可以成立一个'十指相扣'爱心联盟，联合、汇集全社会的力量，弘扬正能量，为更多的弱势群体提供帮助，让更多的人体会到人与人之间的温暖和关怀。"

崔磊的提议得到大家的热烈响应，陆十一说："我们不光有个人的力量，我这个企业家联盟的秘书长，也可以联合各企业，并带动更多的单位加入进来!"

曹告白开始自我检讨："过去，我一直以为救助弱小是政府的事。通过这几次发生的事，我发现个人也一样可以做成很多事。而且，帮助别人真的是件很快乐的事，尤其得到别人感谢时，那种感觉真的很棒，简直妙不可言!"

菲塔一语双关地补充道："那种滋味像爱情一样美不可言!"

曹告白挠挠头，"嘿嘿"地笑了。

陆十一接着检讨自己："我跟曹哥一比，更是远了去了!过去我思想狭隘，只愿意帮助我的乡亲，觉得他们不会为了几个钱演戏骗人，再说，我过去得到他们的帮助多，也是知恩图报。"

何双双调侃道："所以，你对村人永远是无怨无悔、有求必应，对别人是谨慎有加，有选择地帮助。你不是没做到，只是因人而异。"

大家哄堂大笑。

苏达绿摆摆手："既然大家都没意见，'爱心联盟协会'就开始成立，我建议协会实行会员制，所有的会员负责整合资源、各尽所能，帮助那些需要帮助的人。下步的工作，就是发展和扩大会员，联合和寻找一切力量，从舆论引导、物质资助等各个方面着手，救助社会底层的弱势群体。"

"好，同意!""没意见!"

大家一个个表态，苏达绿欣喜地环顾大家，脸上挂满微笑。

何双双表情担忧："我有一个顾虑：现在婚庆方面的业务蒸蒸日上，大家本来就忙得团团转。现在再搞这样的组织，我担心大家时间、精力有限，根本忙不过来。"

何双双的担忧无不道理，大家都若有所思。

崔磊打破沉默："双双的顾虑是有道理的。要不这样吧，大家如果信任我，这个爱心联盟的日常工作由我来处理。由我定期向大家报告工作。"

大家都是眼睛一亮，只有景盈有些犹豫，她怀疑地看着崔磊："这事儿可不是像见义勇为那么简单啊，不光需要有个人魅力，还需要一定的组织协调能力！"

第三十二章　我选择你

曹告白的手机响了，他看了看来电显示，眼皮一跳，瞄了菲塔一眼，看到大家讨论的正热烈，没有人注意到他，就悄悄走出屋外接电话："甜甜，好久没有你的消息了，现在怎么样了?"

"是啊，是很长时间不见了，我想哥哥了，所以就特意跑过来看你。"尽管甜甜在电话里说是一副无关紧要的言辞，但曹告白仍能听出来其中的异样。

"你在哪里呢？什么事，就直接说吧。"曹告白单刀直入。

"我看见你了，下楼吧!"曹告白听甜甜这么说，往楼下一看，果然见甜甜正在楼下冲自己摇手。

"要是在过去，你当个间谍肯定很称职!"曹告白三步两步冲下楼，将甜甜拽到楼角僻静处："你说吧，什么事儿？简明扼要一些，我正在忙着呢!"

"哥哥，你既然很忙，我以后有机会再给你详细解释吧!"甜甜揉着自己被曹告白拽疼的胳膊，低着头说："这次也是再向你借钱的。我……我男朋友已经判刑了，他说一个律师可以有办法把他弄出来…但是需要一笔钱…哥哥帮帮我吧！算我借你的，我以后会还给你的!"

上次"幼儿园持刀歹徒"事件发生后，曹告白经过了解、大致明白了甜甜的状况。

甜甜和男朋友青梅竹马，但是父母不同意他们的婚事，于是他们逃婚到了这个陌生的城市打拼。可是男朋友因为工作不顺，染上了酗酒的恶习。但甜甜有情有义，一直对男友不弃不离。

了解到这些之后，曹告白被甜甜对男友的痴情打动，开始对她变得有了几分同情……

曹告白掏出钱包，把里面的钱一分不剩地都取出来，交给甜甜："这些都给你用吧，不够的话我再给你取点。"

“谢谢哥哥，哥哥已经帮了甜甜很多，大恩不言谢，甜甜日后会一定会还的！”甜甜感激地笑了一下。

“先别给我说还钱的事儿。我提醒你，现在骗子很多。已经判刑了，还说能把人弄出来，我怎么觉得不太靠谱呢！你要小心别被骗了！”曹告白想了想，叮嘱甜甜。

不远处，何小双拉着菲塔的手，看着两人完成钞票交接后，大声对菲塔说：“没骗你吧？我都看到好几次了，白哥哥一直都在偷偷地奉献爱心呢！”

菲塔一把捂住了何小双的嘴，不让她说话这么大声。

“嘘，小声点，你得替白哥哥保密哦！”菲塔哄着何小双，但脸上的表情已经渐渐变得凝重……

下午，菲塔突然要求曹告白陪她逛街。她买了一大堆好吃的，还特地买了一条鱼和做酸菜鱼的配料。看着不解的曹告白，菲塔解释说，她新学会做他最喜欢吃的酸菜鱼，她要让他尝尝她的手艺。最后，菲塔又买了一束百合、一瓶红酒，两个人才满载而归。

自从菲塔出现后，甜甜逐渐淡出了曹告白的生活。今天甜甜又过来找自己，让曹告白感到有些心虚，他隐隐约约地觉得菲塔可能觉察到了什么，尤其是今天的提议，明显地不对劲。

他装作若无其事地问菲塔：“今天是什么日子？搞得这么郑重其事？”

菲塔却是一副高深莫测的表情，让他猜。

走进曹告白的住处，菲塔先找出一个花瓶，把百合插了进去。立刻，曹告白的住处花香缭绕，浪漫十足。

曹告白感慨：“嘿，这一下子让满屋充满了女孩子的气息！”

毫无准备地，菲塔突然双臂勾住了曹告白的脖子，给了他一个吻，然后看着曹告白的眼睛，说道：“告白哥，我要告诉你一件事情，那就是我爱你！”

菲塔的身体柔软，皮肤光滑，弹性十足，贴在曹告白怀里，让曹告白瞬间迷失了自己。但正当他想进一步亲近时，菲塔却鱼一样滑出他的怀抱，冲他招招手：“欢迎围观，我要给你露一手！”

菲塔所谓的欢迎围观，其实就是要曹告白帮忙。菲塔只是象征性洗了洗鱼，接下来就都是曹告白在忙活了。尽管如此，菲塔还是成就感十足，端着曹告白做的酸菜鱼，对自己赞叹不已。

曹告白又炒了一个酸辣土豆丝，一个茭白，凉拌了一个海蜇头。菲塔开了红酒，给两个人倒上。她看着几个精致的菜，又是连连赞叹：“中国菜太博大精深了，在中国的每一餐都很幸福！我很幸福！”

曹告白听在耳里，乐在心里，酒不醉人自醉，这顿饭吃得很是尽兴。

晚饭后，菲塔仍然没有离开的意思。曹告白去泡了红茶，两个人又围绕着中国茶，聊了好一阵。

突然，菲塔表情一正：“猜出来今天是什么日子了吗？”

曹告白紧张起来，看着菲塔：“我算了一下，今天是你出生后的第 9876 天。这算是个具有特殊意义的日子吧？”

菲塔瞪大了眼睛：“啊，你算得这么清楚?！但是，这个数字并没有什么特别的意义。”

“那今天是什么日子呢？”看着曹告白仍然在绞尽脑汁，菲塔“扑哧”一笑，解释道：“今天是我们家乡的‘捕鱼节’，每年这个时候，从全国各地和邻国前来我们家乡参赛的捕鱼能手多达几千人。为了接待众多的客人，我们还会专门建立‘节日村’。捕鱼节由酋长主持节日开幕式，贵宾们都登上节日村的看台。节日里，我们推选‘捕鱼小姐’，还有农业展览会，摔跤，拳击，摩托车赛……活动的高潮是捕鱼，比赛者使用同样渔具，在规定时间内，谁捕的鱼最大最多，谁就是获胜者。”

曹告白舒了口气：“原来真的是节日啊！”

菲塔却突然表情一凝：“上午来找你的那个女孩是什么人？她跟你是什么关系？她是我的情敌吗？”

“哪个女孩？我不明白！”曹告白心里“咯噔”一下，他在脑子紧张的回忆：是不是自己不小心，跟甜甜的暗中交易被她看见？

“我都看见了，上次在超市，你支开我，亲密地拉着她，给她钱！今天又给她钱，我跟小麻烦都看见了！亲爱的，请你告诉我，你爱她吗？她是我的情敌吗？”

面对菲塔的咄咄逼人，曹告白语塞了。他身上阵阵冷汗，心里激烈地斗争着：怎么能跟菲塔说清楚自己跟甜甜的关系，能跟她说自己酒后乱性，做了见不得人的事，被对方赖上？如果跟菲塔实话实说，她能原谅自己吗？自己好容易碰到这么喜欢的人，如果她弃自己而去怎么办？

“我……我跟她，不是你看见的样子……”曹告白艰难地斟词酌句。怎么开口这段难以启齿的往事？怎么开口……

菲塔看着曹告白的样子，难过地说：“我明白了，不用再说了！一道选择题，二选一：她和我，你只能选择一个，你选谁？”

菲塔说完，目不转睛地盯着曹告白。她的一双密密的长睫毛，忽闪忽闪的，每一次忽闪都让曹告白心跳加速。

曹告白没想到，菲塔这么宽容，对自己这么在乎。他一把将菲塔搂进怀里，紧紧地抱着，将嘴唇凑近菲塔："菲塔，我选择你！你放心，我会处理好甜甜的事情，不让她再来找我！我喜欢你……"

菲塔软在曹告白怀里，热烈地回吻着他："亲爱的，我爱你！对于你的过去，无论曾经发生过什么事情，我都能理解；对于将来，无论你会怎么选择，我都会信任你。我爱你，一生一世，永永远远！"

"轰"的一声，曹告白脑子里一片空白。他长到三十多岁，第一次有女孩儿对自己这么表白。"一生一世""永远"这些都是在电视、小说里才有的词，今天竟然有人亲口对他说出……刹那间，他感觉到从没有过的爱和被爱的幸福。

接下来的几天里，大家发现曹告白的精神状态焕然一新，其中原因大家都心中有数。可是好景不长，大家发现他又愁眉苦脸起来。这当然也事出有因：他和菲塔的关系明确了之后，被爱情滋润的曹告白，决定尽快将他和菲塔的恋情告知父母，将结婚提上日程。但出乎意料的是，当他介绍了菲塔的情况，却遭到父母的激烈反对。爸爸只看了一眼照片，就不容分说的扔出一句话："不行，这闺女太黑！"

妈妈又接过爸爸的老花镜带上，拿过曹告白的手机仔细端详："白白，听你爸爸的吧，这个闺女真是太黑了！"

曹告白垂头丧气。本来这么多年，因为自己的黑皮肤，他对父母积攒了一肚子的意见，这次，他又再次怀疑自己不是父母的亲生儿子。否则，他们怎么能无视自己的儿子三十多了还是光棍一个，只按照自己的审美观，因为菲塔黑一点就反对他们。他们就不想想，自己的儿子不比菲塔白？

"爸，妈，菲塔是非洲女孩，她的棕色皮肤在他们的种族中，已经是算很白了！"曹告白耐心解释。

"白白，妈是担心……你已经够黑的啦，再跟一个黑闺女结婚，到时候再给我们生个黑孙女，长大了嫁不出去怎么办?"曹妈皱眉。

"妈，我喜欢菲塔，非她不娶！你们不同意，我就打一辈子光棍！"曹告白不知道怎么才能说服父母，只好使用这么老套的一招。

曹妈忧心忡忡："你该不是和这个黑闺女，生米煮成熟饭了吧?"

"妈，瞧您说的！"曹告白有些心虚，对妈妈的敏感也惊讶不已。

没有做通父母工作的曹告白回到"十指相扣"后，就表现得心事重重、有时还唉声叹气。

苏达绿很快发现了他的不对劲，关心地问道：“曹告白，跟菲塔吵架了?”

“差不多吧，不是跟她吵架，是因为她吵架！”曹告白没好气。

“遇到情敌了？决斗的话，我给你当啦啦队队长！”陆十一笑嘻嘻地接话。

曹告白不高兴地白他一眼：“人家正烦呢，没心情跟你开玩笑！”

陆十一仔细看了曹告白的表情，收起嬉皮笑脸：“曹哥，说说看到底怎么了，我们都帮你想想办法！”

“我爸妈不同意我和菲塔的事！坚决不同意！你们能有什么办法?”曹告白言简意赅地说完，就开始长吁短叹。

“扑哧”一声，何双双忍不住笑出声来：“曹哥，你父母他们，是不是嫌菲塔黑?”

曹告白瞥了一眼何双双：“没错啊，就是这个问题。你何军师有什么高见?”

何双双不以为然：“嗨，很简单，中国人以白为美，信奉‘一白遮百丑’，对非洲人的黑皮肤一般都难以接受。但是菲塔不是普通的非洲女孩，你没有跟父母说嘛?”

“说了，都说了，但是他们就是听不进去，我妈还担心，将来我们生个黑女儿，长大了嫁不出去！”曹告白无奈地挠头。

“别着急，咱们可以对症下药，想办法做你父母的工作，一定把你父母跑偏的老观念纠正过来！”苏达绿信心十足地安慰曹告白。

“是啊，你父母的想法纯属偏见，他们的担心也没有道理的，我们一定帮着让你的父母接纳菲塔。”何双双表现得义不容辞。

苏达绿点点头说：“像告白这样的父母属于老古董，年龄大，跟外界接触又少，要让他们改正自己的观念，真的是一个挑战。咱们都来出出点子，想个最佳方案做他们的工作！”

“就是，连自己人的父母工作都做不通，咱们还怎么对得起‘十指相扣’这个称号！”陆十一也表了态。

“我来说一下自己初步想法。曹哥的父母还没有见过菲塔，所以应该尽量让菲塔去跟他们见个面，说不定一见面就改变他们的想法呢！因为菲塔是个很可爱的女孩。这招不成，我们再想其他办法，动员其他力量、去做曹哥父母的工作……”何双双的思路，让大家频频点头。

第三十三章　父母意见

白白要带对象回家吃饭啦！

头天晚上，曹告白打电话给爸爸妈妈，只是通报似的地说了一声，就挂断了电话。曹爸、曹妈就紧张起来，两个人几乎嘀咕了一夜。上次他们看照片就已经否定了这个儿媳，没想到白白压根就不听他们的意见。

“不听爹妈的意见，要么自己结他的婚，别让咱们知道，咱们眼不见不为净！”曹爸埋怨着。

“孩他爸，你又不是不知道，白白从小黑，没少受被村里的孩子欺负，我已经心里很不得劲儿！白白不容易！养儿防老，咱们老了还要靠他，别跟他犟下去了！”曹妈柔声相劝。

老两口翻来覆去，无非就是这样的车轱辘话。第二天一大早，两个人早早就去市场采购，大包小包地拎回来，就马不停蹄地开始在厨房忙活。曹妈先把买的一只老母鸡收拾了，炖在锅里，准备一会儿做鸡丝蘑菇汤；曹爸则忙着把菜分别择、洗。两个人各想各的心事，沉默地忙碌着。

突然，曹妈叹了口气：“白白这孩子，是不是真是找不到对象了，他怎么就非得去找个黑闺女……”

“这将来真结了婚，生个孩子，还不黑上加黑！”曹爸忧心忡忡地接话。

门口响起敲门声，曹爸、曹妈对望一眼，曹妈去应门，走出几步，又不放心地转身叮嘱曹爸：“肯定他们来了，等会儿见了面你可得忍着点，别让白白下不来台！”

门外果然站着曹告白和菲塔。曹告白提着大包小包，菲塔笑盈盈地，一手抱着一束百合花，一手亲热地挽着曹告白。

“妈！”曹告白叫了一声。

“妈！”菲塔也跟着叫了一声。

“妈，这是菲塔给爸买的茅台酒，给您买的杏仁酥，还有百合。”曹告白放下手里的东西，又忙着接过菲塔手里的花。

曹妈刚才看见菲塔的黑皮肤，心里就大大的不舒服；又看见黑闺女亲热地挽着曹告白，她的眉头就皱起来。她极力控制着自己的情绪，小声埋怨曹告白：“买什么鲜花，这不是浪费钱嘛！你又不是不知道你妈！还有，这八字还没一撇呢，她就跟着你‘妈’‘妈’地叫着……真是没羞没臊！”

哪知菲塔耳尖，很认真地追问：“妈，什么是‘没羞没臊’？”

“这‘没羞没臊’啊，意思就是你给爸妈买这么多东西，实在是太客气了，他们表示感谢。”曹告白一边解释，一边冲曹妈使劲递眼色。

曹妈咽下到嘴边的话。

“爸，别忙活了，做那么多吃不了浪费。”曹告白在厨房门口探头，对仍在热火朝天忙碌的曹爸说道。

“爸，您太没羞没臊了，这些菜已经足够了！”菲塔也跟着附和。

曹告白心里暗暗叫苦，菲塔的中国话虽然说得很好，但对这种带着方言腔调的成语，就是地道的中国人也可能都弄不明白，何况她一个外国人！看她依着葫芦画瓢，活学活用，自己还因为又学会一个新词，得意不已的样子，哪里知道用得不是地方？

曹告白暗暗后悔乱解释，但又没法马上纠正，心里懊恼不已。

很快，菜都上了桌。曹告白将菲塔带来的茅台酒打开一瓶，立刻酒香四溢。曹爸端起酒杯闻了闻，小啜一口，闭上眼沉醉地回味着：“好酒！”

曹告白悄悄冲菲塔打了个“胜利”的手势，菲塔顿时喜笑颜开。

曹妈却不满地在桌下踢了曹爸一脚，把脸扭到曹爸这边，满脸怒色地小声道：“没骨气！”转过头，她又立刻满脸堆笑：“白白，让你这个非洲国际友人多吃点！”

国际友人？这个称呼明显流露出老妈的不善，也不知她从哪里学来的名词！曹告白暗暗嘀咕。

远远看去，这是一幅多么温馨的画面：四个人围坐在摆得满满当当的餐桌旁，觥筹交错，其乐融融，如果不是曹妈和曹爸在桌下你踢我一脚、我掐你一把，显得有些诡异外，这真是任谁人看着也羡慕的场景！

“爸，妈，我敬你们一杯，祝二老身体健康，永垂不朽！”菲塔笑盈盈地端着杯子站起来。

曹妈脸色难看，一把将筷子拍在桌子上。

菲塔吓得一激灵。曹告白赶紧站起来打圆场，“也算我一份，祝二老身体健康，干杯!”他一仰头，把杯里的酒一饮而尽，然后拉着菲塔坐下来。

菲塔不解地看着曹告白，“亲爱的，不对吗?”

曹爸阴沉着脸，对菲塔说:“黑闺女，在我们中国，只有对死人才说永垂不朽，还有只有结婚以后，你才可以叫我们爸、妈!”

“爸，她叫菲塔!”曹告白不满地提高了声音。

“哎呀，都说娶了媳妇忘了娘，上次你结了婚，就非要劝我和你爸回到乡下，结果被那个叫王菲的给骗了。这次你又带回来个叫菲塔的，你是不是非要撞到南墙上才死心呢?!刚交了女朋友，你爸还没怎么着，你就开始跟你爸要态度了是不是?!”曹妈也激动起来。

“妈，你们太过分了!”曹告白也站起来，怒视着曹妈，像只蓬起全身羽毛的斗鸡。他一把拉起菲塔:“菲塔，吃饱了吧?吃饱了，咱们走!”

“你们二老今天太过分了!”走出两步，曹告白又回头扔下这句。

曹告白和父母说的都是当地方言，菲塔根本就听不懂，但出门前还是没有忘记向老两口礼貌地告别:“谢谢你们的美味，你们二老今天真是太没羞没臊了!”

看着儿子拉着黑闺女头也不回地离开，曹妈忧心忡忡:“他爹，这黑闺女连话都说不好，白白怎么会迷上她了呢!不会是被这黑闺女下了迷魂药了吧?我觉得不能让他们这样下去，咱们去看城里看看去，我这心里总觉得不是个事儿!”

曹爸点头:“我也觉得不是个事儿，俗话说兵贵神速，明天咱们就进城去!”

一大早，曹爸曹妈出现在十指相扣婚庆公司的楼下。两个人在楼下的院子里溜达了很长时间，仔细辨认，花坛还是原来的花坛，花也是原来的花，就是“告白婚庆策划公司”的招牌不知怎么不见了，取而代之的“十指相扣婚庆策划公司”不知是怎么回事。

老两口在楼下边猜测，边商量。曹妈主张直接冲上楼去突然袭击，把事情弄清楚;曹爸谨慎，说招牌都换了，咱们也好久没有问过孩子的事情了，还不知道现在是个什么状况呢，咱们万一冲错地方就不好了，这大清早的，咱们这也都一把年纪了，要是再招惹个是非，就该让人家笑话了。还是先找个人问问吧。

城里人都起得晚，两个人转了半天，不见一个人出来，曹妈开始数落起来:“当初都怪你，非要把白白自己留在城里，如果不是你贪图清净安逸，非要到农村去，哪能发生这么大的事情?咱们都守着白白，他原来的那个媳妇还能跟着别人跑了?原来的媳妇不跑，白白怎么会看得上这个黑闺女?白白也该当爹了，咱们的孙子也早抱上了!”

曹爸摸出手机："我给白白打个电话问问！"

曹妈不同意："打电话不行，我们得突然袭击！"

两个人正在僵持不下时，被何小双从楼上看见了。她跑到了苏达绿的房间，神秘地指着楼下说："绿姐，绿姐，那个人可以跟白哥哥做模仿秀节目！"

"什么模仿秀？"苏达绿不解，跟着何小双到窗口向楼下一看，才明白了怎么回事儿："没错，他确实可以和曹告白做模仿秀节目！"

何双双也走到了窗边："可不是嘛，楼下老伯跟曹哥简直就是一个模子刻出来，除了曹哥的皮肤稍微黑点外，两个人连走路的姿势都一模一样——该不是曹哥的父母来了吧?!"

"来了，怎么不上楼呢？突然袭击？"苏达绿与何双双对望一眼，默契地得出结论。

何小双的反应很快："我告诉白哥哥去！"

"坏了，菲塔昨夜没回来睡！应该还和曹哥在一起！"何双双突然想起此事。苏达绿也觉得这事儿有些严重！

何双双阻止了何小双："小麻烦，我去，你和绿姐洗漱吧！"

何双双"噔噔噔"跑到四楼，敲开了门。曹告白穿着睡衣，睡眼惺忪走了出来。

"曹哥，可能你爸妈来了，你看看楼下是不是？"何双双焦急地告诉曹告白。

曹告白向楼下一看，可不正是自己的爸妈嘛！

"老两口都五六年没来这里了，今天怎么想起过来？"曹告白挠了挠头，不解地嘟囔着。何双双向曹告白的身后望去，菲塔半裸着，刚从床上坐起来。

何双双瞪了他一眼："昨天你们回来时，不是说你父母不是不同意你们两个交往吗？他们这么早过来明显地是有目的！你赶快收拾一下吧，菲塔赶紧撤！不然，就等着被人赃俱获吧！"

菲塔和曹告白都听出何双双的话中之意。曹告白"嘿嘿"直笑，急忙回卧室关上门。

何双双在房间转了转，不由得瞪圆了眼："几天不见，这里大变样啊！"

房间内，专门劈出一面照片墙，挂满菲塔的各种照片，有的搔首弄姿，有的低头沉思，有的凝神眺望；另外还有菲塔跟何双双、何小双的合影，跟英国养父母的合影。有一张何小双和英国女王的合影，竟然也被她放大了挂在这里。

曹告白换好衣服，从卧室走出来，"嘿嘿"笑着："我和菲塔正商量着什么时间结婚呢！"

"你们这叫作私订终身！"何双双用手点点照片墙，提醒曹告白："如果你不打算让他们气急败坏的话，赶紧想好怎么解释吧！最好别让他们到这里来！”

曹告白用手挠挠脑袋：“我先下楼把爸妈接上来。”

菲塔边扣着扣子走出来，担心地问道：“事情是不是很严重？是不是我做错了什么？”

何双双拉着菲塔下楼：“咱们先回去。这种事情没有对错，更没有标准，怕只怕的是曹哥的父母暂时不能接受。可能避免不了会有一些口角发生。不过中国有句话，叫‘祸兮福之所倚，福兮祸之所伏’！”

回到自己房间，菲塔仍然紧张不安。何双双为了让菲塔放松，就冲她莞尔一笑：“要不这样，咱们用扑克算上一卦！”

曹爸曹妈正在争执不下。曹妈一抬眼，看见曹告白从楼上下来。她戳戳曹爸：“不用打电话了，来啦！”

“爸，妈，你们来了怎么不上楼？也不提前打个电话！”曹告白一边埋怨着，一边接过曹爸手里的包，在前面领路，带头向楼上走去。

“牌子怎么回事？改名了？”曹爸劈头问道。

“生意不好干啊，我现在和人合伙一起干了，婚庆公司就换了个名！”曹告白轻描淡写。

“是啊，这些年生意普遍得不好做。”曹爸若有所思。

“就是，一个人做太操心了，太累了。和人合伙了，就不用什么事儿都一个人扛着，不用操那么大的心了。”曹妈又心疼起儿子。

“不过，生意还是没有太大的起色。我又把房子租出去一部分，每月有些固定的房租收入，才好些。市里的物价高，东西贵，平时只能节约着点花！”曹告白故意装出可怜巴巴的样子，言外之意，你儿子长得黑，又没钱，能有人喜欢就不过了，看你们怎么挑三拣四！

“白白，我想起来了，我在电视上看到过一个婚庆公司就叫作‘十指相扣’。刚才看到你改的这个名字就觉得眼熟，现在忽然想起来了，电视上经常露面的那个‘十指相扣婚庆策划公司’，说的就是这个吧？”

何双双他们看着曹告白把父母领到了二楼的办公室，就暂时松了一口气。

菲塔着急地催促：“我们是闯祸了吗？大家快帮我们想个办法！”

认识这么多年，何双双还是第一次看见菲塔如此着急！她心里暗暗好笑，先问道：“你刚才算的卦象怎样？”

菲塔摇摇头：“不好，三张红牌，四张黑牌，争取外援的那张是红牌！看样子，我只能是守株待兔、坐享其成了！”

何双双被逗乐了：“菲塔，你这个乱用中国成语的习惯是病，得改！别紧张，那张关键的牌是红牌，虽然有点小小的波折，但结果是好的。放心吧，小苹果，过程是痛苦的，结果是幸福的！”

苏达绿却眼睛一亮：“外援，就是说，我们作为外援可以发挥决定性的力量！”

“对，绿姐，咱们想到一起了！我想，咱们让小麻烦来当一次主角、替曹哥和菲塔扮演一次说客！”何双双提出自己的建议。

“对，小麻烦一直运气很好，遇魔灭魔、见佛杀佛，她一定能行！把她和英国女王的合影拿出来，可以在气势上占据优势！”苏达绿信心满满。刚才，何双双已经把曹告白的照片墙讲给苏达绿了。

“小麻烦，英国女王接见你的事还记得吗？去给楼下的伯伯和婶婶讲讲怎样？”何双双问何小双。

何小双心领神会：“啰唆姐、绿姐、小苹果姐姐，你们是想让小麻烦去讲英国女王的故事吧？好啊，我去给伯伯婶婶讲。”

何双双微笑着对何小双说：“不只是这个哦，还是一个最重要的是，让你过去向伯伯和婶婶当面表扬小苹果姐姐，跟他们说小苹果姐姐好话、让他们喜欢上小苹果姐姐。”

何小双用力点头：“我明白，我一定会让他们像我一样喜欢小苹果姐姐。”

菲塔对发生的一切并没有完全弄懂，但她知道何小双会有很大作用。她虔诚地轻吻何小双：“小麻烦，姐姐的幸福就交给你了！回来给你买棉花糖！”

何小双举起双手，和菲塔击掌：“小苹果姐姐放心，我以前吃了你的那么多棉花糖，跟他们说起你来，肯定都是甜言蜜语！”

大家全都忍俊不禁地笑了。苏达绿扫了一眼何双双，何双双摆手：“别看我，说不定是跟你学的，小麻烦最擅长学习！”

“人精啊！咱们走！”苏达绿赞叹一声，拉着何小双拉着手走出去。

第三十四章　小双献艺

走进二楼风格一新的办公室，曹爸曹妈很是吃了一惊：他们对于曹告白的审美风格和个性元素实在是太熟悉了，眼前的环境气氛变化实在太大了！

曹妈在沙发上坐下，开始苦口婆心："你爸担心你，昨天夜里一夜都没睡好觉！自打我们搬到郊区去住，这些年来，每次都是你去看我们，就没有回来看过你，也不知道你是什么情况了。所以，我们今天天不亮就起来往你这里赶……你也是成年人了，应该知道爸妈都是为了你好！"

曹爸好奇地在屋子里转着，一会儿看看桌子上的文件，一会儿看看墙上的照片。墙上的照片不仅有一对对新人的结婚照，而且还有一些爱心活动的现场图片、媒体的报道。眼前的这些，让他对自己的儿子突然有了刮目相看的感觉。尤其当他看到墙上薛红和王东在范庄希望小学的照片时，他的心被强烈地震撼了。

他招呼曹妈过来一起看："他妈，你过来看看，白白他们搞的这所希望小学，看起来还真不错哇！"

"反正我们不同意你跟那黑闺女谈对象！"曹妈过去看了一眼，未置一词，回到沙发上坐下，继续以不容商量地语气对曹告白说道。

"爸、妈，菲塔不是你们想象的那种非洲女孩儿，她接受过良好的教育，你们应该给她机会，进一步地了解她。你们要知道，我作为你们的儿子，并不是一个没有标准的人……"曹告白不让步。

屋子里空气一下又开始紧张起来。

正在这时，门口传来何小双童稚的声音："白哥哥，白哥哥！"

何小双一边喊着，一边蹦蹦跳跳进来。她看见曹爸曹妈，乖巧地喊道："伯伯好，婶婶好，我叫小麻烦！"

"这是谁家的孩子啊，怎么叫你哥哥？"曹妈的注意力一下子被转移过来。

曹告白连忙解释："这是我跟你们说的，租我房子住的两个姊妹俩房客，这个是妹妹。"

何小双漂亮乖巧的样子，让曹妈一眼就喜欢上了："你叫小麻烦，怎么叫这么奇怪的名字?"

"啰唆姐和小苹果姐给起的名字，说我是上帝的礼物，是个可爱的小麻烦!"

何小双边解释，边退到屋子中央，正了正表情，边扭边唱：

Schni Schna Schnappi,

Schnappi Schnappi Schnapp,

Schni Schna Schnappi,

Schnappi Schnappi Schnapp……

何小双唱完了，扑闪着大眼睛轮流看着大家。曹告白带头鼓起掌来，曹妈和曹爸也跟着一起鼓掌。

曹妈一边鼓掌一边笑："小麻烦，你唱得真好，可是婶婶听不懂你唱的是什么怎么办?"

何小双解释道："我唱的是德语歌，我用中文给你们唱一遍吧!"

说完，她又郑重地摆了个姿势，唱道：

"咬东咬西的小麻烦，小小麻烦，

咬东咬西的小麻烦，小小麻烦……"

曹妈一把抱起何小双，放在自己的腿上，喜爱不已："这孩子，真是个人精，太让人喜欢了!"

她叹了口气，冲着曹告白说："你要是没有……我的孙子也都这么大了吧?"

曹告白不知道如何回答。曹妈指使曹爸："他爸，包里炒的那个栗子，快拿出来!"

曹爸忙不迭地从包里翻找东西。

曹妈逗何小双："小麻烦，你怎么知道那么多啊? 还会唱德语歌?"

何小双撇了撇嘴："嗨，唱德语歌啥了不起的? 我从小就在英国……"何小双从滑下来，跑到墙边的橱子旁，抱出来一本影集，摊在茶几上，指着一张照片："这个是我，我和英国女王的合影!"

"英国女王? 这个人就是英国女王?"曹爸也好奇地走过来。

照片里，一个看起来华贵非凡的外国老妇人在他人的陪同下，正在和一个中国小朋友说话。仔细比较，照片中的那个小朋友果然就是小麻烦。

何小双又继续翻影集："伯伯婶婶，这里还有更多的照片呢!"

曹爸曹妈惊讶的嘴都合不上："小麻烦真的见过英国女王啊？"

他们心里的一丝怀疑，也被影集里的一张张照片彻底打消。

何小双撇撇嘴："嗨，那有啥了不起的？我还被女王陛下亲口表扬了呢，她夸我是既漂亮又聪明还有教养的好孩子。"

何小双翻到一张菲塔的照片，指着照片说："这个是小苹果姐姐，刚才的歌就是这个姐姐教我的。在英国时，她是我最好的朋友了。她非常棒，教给了我很多东西，比如被英国女王亲吻的礼仪！"

曹妈曹爸看着这个照片上的人眼熟。曹妈瞪大眼："被亲，还有礼仪？"

"是啊，我的脸被女王亲了以后，即使感觉有些湿，有些痒，也不能当面用手去擦！"何小双解释，又补充道："对了，小苹果姐姐，现在是白哥哥的女朋友了。"

曹爸曹妈对视一眼。曹爸问："这个黑闺女……是你在英国时的朋友？"

何小双看了曹爸一眼，一本正经地给予纠正："伯伯，你们说小苹果姐姐是黑闺女，是不对的。我们不能以肤色取人，婶婶，对吧？"

曹爸不知如何对答。曹母讪讪地："你说的对，不能以肤色取人……不过，说她是黑闺女也没有贬义，不算以肤色取人！"

曹告白不知道从哪里翻出来几支棒棒糖，递给曹妈："妈，给小麻烦吃吧！"

曹妈取出来一只，剥掉糖纸，递到何小双的嘴边。但何小双摇头："小麻烦最喜欢吃棉花糖！"

"你尝尝，这个棒棒糖也很甜、很好吃！"

何小双看了看眼巴巴一直举着棒棒糖的曹妈，懂事的叹口气："好吧，给婶婶一个面子！"

何小双天真无邪的样子，一下子又把曹爸曹妈逗得眉开眼笑。就这样，曹妈喜滋滋地举着棒棒糖，何小双一边津津有味地舔着，一边双手翻着影集，讲解着。

曹妈又转回刚才的话题，饶有兴趣地问何小双："小麻烦，你给英国女王表演了节目没有，是不是唱了首英文歌？"

何小双向她白了一眼："婶婶，你 out 了，在英国唱英文歌有什么稀奇。我用中文朗诵诗！"

何小双放下影集，从沙发上跳下来，跑到屋子的中央站着，用力擦了擦满是糖汁的嘴唇，清了清嗓子，大声朗诵：

"我骄傲，我是中国人！

黄土高原，是我，挺起的胸膛；

黄河流水，是我，沸腾的血液；

长城，是我扬起的手臂；

泰山，是我站立的脚跟……"

朗诵完了，何小双自己谢幕："刚才是何小双小朋友朗诵的诗歌《我骄傲，我是中国人》！"

"太棒了！"曹妈一只手小心翼翼地举着棒棒糖，另一只拼命拍这只手。曹爸和曹告白也用力鼓掌。

曹告白向何小双竖竖大拇指，何小双向他做个鬼脸，跑到曹妈跟前，接过没吃完的棒棒糖。

曹妈新的疑问又来了："小麻烦，你不是叫小麻烦吗？怎么又叫何小双？"

"嗐，婶婶，你真是 out 了，小麻烦是我的小名，何小双是我的大名！"何小双彻底无语的样子，让大家忍不住笑了。

曹妈笑着问："小麻烦，你老是说我奥特（out），是什么意思啊？"

曹告白抢道："那个是英语，就是夸说你头脑灵活，聪明！"

曹妈似懂非懂："小麻烦，你哥哥说的对吗？"

曹告白紧张地给何小双递眼色。

何小双瞪了曹告白一眼："不对，白哥哥骗你呢。out 的意思，不是说您聪明，而是说……"

何小双故意停顿一下，只见曹告白双手抱着头，做出一副崩溃的表情。于是接着说道："就是，婶婶问我的问题，正好是我要告诉婶婶的！"

曹妈恍然大悟的样子："哦，按照咱们中国话，这叫做凑巧。"

曹告白这一下被吓得够呛，赶紧指指何小双手里的棒棒糖："快点吃吧，一会儿就流到手上了！"

何小上一边舔着棒棒糖，一边说："英国女王的故事讲完了，棒棒糖也快吃完了，你们大人说话吧，我要走了！婶婶，下次再来，别忘了给小麻烦买棉花糖啊！还有炸鸡腿，小麻烦也喜欢！"

说到这里，她趴在曹妈耳朵上，小声说："这个是咱们俩的秘密，不要让啰唆姐知道，她不让我吃！"

"好好好，我保证保密！"曹妈不住地点头答应着，能被何小双这么信任，让她有些"受宠若惊"。

"啰唆姐是谁啊？你们家的名字都真奇怪！"曹妈又有新的疑问了。

“啰唆姐是我姐姐，我是上帝送给她的小麻烦！”何小双一边往外跑，一边大声说道。

“小麻烦，别跑啊，婶婶还没稀罕够！”曹妈站起来要去追，何小双已经跑上楼。曹妈脸着挂着笑，摇着头：“这孩子，跑得真快！”

曹告白笑着说：“妈，不用追了，她就住在楼上，跟菲塔住在一起，她们在英国时就在一起生活了五六年呢……”

一提“菲塔”的名字，曹妈立刻拉下脸来：“小麻烦是小麻烦，黑闺女是黑闺女，她们是两码事，我和你爸爸还是不同意！……下次如果再回家，就给我带着小麻烦啊，对了，还有她喜欢吃的那个什么糖？”

“棉花糖！”曹告白提醒。

“对，棉花糖，下次带棉花糖回来，别再买那些吃不能吃、喝不能喝的花了！他爸，咱们走！”曹妈站起身，曹爸跟在后面。两个人风风火火就要往外走。

曹告白听到他们要走，如释重负，但是面上还得摆出挽留的姿态：“爸、妈，你们好歹吃了午饭再走啊！”

“不吃，一看见你就饱了！”曹妈不为所动。老两口头也不回的离去。

苏达绿把何小双送到门口，确定她跟曹告白父母接上头了，自己就回来和何双双、菲塔等着。

三个人正翘首以待时，何小双从楼下上来。他们一下子围过去，何小双绘声绘色地将刚才的经过描述了一番，三个人对她赞不绝口。

菲塔忍不住顺手刮了一下何小双的鼻子，何小双正在洋洋得意间，冷不防吃了菲塔一下，不高兴地喊道：“It’s not free（这不是免费的），刮鼻子是个收费项目，每次十块！”

三个人听见这熟悉而久违的抗议顺口而出，都大笑起来。

苏达绿一边笑一边说：“小麻烦抗议得对，她今天可是立了大功了，你们怎么能趁机揩大功臣的油！”

大家正说得高兴，曹告白送父母回来，众人又关心地围向他，详细询问情况。曹告白讲了 out 的故事，引得大家哄堂大笑。

这时，何双双的手机响了，她看了一下来电显示，对菲塔说道：“英国同学的电话！”

大家一听，都停止了交谈，一起等何双双接电话。何双双接电话用的是英语，大家都听得似懂非懂，只有菲塔和何小双边听边点头。

何双双打完电话，兴奋地跟大家解释："前几天，我的那帮英国同学讨论同学聚会的事情，我告诉他们我和菲塔都在中国，而且仍然'同居'在一起，并且告诉他们，菲塔已经如愿以偿找到了中国的男朋友。大家都感到很惊喜，邀请我带着菲塔，菲塔带着曹告白回英国参加派对。"

"我和菲塔合计了一下，这次的同学聚会我们就不过去了，我代表菲塔邀请他们到中国来找我们。刚才是他们的派对开始了，就给我打过来电话，发给了我一下现场的照片。"

"我灵机一动，跟他们提了个请求，让大家在儿聚会过程中，请每个同学抽出一些时间录一段视频，讲一些菲塔在学校时曾经带给自己的帮助或者其他开心的事情，然后再给菲塔同学和曹告白发一段爱情祝福词……"

苏达绿首先反应过来，击掌赞叹："不愧是何军师，这段录像如果拿给曹家伯伯婶婶看，其震撼力，肯定不会亚于小麻烦讲英国女王故事的效果吧！"

菲塔激动地上前拥抱何双双："谢谢你，亲爱的！你想得太周到了！"

曹告白也高兴地建议："咱们也录一段视频，发给你们正在聚会的同学，祝福他们！"

苏达绿又有了一个思路："我们干脆一不做，二不休，让菲塔的英国养父母也录上一段！虽然我不知道曹家伯伯婶婶究竟在担忧什么，但是这样至少能够证明菲塔成长的关键阶段是在英国度过的、接受的是英国的教育，也许或多或少能纠正对菲塔出身的偏见吧?!"

苏达绿话音刚落，菲塔又来拥抱她："我也怀疑他的父母是对我的出身有偏见，绿姐，谢谢你的这个主意！"

何小双不乐意了，大声道："为什么我这个功臣没有拥抱，只有刮鼻子项目?"

大家全部笑倒。菲塔过来抱起何小双，轻轻地亲吻何小双的额头："谢谢你，小麻烦是最大的大功臣！"

菲塔放下何小双，忽然醒悟到了什么："我还要谢谢你们的提醒，我有好一段时间没给养父母打电话了！"她一边和大家说着，一边掏出手机就要打电话。

何双双忙不迭地提醒："菲塔，先算一下时差，看看这个时间，你养父母在干吗?他们方便接电话吧?"

菲塔计算了一下，按照养父母的生活习惯，这个时间正好他们刚吃过晚饭，于是她拨通了电话。

菲塔说着说着，突然有些失控，眼泪顺着脸颊扑簌簌往下流大家都不由得担心起来：到底出什么事了？

菲塔收了电话，脸上还挂着泪珠，但却是满面的笑容：“我的养父母说，他们计划最近来中国来看我，看望我的男朋友和他的家人！”

说完，菲塔扑到曹告白怀里。大家也替菲塔高兴。

曹告白拍了拍菲塔的后背，夸张地说：“你吓死宝宝了，这么高兴的事还哭个什么劲！”

“白哥哥，你们男人哪里知道女人的心思，这叫喜极而泣！”何小双白了一眼曹告白。

大家又是一阵大笑。

何双双忍不住刮了一下她的鼻子：“小麻烦，你的这个成语用得太恰当了，比小苹果姐姐的水平强多了。我不记得我教过你这个成语啊”

苏达绿也赶紧澄清：“好吧，我承认小麻烦也不是跟我学的啊！小麻烦太有天赋了，我怀疑她是穿越过来的，这心智起码有三十岁！”

何小双毫不含糊，对苏达绿反唇相讥：“啰唆姐说过你的心智只有十岁，那你是从哪里穿越过来的呢？”

……

“各位姐姐、哥哥，这都快中午了，你们还不下来上班，这是想组团罢工的节奏吗？”陆十一的大嗓门打断了大家的说笑。

接下来的几天，英国同学们的视频陆续地都发了过来，菲塔的养父母、还有一些熟识的朋友也都录了视频，面对着镜头讲述自己和菲塔之间发生过的趣事，并且向菲塔和曹告白表达了自己的祝福。苏达绿和陆十一把这些视频做了剪辑和整理，很快制作成了微电影。大家看了以后，又给出了一些修改意见。最后完工的效果，大家一致满意。

第三十五章　为爱学艺

可是，如何让父母看见这段视频呢？曹告白绞尽脑汁，也没有想出来什么好主意。

父母不上网也不用智能手机，家里根本没有这样的观看设备。回家拿给他们当面看？也不行，他们既然不待见菲塔，怎么可能让他们放低姿态，当面去看这个电影呢？

曹告白一一设计，又一一否定，大家也跟着他一筹莫展。

最后，还是何双双出了个主意："既然直接行不通，那就用间接的办法、说不定走得通。具体是这样……曹哥的父母那么喜欢小麻烦，我们干脆组织一次乡村一日游！名义上打着小麻烦的旗号，实际让菲塔唱主角。"

"日程这样安排：大家一起去看望曹哥的父母，中午小苹果秀厨艺，午饭后凯旋。参加人员：曹告白、小苹果、小麻烦、小皮球。小苹果当前最紧迫的任务，是学习厨艺，要学会包水饺，学会曹伯伯喜欢吃的红烧狮子头，学会做曹婶婶喜欢的爆炒螺片，要学会你亲爱的白白喜欢吃的蛋炒米饭……让小苹果在曹哥的父母面前露一手，用厨艺来征服他们老两口。怎么样，小苹果，你有没有信心？一周时间够不够？"

菲塔目瞪口呆地听着，眼睛都直了。她抱着头大叫："我的上帝，这么多厨艺，一周时间？这哪能行，我十周也学不会！"

曹告白很是诧异："双双，我父母爱吃这些菜，你是怎么知道？"

何双双诡秘地一笑："这是一个秘密！"

何小双高兴地大叫："乡村一日游，肯定很好玩，我要去、我要去！"

苏达绿关心的是一日游名单里那个陌生的名字："小皮球是谁？"

何双双说："是我给小麻烦找的一个小伙伴！一个非洲小朋友，咱们那位非洲同事的女儿，年龄跟小麻烦差不多大。因为黑得可爱，又特喜欢拍皮球，所以大家就送给她这么一个昵称！你才离开公司几天，怎么就忘了？"

介绍完以后，何双双得意地看着众人："我的主意不坏吧？"

苏达绿表示心领神会。连连点头："何军师的主意好，这叫'条条大道通罗马'，一条路不通，先走另一条路。为什么我们都很喜欢菲塔，而告白的父母拒她于千里之外呢，就是因为彼此没有来往；彼此没有来往，就没法了解；没有了解，就容易产生误会和偏见……所以，我们要多创造机会，让他们了解菲塔，了解我们这几个人。曹告白如果经常回去看望父母，肯定能找到时机，把微电影给伯伯婶婶看了，也不枉费我们的一番心思。"

曹告白紧皱的眉头开始舒展，他"嘿嘿"一笑："自己的爸妈，找点机会还不容易？确实，以前真是回去少了！"

"嗨，现在开始说大话了，刚才是谁愁眉不展？"陆十一终于插上话，又开始调侃曹告白。

菲塔还是没有信心，一脸愁容。何双双走过去亲昵地揽着菲塔的肩膀，劝慰道："小苹果，有压力才有动力，你就从现在开始厨艺学习，一周不行、就两周。我想，你也希望能尽快得到曹哥父母的首肯吧？"

菲塔拥抱了一下何双双："可是，亲爱的，我应该跟谁学、从哪里开始学起……厨艺？"

苏达绿出主意："先学爆炒螺片，这个简单还容易讨好，我看出来了，他们家里，婶婶说了算，拿下婶婶，就等于拿下伯伯。"

"这个菜，明明最擅长！"曹告白说道，"以前每次和他一起吃饭，他就做爆炒螺片，味道那叫一个赞。"

"哦，对了，这个重色轻友的家伙，自从和你交往了以后，就没有再给我打过电话。他干吗去了，怎么好长一段时间不见他了啊？"曹告白突然想起来，扭头问苏达绿。

听到这个名字，何双双心里一跳，紧张地竖起耳朵，侧耳细听。

"帅哥哥去英国给我买棉花糖了！"何小双抢先答道。何双双心里又是一跳，这么长时间没见叶天明，她心里其实一直在惦记，担心他病了，担心他出意外了，担心又冒出来一个第四者把他抢去。

这段时间，何双双常常梦见他。每次醒来，她都想着向苏达绿打听一下，但每次话到嘴边又咽了进去，实在不好开口。

"你怎么知道？"何双双奇怪地问何小双。

"帅哥哥跟我好嘛！"何小双白了一眼何双双。

"是的，叶天明从英国带回的项目出了点问题，又去英国了。"苏达绿解释道。

“对对对，叶天明忙就让他忙吧，曹哥的爆炒螺片也做得很好吃嘛!”陆十一心里巴不得叶天明永远不要出现，苏达绿永远对这个帅哥若即若离，这样自己才会有机会。何双双看出了陆十一的小九九，朝他意味深长地一笑。

好在大家的注意力都不在这里。曹告白更是把陆十一的话当作表扬，高兴地转向菲塔:“爆炒海螺，我可以教你，我妈的口味我知道，她最喜欢我的手艺，我一定毫无保留，保证让你成功出师!”

“蛋炒饭，啰唆姐姐可要负责教我!”菲塔知道何双双和叶天明的前缘旧情，知道何双双从叶天明那里学会了做美味的蛋炒饭。可是，当她来到中国后，意外地发现叶天明竟然成了苏达绿的男朋友，而何双双和苏打绿还是最要好的闺蜜！这一切让菲塔觉得匪夷所思!

菲塔曾私下里问过何双双，但何双双每次都是避而不答、只是让她保密。她也曾想通过曹告白旁敲侧击，但每次刚一问起叶天明，曹告白就是满脸的醋意……所以，直到现在，叶天明和何双双到底是什么情况，菲塔还是不得而知。

“包水饺，可以选择包水饺和擀皮，小苹果还是擀皮吧，水饺包不好会露馅，下场很惨。”苏达绿半开玩笑地出主意。

“红烧狮子头，我做的味道还可以。”陆十一慢悠悠地说道，“我小的时候，家里买了肉，为了能多吃几天，就把肉剁碎了，掺上菜和面、做成丸子，这样就能多闻几天肉味。”

“那这样，各位都分工好了。下一步，小苹果就得自个儿勤学苦练了，预祝你成功。”苏达绿用力地拍了拍手。

两周的时间，对于紧张练习厨艺的菲塔而言，可谓度日如飞、弹指一挥间。两周过去，她的厨艺长进不大，笑话倒闹出了好几个。

菲塔非常着急，何双双不好再催促，只能安慰她:“不用太紧张，我们又不是比赛！以前，在英国时，你的水饺不是包得不错吗?现在擀个饺子皮，有什么难的?”

“对啊，我本来就会做的，为什么现在就不行了?是不是中国的面粉跟英国的不一样?我怎么就做不成了?”菲塔愁眉不展。

“菲塔，放轻松些。重在参与，尽心尽力就可以了。我觉得你这样笨手笨脚、竭尽全力，反倒更能打动人！如果我是曹哥的妈，早就被你感化了!”何双双鼓励菲塔。

一旁的苏达绿打趣何双双:“嘿，何军师要做曹告白他妈，我觉得曹告白的爸爸肯定没有意见!”

“绿姐你才更合适……”何双双正要反唇相讥，曹告白赶紧插进来:“嘿，我说你们两个，咱能不能不再说这个话题，这样好玩吗？你们不觉得自己没羞没臊啊！”

大家大笑起来。菲塔埋着头，专心致志干得起劲，没听清楚他们在说什么，但是看到大家都在笑，也就跟着笑了起来……

周末一大早，乡村一日游的全体成员在婚庆公司楼下集合、整装待发，大拇指上缠着创可贴的菲塔也一脸紧张地站在队伍里。而何小双小朋友的注意力早被小皮球小朋友的皮球吸引了过去，两个孩子很快就无拘无束地玩在一起，将一只小皮球玩得人球合一。

苏达绿看着神情紧张不安的菲塔，嘿嘿一笑，然后打开车门：“上车上车，还是我给你们当司机吧！”她又转身嘱咐陆十一和何双双：“今天‘十指相扣’你俩多上些心！何军师，麻烦你了，星期天还要到我们这里加班，不能休息。”

何双双笑了笑：“我把小麻烦这么放心地交给你，你把陆十一交给我，也就这么放心地去吧！”这话，明显的话里有话，苏达绿敏感地感觉到了，不由得瞄了一眼陆十一，发现他正眼睛亮亮地看着自己……

苏达绿驾着车，一路飞奔到了曹告白父母家的村里。

一进村头，就看见一个不大不小的广场里，一群大妈在跳广场舞。何小双眼尖，指着前面叫道：“婶婶！”

曹告白仔细一看，可不是嘛，一群广场舞舞得不亦乐乎的大妈们，最前排、处于领舞位置的正是老妈。

苏达绿停下车，几个人都从车下跳下来，像观看节目一样静静欣赏着这群自得其乐的大妈们。

只见曹妈穿了一件玫红的上衣，一条裤腿飘飘的阔腿裤，头上还卡了一只亮闪闪的黑色发卡。她舞步轻盈，挺胸抬头，满脸发亮，仿佛年轻了十岁。曹告白第一次发现，自己的老妈跳起舞来，竟是非常吸引眼球。

何小双和小皮球看得有趣，也凑过去，一左一右站在曹妈旁边，跟着有模有样地跳起来。曹妈看见两个孩子，一边用手势跟何小双打招呼，一边示范般的、跳得更加起劲。

两个孩子特殊的打扮和气质引起了其他大妈的注意。何小双一件红色的上衣，白色的百褶裙，白袜黑鞋，皮肤白嫩，大大的眼睛，高高的鼻梁，软软顺顺的长发上、束了一根发带，耳边还系了一个大大的蝴蝶结，说不出的俏皮可爱；小皮球的皮肤黑得发亮，用彩色的头绳扎了满头的小辫子，身穿一套宽松的白色休闲服，仿佛随时随地都要开始跳街舞。

广场舞跳完了，大妈们“呼啦”一下都两个小朋友围了起来，有的大妈还忍不住捏捏小皮球的小手，摸摸何小双的小脸。

“他婶子，这是你家城里的亲戚?”有个大妈问曹妈。

曹妈点点头，还没来得及解释，何小双就大大方方自我介绍道：“我叫小麻烦！我和白哥哥一起从滨海市来，我们今天来乡村一日游!”

小皮球也学着何小双介绍自己：“我叫小皮球！我从坦桑尼亚来，我们今天来乡村一日游!”

听完两个孩子的自我介绍，大妈们更是惊奇不已，啧啧有声：

“小……麻烦!”

“小皮球!”

“真讨人喜欢，这俩孩子就跟年画儿似的!”

“这个黑孩子，中国话说得真溜!”

“这个小麻烦，还被英国女王接见过呢！这边的小脸蛋，还被英国女王亲过!”曹妈满面笑容的向大家介绍，语气里更多的是显摆。

等大妈们散去之后，曹妈高兴地拉着何小双的手说：“小麻烦来看婶婶，婶婶就喜得不得了，还带小皮球干吗?”

“小皮球是我的好朋友！还有白哥哥、小苹果姐姐、绿姐!”何小双指指不远处停在路边的车。

敢情，小皮球就是这小黑孩！曹妈这才听明白，在心里暗暗嘀咕，小苹果就是那黑闺女，小麻烦是讨人喜欢的孩子……这都什么名字啊!

“婶婶，咱们上车吧!”何小双拉着曹妈欲走。

“好好好，家里去坐!”何小双和小皮球，曹妈一手拉一个，向车边走去。

曹告白迎了过来，由衷地夸赞道：“妈，您的舞跳得真好!”

“真的吗?”曹妈心里得意，嘴上却谦虚着。

“妈，是真的，您就别没羞没臊了!”菲塔也跟着夸。

苏达绿听到菲塔乱用成语，差点笑出来，但是看到曹妈的表情不对，赶紧憋住。

“妈，谁是你妈？你才是没羞没臊呢!”曹妈突然勃然大怒。他转向曹告白，“白白，你怎么又把这不讨人喜欢的黑闺女带回来了?”

未来得及绽放的笑容，在菲塔的脸上凝固。她实在猜不出又发生了什么问题：是不是自己又哪里说错了呢？不然，曹妈为什么吹胡子瞪眼呢?

曹告白心里暗暗叫苦，怪自己搬起石头砸了自己的脚，自作自受。当时糊弄着向菲塔解释了这个成语，结果竟造成这样的后果。他想起一句话，“一个错误用九十九个错误来弥补”。

曹告白赶紧介绍苏达绿：“妈，这是苏达绿，现在的婚庆公司就是我们一起合作的。”

他这边转移曹妈的注意力，那边用一只手抓住菲塔的手，轻轻抚摸着以示安慰。此后，菲塔再也不敢轻易开口说话。

苏达绿也正想着怎么化解这突如其来的尴尬，听到曹告白介绍自己，就从驾驶座上转过身，笑吟吟地回头打招呼：“婶婶好，经常常听曹哥说起您做的饭菜好吃，没想到您的舞跳得也很棒！”

曹告白听了，又是一身冷汗：我们家里都是我爸掌厨，我妈什么时候做过饭了？这不是马屁拍在马蹄上了嘛！

曹妈上次去看曹告白时，见到过苏达绿的照片，心里还暗想过，如果是这个姑娘和我们家白白处对象，那该多好！现在听她这么说，就忘记了刚才的不快：“这个闺女，上次我见过你的照片，你长的可真白………白白都告诉你了？我家白白最喜欢吃我做的蛋炒米饭，每一次都吃撑了！”

我什么时候吃过你做的蛋炒米饭，还吃撑了?！曹告白鄙夷地翻个白眼。看着老妈的脸上雨过天晴，他松了口气，同时暗暗祈祷：老天，别再让菲塔用那个惹祸的成语了。

“对了，妈，我从网上看见有新出的广场舞的舞蹈动作，很好看，都给您下载在这上面了，您看看，可以先跟着学会了，再教给其他阿姨。”曹告白从包里取出平板电脑，递给曹妈。

曹妈接过来，高兴极了：“这个好，这个好，你那些婶子正催着我学新舞蹈，说村后的那些人跳的花样多。我去问，他们都说是从网上跟着学的，让我也到网上去学，我正发愁说上哪里去找网啊，你这就拿来了，真是母子连心啊，你想到妈心里了！”

看到曹妈这么高兴，何小双趁机卖乖：“婶婶，等会儿我教您怎么看！”

“好好好，小麻烦真讨人喜欢！”曹妈更加高兴了。

第三十六章　菲塔过关

看见曹妈高高兴兴地接过平板电脑，曹告白、苏达绿和菲塔都暗松一口气。他们精心制作的微电影移花接木到了“新舞蹈”的后面，舞蹈一结束，曹妈正在看得意犹未尽时，微电影就恰到好处地上演了……微电影里，英国同学说的都是英语，为了让曹妈曹爸明白他们的意思，苏达绿和陆十一还特地配了中文字幕。

“白白，回来也不提前打个电话，家里什么菜也没有！真是的！”曹妈埋怨。

“婶婶，菜市场在哪里，咱们一起去买！”苏达绿提议。

“也行，今天正好逢集，我也去给小麻烦、小……皮球买点好吃的！嗨，这孩子名字真不好叫！”曹妈同意了。

何小双一听高兴了，搂着曹妈的脖子就亲了一口：“婶婶，逢集是什么？有很多好吃的吗？有没有好玩的？”

小皮球眼睛也瞪圆了：“好吃的，好玩的，很多？”

苏达绿笑道：“这两个孩子都没见过农村的集市，我也很久没赶集了！今天就去赶集，权当乡村一日游的赠送项目！乡村集市之行马上出发，大家都坐好了！”

在两个孩子的欢呼中，苏达绿发动了车。

曹妈看着窗外，自豪地介绍：“等会儿看看吧，什么都有，除了孩子不卖，什么都卖！”

“现在的孩子比大人都聪明，这些孩子不卖了咱们就不错了！”曹告白点着何小双说道。

“我不舍得卖她，她也不舍得卖我，对不对，小麻烦？”曹妈逗何小双。

“不对！”何小双此话一出，曹妈表情大变，何小双转着眼珠看着曹妈，“白哥哥说的不对，婶婶对！”

“嗨，这孩子，真会哄人！”曹妈夸张地抚着自己的胸口。

曹告白心想，这个小麻烦啊，绝非浪得虚名，招惹到她确实会有麻烦，我可得提防着一些。

说说笑笑间，集市就到了。远远看去，这个设在干涸河滩上的集市，一片尘世的喧哗繁盛。只见摊位一个接一个，商品琳琅满目，卖床上用品、布料、衣服的，直接在两棵树间扯一根绳子，床单、被罩、布料、衣服就花枝招展的挂在绳子上，那些红底大牡丹、鸳鸯戏水等等的图案分外热烈和鲜艳，老远就冲击着人们的视觉神经。

“太热闹了，太好了！”一下车，何小双就看见一个卖棉花糖的摊点，兴奋地尖叫起来，拉着小皮球的手，迫不及待就往里跑。

空气里弥漫着好闻的甜香味。这个棉花糖跟何小双以前吃过的小袋的棉花糖完全不同。摊位上，一个老爷爷用一根竹棒在机器上缠啊缠啊，越缠越大，最后缠成一个大大的“棉花团”。

曹妈从后面赶上来，一手拉住一个：“人太多，不能自己乱跑！”

曹告白也赶紧嘱咐菲塔和苏达绿：“都看好停车的地方，等会儿走散了就到停车的地方集合！”

苏达绿和菲塔一边“嗯嗯”地答应着，一边两眼放光地东张西望。曹告白不敢肯定她们究竟听到没有，只好自己打起精神，紧紧地跟在她们后面。

农村集市上的物品异常丰富，人来人往、喧嚷热闹。编竹筐的老爷爷面前摆满大大小小的竹筐，现场制作，老人用粗糙的手指如刀一样，把竹条划成细细的篾条；做泥哨的，在黑色的底子上细细地画上彩色的图案，有的泥哨看起来就是一只惟妙惟肖的小鸟；卖糖葫芦、烤地瓜、糖炒栗子、爆米花等各种小吃的，让大家目不暇接。

真的如曹妈所说，集市上除了孩子不卖，什么都卖。

菲塔忘记了刚才的不快，在每个摊位前都流连忘返，看着每样东西都觉得新奇。何小双和小皮球更是忙得手不够用。她们一手拿着棉花糖、一手拿着泥哨，棉花糖似乎也不足以吸引何小双的全部精力了，泥哨则“呜呜”地吹个不停。曹告白跟在后面，手里提着大大小小的包，里面除了吃的就是玩的。

刚才，何小双和小皮球站在编竹筐的老爷爷的摊位前一直不走，曹妈还给她们一人买了一个小竹篮子。

眼见太阳已到中天，曹妈开始催促了：“天都快晌午了，该去买菜了。小麻烦、小皮球，咱们下次再来赶集，好不好？”

可是，何小双和小皮球正被一个驯蛇表演吸引，曹妈喊破喉咙她俩也不肯挪步。

场地里，只见一个白发银髯的老爷爷吹着笛子。随着笛声，地上的一个竹篓里，探头探脑出现了十几条蛇，有大有小，好像是一家。随着老爷爷笛声的抑扬顿挫，蛇从竹篓里排着队爬了出来，又随之组合成各种各样的队形，煞是听话。吹着吹着，老爷爷的笛声突然变了风格，蛇们也采取了突然行动，蜿蜒着爬到了围观的内圈观众跟前，一下子直立起来、蹿得有半人高。几个胆小的大姑娘、小媳妇顿时被吓得尖叫成一团，拔腿往外跑，跑出几步后，看到那些蛇并没有尾追她们，就又相互打趣地大笑起来。

小麻烦拉着小皮球要往后撤，但小皮球却面不改色。一条很小的小蛇爬到了小皮球面前，何小双吓得直跺脚。小皮球毫无惧色，笑嘻嘻地蹲下身，伸出一只手，让小蛇顺着自己的胳膊爬到了身上。

小皮球仿佛跟小蛇有默契一般，听任蛇在她的肩膀上、脖子里爬来爬去。现场的观众都瞪大了眼睛看着他，似乎她才是这场表演中的驯蛇者。小皮球也仿佛很享受似的，和蛇玩得不亦乐乎。

笛声告一个段落后，苏达绿掏出些零钱扔进场地，然后一手拉着何小双、一手拉着小皮球，和菲塔一起离开了。

曹妈买了不少菜，说要包芸豆肉水饺吃，菲塔和苏达绿相互会意地笑了。曹告白将菜一份份取了出来，看到其中的海螺时，还向菲塔亮了亮，意思很明显："等着吧，接下来就该你大显身手了！"

苏达绿和菲塔洗好了手，宣布她们两个负责包水饺。曹妈看了看菲塔，明显地一副不相信的样子。这又让菲塔顿时紧张起来。苏达绿看到了，安慰她说："让曹告白帮我们打下手，老爸老妈的咸淡口味，他应该最了解。"

正忙活着呢，曹爸从外面回来了。菲塔有了先前的教训，不敢再轻易开口称呼，只是憨憨地冲曹爸笑了一笑。曹爸也友好地回了一个笑容。菲塔感觉到了其中的善意，心里一下子踏实了许多。

上次，曹爸看到何小双拿出来的那些菲塔的照片后，联想起跟菲塔的接触，其抵触心理已经有了转变。他看着曹妈仍然板着脸，就悄悄劝慰道："这些天我又想了想，你看看这个理儿通不通？男人好比种子，女人好比土地，地里长什么样的庄稼，关键是要看种子。所以，将来我们有个什么样的孙子，主要是看告白，和娶个什么样的媳妇，关系不大。你觉得呢？"

曹妈瞪了一眼曹爸："地跟地还不一样呢！你把种子种到盐碱地上，她会发芽吗？同样都种的是栗子，为什么有的地方种的就甜，有的地方就不甜?！你说你们男人是种子，那为什么你长得不黑，我也不黑，生了儿子就那么黑?！"

曹爸不说话了，心里却在嘀咕：这个问题我还纳闷呢，老早就想问你了，你倒问起我来了！

一切如何双双所料，菲塔的厨艺培训大大地派上了用场，曹妈的态度也在悄悄发生变化。当菲塔将面胚一个个娴熟地擀成不大不小、厚薄合适的水饺皮，当菲塔将片得菲薄的海螺爆炒出锅时……曹妈的眼神里满是惊讶的表情，继而脸上也露出了笑容。

何小双和小皮球不知在院子里玩些什么，曹妈几次过去查看，两个人似乎都在匆忙掩饰着、鬼鬼祟祟地把什么东西藏起来。何小双还反过来催曹妈："婶婶，饭什么时候好啊，小麻烦都饿了！"

虽然心里有些疑惑，但曹妈还是觉得还是做饭要紧，人家城里孩子好容易来乡下一次，不能饿着人家，因此跑回来看着大家做饭。尽管她没有亲自下厨，只是袖着手，看看这里，看看那里，但家里今天一下子变得这么热闹，她也高兴得满脸放光。

菜做好了，一张特地搬出来待客的大桌子上摆满了碗盘，曹妈满意地吸口气，大声喊两个孩子："饭好喽，小麻烦、小皮球快来吃饭！"

何小双和小皮球跑去洗手时，还在嘀咕着什么，弄得苏达绿也开始疑惑起来。

等大家都围着饭桌坐下了，何小双和小皮球才跑过来坐下。曹爸曹妈笑吟吟地招呼大家拿起筷子开吃，但刚招呼完，曹爸就突然惊恐地指着小皮球大叫一声："蛇！有蛇！"

众人顺着曹爸的手指看去，一条蛇缓慢地从小皮球衣服的领口里爬出来，探出大半个身子，昂着头，吐着信子，仿佛在审视着每个人。

"打啊，快点打啊！"曹妈大叫，声音都变了。

众人慌忙离开饭桌各自去找工具，却见小皮球不慌不忙，用手抓起那条蛇，放在手臂上把玩起来。

"你这孩子，胆子太大了，敢玩蛇！你伯伯最怕蛇了！"曹妈拍着胸口嗔怪道。

曹爸一屁股跌坐在椅子上，脸色苍白，满脸虚汗。

苏达绿猛然想起来，这就是刚才在集市上驯蛇表演的那条小蛇，不知什么时候钻进小皮球的衣服，被她偷偷带回来了。难怪刚才她和何小双一直在嘀嘀咕咕！

于是，何小双就瞪起眼来批评小皮球："小皮球小朋友，你吓着伯伯了，快，赶紧道歉！"

"对不起，伯伯！我道歉！"小皮球眼睛看着小蛇，轻描淡写地随口说道。对她来说，害怕蛇是件无法理解的事。

曹告白也很不高兴，生怕这个意外插曲破坏了今天的计划。他沉着脸对小皮球说：

“小皮球，你还想不想吃饭？不想吃就到院子里玩去！如果还想在这里吃，就老老实实把那吓人的东西收起来！”

正在这时，菲塔把做好的红烧狮子头端上了餐桌。何小双看见，尖叫起来：“狮子头，我好久没吃了！”

曹妈看见她喜欢，就用筷子扒下一块，放进她的碗里。小皮球一看急了，赶紧把小蛇放进刚买的小竹篮里，苏达绿又帮她找了块纱布盖好，又不放心地用绳子将口扎紧。

小皮球将蛇放好以后，曹妈也夹了一块狮子头放进小皮球的碗里。小皮球一筷子就夹进了嘴里，然后用手指着红烧狮子头的盘子，意思是还要吃。

何小双不同意：“这个是小苹果姐姐专门做给伯伯吃的，先让伯伯吃！”

曹爸听何小双这么说，特意看了一眼菲塔，脸上露出满意的笑容：“是吗？专门做给我吃的？那我尝尝！”

菲塔坐在何小双的旁边，暗中冲何小双竖了大拇指，对何小双替自己表白的一番苦心，表示感激。

曹爸夹起一块红烧狮子头，放进嘴里，细细咀嚼，闭着眼睛咽下去，然后慢慢张开眼睛。菲塔、曹告白、苏达绿紧张地看着他，等着他的评价。就连曹妈也露出一脸的关注。

从夹取，到入口、咀嚼、品味、咽下，再到回味，这过程显得如此漫长，但是最终，还是得到了曹爸的称赞：“不错，不错，这味道地道！”

菲塔、曹告白、苏达绿都暗暗地松了口气。曹告白自豪地解密道：“爸爸，菲塔为了学这道菜，专门练了一个星期呢！”

“哦，是吗？这就难为菲塔了，她一个外国孩子，能用心地把红烧狮子头做得这么地道，不容易啊！”曹爸向菲塔点点头，然后把目光投向曹妈，但曹妈不动声色地给何小双夹菜。

苏达绿不解地问曹爸：“伯伯，狮子头是扬州菜，您是土生土长的北京人，怎么会……会偏好这个菜？”

曹爸端起杯子，对众人让了让：“先喝一杯酒，我再给你们讲。”

众人都端起杯子抿了口酒，曹爸放下杯子，“这狮子头是扬州菜，但更符合北方人的口味，在咱们本地叫‘四喜丸子’，只要办喜庆事儿，比方婚宴，都上要这道菜，图个吉利。这个菜，据说《齐民要术》上有记载，叫‘跳丸炙’。

“当年隋炀帝杨广沿大运河南下，御厨做了四道菜纪念扬州四大名景：万松山、金钱墩、象牙林、葵花岗，其中一道葵花斩肉，就是纪念葵花岗的。

“到了唐代，郇国公韦陟是个有名的吃货，对于美味佳肴有着非同一般的讲究。有一次宴客时，府中的名厨韦巨元就给客人们做了扬州的这四道名菜。当‘葵花斩肉’这道菜端上来时，客人们见那巨大的肉团子做成的葵花心精美绝伦，如雄狮之头，就对郇国公说：‘大人半生戎马，战功彪炳，应佩狮子帅印。’韦陟听后非常高兴，举起酒杯一饮而尽后，说道：‘为纪念今日盛会，‘葵花斩肉’此后就改名为‘狮子头’。’从此扬州就有了‘狮子头’这道名菜。”

“至于我为什么喜欢吃……”曹爸说到这里时，略一停顿，看了一眼曹妈，“那是因为我和你婶婶认识后，第一次到她家去的时候，她爸妈给我做的就是这道菜。那可是我第一次吃到如此的美味啊，哈哈……”

众人听曹爸娓娓道来，都听得有趣，听到最后，也跟着笑了。苏达绿由衷表示佩服：“伯伯真是博学，我们以前只知道吃，还不知道这些典故呢！”

何小双自豪地喊道：“这是我伯伯！”

菲塔也用钦佩的语气说道：“中国文化真是博大精深，就连一个菜都有这么多学问！”

曹妈笑着招呼大家：“都吃菜，你们伯伯，今天可是找对人了，平时他哪有机会讲这个，讲了谁听啊？反正我不听！”

何小双眼珠转了转，嚷嚷道：“我提议，这么又有学问、又有美味的狮子头，不能随便吃，谁要想吃，得先回答我的问题！回答不上来的，就说明没有学问，就不能吃！”

“嗨，这么麻烦啊？那好吧，小麻烦，你说说什么问题？”苏达绿知道小麻烦是讨曹妈欢心的“利器”，所以就顺着她的话说。

“那，大家就注意了，我要提问题了：早晨醒来，要做的第一件事是什么？”何小双故作玄虚，一边说着自己的问题、一边逐一把大家扫视了一遍。

“当然是穿衣服喽！”曹妈不以为然。

“去卫生间！”曹告白答道。

“喝水！”菲塔回答。

“梳洗！”苏达绿记得这个脑筋急转弯是自己教给何小双的，因此她配合地故意给出了错误的答案。

就剩小皮球了，看着何小双点名，小皮球认真地回答：“拍皮球！”

“哈哈哈”大家都大笑起来，真是无愧“小皮球”这个昵称。

“公布答案吧，小麻烦！”苏达绿催促何小双。

何小双看着众人，得意地公布：“答案是……睁、开、眼、睛！”

“嗨，无聊！”菲塔朝何小双翻翻白眼珠。

“反正你们都错了，狮子头就都归……伯伯！”何小双端起盘子，跑到曹爸跟前，放在他面前的桌子上。

这个举动是大家始料未及的，都不禁对她大加赞扬。

何小双更得意了：“我再出一道题！”

……

乡村一日游的旅游团回来了，真的可谓是满载而归。尤其是何小双告诉大家，她已经教会婶婶使用平板电脑，并且婶婶看舞蹈时、已经看到了那段电影，而且是和伯伯一起看的，何小双还现场给他们做了一番解说。曹妈还让何小双保密，不要告诉别人他们看过这段微电影，何小双发誓说要保密，但是对何双双不能保密，因为何双双是她的啰唆姐。

菲塔抱着何小双亲了好几下，还专门给她买了一大盒棉花糖。

不久后，曹妈体检时查出乳腺癌，需要做手术，菲塔的护理技术就派上了用场，不分日夜地照顾曹妈，并且还绞尽脑汁搭配营养可口的一日三餐。等到曹妈出院时，他们老两口对菲塔的芥蒂已烟消云散，从内心深处完全接受了这个儿媳。

第三十七章　双生之爱

这个周末，“十指相扣”婚庆策划公司煞是热闹。金牌义工们对两对前来预约婚礼仪式的情侣讨论个不停。讨论的主要内容，不是如何举办婚礼，而是如何分辨这两对情侣。

这是两对双胞胎情侣。男的，均是高高瘦瘦，挺拔阳光，像林志颖；女的婀娜多姿，柔美漂亮，像范冰冰。

“他们真是出类拔萃，肯定有不少找他们拍电影的！”

“就有这么巧，双胞胎爱上双胞胎?!”

“你就不懂了吧？据说双胞胎有心灵感应，感情也应该是相通的吧?”

“你说，他们有没有弄错的时候?”

两对双胞胎专心研究着婚礼项目，对众人七嘴八舌的议论置若罔闻。也许是他们从小到大，类似场景经历得太多，早就见多不怪。

何双双看着登记表，仔细分辨着：“姐姐：童伶，妹妹：童俐，哥哥：楚麒，弟弟：楚麟。童伶童俐，楚麒楚麟，人长得像，这名字也长得像。脑洞大开，脑洞大开！”

何小双尤其那对双胞胎帅哥情有独钟，凑到跟前转来转去：“我叫小麻烦！”

双胞胎帅哥埋头看资料，何小双提高嗓门：“我叫小麻烦！”

双胞胎帅哥这下抬头了，冲何小双一笑，其中一个介绍道：“我叫楚麒，他叫楚麟。”

“你是楚麒，他是楚麟！”何小双仔细辨认着，指着楚麒说：“我知道了，楚麒的耳朵上有一个标志！”

楚麒和楚麟顿时对何小双刮目相看：“小麻烦，太厉害了，我们父母都经常把我们搞错，你竟然一下子就能找出我们的不同来！”

楚麟道："哥哥的耳朵上有颗小痣，这是我们唯一的区别方式。小时候，妈妈都经常弄错我们俩。有一次吃饭前，给哥哥洗了两次手，我却没洗手就吃饱了。还有一次，妈妈给我洗了两次澡，哥哥在一旁哈哈大笑。这样的事情太多了，后来，为了区分我们，妈妈给我们穿不同颜色的衣服。但是我们两个调皮，喜欢跟她捣乱，有时故意把衣服换着穿，经常把她弄晕！"

"楚哥哥，你们是不是一个人吃饱了，另一个人就不饿了？"何小双好奇地问道。

"是啊，要不怎么说双胞胎是相通的！"楚麟做了个鬼脸，故意逗何小双。

何小双当真了，羡慕得眼睛都瞪大了，她继续问道："你们是不是一个人学会以后，另一个人不用学就会了？"

楚麟又笑着点点头。

"生病呢？一个人生病，另一个人就不用病了？"何小双继续问道。

楚麒尴尬地笑了笑，"小麻烦，是不是因为你老是有太多问题，所以才被叫作小麻烦的？"

双胞胎姊妹看见何小双有趣，也放下资料一起加入聊天。景盈趁机邀请他们品尝自己的工夫茶，双胞胎姊妹喝着工夫茶，也逗起何小双："小麻烦，猜猜我们谁是姐姐，谁是妹妹？"

何小双看看这个，看看那个，一会儿说这个是姐姐，一会儿说那个是姐姐。大家跟着何小双看来看去，也觉得难以分辨。

看大家都露出无奈的表情，双胞胎姊妹中的一个，笑着指指自己的牙："我们的区别在这里，我的虎牙是两颗，姐姐的只有一颗！"

"你是童俐，她是童伶？"何双双核实道。

"伶姐姐，给我笑一个！"何小双跑道双胞胎姐姐面前，要求道。其实，童伶看见何小双，早就不由自主绽开笑容。何小双趴在童伶脸上，仔细看了看，拍着手叫道："伶姐姐的虎牙只有一颗！"

"高难度的技术活儿！"景盈感慨道。

"小时候，我的学习好，妹妹的体育好，考试的时候，我替妹妹考学习，妹妹替我考体育！"童伶打开了话匣子。

"你们的老师根本就分辨不出你们，你们的同学呢？能分辨得出来？"何双双饶有兴趣地问。

"我们两个人的教室紧挨着，有时我去她的班里上课，有时她去我的班里上课，老师和同学弄不清我们，我们却都熟悉他们每一个人！"童俐得意地说。

“最好玩的是，我们中间如果有一个人做了好人好事，老师和同学们就会分不清、算我们每人都做了一件好人好事。小时候，我们总是被评为模范，每年都是三好学生。”童伶回忆起从前，满脸笑容。

“嗨，我们就惨了，我们小时候顽皮，如果有一个打碎教室玻璃、在食堂打饭不排队，或者上课迟到早退什么的，老师和同学们就会算我们两个都犯错。所以，我们那时虽然学习成绩不错，但从来没有被评过‘三好学生’！”楚麒也回忆起小时候，不胜感慨。

“大学时，我和楚麒参加了学校的文学社，都是骨干，经常组织文学活动，还办了份刊物，叫《蒲公英》。一来二去，我们俩就从认识到熟悉。楚麒的散文诗写得很优美，人又长得帅，那时林志颖才出道不久，但是楚麒的明星气质已经彰显，爱慕他的女生很多，经常有女生借着投稿向他表明爱意。我当时收阅来稿时，一不小心就能看到其他人写给他的情书。”

童伶笑着看了一眼楚麒，这一眼，有默契、亲昵、爱恋。何双双敏感地从中捕捉到了一种不同寻常的含义。

童俐接过话：“记得有一次，姐姐在家里讲起楚麒的种种趣事，尤其是女生给他借着投稿写的那些情诗、情书，引起我的好奇心，我还没见过这么牛的男生，于是我吵着去会会他。姐姐说，我从来没告诉过楚麒有个双胞胎妹妹，一下子出现，不太好吧？我说这样更好，干脆冒充你，去试试他对你有没有意思！”

“结果，楚麒爱上了你！”何双双抢道。

“太厉害了，你怎么知道？”童俐惊讶地问。

“这是我们的何军师，能掐会算！”菲塔故作神秘地介绍。

非洲女孩一口流利地道的中文让双胞胎们惊奇不已，对菲塔的话也毫无怀疑。众人暗笑，大家都知道刚才何双双已经看过他们填写的资料，只不过双胞胎们专心致志研究婚礼细节，没注意而已。

“那就赶快给我们说说接下来发生的故事吧。”菲塔有些迫不及待。

“第二天，正好学校组织出去登山采风，我就替姐姐去了。说实话，一见面，我就被楚麒的稳重成熟吸引住了，我注意到，虽然那么多女同学对楚麒献殷勤，楚麒光是零食就收了好几大包，不过，他统统都转送给我。我也毫不客气、照单全收，楚麒很高兴，说童伶你变了，你过去对我从来都是拒绝，其实接受也是一种美德。我不客气地说，还有什么，尽管送，我都喜欢。结果，那天他送给我他的初吻，我也……也送给他我的……”童俐的脸红了，“我声明啊，我对楚麒完全是不由自主，我见了他，完全没有免疫力，尤其是，亲眼看到那么多女孩子对他表示好感，他都无动于衷……那天，我们互换过初吻之后，我对楚麒说，如果我出生的第一眼能看见你就好了。你们知道他怎么说的吗?”

童俐亲昵地看了一眼楚麒："他面不改色心不跳地说，我才不喜欢做妇产科大夫……"

楚麟不以为然："死人才心不跳!"

菲塔也认真地纠正："其实，孩子刚出生时没有视力，什么也看不到的。"

大家的目光从楚麟转向菲塔，然后又转到童俐身上，听她继续说："我当时心里'咯噔'一下，自己说坏了，我这个替身入戏太深，连这事也替姐姐做了，姐姐会不会怪我呢。回来我跟姐姐一说，姐姐却坚持认为，楚麒喜欢的就是我；因为如果换作她，姐姐那天肯定不会那么表现，也就不会发生那样的故事。姐姐问我是不是真的喜欢楚麒，如果喜欢，她就给楚麒说明真相，感情的事，谁也不能代替谁。嘿，这事弄的……"

童俐脸上，露出一丝淡淡的惆怅。

"所以，你就光明正大地跟楚麒相爱。楚麒觉得过意不去，又让楚麟现身，然后你姐跟楚麟成了地造的一双。"何双双替童俐说道。

童俐"咦"了一声："你说得太准了，就像你当场看见一样。何军师……你算得太准了。"

"当时，童伶童俐都不知道，我们也是双胞胎。楚麟比我晚出生了十五分钟，我跟他比起来，显得呆板、无趣、一根筋，童俐也经常这么说我，所以我觉得童伶跟楚麟在一起性格互补，会更幸福。"楚麒接着说道。

"其实，幸福是当事人自己的感觉！你们幸福吗？童伶、楚麟?"苏达绿问道。

童伶似乎有点走神，迟疑了一下后，点了点头。不知为什么，苏达绿似乎看到她脸上露出一丝忧郁，这忧郁一闪而过，很快就被脸上的微笑遮住。

大家又把目光转向一直没说话的楚麟。只见他大大咧咧地一笑，以不容置疑的语气说道："童伶又漂亮又能干，连我们家的邻居都说，能娶这样的媳妇，是祖宗八代修来的福!"

大家说笑了一会儿，陆十一又详细地跟他们核实了一下婚礼仪式细节，两对双胞胎起身告辞。

"金牌义工之家"重新安静下来。陆十一双手抱着胸，所有所思："这两对双胞胎似乎不太对劲!"

苏达绿用异样的眼光看了一眼陆十一。何双双心直口快地抢话："没错，我觉得他们配错对了！"

苏达绿一副洗耳恭听的姿势看着何双双。何双双却将目光转向陆十一："十一，你觉得他们哪里不对劲？"

陆十一两手一摊："我也说不上那里不对劲，反正他们一进来，我就直觉认为哥哥和姐姐是一对，弟弟和妹妹是一对，可结果却不是。"

"是的，我也同感。尽管他们看起来模样几乎一样，但是稍微留意一下，就会发现他们之间的气质差异还是很明显。我也是觉得哥哥和姐姐，弟弟和妹妹这样配对更加般配。"何双双表情疑惑。

苏达绿不以为然："何军师，这么说就不对了。照你的说法，女强人就必须要找一个男强人？那他们平时因为家庭琐事儿，吵个架拌个嘴，谁也不让谁，那还不得打起来啊！我觉得最好还是性格互补！"

曹告白也发表意见了："只要两个人真心相爱，所有的问题都不是问题。"

菲塔听了，不住地点头。陆十一小声嘟囔道："好吧，反正我保留我的意见。咱们等着瞧。"

眼看着两对双胞胎的婚期将近，"十指相扣"加紧了准备工作。期间，双胞胎也来过几次，就某些细节进行敲定。但每次都是楚麒和童伶两个人过来，却不见楚麟和童俐的踪影。对大家的疑问，童伶总是轻轻地一笑："楚麟和童俐忙，再说他们也不耐烦这些婆婆妈妈的东西，我们两个就全权代表了。"

现在，连苏达绿也开始忧心忡忡了："这两对双胞胎，确实不对劲！"

陆十一提议，"咱们做两手准备吧，以防历史重演！"

"历史重演？"何双双眨着眼睛："哦，你说的是崔磊当初婚礼的遭遇，新娘临阵变卦……还真有这个可能！"

"乌鸦嘴！"苏达绿又反过头来嗔怪。

终于，明天就要举行婚礼了，苏达绿嘘了口气："看来不会有什么变卦了！"

话音刚落，却见楚麒和童伶从外面走进来，两个人都脚步匆匆、表情凝重。苏达绿心里"咯噔"一下，捂住嘴："坏了，何双双的乌鸦嘴要不幸言中了！"

"两位，明天就是大好日子，是不是还有什么程式要补充的？"陆十一脸上挂着笑，心里也是惴惴不安。

童伶苦笑一下："不好意思，出了点状况！"

"没关系的，别着急，有什么问题，咱们一起来想办法。"苏达绿安慰。

“怎么说好呢？唉……童俐和楚麟私奔了！”童伶一屁股坐在沙发上，低下头。楚麒从口袋里掏出一封信，递给苏达绿：“这是童俐留下的信。其实准确地说，应该是童俐和楚麟两个人共同留给我们的信。”

陆十一倒了两杯水端过来，“先喝点水，咱们慢慢商量。”

苏达绿接过信，看了看捂着脸的童伶，征求意见道，“我可以给大家读读吗?”

童伶点点头。苏达绿轻声地读起来：

亲爱的姐姐：

当你读到这封信时，我和楚麟已经离开滨海市。

对不起，我们很清楚明天就是婚礼，我们不该这个时刻离开。但是，如果这个时刻不离开，我们便永远失去了离开的机会和勇气。

请原谅我们的自私。其实，二十五年来，我一直都是在自私中度过，一直都是你让着我。只因为你比我早出生了十五分钟，你就是我的姐姐，你就得对我忍让、宽容、照顾，以我的快乐为快乐，我的高兴为高兴。而这一切，似乎顺理成章、天经地义，我从来没有想过你到底快乐不快乐，高兴不高兴。

妈妈了解我们，所以小时候，妈妈总是把每样东西分成两份，给你和我分的公平合理。可是我总是把自己的那份先吃光，去抢你的那份。有一次妈妈买了我们最喜欢吃的大虾酥糖，我三下五除二，把自己那份吃掉，又去抢你的。你虽然也很喜欢吃，但还是把自己的那份让给我。我“咯吱咯吱”津津有味的大声嚼着，你含着一块慢慢在嘴里，却告诉我：“这样含着慢慢吃更好吃。”

后来上学了，你学习刻苦认真，门门功课优秀，我却喜欢在体育场上奔跑跳跃，我的跳远、长跑、短跑成绩都不错。我想出一个办法，你替我考文化课，我替你考体育课。每次你都反对，但是每次都按照我的办法做了。你的胆子小，又当好学生习惯了，每次你替我考试，都心惊胆战，每次看着你从我们教室出来，脸色苍白的样子，我就发誓下次不再让你替我考试了。可是每次考试的时候，我又不由自主地求你替我考，你又心惊胆战地替我去考了。

还有那些所谓的好人好事，其实大多都是你做的，主动帮助学习差的同学补习功课啦，帮助值日生打扫卫生等等，我天天忙着去玩都忙不过来，哪里有时间做那些事。但是整个小学、初中、高中，我们就这样过来了，直到大学那年，你遇到楚麒，我非要去替你会会他……最后的结果，是我和楚麒在一起了。

你仍然就像你一直做的那样，看见我喜欢楚麒，立刻毫不犹豫地退出，还说从来对他没有感觉。其实，我从你看他的眼神里，还有他对你的一举一动，我知道你们才是天生的一对。但错已经错下去了，楚麒对我无微不至，我很享受他对我的好。这也让我觉得，我跟楚麒也是真爱。

但是后来，楚麟出现了。见到楚麟，我才知道，楚麟才是我的菜。俗话说：物以类聚、人以群分。其实，我和楚麟才是一类人。我们都不喜欢束缚，喜欢无拘无束、自由自在，都喜欢运动，都喜欢吃川菜，都喜欢喝白酒，甚至都喜欢吃榴梿。整个大学时代，我们两个都在逃课去看电影、滑旱冰、泡酒吧，这些，都是你和楚麒想都想不到的。

而你和楚麒才是一类人，你们都喜欢安静，都喜欢看书，都规规矩矩，都不喜欢吃辣，闻着榴梿的味道就退避三舍。

咱们四个在一起的时候，我和楚麟耍宝、吵闹，你和楚麒只是两个人微笑着看着我们，拜托，只是大了十五分钟而已，你们两个却像大了十岁。坐过山车，我和楚麟在上面尖叫，你和楚麒在下面给我们拍照；玩碰碰车，我和楚麟两个人驾驶着拼命碰撞，你和楚麒负责尖叫；喝酒，我和楚麟喝小二，你和楚麒却一人一杯红酒，慢慢地晃……

我想我错了，而且错得厉害——我不该抢你的楚麒。昨天，我实在苦恼极了，自己一个人跑到酒吧去喝酒，没想到碰到了楚麟。我告诉他，我不想跟楚麒结婚了，我喜欢的是你楚麟这个样子的男人。我跟你在一起，放松、舒服，而跟楚麒在一起，却觉得他高不可攀，要努力地踮起脚才够得着他，感觉很累很累。

没想到楚麟也有同感，他也喜欢跟我在一起的放松，甚至放纵。他跟你在一起时，不得不收敛起自己的好动贪玩，舍弃他最喜欢看的球赛，陪你去看画展；不得不收起自己大碗喝酒、大块吃肉的豪放，陪你去吃西餐、喝红酒。

可是，意识到这些，我们已经开始谈婚论嫁，一错再错。想到明天就要举行婚礼了，一切就要以这种形式为结果，人生的某一阶段似乎就注定这样了。我突然觉得不能再这样下去。可是，我该如何开口说出这一切呢？

原谅我和楚麟，我们选择了逃避，因为我们不想再这样下去，也不知该如何终结这种错误。

请向楚麒道歉，并解释。

妹妹　童俐

第三十八章　错爱纠偏

苏达绿读完信，屋里安静极了。

突然，陆十一一拍桌子："本来就该这样，这样就对了！"然后笑着跟楚麒和童伶解释："其实，从见到你们两对双胞胎时，就感觉配错对了，楚麒和童伶，你们给人的感觉才是一对，不论是性格，还是气质，你们才是一对！"

菲塔补充："还有你们之间的那种心有灵犀，在举手投足间不知不觉就流露出来。"

童伶声音沙哑："明天的婚礼怎么办？请帖都发出去了，亲朋好友会怎么交代？"

楚麒安慰童伶："别着急，我再打打他们的电话试试。做人不应该太任性！"

童伶摇摇头："我了解童俐，她如果刻意藏起来，你不可能找到她！"

"怎么？他们都不接电话吗？"苏达绿问道。

"是的，他们都关机，电话无法接通。"楚麒解释道。

"这个事情好解决。但是前提是回答我一个重要的问题。楚麒和童伶，请你们遵从自己的内心，认真回答这个问题。可以吗？"陆十一表情严肃。

"可以！"楚麒郑重地点头。

陆十一又看向童伶。童伶也点点头。

"我这个问题就是，楚麒，你真爱的人是童伶吗？你跟她在一起，感觉到真正的放松，发自内心的幸福和快乐。是不是？"

楚麒沉默了，良久，他看着童伶，认真地说："童伶，我爱的人是你，从一开始就是，现在还是。但是那次我把她童俐当成你，我吻了她，我应该对她负责，我只能爱他一个人……所以，就这样一错再错下去。"

楚麒把目光转向陆十一看了一眼，一把抓住童伶的手，接着说："是他刚才的问话，让我一下子明白了，这些年来，其实我一直在逃避。我记得钱钟书说过一句话，婚姻如鞋子，合不合脚只有自己知道。感情也是一样。只有和你在一起，才有那样合脚的舒适和宽松。其实，童俐是对的，她很有勇气，敢于直视自己的内心，敢于说实话，我佩服她，也感谢她！过去，我们都太自以为是了，以为牺牲了自己，就会成就别人，却不知道，如果大家都是这样想，每个人都是痛苦的。童俐，她其实解救了我们四个人。"

童伶身体明显地晃了一下，她看着楚麒，眼睛湿润了："楚麒，我也爱你。从前爱你，却只敢远远地看着你，你的一举一动牵动着我的视线。后来你和童俐一吻定终身，你和童俐，都是我挚爱的人，只要你们开心快乐，我就开心快乐。所以我选择快乐地退出，接受楚麟。虽然楚麟不是你，没有你的内涵，没有你和我之间的灵犀，但起码他身上有你的影子，起码，我还有机会经常看见你……你说得对，我们要感谢童俐！"

"啪啪啪"，陆十一带头，大家一起鼓掌，用热情的眼神看着这一对袒露内心的情侣。

"好，明天婚礼照常举行。楚麟和童俐，我来发短信，我相信他们一定会看到，会赶来参加这错位校正的婚礼！"苏达绿大声宣布。她看着众人，"你们还有什么补充的吗?"

"有！"何双双如一个小学生，乖乖地举手。

"请讲！"苏达绿配合着扮演老师的角色，伸手示意让何双双发言。

"就是，那个，要马上通知酒店把两对新人的名字调过来，新郎楚麒，新娘童伶；新郎楚麒，新娘童俐……"何双双扳着手指，一口气说道。

"哈，对，不愧是何军师，总能第一时间关注到这些细节。我马上打电话通知酒店。"陆十一乐滋滋地大声应道。

"OK，楚麒、童伶，你们放心回去吧，这意外的调整也够你们好好消化一下的，回去跟双方父母好好解释一下，请他们帮着联系一下楚麟和童俐，你们两个还有一个重要的任务，就是要保证休息，要让大家明天见到精神饱满的新郎、新娘！"苏达绿信心十足地给楚麟、童伶打气。

见到楚麟和童伶仍然忧心忡忡，苏达绿就大包大揽地夸了海口："别忘了，我们是'十指相扣'，从来都是遇山砍柴，遇海架桥，还没有出过岔头呢！你们的任务，就是保证明天给我一个喜气洋洋的新郎和一个完美无瑕的新娘！"

童伶笑了，楚麒爱怜地看着童伶，眼睛也满含笑意和感激。

"谢谢！"楚麒拉着童伶，认真地鞠了个躬，转身离去。

"这就对了，这样感觉才对！错位的爱，就是要纠正！"陆十一感慨万千。

“十一，话中有话啊！你不会是看上哪个有夫之妇了吧?”曹告白今天新穿了一件夹克，双手帅帅地插在口袋里，斜眼看着陆十一。

陆十一似乎刚刚发现他似的，叫道：“咦，曹哥，不一样了啊！恋爱让人变得聪明，这话真是不假！”他扫了一眼苏达绿，意味深长地说道：“怎么样绿姐，还是我的预感对吧？我当初就觉得不对劲嘛！”

对陆十一的沾沾自喜，苏达绿很是好笑：“行了，行了，这次算你未卜先知行了吧?”

陆十一却不依不饶：“错位的爱，就是要纠正。只不过，当局者迷，有些人到现在还在执迷不悟！”

苏达绿意识到陆十一的话中有话。她瞪了一眼挑起事端的曹告白，而后者嘿嘿笑着挠了挠头：“我皮黑心不黑，完全没有恶意啊！”

何双双将这一切看在眼里，给曹告白打抱不平：“十一同学，如果真的想曹告白说的那样，你也可以学学童俐，不好意思开口就写信呀！”

苏达绿觉察到了大家话语里的潜台词，赶紧转移话题：“好了好了，咱们得抓紧忙正事了。这两对双胞胎这么一调，够咱们忙活一阵的。十一，明天不是邀请格非友情出场吗？别忘了通知格非把主持词调整过来，你们还得提前再对对一下词。”

何双双也一拍脑袋：“绿姐，你能肯定楚麟和童俐能看到你发的短信吗？看到短信他们就会乖乖赶过来？如果不能按时赶回来，怎么办？咱们还得准备两套方案！”

菲塔插话：“我觉得妹妹和弟弟一定会回来。他们之所以出走，原因只是因为他们两个人想在一起。现在，他们两个人可以正大光明地在一起了，为什么还要选择继续出走?”

曹告白不住点头。

“到时候，实在不行，就让楚麒和童伶重复出场两次，给亲朋好友一个交代！”苏达绿说出了 B 方案，也就是下策。

第二天一大早，大家分头行动。陆十一、曹告白陪着楚麒去接童伶，苏达绿和菲塔、何双双等人去酒店准备。

因为是周末，离仪式时间还有一个小时，闲着没事的参加婚礼的亲朋好友就已经开始陆续入场。苏达绿一遍遍拨打楚麟和童俐的手机，每次回应的，都是冰冷的女声：“您拨打的电话无法接通，请稍后再拨。”

苏达绿急得直跺脚。

不久，新郎新娘和双方的父母也都来了，脸上都是布满焦灼。童伶童俐的爸爸歉意地说：“给你们添麻烦了，童俐这孩子从小就任性！哎！”

“我们那个小的也是，他哥哥一直让惯了！”楚麒楚麟的妈妈心直口快地接过话。

“放心吧，爸、妈，‘十指相扣’对付这类意外很有经验，你们先去招呼客人！”童伶安慰父母和公婆。

“你们公司很有名气，我们都知道。一切就拜托了，好歹别在亲戚朋友面前出丑！”楚麒楚麟的爸爸郑重地抱抱拳。

双方父母先进去招呼客人了。

仪式的时间马上就要到了，但是楚麟和童俐还是没有联系上，就在陆十一和苏达绿商量，决定启动 B 方案时，苏达绿的手机屏幕亮了，显示的是楚麟的电话号码！

大家都凝神看着苏达绿。她简短地接完电话，满脸笑容：“楚麟和童俐正在往酒店里赶，大约还得半个小时，咱们稍微往后拖延一点开始，再把过程放慢一点，应该来得及！”

“太好了！”大家击掌庆祝，忐忑紧张的心情都放松下来。

陆十一看看表，向大家点头示意：“那么，我们十分钟后开始！”

一阵轻快喜庆的打击乐之后，陆十一和格非走上舞台。陆十一一脸地喜气洋洋，开口道：“各位亲朋好友，女生们、先生们：大家上午好！爆竹声声，红尘中诞生了两个幸福的家庭；喜字对对，人世间缔结了两桩美满的姻缘。”

格非含笑接过：“是的，两个家庭、两桩姻缘！今天是‘十指相扣’婚庆策划有史以来最特别的一场婚礼！两个新郎、两个新娘，都是双胞胎。世界上就有这么巧的事，双胞胎爱上双胞胎。接下来，今天的婚礼上，还将会有更巧合、更奇妙的的故事发生，大家一起期待吧！”

现场的气氛一下子被调动了起来，到场嘉宾在喧哗声中，小声议论着：两对双胞胎同时结婚，他们接到请帖时都已经知道了，但是更巧的事是什么呢？

陆十一：“有请新郎楚麟、新娘童伶入场！”

陆十一话音刚落，场内就凑起齐“婚礼进行曲”。却见格非急忙打断乐队的演奏：“停，停！说岔了！”

来宾不知发生了什么事，纷纷交头接耳、东张西望。两对双胞胎的名字很像，事实上大部分来宾都没有听出来异常。但是苏达绿、何双双却急得直搓手：“错了，这个陆十一，是不是忙晕头了！”

这时，乐队的演奏停了下来，格非的目光从陆十一转向观众，朗声道：“不好意思，刚才我的这位伙伴把名字说错了。我猜，应该是因为今天的新娘特别漂亮，新郎也特别帅气，让我的伙伴看的神不守舍，太激动了，结果就把新娘的名字说混了。"

陆十一做出一副拼命思考的表情，对着台下观众问："我真的说错了吗?"

格非抢过来话题，问："你真的说错了。你是不是激动得晕了啊? 我怀疑你现在连自己的名字都不知道了。现在请我们现场的亲朋好友一起见证一下，我的这个伙伴是不是还记得自己的名字。"

然后，格非问陆十一道："当着在座的诸位，请说出你的名字!"

陆十一做出一副刚刚想起来的样子，回答说："我叫陆十一。"

"英文名呢?"格非继续问。

"十一路!"陆十一回答。

"哦，原来我在和公交车在台上主持。"格非和陆十一的一唱一和，引得满堂大笑。

等大家笑声过后，格非说："好了，刚才是我和十一路公交车给大家即兴赠送的一个欢乐桥段。大家笑声停了，但是欢乐的气氛要继续保持，喜庆的劲头要再接再厉!"

陆十一用力一拍脑袋，嘻嘻说道："十一路现在向大家正式宣布，接下来，请我们一起期待新郎楚麒、新娘童伶!"

苏达绿和何双双嘘了口气：原来，这是陆十一和格非为了拖延时间，而临时增加的一个花絮。

格非接着陆十一的话说道："有些现场的朋友听到这一对名字可能会发现和请柬的不一致。这就是我刚才说得更巧合、更奇妙的事。因为昨天，负责姻缘的月下老人发现，两对双胞胎的结婚对象错了，所以及时进行了纠正调整。各位亲戚朋友，现在即将出现在大家面前的，就是新郎楚麒，新娘童伶。"

"结婚进行曲"重新响起，一身白衣的楚麒出现在舞台上。格非用满是欣赏的口气说道："白马王子，真正的白马王子出现了，他的美丽新娘在哪里?"

一束追光灯下，门口出现了六个穿着白色纱裙的伴娘和六个身穿白色西装套装的伴郎，一对对手拉手高举着，另一只手背在身后，踏着"结婚进行曲"的节奏，迈着轻快的舞步走进来。后面，一身白色婚纱的童俐，挽着爸爸的手缓步踏着红地毯走进来……

舞台上，楚麒和童伶的仪式在一步步进行着，虽然陆十一和格非有意放慢了步骤，但两个人的仪式也进入尾声。可是楚麟和童俐还是没有出现。

"怎么回事? 该不会是堵在路上了吧?"何双双不安地嘟囔着。

"乌鸦嘴!"苏达绿一边嗔怪，一边拨通了楚麟的电话，她接着电话，嗓门就提高了："什么，堵车了? 什么时间能到还说不上来?"

舞台上，陆十一将原来安排在后面进行的一些环节也提上来了，楚麟和童俐还是没有出现。陆十一返到后台，同样一脸焦急的苏达绿无奈地摊摊手：“堵车！”

舞台上，格非还在使出浑身解数活跃着气氛，但是大厅内已经开始喧哗，回过味来的来宾感觉到了气氛的异常，开始议论起新郎和新娘在婚礼前的这场变故；很多人下午还有别的安排，看到时间拖长了，就变得不耐烦起来，有的人甚至站起来张望。

突然，舞台上暗下来，一束追光灯笼罩着何小双，她穿着一件白色的小纱裙，软软顺顺的头发上，带着一个用白色满天星编成的花环灯光下，如一个一尘不染的小仙子。她将话筒举到嘴边，用甜美的童音开口说道：“我叫小麻烦，是十指相扣婚庆策划的金牌义工。我要献给一对新人一首歌，并为下一对新人的入场喝彩。这首歌的名字叫‘青花瓷’。”

大厅内原本骚动的气氛竟然神奇地得到控制，瞬间安静下来，所有的人都静静地等待着何小双。只见何小双先是微微一笑，接着表情一正，开口唱道：

“You are the face that has changed my whole world.

You are the face that I see everywhere I go.

You are so beautiful to me that I can’t explain，

Just like a green flower porcelain.

……”

长长的一首青花瓷英文版唱完了，全场爆发出雷鸣般的掌声。何小双两手展开，双腿交叉，行了一个可爱的答谢礼。掌声更加热烈了。

掌声中，何小双退了下去，但是很快，她又上来。来宾正在诧异间，却听见她歪着头、天真无邪地给大家说道：“即将出场的新郎新娘因为刚才在路上堵车，刚到。在他们上场之前，请各位哥哥姐姐叔叔阿姨伯伯婶婶喝着喜茶、吃着喜果，听小麻烦给大家用中文再演唱一遍‘青花瓷’。”

伴随着台下的掌声，何小双有板有眼地唱了起来：

“素胚勾勒出青花笔锋浓转淡，瓶身描绘的牡丹一如你初妆。……天青色等烟雨，而我在等你。……”

突然，歌声变成了合唱，几个声音同时加进来，灯光大亮，楚麒、童伶、楚麟、童俐，一对对，手拉手，一边加入这合唱，一边分别从何小双的两边慢慢走上舞台。他们四个人全部换上了中式喜服，男的是白色中山装，女的是红色的长旗袍，一个个英俊美丽，赏心悦目。

“天青色等烟雨，而我在等你。月色被打捞起，晕开了结局，如传世的青花瓷自顾自美丽，你眼带笑意，色白花青的锦鲤跃然于碗底，临摹宋体落款时却惦记着你。……”

歌声结束后，何小双大声说道：“小麻烦的表演结束了，接下来的时间，交给请新郎哥哥、新娘姐姐！……谢天谢地，剩下的事跟我无关了！”全场一阵哄堂大笑。

在一阵哄笑中，两位新娘过来蹲下身拥抱亲吻何小双，她又不知足地向两位新郎也索了吻，才蹦蹦跳跳退下去。

这时，礼仪小姐端上喜酒，两对新人各自拿起一杯，高高举起，童伶代表大家敬酒：“各位亲朋好友，今天是我们人生中最难忘、最幸福的时刻，从此之后，我们会牵起彼此的手，去看更美丽的风景，品尝更完美的人生。感谢各位对我们的包容和关爱，这一杯酒，包含了我们太多太多的快乐和喜悦，请大家共同分享！”

两对新人说完，分别将杯中酒一饮而尽，并向台下发出邀请示意。

礼仪小姐将杯子撤下，送上四只话筒。四个人拿起话筒，陆十一满面笑容走上来：“下面，请各位来宾倾听新人们的真情告白。”

“如果我是青花瓷，你就是我的烟雨天，等来了你，我的生命从此开始有依靠”。两对新人分别十指相扣，动情地朗诵着。他们的眼睛里都亮闪闪的。

很多人看见，双方的父母也都眼睛亮闪闪的……

第三十九章　双双入伙

何双双早早回来了。

不到下班时间啊！苏达绿看看表，奇怪道："今天这么早？不会是你也把跨国公司炒了吧？"

"没错，我把他们炒了！"何双双以肯定地语气回答道。

"真的假的？人家对你多好啊，别开玩笑了！"苏达绿听何双双的语气，不像在开玩笑，审视着她的表情。

何双双一脸严肃认真："不是开玩笑。我已经提交辞职信了。公司确实对我不错，但是最近受到国际经济形势影响，公司业务萎缩相当严重，英国总部要求中国公司裁员。我想了好久，觉得裁掉谁也不合适，就想自己辞职算了。正好前两天又出了点事儿，我就乘机提交了辞职报告。"

"等等，你说什么，出了什么事？我怎么没听你说过？"苏达绿一副打破砂锅问到底的样子。

何双双说出了事情的原委。

原来，前些天，何双双和小兰在公司旁边的面线店吃饭，遇到一帮恶人对一个漂亮的长发女孩儿动手动脚。女孩惊恐无助的样子激起何双双的侠义之心，不顾小兰劝阻，她就亮出了自己多年未用的功夫，将一帮恶人打得落花流水。但那帮恶人很快打听到了何双双的工作单位，用各种下三烂的手段给他们单位捣乱，总经理知道了事情与何双双有关后，就找她谈话，何双双顺势提出辞职。

苏达绿听完了何双双在面线店的故事，直翘大拇指："双双，你威武不减当年啊，太让人解气了。不过，也就是你，有一身好功夫，否则像我，纵有一颗英雄心、一腔英雄胆也没什么用，一样被人头上开瓢！"

何双双见她又提起当年的事，就嗔怪道："绿姐，这都什么跟什么呀，当年打破了你的头，我也不是故意的啊，你不会还在给我记仇吧？我辞了职还想跟着你干婚庆呢，你不会借机报复，给我秋后算账、把我拒之门外吧？”

苏达绿哈哈一笑：“别着急上火嘛，我只是随口拿来做例子而已！你要加入婚庆公司，我当然非常欢迎。再说，你不早就是‘十指相扣’这个大家庭的成员了吗！”

“那以后就不许再提黑板擦子打破头的事儿，否则我就把你归结为小肚鸡肠了！”何双双强调说。

晚上，大家早早收工，到了滨海市最有特色的木柴火锅店，欢迎何双双正式加入婚庆公司。

这家店的火锅是老式的铜火锅，中间是中空的火塘，可以填木炭，四周一圈是底料，牛羊肉均是手工现吃现切，涮出来特别鲜美，加上遵循古法炮制的佐料，吃起来那叫一个过瘾。

何双双接了何小双赶到火锅店时，所有的人已经到齐，就等她们俩了。出乎何双双意料的是，叶天明竟然也在，跟曹告白他们聊得热火朝天。

何小双进门一看见叶天明，立刻飞也似的地飞奔过去，扑进他张开的怀里，大声嚷着：“帅哥哥，I miss you so much！”

“小麻烦，I miss you too！”叶天明满脸都是宠溺的笑容。

何小双是大家眼中的小“公举”，人见人爱，如果一旦有人发现她对别人表现得比自己更亲近时，就多半就发生一场半真半假的小小纷争。而现在，大家看着这一大一小两个人，众目睽睽之下、旁若无人地表演“肉麻”，都不禁切齿。

菲塔故意捣乱，嚷嚷着：“小麻烦，我也想你了，我一天都没见你了！”

嚷罢，也向何小双张开手臂。何小双却向她翻了个白眼，意思是你凑什么热闹。看着菲塔失望的表情，何小双想了想说：“这一个月里，我天天都能见你好几次，可是我都好几个月没见帅哥哥了！”然后，又安慰似的给了她一个飞吻，一副敷衍了事的样子。

“重色轻友！”菲塔一个成语脱口而出，说完捂住嘴，紧张地看着大家，怕又犯了乱用成语的病。

不过，这一次却赢得了大家的表扬。众人却都夸她中文说得越来越溜，越来越地道。她高兴了，暂时放弃了跟叶天明的争风吃醋。

“看看我给你带了什么?!”叶天明将何小双抱在膝盖上，把身边的一个包装精致的盒子递给何小双。

何小双迫不及待地打开包装盒，立刻惊喜地尖叫起来：“棉花糖！”她向何双双、苏达绿扬了扬手中的盒子：“啰唆姐、绿姐，我没有骗你们吧？帅哥哥真的是去英国给小麻烦买棉花糖去了！”

叶天明眼睛亮亮地看着何双双：“大家都有份儿，我给你们都买了礼物！”

曹告白帮着分派：“都有份儿，英国红茶、巧克力，都是好东西。明明这次去英国，大家的收获这么多，明明的收获肯定也不小吧？怎么样，事情顺利吧？”

“是，收获不小，所有该解决的都解决了，该还的帐也都还清了！”叶天明一反常态，高调地应和道，一边说话，一边眼睛瞟向何双双。

何双双觉得叶天明变了，从一开始进门看见他，就觉得他神情不同于以往，似乎卸下了什么沉重的东西，以前经常笼罩在眉宇间的浓重的忧伤一扫而空。他不时看向她的目光，灼热而坦然，让她莫名地激动和兴奋。但何双双还是装作没看见他的目光，只是跟苏达绿、景盈有一搭没一搭地说着话。所幸人多嘈杂，没人注意到她的心不在焉。

何双双不知道，叶天明这次英国之行，不仅解决遗留问题，而且英国合作方对项目的进展也很满意，爽快地结清了所有费用，并续签了今后的合作协议。

最关键的是，叶天明有足够的钱还清何运洪的四十万了！叶天明拿到结清的钱款后，在英国就第一时间联系上何运洪、要了账号。从英国回来，一下飞机，在机场就迫不及待地汇给何运洪五十万元，不但还清了当年的借款，还额外付了十万的利息。

在确认五十万都到账后，叶天明又给何运洪打了一通电话，郑重地说：“何总，谢谢您当年帮我救了我妈妈。您当时对我说的一句话，我一直都记在心里。您说，妈妈只有一个，我无法选择谁来做我的妈妈。这句话打动了我、也改变了我。

“当时，我心里其实也有一句话，想要告诉您。只是当时没机会说，现在机会终于来了，我想要告诉您：从我和何双双相见那天开始，我今生的爱人就注定了只会是她，不可能再会有第二个选择。

“现在我借您的钱已经还清，我要重新找回何双双，我要娶她为妻。我希望得到您的祝福！”

叶天明的语气平静且凝重，声音里有一股被压抑很久的力量在慢慢地释放；他说的这番话，既是对过去的了结，又是对未来的规划，更仿佛是在做一场爱情宣言：从今往后，再也没有什么力量能够阻挡我和双双的感情！

电话那头的何运洪沉默了一会儿；然后，用同样平静、凝重，但是略带沙哑的声音说话了。

“叶老师，你让我尊重，我希望你和双双能够重续前缘！我祝福你们……我能想象，这么多年你们一路坚持走过来，有多么不容易……

“当年，我不同意你们在一起，是另有隐情的。以后如果有合适的机会，我会告诉你……暂时地，请你谅解我作为一个父亲的用心吧。

“请你善待双双。这些年，她很不容易。那时我不让你们在一起……她找不到你，曾经试图切腕自杀……抢救过来后，我把她送去了英国。

“她一直都不肯原谅我。到了英国后，开始还打过两次电话，后来就再没有和我联系过……我现在实在帮不了你们更多。”

何运洪的话让叶天明愣住了：何双双当初去英国，背后竟然是这样惨烈的故事！

当年他接过何运洪的四十万，就选择了失踪。他以为只是兑现自己的诺言，却忽略了何双双的感受。他眼前闪过从英国回来后，再次见到的何双双，她的眼睛里有着太多的沧桑和忧伤，这些沧桑和忧伤在她开朗活泼的身上是那么刺眼，跟她的过去完全不同，也跟她的年龄格格不入。她偶尔投向他的幽怨眼神，她的若即若离，她对他的一语双关、冷嘲热讽，原来背负着这么多的故事！

明白了这些，他的心中一阵绞痛。

他突然涌起一个冲动，他要紧紧抱住何双双，用力地亲吻她，彻底抚平她的忧伤，弥补这些年对她的亏欠。他要亲口向她说出他的深深歉意和愧疚，向她倾诉积攒了这么多年的思念。曾几何时，这思念每天每时每刻都在折磨着他、鞭策着他，让他痛不欲生，而又让他充满希望地、咬紧牙关努力着奋斗着……

从机场出来时，天空飘起小雨。叶天明坐在出租车里看着窗外，想到从此之后，他可以光明正大地跟何双双相亲相爱了，心情畅快晴朗。

此刻，叶天明多想给何双双发个短信，告诉她，他从此可以光明正大、无拘无束地爱她了！过去他们荒废了那么多光阴，他们要用力爱，把过去的错过都好好爱回来。就像过去，何双双每次考了好成绩，还没出校门，就迫不及待地给他发短信报告好消息一样。

“祝贺、热烈祝贺帅老师的优秀学生何双双，期中考试以优异成绩进入全校前二十名！”还有，她司空见惯的小女孩儿撒娇似的短信“帅老师，我想你啦！”“帅老师，我要你来陪我！”“帅老师，蛋炒米饭练习成功，速速来验收！”

他下意识地拿出手机，才想起他竟然没有她的手机号。他心里暗暗骂自己：叶天明啊叶天明，你真是糊涂成了一根筋，这些年脑子真是进水了！

没办法，他只好拨通曹告白的电话，对方一听说他回来了，就高兴地说道：“太好了明明，你直接到木柴火锅店，出租车司机都知道这地方，我们今晚给何双双祝贺，她正式加入‘十指相扣’了！”

“什么？何双双加入十指相扣婚庆策划公司？她不是一直都是在那里吗？怎么又正式加入？”叶天明一头雾水。

“是这样的，何双双以前在英国一家跨国公司工作，因为跟苏达绿是闺密，所以对‘十指相扣’特别关注，也付出了大量精力，不过那都是业余帮忙。她今天辞了职，正式加入了‘十指相扣’……详细情况，见面再谈吧。”电话那头很嘈杂，曹告白显然没有耐心在电话里跟叶天明聊长天。他简明扼要地解释了一下，就急急忙忙地挂断了电话。

吃饭时，叶天明一直将何小双抱在怀里。他还在她面前专门放了一个小碗，何小双喜欢吃什么，他就耐心地夹到她的小碗里。

苏达绿好长时间没有见到叶天明了，也感觉到了他这一次的出现、所表现出来的不同。她一直关注着叶天明的一举一动，直到她看着叶天明和何小双之间的亲近，忍不住脱口说了一句：“小麻烦，上辈子你一定是叶天明的小情人！”

苏达绿的话声音不大，但是却同时触动了好几个人的神经。大家都知道，女儿常常被说成是父亲上辈子的情人；按照这个说法，何小双上辈子是叶天明的情人，意思就是何小双是叶天明的女儿。

何双双的脸一下子红成了熟透的大虾，她知道苏达绿说这话，一定是不假思索、脱口而出，心里不可能会想到她说出的、竟然真的是事实。但是，何双双听到这句话后，还是不由得心惊肉跳了一阵子。

菲塔知道事情的真相，她不解地瞥了苏达绿一眼，然后又看了看何双双。她不知道何双双是否已经把何小双的秘密告诉了苏达绿，眼下这种情况，她只能选择一言不发。

叶天明心里突地一热，苏达绿说出了他的期望。他一直怀疑何小双跟何双双不是姊妹关系，而更期待她们是母女。他曾经仔细推算过自己和何双双最后一次的亲热，还有何小双和他之间的那种天然的、无法说清的亲密，说不定真的如苏达绿所说，何小双是他前世的情人。

苏达绿话一说出，意识到自己的失口，赶紧解释道：“主要是小麻烦眉眼之间、有些地方确实很像叶天明……不过，小麻烦，姐姐不会吃你的醋哦！”

何小双瞪着眼睛听苏达绿说完，反问道：“绿姐，小麻烦是帅哥哥的小情人，那你是帅哥哥的女朋友，就是帅哥哥的大情人。帅哥哥抱着我吃饭、你这个大情人不吃醋，那帅哥哥都抱着你做什么，你说说，看我这个小情人吃不吃醋？”

何小双此话说完，引得大家哈哈大笑。何小双见大家都笑了，也对着大家伙笑了笑，然后忽闪着大眼睛，等着苏达绿的回答。

苏达绿没想到被何小双怼了这么一下，一脸尴尬、不知如何回答。菲塔赶紧起身，给苏达绿解围，“好了好了，大家换个话题吧。我来给大家讲个在英国第一次吃火锅的故事吧。”

“有一次我请一个同学去吃中国的火锅，我临时有事情要晚来一会儿，就让我同学自己上菜先吃。等后来我赶到时，我同学已经吃得差不多了，我问她感觉怎么样，她说‘还行，和吃西餐差不多’。我就纳闷了：‘火锅怎么会和西餐差不多呢?’就问她怎么吃的?她说：‘我先把锅里的汤都喝了，然后又把所有的菜都蘸酱吃了……’”

大家哄堂大笑。

第四十章　菲塔失信

这晚的火锅，叶天明吃得无滋无味。

他本来以为，当自己还清何双双爸爸的借款后，就可以卸下所有的心理负担，好好地与何双双重续前缘了。可是现在，当自己把所有的欠款还清了，却发现情况没有这么简单。

何双双对他的示好无动于衷，根本不给他单独交流的机会：刚才开始落座时，他抱着何小双想坐在何双双身边，她却起身跑到菲塔旁边去坐。

叶天明不知道，何双双的心里也是一样纠结。她注意到了叶天明的转变后，在没有搞清楚原因前，只能冷处理、做进一步观察。

苏达绿的心情也很复杂。自从上次陆十一向她表白后，她回顾了一下与陆十一的交往，发现陆十一真的是非常介意自己。而刚刚何小双怼她的一下，让她突然意识到，自己应该考虑一个问题：名义上自己是叶天明的女友，但是这么久以来，他们之间的关系一直若即若离，没有任何实质的进展，和普通朋友其实没有什么两样。

所以，苏达绿心生一个想法：自己有意在叶天明的面前也表现出对陆十一的亲近和关怀，试探一下叶天明的表现！

陆十一对羊肉有天生的偏好，别看他瘦，吃起羊肉来，胖子也比不上他，他自己吃掉七八盘羊肉没有任何问题。当他去取第五盘羊肉时，坐在他旁边的苏达绿一把夺下盘子，放回原处，用亲密的语气嗔怪道：“你就不能多吃青菜，给曹告白省点钱?!”

曹告白和菲塔正在窃窃私语，听到这话赶快想表明态度，但还是被叶天明抢先了，他一边做手势制止曹告白，一边对大家说：“十一老弟尽管放开吃！大家也都别客气！我的项目完工了，本来就想着回来找大家一起聚聚、热闹热闹，想不到今天这么巧，告白正好把大家召集到了一起，那真是是天赐良机，谁也别给我抢，这顿饭我做东。大家尽管放开吃，想吃什么吃什么！”

陆十一觍着脸往苏达绿这边凑，两人的身体都几乎靠在了一起，他说道："好吧，我不吃肉了。我看着绿姐吃什么，我就跟着吃什么，可以了吧?"

苏达绿对于陆十一的身体靠近一点儿也没有闪躲，只是用眼睛的余光注意着叶天明。陆十一取过一盘大白菜，给苏达绿一些，然后将剩下的都扒到了自己的火锅里，嘴里还不闲着："明明哥哥的这个项目看样子是赚了大把钱！不过，我知道，绿姐这么说绝不是为了省钱，其实是担心我肉吃多了会发胖，不利于'十指相扣'的公司形象！对不对，绿姐?"

"就你贫，你就是吃成一头肥猪和我又有什么关系！"苏达绿看到叶天明根本就没有注意自己和陆十一，心里有些失望，狠狠地瞪了陆十一一眼。

陆十一被瞪了一眼，心里却非常受用。打是亲、骂是爱，被瞪一眼也是亲密的表现。当着叶天明的面，苏达绿对自己表现出了亲近，陆十一心里自然乐滋滋的。只是，当他刻意在叶天明面前向苏达绿示好时，发现叶天明并没有把自己当作竞争对手，心里就又有一些不安。

崔磊的位置和他们两个离得近，看得仔细，以为陆十一和苏达绿在打情骂俏，便对身边的景盈说："你看到了没有，以后要学着点，不要再经常给我做红烧肉吃了啊！管着我点，让我少吃肉，不然，我很快就被你喂成猪了。"

景盈轻轻一笑："你这没良心的，两顿饭没有肉，你就说我虐待你，现在又这么说！"

崔磊嘿嘿一笑："今天开始，我服从你的管理。我想明白了，像绿姐这样，不让陆经理多吃肉，这才是真的关心。绿姐这么做，才是真的关心陆经理！"

苏达绿经过一番试探，发现叶天明毫无反应，注意力一直都在何小双身上，现在又听到崔磊这么说，心里一下变得五味杂陈起来。于是，她站起来，用力地把酒杯往桌子上一撴，一手叉着腰，涨红着脸大喊："今天是欢迎何军师加入'十指相扣'，看来大家好像都忘了主题！奶奶个头，都给我喝酒，你们杯子的酒都喝掉，谁也不准剩下！不喝掉，就是不欢迎何军师！"

"干杯！"大家都举起杯子，热闹地碰杯。

何双双突然产生了一醉方休的渴望，她举着杯子站了起来："我敬一杯酒，谢谢大家对我的接纳。加入'十指相扣'是我一直以来的心愿，我希望跟你们大家开开心心地、一直这样下去！"

何双双举杯说完，一仰头，一杯酒一饮而尽。紧接着，她的脸就变得绯红。

"好，这酒必须得喝！"苏达绿率先将酒喝掉，然后督促大家，并一一检查每个人面前的杯子。

落座后，何双双发现手机屏幕一亮，是一条短信："找个机会单独谈谈，好吗？叶天明。"

何双双抬头用余光瞄了一眼叶天明，发现后者正用期望的眼神看着自己。她故意扭过脸去，和菲塔说笑起来。

何小双从叶天明的膝盖上滑下来，跑到何双双身边，趴在她耳朵上，很神秘地悄声告诉她："啰唆姐，刚才帅哥哥问我要了你的电话，我告诉他了，是不是你收到短信了？"

何双双笑了笑，轻轻吻了一下她软软的小脸："我收到了，谢谢小麻烦。"

当菲塔确定叶天明就是何双双的叶天明后，就一直想着帮助他们破镜重圆，但苦于无处着手。

火锅聚餐的几天后，叶天明对曹告白说，想单独约菲塔出来喝杯咖啡。曹告白觉得奇怪，问什么事情。叶天明含糊其辞："一点儿私事儿，想请菲塔帮个忙，如果有其他人在场会不方便。"

曹告白更加奇怪了："也包括我?! 你要和我女朋友喝咖啡，我在场竟然会让你觉得不方便？你们这到底要谈什么事儿？如果不是因为我，你们两个连认识都不可能！再说，菲塔在中国也没认识几个人，能帮上你什么忙呢？……"

曹告白又问菲塔，是不是知道叶天明要谈什么事儿了？菲塔说她能猜得"八九不离十"，等到时机成熟，一定会告诉他。曹告白越发好奇了。

菲塔到咖啡厅时，叶天明已经在那里等着了。看到菲塔进来，叶天明起身相迎，招呼服务生送上咖啡。

叶天明做了个请的手势："我刚才替你点了一杯摩卡，如果不喜欢，就再换一杯别的。"

"没关系的，摩卡就不错，咖啡里加些巧克力，我喜欢！"菲塔说，"在我们老家，摩卡是一种咖啡豆；而在中国，摩卡是一种咖啡的配方。"

"我单独约你出来，是想请你帮我一个忙。"长久的沉默之后，叶天明终于言归正题。

菲塔期待而会意地看着叶天明。她知道，下一句，他就要说出何双双的名字了。

但是叶天明又沉默了。他眼睛看着窗外，似乎在做痛苦地抉择。终于，他开口了："我想，你也许知道我请你帮忙做什么。"

叶天明支支吾吾、欲言又止的样子让菲塔很是不解。她不理解叶天明为什么拐弯抹角。

“其实，我和何双双好多年前就认识了……”叶天明艰难地说出何双双的名字，表情忐忑。

原来，叶天明不确定我是不是知道他和何双双的事！菲塔恍然意识这个原因，她主动说道：“你和双双之间的事情，我都知道。”

“当初，双双因为你割腕自杀，被救过来后答应爸爸去英国读书。其实，她当时是对你死了心，想把你从生命中彻底删除……”

“对不起，她自杀的事情我是在前几天才刚刚知道的。”叶天明痛苦地低下头。

“我和双双结识，是因为从小对中国就很向往。中国医疗队救过我家很多亲人，我自己也是在中国工程队的帮助下才逃到英国的。所以，当我了解到有个中国来的女生想找人合租时，就主动联系了她。”

“在英国，我和何双双同居了五年。那些年，她所有的痛苦和快乐，开心与伤心，都是我陪她一起度过的……她为什么留学到英国，她手腕上为什么有道伤疤，疤痕后面是一个怎样的故事，都曾对我说过……”

“对不起，她自杀的事情我是在前几天才刚刚知道的。”叶天明低着头喃喃道。

“她之所以把她的故事都详细告诉了我，是因为她本来打算这辈子留在英国，不再回来。你能想象吗？会是什么样的绝望，能让一个女孩子义无反顾地离开家人、离开生他养她的家乡，独自漂泊他乡，今生今世永不言归？……”

“我想，你也许无法理解。但是，我能理解，因为我感同身受，我十三岁那年从家乡逃出来时，就曾经发誓从此以后再不回去……可是双双和我不一样啊，我家里一个亲人也没有了，而她，她的家人，爱她的、和她曾经爱过的所有人，都在中国……后来，如果不是因为小麻烦的病，双双是绝对不会回中国的！她的个性，我太了解了……”

菲塔一口气说完。叶天明抬起头，已是泪流满面：“你能不能告诉我，小麻烦和双双到底是什么关系？”

“对不起，我答应过双双的，我要替她保密。今天，我已经对你说得够多了，以前从来没有对别人说过；包括告白，都没有说过……小麻烦的事情，还是将来有机会让双双亲自告诉你吧；我要遵守对双双的承诺……”菲塔摇摇头。

“可是，我真的很担心，我还有没有这个机会……以前，我情非得已，不能对她说；可是现在能说了，又没有机会了……”叶天明任由泪水长流。

“早知如此，何必当初？……双双最需要你的时候，你跑到哪里去了？为什么消失得无影无踪?”看着叶天明的样子，菲塔心里又是同情，又替何双双鸣不平。

“我说过了，我真的有我的不得已。我给你讲讲我的故事吧，你愿意听吗?”叶天明看着菲塔。

菲塔点点头。

叶天明讲了自己当年母亲病重，自己不得已借下何双双父亲的巨款，并与何父定下没还清之前、不与何双双有任何联系的承诺。本来，他深爱何双双，一直在犹豫，但是，何父的一句话击中了他，让他做出痛苦的抉择。何父说“你可以选择谁做你的女朋友，你能选择谁做你的母亲吗?”

“……可是，我又不能对双双解释。在那些日子里，多少次的午夜梦回时，我都无法自拔地默念她的名字，直到自己哭醒、发现枕头已完全湿透……多少个白日恍惚间，我身不由己地追随一个熟悉的身影，直到人家回望时、才发现是个陌生路人……但是……我没想到，双双受伤更深……这些天，我一直想找她解释，想对她说清楚……”

“我并不是奢求得到她的谅解，只是希望她能够知道，我当初的消失实在是情不由衷……她一直不给我机会，我想来想去，只有你能帮我。我想请你听一下我的过往，然后把我的苦衷说给她听……我知道，你是她最要好的朋友。你愿意帮我这个忙吗?”

叶天明泪光闪闪的眼睛里，满是期待和恳求。

菲塔用力地点点头。

好一会儿，菲塔才慢声说道:“其实，双双跟我说过，她一直怀疑是爸爸在中间作梗，所以，才和爸爸恩断义绝……你恨双双的爸爸吗?”

叶天明轻轻摇摇头:“开始我的确有些想不开。后来我想明白了，我应该感谢何总。除了他，再也不会有第二个人肯借给我那么多钱。他的那笔钱救了我的妈妈，妈妈到现在还身体很好……可是……我让双双受苦了……”

菲塔叹口气:“开始听双双说起你们的故事时，我一直在想，男主角究竟是个什么样的人，能那样决绝的离她而去?”

“后来见到你，觉得你不像是哪种轻薄无情的人，应该有自己的苦衷。现在听你这么一说，我就明白了。真相远远比我事先想象的还要残酷，你们之间的误会实在是太深太深。”

“我理解你当时在母亲和恋人之间的选择。我觉得你的选择、你们的爱情都非常伟大!可是，如果设身处地地为双双想想，她寄托了全部身心的恋人突然消失得无影无踪，那种心情，我想你应该能理解，是吗?”

叶天明使劲地点点头，又摇摇头:“菲塔，你告诉我……现在，是不是，我和双双已经完全没有机会再重新走到一起了?”

“我本来以为，还上那笔钱，就都皆大欢喜，我和双双可以从新来过。可是，事情根本不是这个样子。我打电话、发短信、通过小麻烦给她带话，甚至当面跟她说，所有的办法都用尽了，可是她一直不给我机会。”

菲塔看着叶天明，鼓励道:“你们中国有个成语，叫‘事在人为’。你们两个人之间的事情，还是要你们两个人解决。其他人可帮不了你们太多。”

“可是，我觉得双双可能已经完全伤透了心，所以才会把苏达绿介绍做我的女朋友……还有，听告白说，双双已经有了男朋友?”叶天看着菲塔的眼神满是求救的意味。

自己找一个中国丈夫的愿望已经实现，可谓心想事成。而叶天明和何双双，却还各自在痛苦地煎熬着。

回到家，菲塔左思右想，觉得事情不能再这样拖下去了，面对好奇的曹告白，菲塔将何双双和叶天明的故事一五一十地讲了出来。

第四十一章　双双出走

菲塔和曹告白商量了一个欲擒故纵的计划：让叶天明向苏达绿假求婚，以刺激何双双、让何双双真情暴露。

叶天明一时也没有其他更好的主意，就同意了。苏达绿不知道何双双和叶天明的过往情缘，为了让这个计划逼真，大家决定暂时也不告诉她真相。

菲塔和曹告白本来认为，苏达绿和叶天明的关系一直没什么进展，而和陆十一两个人，最近有明显的发展，如果收到叶天明的求婚，苏达绿肯定要矜持或者犹豫一下。这样，就起到了刺激了何双双的目的，菲塔可以趁机去做何双双的工作，然后再向苏达绿解释。

可让所有人都意外的是：叶天明向苏达绿求婚时，苏达绿竟然不假思索、痛快地一口答应了！

只是，谁也不知道，苏达绿之所以这么做，是因为她正在赌气。因为对陆十一的误会，苏达绿一气之下，将陆十一之前对自己的关心一笔勾销！

这个结果出乎所有人的意料！叶天明彻底傻了眼。菲塔更是跺脚叫苦，连连惊呼，"好心没办成好事，坏了坏了！"

叶天明向苏达绿求婚，而苏达绿答应了！

何双双是最后知道这个消息的人。乍一闻听，她一下子呆住了，刚刚有些转晴迹象的天空"轰"地坍塌下来！何双双忍不住潸然泪下。没有了叶天明，偌大的中国，也变得冰冷空旷，丝毫不值得留恋。她决定回英国去，这辈子就在英国终老。

上次她从跨国公司辞职时，曾专门打电话向英国总部的总裁道别。电话里，英国总裁感到非常遗憾，一直在试图挽留她；并告诉何双双说，如果不愿意待在中国公司，可以再回到英国总部。同时，总裁还告诉给她一个消息：英国专家研究出了一种基因编辑的技术，已经用于临床并治愈了一名白血病患者。如果回到英国，总裁可以协助她申请类似的手术以帮助何小双康复。

当时的何双双一门心思只想辞职，对于英国总裁的挽留只是客套了一下，没想到竟是自己的一条退路。

听菲塔讲出叶天明的故事后，何双双震惊了。她没想到叶天明当初凭空消失的背后，竟然是如此的情非得已。

张爱玲说："见了他，她变得很低很低，低到尘埃里，但她心里是欢喜地，从尘埃里开出花来。"可是，这么多年来一直压抑在心底的委屈和积怨，还是让何双双无法做到假装什么都没发生。而就在这个时候，叶天明竟然向苏达绿求婚了！还有比这更让人悲催的消息吗?!

何双双决定离开这个让人她伤心的地方，到英国去。即便英国的基因编辑技术不能治愈何小双的病，此一去，也再无归期。她绝不会再回来找叶天明了，她做了最坏的打算：大不了，陪着何小双一起离开这个世界。

看见何双双又在大包大包地收拾东西，何小双兴奋地问："啰唆姐，我们又要去旅游了吗?"

"是啊，小麻烦，你还记得英国吗？我们回英国好不好?"何双双强作笑颜。

"Good！去英国，我是不是天天都可以说英语了?"何小双首先想到的是可以痛痛快快说英语，这让何双双一阵心酸。

"小苹果姐姐一起去吗？我们还住在一起吗?"

"乖，小苹果姐姐要陪白哥哥，只有咱们两个一起去！"何小双的话让何双双一阵伤感，偷偷地抹了一下眼睛。是啊，连菲塔也梦想成真、找到自己的中国丈夫了。而她，还是凄苦一人。

"那我去告诉绿姐和帅哥哥，我们要去英国了！"何小双惦记的人真多，可是他们心里有多少你的位置？他们跟你一样想过你吗？你跟他们有什么关系？何双双心里阵阵发冷。

"不许，不许你告诉他们！"何双双厉声呵斥。

何小双的嘴一扁，差点哭出声来。

以前，自己何曾对何小双这么凶过？看见何小双被自己吓着，何双双心里一阵自责。她扔下手里的东西，抱起何小双，再也控制不住自己，眼泪如掉了线的珠子，一串串滚落下来。

"我不告诉绿姐，也不告诉帅哥哥了，啰唆姐，你不要哭，啰唆姐……"何小双害怕了，用小手给何双双抹着眼泪。

这天一大早，叶天明就过来找曹告白商量，“欲情故纵”的计划下一步怎么收场。菲塔决定再去找何双双谈谈。下楼后不久，菲塔就气喘吁吁地跑回来：“坏了，何双双走了！”

“走了？去哪里了？”叶天明失声叫道，一把抓住菲塔的胳膊：“双双她去哪里了？”

“这个……”菲塔赶紧递上手里的一张字条。叶天明一把拿过来，焦急地浏览着。

“我决定离开这个伤心的地方了，菲塔！祝你在中国幸福，再见了！”字条上只有简洁的几个字，叶天明却看了一遍又一遍。

“双双应该是回英国了！”菲塔分析着。

曹告白着急地问：“你怎么知道的，菲塔？”

“我的直觉告诉我的。上次双双辞职时，跟英国公司汇报，那边的总裁就说希望双双回英国公司，那边需要她。这是双双告诉我的。”菲塔回忆着。

叶天明拔腿就向外跑：“我去机场！”

“等等，我陪你去，你这个样子不能开车。”曹告白追了出去，一边追、还一边回头对菲塔喊道：“你去找苏达绿解释清楚！”

菲塔见到苏达绿，进门就是一句：“双双走了！回英国了！”

“她回英国有事吗？怎么不提前说声？”苏达绿刚起床，还在迷糊中。

菲塔凑近，情绪激动：“双双走了，都是因为你！”

“因为我？为什么？”苏达绿仔细回想：“我没做错什么啊，最近也没有看到她不开心！”

“绿姐，你抢了她最爱的人！”菲塔此言一出，苏达绿目瞪口呆。

“绿姐，我要告诉你一个真实的故事，请你不要吃惊。双双，大学时就和叶天明相爱了！”菲塔用一个手势止住了苏达绿的惊讶，她向苏达绿讲述了何双双和叶天明刻骨铭心的感情。

平时在自己面前若无其事的两个人，之间竟然有着如此这般、千丝万缕的爱恨情怨？苏达绿回忆起，中学时代何双双的学习成绩不可思议地突飞猛进，高中毕业后何双双毫无征兆的去英国留学，后来又突如其来地在自己身边出现……

这一切的一切，曾在苏达绿心里留下了太多的疑问。现在，这一切的谜底都揭晓了。

“对不起，绿姐，这个欲擒故纵的计策真是糟糕透了！这都是我出的馊主意，请你不要怪我，我只是因为替双双和天明着急……”菲塔满怀歉意。

不等菲塔说完，苏达绿就站起身来，找出车钥匙：“走，菲塔，事不迟疑，我们也赶快去机场，一起跟双双说清楚。我们绝不能眼睁睁看着叶天明和双双的感情再蹉跎下去！”

何双双托运好行李，拉着何小双的手向安检处走去。安检的队伍很长，何小双想去洗手间，何双双便陪她来到洗手间，然后在门外等待着。

明亮的落地玻璃外，晴朗的阳光照耀着广袤的大地，安宁而静谧。何双双留恋地看着这个她生活过的海边小城，心里涌起一股淡淡的惆怅。这个地方，有着她太多的记忆，太多的爱恨印迹。但是爱也好，痛也好，从此都将与她无关了。

想到自己将跟这一切永别，刹那间，往日的点点滴滴浮现在眼前：那个寻常的夜晚，她第一次见到叶天明，活脱脱一个她最痴迷的明星胡歌的英俊大男孩，跟在爸爸后面回来，拘谨地站在门口，爸爸终于进书房了，她凑近他，小声说：“叶老师，你好帅啊，我叫你帅老师可以吗?”

二十岁生日的那个晚上，一队十人组成的服务生送上蛋糕和鲜花被，整个西餐厅回响着生日祝福歌，整个西餐厅的目光都被吸引过来，整个西餐厅女孩羡慕嫉妒恨的眼神……叶天明将鲜花捧给自己，满眼的柔情蜜意：“双双，生日快乐！”

叶天明教自己做蛋炒米饭，做示范：“先放油，等油这样，没有泡了，然后放葱花，把鸡蛋打进去，颠炒……”

自己接过炒锅，笨手笨脚地颠锅……一下子将锅里的鸡蛋摔到油烟机上。叶天明赶紧关了煤气灶，她将锅往煤气灶上一放，抱住叶天明哈哈大笑……

“啰唆姐，你在想什么?”何小双从洗手间里出来，看到何双双的心事重重的样子，关心地问道，“啰唆姐，你是不是舍不得走?”

“哦？小麻烦……”何小双一惊：竟然连小麻烦都能看得出来自己的不舍！不然，为什么刚才想的，全是叶天明?！何双双啊何双双，你有点出息吧，叶天明马上就跟苏达绿结婚了，你对他还是念念不忘，有意义吗?

“双双，双双！”突然，何双双似乎听见有人喊自己。她看了看周围，发现人们匆匆各自赶路，哪里有人关注她。

何双双问何小双：“小麻烦，听见有人喊啰唆姐了吗?”

何小双侧耳细听，摇摇头。

“双双，双双！”声音越来越近，这声音又是那么熟悉。何双双回过头，远处，叶天明和曹告白正冲过熙攘的人群，向她跑来。

“双双，谢天谢地，终于追上你了！”叶天明大口地喘着气，热切地喊道。

眼看着叶天明和曹告白就要跑到眼前了，何双双抱起何小双，拔腿就要往安检口里冲。

“这位女士，请到后面排队！”安检员彬彬有礼地提醒，后面排队的人也纷纷指责。

第四十二章　小双进舱

叶天明脚下发力，如百米冲刺般地来到何双双身边，一把将她们两个的登机牌和身份证抢在手里，然后用另一只手将她和何小双抱在怀里，一边往外拉、一边向周围的人连连致歉："对不起，对不起！"

何双双用力挣扎，涨红了脸大喊："放开我，放开我！你都要跟别人结婚了，还过来跟我这样干吗?"

叶天明不顾一切地大吼："双双，你给我点时间好不好？给我个机会，让我跟你把事情解释清楚！"

"中国已经没有值得我留下的理由了！我要带小麻烦到英国去做基因编辑手术，求你不要拦着我！"何双双继续挣扎着，但已经没那么用力了。

"我不是真的要向苏达绿求婚，我这么做都是你因为你不理我。我爱你的人是你，心里唯一的人是你！以前是，现在是，这辈子都是，只是你，不会再有第二个人！我向苏达绿求婚，也是因为爱你！是为了引起你的注意，谁让你怎么都不理我！"叶天明一口气说着，手下更加用力地抱着两个人，仿佛一松手，何双双又抱着何小双跑了。

"啰唆姐，帅哥哥，你们可以放开小麻烦吗？小麻烦喘不动气了！"何小双察言观色，看见两个人情绪稍微缓和了，这才抗议道。她边说、边夸张地大口喘气。

何双双不好意思地放下何小双。曹告白也赶了过来，拉着何小双的手，走到了一边。叶天明拥着何双双走到一个角落站定，用尽全部力气、紧紧地拥抱何双双。

熟悉的气息瞬间灌醉了何双双的整个身心，仿佛压抑了千百年的委屈就此一下子开始释放，她呜呜咽咽，边哭边用力捶打叶天明。

远远地看到这一幕，何小双不知道发生了什么，挣脱了曹告白就向何双双跑去，曹告白在后面紧追着。

突然间，何小双的一只鞋带开了，奔跑时另一只脚踩在了鞋带上面，一下子被绊，栽倒在地。等何小双抬起头来时，已是满脸鲜血。

曹告白的黑脸瞬间就白了，大叫一声："小麻烦"，急奔上前。

在叶天明怀里抽泣的何双双听到大喊声，一眼望去，立刻脸色大变、停止了抽泣。叶天明也看到了，松开何双双，两个人一起发疯似的跑了过去。

何小双的鼻子磕破了，血流不止。叶天明猛然想起，何小双因为懒人沙发而鼻子出血无法止住，急切地向赶来的保安询问机场医务室的位置。

何双双拦住叶天明："小麻烦出血必须送医院，否则止不住！"

叶天明赶紧拿出手机拨打120，但是简单的三位数，拨了好几遍都没有拨对。看着心急如焚的何双双，曹告白当机立断，"明明，别打了，我们直接送小麻烦去医院！"

曹告白走到了停车场，头就变大了：车实在是太多了，大家都争着往外走，谁也不让谁！

看着后座一直流血不止的何小双和万分焦急的何双双、叶天明，曹告白从手套箱里摸出来一个东西放在车顶上，发动了车。

车顶上随即发出了刺耳的警报声，前面的车辆纷纷避让躲开。叶天明大吃一惊："你哪里来的警报器?"

曹告白回头一笑："万能的某宝！"

"这样做是犯法的！"叶天明有些担忧。

曹告白一边开着车风驰电掣般地闯着红灯，一边嘿嘿一笑："以前管理不严时买的。本来准备在婚庆的迎娶路上遇到意外情况时用的，今天正好派上过用场！"

何双双拨通白医生的电话，简单说了情况。白医生也很紧张，说他那边马上开始准备，他们一到就投入抢救。

前面，曹告白开着车，一路闯着红灯，同时眼观六路，察觉到车内的气氛缓和了，才大声道："今天过瘾了，我自己亲自上演了一部速度与激情！"

"告白，没想到你的车技这么好！"叶天明由衷地赞叹。

"我自己也是今天刚刚才知道！可见人的潜力真是无穷的！"曹告白得意地回答。

车子即将进入市区时，从后面追过来一辆拉着警报的警车。何双双和叶天明紧张起来。曹告白却显得很镇定，放慢车速，乖乖地让警车超到前面，在路边把车停下。

何双双和叶天明轮流用纸巾给血流不止的何小双擦拭，焦急万分：这下坏了！被警察查处、再接受一番批评教育，会耽误多长时间?!

几个警察下车围过来。曹告白主动下车，递过去自己的驾照，对为首的警察说：

“警察同志，我知道错了，但我迫不得已。车上有个危重的白血病病人一直在出血不止，必须尽快送到医院急救，不然可能会有生命危险。你看，能不能让我先把病人送到医院，然后再回来接受处理?”

为首的警察把头探进车里，一眼就看到了还在出血的何小双和被血浸透的一堆纸巾。他将驾照还给曹告白，脸上没有一丝笑容:“擅自使用警报器是违法行为，另外，你还涉嫌超速、连闯多个红灯，这样多危险啊！把你的警报器收起来，跟在我的车后，先把病人送到医院。”

“谢谢，谢谢！”曹告白连声道谢。叶天明和何双双松了口气。

警车发动了，曹告白紧跟在后面，一路响着警报，向医院驶去……

到医院后，几个警察帮着一起把何小双送进了急救室。等一切安排妥当，警察就要把曹告白带走。

正在这时，苏达绿和菲塔也赶到医院。

看到曹告白要被警察带走，菲塔惊慌失措地跑过去想问个究竟。

曹告白面带微笑、远远地大声打招呼:“别担心，没事儿，我去去就来。”

警察同意了给曹告白五分钟时间的请求。

曹告白向菲塔简单讲了事情经过。

“都怪我，白白！都是我出的这个不堪一击的馊主意，才造成了这样胆大妄为的后果。”菲塔一脸沮丧、

“不不、不怪你！叶天明、何双双已经重修旧好！这不就是咱们事先想要的效果吗？事实证明，你的主意是一个高明的好主意！”曹告白竭力安慰菲塔。

急救室外，何双双终于决定向叶天明全部坦白:“小麻烦的病叫‘急性淋巴细胞白血病’，在英国时就已经确诊。医生说要根治，目前最有效的办法是移植造血干细胞，也就是骨髓移植。”

“我当时就给她做了配型实验，可是没有成功。于是，就带着她回了国。我带她回国的目的就是为了找你，找你来给她做配型。因为……只有你才有可能把她彻底治愈！”

何双双略作停顿，看了叶天明一眼，发现他一直在痴痴地盯着自己。

何双双忍不住鼻子一酸，千百种委屈再次一下子全都涌上了心头，泪水禁不住夺眶而出。她哽咽着说道:“因为……你是她的亲生父亲！”

“我预料到了，双双……”叶天明把何双双拥到怀里，眼眶里瞬间盈满了泪水。

其实，从第一眼看到何小双，叶天明心里就怀疑过何双双跟何小双的关系，并且也想过何小双有没有可能是自己女儿的问题。尽管，他的心里对此有了一定的思想准备，但等到谜底解开时，他还是有些始料未及。

“可是，双双，你为什么不早点告诉我？那次小麻烦出事儿，我就发短信问过你，你一直没有回我。当时小麻烦也是出血不止，我问你她的病情，你为什么不肯对我说?！……”

何双双伏在叶天明的肩膀上抽泣。

叶天明的肩膀很快被何双双的泪水打湿。刚才在机场大厅，他的衣服就已经被何双双的眼泪浸湿过。这些年，何双双心里究竟装了多少委屈、经历了怎么样的悲苦，才会有如此流淌不尽的泪水?

叶天明深深自责道：“我知道，这些都不怪你……所有的这一切的一切都是因为我啊！”

菲塔和苏达绿来到急诊室，远远地就看到了叶天明和何双双正紧紧拥抱在一起。

苏达绿脸一红：“我做了叶天明的女朋友这么久，还一次都没有和他拥抱过！之前还纳闷他是不是不懂男女之情呢！”

为了不打扰他们，菲塔和苏达绿远远地找了个位置坐下。她俩一边有一搭没一搭地看两眼电视，一边焦急地望着急救室的门口。

护士走出来，说何小双需要输血，医院输血科没有Rh阴性的AB血型储备。叶天明跟着护士一起去联系血源，留下何双双在休息区。

苏达绿和菲塔走过去，坐在何双双身旁。何双双远远看见苏达绿过来，赶紧闭上眼睛假装休息。

何双双不知道该如何去面对苏达绿。当初是自己主动当红娘，把叶天明介绍给她，现在自己跟叶天明走到一起了，这该如何开口向人家说明？……最主要的是，何小双现在的这个状态，也让她没心思去梳理这些头绪。

苏达绿轻轻地握住何双双的手。良久，她才开口说道：“你和叶天明的事情，菲塔都告诉我了。说实话，我可是生你的气了！”

何双双身体僵硬、一动不动，闭着眼睛喃喃地解释道：“对不起、绿姐，当初我撮合你和叶天明时，并不知道你说的那个‘铭铭’就是叶天明，所以……对不起！”

“双双，你都把我当成什么人了？在你心目中，我到底是什么形象?！咱们可是从小在一起的闺密！你睁开眼好好看看，你绿姐是那种拿不起、放不下的人吗？那可是小麻烦的亲爸啊，我就是再喜欢人家，又怎么可能去抢你亲生女儿的爸爸?！你呀你、天天叫你军师，冰雪聪明的人，怎么遇到这种事儿，就犯浑了呢？你这么做，是会置我于不仁不义的，你知道吗?”苏达绿气愤地质问。

苏达绿越说越来劲：“你开始不知道‘铭铭’就是叶天明，也就算了。可是，后来知道了，为什么不告诉我呢？凡事都讲究个先来后到！叶天明本来就是你的，我只是他名义上的女朋友而已。再退一步说，即使我真的跟他产生男女私情了，你对我直说了，我还能不退出来吗?”

两行泪水从何双双的脸上滴落，她用力抱住苏达绿。

何小双输上血了。白医生把何双双叫到医生办公室谈话，叶天明正好也回来了，就一起跟着过去了。

“就何小双目前的病情来看问题还不大。只是随着孩子年龄的增加，活动范围会越来越大、越来越复杂，身边潜在的伤害源也越来越多，所以，建议你对她的活动进行限制，避免奔跑、爬楼梯、骑自行车、跳绳、轮滑……”

“医生，我是病人的父亲，如果我给她做了骨髓移植，是不是就能彻底治愈了?”没等白医生说完，叶天明就抢先问道。

白医生看了叶天明一眼，眼神里露出了一丝疑惑。他把目光投向何双双。

何双双期期艾艾地解释道：“是这样，我们之前有过一些误会，他刚刚才知道的……何小双就是我和他的亲生女儿。”

白医生点了点头。他整天跟病人打交道，什么样的状况他都见怪不怪了。

“白血病的病人做骨髓移植，尽管不能保证能达到百分之百的治愈率，但目前为止，也是这种病最有效的治疗办法……不过，骨髓移植，是一项很复杂的手术，最主要的困难在于找到匹配的骨髓源……要是你考虑好了，我愿意尽快为你们安排配型。”白医生详细解释。

“我已经想好了，医生。希望能尽快进行！”叶天明迫不及待。

几天后，叶天明和何小双的配型结果出来了：十个位点全部相合！白医生为何小双的运气感到惊叹，十个位点全相合的概率很小，这意味着骨髓移植手术的效果更加有保证。更加幸运的是，常常满员的骨髓移植舱正好过两天后也会有空位出来，何小双可以很快进舱。

等到何小双进舱这天，“十指相扣”所有的人都来了。何小双烦剃了一个光头，看起来像个调皮的男孩。大家看到何小双的新形象，都忍不住逗她。

菲塔做出一副夸张的表情，捧着小麻烦的脸说："上帝啊，我现在开始有了一个小麻烦弟弟！可是，我的小麻烦妹妹哪里去了?"

何小双烦扑闪着大眼睛，不屑道："小麻烦妹妹要做手术，小麻烦弟弟担心她害怕，所以，就来代替小麻烦妹妹做手术了。"

崔盈牵着一串幸运星气球，笑盈盈地对何小双说："小麻烦，这是我送给你的幸运星！不过，现在我还要先替你保管着，等你手术完成、从舱里出来就给你。你要坚强，听医生的话，配合治疗，好不好?"

何小双喜欢不已，她伸出一只手来索要："给我，我要先感受一下！"

崔盈笑着将气球的绳子交到她何小双手里。何小双仰头看着气球，大声说道："幸运星，我有帅哥哥陪着，你就没有吧?！所以，你叫幸运星，也没有我幸运。可是，你不要不开心哦，从现在起，我也让帅哥哥陪你！等我很快好了，再和你、和帅哥哥一起玩，好不好?"然后，何小双把气球交到叶天明的手里，让他替自己保存，不还给崔盈了。

大家都被逗笑了。

何双双悄悄抹了抹眼睛。她的牵肠挂肚，谁也代替不了。她问了医生，骨髓移植手术的成功率，目前并不能百分之百的保证。而这两个人，都是她生命中最重要的人，少了谁，她的今生便不会圆满。她握住叶天明的手，又轻吻何小双。

时间到了，何双双拉着何小双的手，跟随医生跨过了"骨髓移植舱"的封闭门。白医生说，此后，她们将有一个多月的时间将在舱中度过。

看着她们进去了，叶天明跟苏达绿商量："大家都很忙，小麻烦还要先经过十天左右的预处理，才会进行骨髓移植。目前暂时没什么事，我自己在这里守着就可以了。"

叶天明说话时，不敢正视苏达绿。他觉得自己欠苏达绿一个解释，但是又无法开口。

苏达绿点点头："这样也好。不过，不知道医院的伙食，小麻烦娘儿俩能不能习惯，如果不喜欢吃的话，你就问问她想吃什么，我们做了给送过来。"

叶天明低垂着眼睛："这样最好，我回头问问医生，看看有什么忌口的没有。如果能够安排出来时间做饭送来，那就太感谢了！"

叶天明面对苏达绿的不自然，曹告白看在眼里，走过来拍拍叶天明的肩膀："过去的种种，譬如昨日死，以后的种种，譬如今日生。绿姐大人不记小人过，她不会和你计较的，她现在正在接受陆十一的追求。所以，你也不用感到不好意思。明明，你现在最重要的是把她们娘儿俩照顾好，其他的事情先不要多想。绿姐这边，我和菲塔都跟她说清楚了，她很理解你们的。”

“对不起！”叶天明对苏达绿的愧疚发自内心。

“没事，事情都过去了，这一页已经揭过。现在最重要的是小麻烦的身体彻底康复！”苏达绿爽朗地一笑。

第四十三章　小双康复

“金牌义工之家”。大家以自己最舒服的姿势，或立或倚，或坐或仰，听苏达绿侃侃而谈：“……这次，匡威和李莎的婚礼突发事件圆满解决了，但我们的反思却不能结束。这些天，我一直在想，咱们是否把婚庆公司的上游客户也做起来?”

苏达绿说的突发事件，发生在刚刚策划的一场婚礼上。婚礼现场，来了几个警察，要将新郎带走。经过一番周折，事情有惊无险地过去了，但是苏达绿从中反思到了一些问题。

“绿姐，十一以前就提议过，咱们把婚介业务也做起来。你当时倒是很赞成，后来怎么一直就没有启动呢?”曹告白旧事重提。

苏达绿看了曹告白一眼：“经过这件事，我重新意识到客户对婚介业务的需要，我现在重新提议‘十指相扣’爱心联合协会正式引进婚介业务，并作为免费项目进行落实启动。大家觉得如何?”

“正合我意!”陆十一笑嘻嘻地看着苏达绿，一语双关：“只要开始去做，什么时候都不晚!”

这个计划敲定后，崔磊接着介绍了这段时间爱心联盟的一些工作：他牵头组织了一些爱心企业，找印刷厂制作了一批小学生的作业本，有田字格的、也有算术的，免费发放给贫困山区的小学生使用。后来，又推广到市内的所有小学。

这个活动效果非常好，赞助的两家企业都是本地的少儿用品公司，他们在作业本上印刷了自己企业的名字，花钱不多、但是宣传直达目标客户，企业知名度在短时间内得到了很大的提升，现在几乎做到了家喻户晓。

受到这个活动的启发，其他一些企业提出来希望做“爱心铅笔”和“爱心小红帽”。下一步，他计划将爱心作业本的活动推广到全市各个小学，然后再在中学普及推广。还有“爱心铅笔”“爱心小红帽”“爱心篮球”等等，也都列入了他下一步的工作计划。

医院里，何小双的治疗按部就班地进行着，其恢复只是时间问题。在舱内陪着何小双的何双双，每天想方设法，让何小双保持足够的饮食；除此之外，就是每天和叶天明通过视频、手机卿卿我我，仿佛又回到初恋的状态。这倒像是上天对于他们的补偿。

骨髓移植后的这天早晨，何小双睁开眼睛就跟何双双说道：“啰唆姐，我昨天夜里做了一个梦，梦见你成了我的妈妈，帅哥哥成了我的爸爸。”

何小双无比憧憬的样子让何双双一阵心疼，想告诉她实情，又想起白医生说过在舱里的时候，尽量让何小双保持情绪稳定，不能有心情波动。于是轻吻一下何小双：“真的啊？小麻烦，我昨天也做了和你一样的梦！等我们出舱后，我们一起去问一下帅哥哥是不是也做了这个梦，好不好？”

“啰唆姐，太棒了，你也做了同样的梦！”何小双高兴起来，她迫不及待地问：“为什么现在不问帅哥哥呢？”

何双双宠溺地看着她：“小麻烦，你说为什么呢？”

何小双歪着脑袋，想了半天，说道：“我想，这个问题很重要，需要当面问他。”

漫长的周期过去了，何小双和何双双终于出舱了。

等在外面的叶天明，一步跨上前来，抱住何双双。何双双也紧紧地抱住叶天明。两个人忘情地拥抱着，体会着彼此的心跳，感受着彼此的气息。

何小双不干了，她对叶天明说：“帅哥哥，难道你移情别恋了吗？你为什么只拥抱啰唆姐，不理小麻烦？我可是你的小情人啊?!”

何双双意识到自己的忘情，不好意思起来：“小麻烦，是这样，医生说，你刚从舱里出来，还要预防感染。所以，姐姐才替你拥抱帅哥哥的。”

何小双似乎明白了：“那好吧，那就再麻烦啰唆姐替小麻烦跟帅哥哥亲一个！”

叶天明难为情地看看周围，人群熙攘，有医生、护士，还有病患亲属。他赶紧转移话题：“小麻烦，你在舱里的时候，最想吃什么，最想做什么，把你最期待的事情给我说，帅哥哥帮你实现心愿。”

何小双脱口而出：“梦里的事情，算吗？”

叶天明肯定地点点头：“当然算。”

何小双看了看叶天明，又看看何双双：“我梦见帅哥哥是我的爸爸，啰唆姐是我的妈妈。啰唆姐说，她也梦到了；你梦到过吗，帅哥哥？”

何双双和叶天明对望一眼，一齐蹲下身。叶天明笑着，眼里却含着泪：“小麻烦，我也梦到了。我和你啰唆姐早就想把你的这个梦变成现实了。今天，我们的这个梦就可以实现了，从现在开始，你就可以叫我爸爸了！”

何双双深情而幸福地看着叶天明，等到他把话说完、就接过话来对何小双说：“是的，帅哥哥说的没错，从现在开始，你可以叫我妈妈了！”

……

何小双要出院了。苏达绿征求大家意见，决定在公司举行一个小型庆祝晚宴，并给大家分了工，有的负责采购，有的负责炒菜，有的负责去医院迎接。但是大家都要求去医院迎接，都想第一眼看见日夜思念的何小双。最后，苏达绿只好采取抓阄的方式，解决了这个问题。

何小双身体恢复得很快，看起来精神十足。当来医院迎接的菲塔、曹告白、景盈来到时，何小双起劲地和大家又是拥抱、又是亲吻。

何双双装作不满地嘟起嘴：“还有我呢，我也好久没见你们了！”

大家看着面色红润的何双双，都打趣道：“这陪护工作比较养人啊，双双，你变得更漂亮更滋润了！”

菲塔却一语道破机密：“我看，这是爱情的滋润吧，是明明哥的功劳！”

何双双看看叶天明，笑而不答，上前拥抱菲塔。

叶天明早就办好了出院手续，收拾了住院期间的东西。大家分头提着，说说笑笑向外面走去。

他们在走廊尽头碰到匆匆忙忙的白医生，白医生看到他们，停下脚步特意叮嘱道：“何小双，要注意按时吃药、并且避免感染，尽量减少与外界接触。”

何双双问道：“白医生，我有个问题，我这帮闺密和朋友都喜欢抱她、亲她，可以吗?”

白医生说：“还是尽量减少过分亲密的举动，何小双的免疫力还不稳定，要尽量避免接触复杂环境。”

何小双睁大眼睛聚精会神听完，煞有其事地告诉大家：“听见了吗? 你们谁想抱我、亲我，就请先去沐浴更衣！”

庆祝晚宴上，大家都心情愉快，无比放松。

几杯酒后，苏达绿也放下顾忌，对陆十一的感情也不再遮遮掩掩。看着不停地说啊笑啊的众人，苏达绿莞尔一笑：“我忽然有一个想法，咱们大家一起举行婚礼，如何? 你们，你们，还有，我们！”她一一指着和何双双和叶天明、菲塔和曹告白，最后，还扫了一眼陆十一。

“好啊，太好了！”大家都轰然叫好。陆十一更是喜出望外。

苏达绿刚才的那一眼，让他心里乐开了花。他乐滋滋端起一杯酒：“为绿姐的提议，为小麻烦身体康复，干杯！”

“我提议，大家安静一下！……我先提议，小麻烦敬爸爸妈妈一杯酒！”何小双早就急不可待了，她举起饮料说：“干杯！”

大家纷纷举起酒杯，响应何小双的提议。何双双笑着，心里又是辛酸又是感慨。

“绿姐、小苹果姐姐，干杯！”何小双又专门冲苏达绿和菲塔举起杯子。

“小麻烦，难道你不应该叫我绿姨嘛?”苏达绿不满地叫道。

“对啊，小麻烦找到爸爸妈妈，咱们也跟着升级了！”菲塔兴奋地一拍桌子。

“绿姨、小苹果姨、盈姨、白叔叔、十一叔叔、崔叔叔……”何小双脑子很快转过来，一口气改过来。

大家一边答应着，一边笑。崔盈似乎美中不足似的地叹了口气：“可惜，我们结婚结早了！绿姐的这场婚礼，我们只能当吃瓜群众了！”

大家忍不住笑起来。崔磊清了清嗓子，提醒道：“不过我要感谢你景盈，如果当时你不给我机会，我就是个失败的新郎；如果当时咱们不结婚，咱们也没机会认识‘十指相扣’这帮朋友！”

“崔磊，你准备感谢景盈多少次啊?整天把感谢挂在嘴上！”何双双调侃说，“不如来点实在的，结过婚了有什么关系，可以再结一次、温故而知新嘛?!”

“不愧是何军师，这个点子好！‘十指相扣’可以举行一次盛大的婚典，所有即将结婚的、已经结婚的，所有有情人都可以参加这个婚典！”苏达绿向何双双竖竖大拇指，大声赞叹。

“太好了，为何军师的好点子干杯！”大家纷纷起哄，欢乐的笑声几乎把天花板掀翻。

何双双的手机响了，她边笑着，边走到一边接电话。接完电话，何双双失神地坐在墙角的沙发上，怔怔地发呆。

电话是何运洪的助理宋叔叔偷偷打来的。他告诉何双双一个不好的消息：何运洪的肝硬化已经到了中晚期，情况很不乐观；并且，何运洪住院后，情绪很不稳定，压根不积极配合治疗。

凭自己跟随何运洪多年的了解，老宋认为，在他内心深处，何双双的父女感情一直是他最大的心结，只有把这个心结打开，才可能改变他目前的状态。他希望在这个关键时刻，何双双能不计前嫌，去做做爸爸的工作。

这个消息让何双双猝不及防！

实话实说，从当年爸爸拆散她和叶天明起，她就一直对爸爸心怀怨愤。后来，她几次向爸爸询问实情，爸爸都是遮遮掩掩、闪烁其词，这让她愈加耿耿于怀；后来，她就赌气不再和爸爸联系，爸爸给她电话也不接；后来，她又换了电话号码，让爸爸再找不到自己。

父女从此如同隔世，再没有联系过。那段日子，她为了表明自己和爸爸断绝关系的决心，还破釜沉舟，把爸爸给自己打款的银行账户也销了，爸爸给她打钱也打不过来。

庆幸的是，当地华裔社团有一项专门提供给来自中国大陆地区留学生的奖学金。何双双所在的学校只有她自己一个大陆留学生，所以，每次她都能得到这笔不菲的钱。

靠着奖学金，何双双才度过了英国的学校生活。何双双对这个华裔组织一直心存感激。她无法想象，自己拒绝了爸爸的资金支持后，如果当时没有这笔奖学金，自己接下来孤儿寡母的生活将怎样维持……

每想到此，她对爸爸的怨恨也就多了一分。

而如今，她和叶天明已经爱情圆满，何小双的身体也得以康复，正当她满心欢喜时，宋叔叔却带来了这样的消息……

爸爸都这个样子了，自己该不该去原谅他，去看望他，帮助他战胜病魔？她纠结了。但是理智告诉她，她必须要去看爸爸。

以前，自己总是认为爸爸是个不会受伤的“钢铁巨人”，现在才明白，其实他也有自己的脆弱，也会受伤，也需要关心。

自己以前是不是做错了什么？过去只看到爸爸让自己受了伤，可是，自己的所作所为又给爸爸带来了什么？……

想到这里，何双双的心里开始自责。

叶天明看到何双双的异常，不放心地走过来，关切地问：“双双，出了什么事？”

何双双将电话内容告诉了叶天明，并说出自己的纠结：“说实话，我一直恨我爸爸，因为他，咱们两个浪费了这么多好时光，走了这么多弯路，甚至今生差点擦肩而过。但他毕竟是我爸爸，他现在这个样子，我不去看他，又良心过不去。”

叶天明点点头：“我理解你的心情。其实，何总是一个好父亲。不管何总怎么对我，都是从真正关心你、呵护你的角度出发的，我们要理解。上次我给他打电话，他还亲口告诉我，说希望我们两个能重续前缘，并解释说，当初他不同意我们两个在一起，其实还另有隐情。”

“隐情？还能有什么隐情！就是想让我和他的那个大款朋友的儿子小浩在一起，这样他才觉得门当户对。”何双双想起此事，还是愤愤不平。

“不管是什么隐情吧，毕竟他是你的父亲，而且还救过我的母亲。在这个时候，我们都要义不容辞地去看他！我陪你去吧，明天一早我们就出发去省城。”

第四十四章　何父病重

当天晚上，何双双一直辗转反侧、无法入睡，想起了明天将要见到爸爸，童年的往事便一幕幕浮了上来……

一大早，四岁的何双双自己穿好衣服，昂首挺胸、得意扬扬地走出卧室。正在忙碌的妈妈瞄了一眼何双双系错的扣子和穿反的鞋子，禁不住笑起来：“双双，真乖，原来自己都能穿衣服了！”

正在看报纸的爸爸放下手里的报纸，走过来不动声色地给何双双调整扣子和鞋子：“乖，是不是这样更舒服一些？来，爸爸带你去洗脸。”

洗好了脸的何双双在餐桌前坐下，给爸爸妈妈分筷子，一家人快乐地吃早餐。妈妈不时地帮何双双擦掉脸上、脖子里和胸前的饭粒儿。

饭后，爸爸妈妈一边一个，拉着何双双的手去“上班”。何双双蹦蹦跳跳地走在爸妈的中间，叽叽喳喳地和爸妈说着话。

等到一家三口一起走进挂着“滨海第一机械厂”大门，何双双就在挂着“幼儿园”门口松开爸妈的手，跟爸爸妈妈挥手再见，然后像只快乐的小鹿，一溜小跑进了幼儿园。

爸爸妈妈看着何双双跑进教室，老师帮何双双脱下外套，这才分头走进各自的车间。

何双双最早的记忆，就是这样，每天都是满满的温馨和快乐。

而后，不知道从什么时间开始，所有的一切都变了。那个像平常一样的夜晚，屋子里笼罩着一股沉重的气氛。一家人坐在餐桌前，爸爸妈妈却久久不动筷子。何双双自己吃得满脸都是米粒，再次对爸妈说：“老师说，明天不用去幼儿园了！”

妈妈心不在焉地哄何双双：“双双乖，放假就在家里玩吧。老师有没有说放几天假啊？”

爸爸忧心忡忡地看了一眼妈妈："你还不知道吧？幼儿园也解散了！整个厂子都没有了！"

妈妈愣了一下，然后叹气道："原来他们说的都是真的啊。那咱们俩都下岗了，双双也没有幼儿园上，这日子可怎么过啊？"

何双双天真地问："爸爸妈妈，什么是下岗啊？"

爸爸强笑着跟何双双解释："下岗啊，就是不用上班了！"

何双双又问妈妈："妈妈也不用上班了吗？"

妈妈苦笑着点点头。何双双拍着手欢呼："太好了，太好了，爸爸妈妈都不用上班了，双双也不用上幼儿园了！爸爸妈妈，咱们明天去公园玩吧！"

爸爸抚抚何双双的头发，点点头："好好，咱们明天去公园玩！"

何双双高兴地"咯咯"直笑。

妈妈看着无忧无虑的何双双，忧愁地对爸爸说："我们的饭碗都没了，以后该怎么办呢？"

爸爸拍拍妈妈的手："我们还是要相信共产党，政府砸了我们的铁饭碗，肯定还也要给我们留一口饭。暂时先走一步看一步吧，我已经考虑过了，咱们可以去摆个地摊。双双呢，暂时先送到乡下父母那里……不说了，先吃饭，明天的事明天再说！"

何双双没有想到，公园里度过快乐的一天后，接下来就是跟爸妈的一段改变自己一生命运的长期分别。

那天一大早，爸爸妈妈就一起把她送回了老家。多年以后，她仍然清清楚楚地记得，爸爸妈妈要乘车返城，车要开动时，她才知道自己将被留下。在爷爷怀里，看着车上的爸爸妈妈，她忽然意识到自己就要见不到爸爸妈妈了，于是拼命踢打着爷爷，大哭着："我要我的爸爸！我要我的妈妈……"

看着何双双拼命要挣脱爷爷，爸爸想要从车上下来，但爷爷紧紧抱着双双，冲爸爸摆手："别招惹她了，快走吧，放在我这里就放心吧！"

爷爷抱着何双双转身往回走，不让何双双再看见爸妈："乖，爷爷带你去捉蚂蚱，捉一个大大的蚂蚱，让它陪着双双玩……"

何双双和叶天明下了火车，宋叔叔早已等在省城车站等候多时了。何运洪现在在省城定居，多年前生意就转移到了这里。

何双双看见宋叔叔两鬓耀眼的白发，吃了一惊："宋叔叔，我记得你比我爸爸还小啊，怎么就有这么多白发？"

宋叔叔苦笑一下，拉开后面的车门："双双，等会儿见到你爸爸就知道了，他的白头发，不比你宋叔叔的少！先上车吧，咱们边走边聊。”

叶天明自己拉开副驾驶的车门：“双双，你和宋叔叔一起坐后边吧，说话方便！”

“那哪成啊，我们作手下的，就要坐副驾。现在都讲传统文化，要是照过去那会儿，你们就是我的少东家。我怎么能跟你们平起平坐啊！所以，天明坐副驾绝对不成，坚决不成！”宋叔叔忙不迭地把叶天明往后座上让。

何双双禁不住笑了，“宋叔叔，记得你以前不这样啊。怎么现在像封建社会出来的人啊？我还有好多话要和您聊聊呢，一起坐在后座方便。”

但是不管何双双和叶天明怎么说，宋叔叔都一直坚持坐副驾的位置。叶天明看见他脸红脖子粗的样子，只好让步了。

司机启动了车子，车内瞬时沉默了下来。何双双默默地看着窗外一闪而过的景色。

宋叔叔跟着何双双爸爸多年了，当初何双双被爸爸从乡下接到城里，就是宋叔叔开车去的。所以，见到了宋叔叔，何双双心里自然有千言万语要说，但又一时不知从何说起。

这时，宋叔叔开口了：“唉，双双，我可要说你几句，你别怪我啊。等一会儿，见了你爸爸，我可就没有机会说了。”

何双双连忙点头：“宋叔叔，您说就行，我怎么会怪您呢？您跟我爸爸这么多年，在我心里，您一直就是我的亲叔叔。”

“那我就说了，双双。这些话，我在心里憋好久了，如果再不向你说出来，我都堵得快喘不过气了！”意识到自己的情绪激动，宋叔叔平静了片刻，又接着说道：“这么多年，你怎么就不能来看看你爸爸呢？双双，你这样做，不对啊。你不知道你爸爸这些年都是怎么过来的……你不知道他每天有多想你！他给你打了那么多的电话，你都不接；他跑那么远、到国外去看你，你也不见。你这么做，每做一次，就像是在拿刀子往他的心口扎一下啊……”

宋叔叔不停地抹眼睛。

“我有我的苦衷……”何双双喃喃着。

“是不是因为你，天明小兄弟？”宋叔叔回身接过叶天明将递过的纸巾，脸上老泪纵横。

叶天明的眼睛也湿了：这得多么深厚的感情，才能让这样一个老男人如此动容?!

宋叔叔擦了擦眼泪，接着说道：“双双，你可能不知道，这么多年，你的一举一动，你爸爸始终都在关心着……你上学时的每一笔奖学金，都是你爸爸出的钱！你在英国时的工作，也是你爸爸在背后找关系替你办成的……”

“什么？我在英国的奖学金，还有我的工作，都是爸爸安排的？”何双双吃惊地叫起来。

当时，她把爸爸给自己打款的账户销掉后，接着就有了奖学金，仿佛给自己量身定制一般；还有她的工作，刚毕业就得到了一个不错的工作机会。之前，她一直都认为是自己的幸运。直到现在，她才如梦初醒：如果没有爸爸，她哪里会有这样的幸运?!

宋叔叔接着说：“还有你，天明小兄弟，前段时间你在英国的那个项目，为什么对方那么爽快地把所有尾款都付清了？你有没有觉得其中的异常？”

叶天明一震：“我当时确实也觉得有些意外，莫非也是何总从中做了周旋？”

宋叔叔点点头：“是啊，那也是何总通过英国的华裔社团做的工作。不然的话，人家怎么可能把全部款项都结清？这根本不符合商业惯例！”

叶天明呆住了：那个项目如果有尾款未结清，他怎能拿出五十万来还何总?!

自己还给何总的钱，竟然也是他做工作帮自己拿到的！叶天明一下子明白了，为什么当时自己打电话要还钱时，何总一点儿也不意外，仿佛早就知道了他要还钱一般。

想到自己给何总打电话还款时的故意显摆和踌躇满志，叶天明只觉得羞愧难当，恨不得找个地缝钻进去。

宋叔叔动情地说：“这一切，何总都不让我告诉你们，可是我的良心对我说，我必须要把真相对你们说出来！我不知道，对你们说了，到底是对是错！但是，如果不说，我心里就一直堵着，都快喘不过来气了！”

何双双抽泣着：“宋叔叔，你早点把这些告诉我们就好了。”

司机也在抹眼泪，车里陷入了沉默。

“宋叔叔，您在电话里说，我爸爸肝硬化中期，到底怎么理解？”何双双又关心地问。

“你爸爸这病，都是他不注意，喝酒喝的……你去英国之后，就不再和他联系，他每次想你的时候就会借酒浇愁。再加上他自己一个人，扛着公司的一大摊子事儿，我们这些做手下的，也帮不了他什么大忙，他整天身体透支，身体就这么折腾坏了。唉！”宋叔叔一边抹眼泪，一边叹息。

“下一步准备怎么治疗？医生怎么说的？”何双双问。

“医生说，可以切掉坏死的肝，进行肝移植，这是最快最有效的治疗方法。可问题是，何总他不肯配合治疗，说什么……‘人的命，天来定’，人能活多长就多长……双双，只有你能劝劝他了！”

何双双沉默了：这些年，她已一味沉浸在自己的怨恨中，却从没想过爸爸的感受。

如宋叔叔所说，肝硬化中晚期，进行肝移植治愈的成功率很大。她的心稍稍放下：“宋叔叔，网上的资料说，亲体移植的成功率更高，我要给爸爸移植！”

“那敢情好，双双，你爸爸看见你来，肯定高兴得不得了！我问过老中医，他们说，肝病也和发愁和生闷气有关。要说，以前他唯一的亲人、他的女儿都不搭理他，他怎么能不发愁呢。这下好了，等着你再把肝移植给他，他的病就会完全好了！”宋叔叔发自内心地高兴。

在省城医院见到爸爸，何双双一下子就跪在床边，泣不成声。如果不是宋叔叔带着，她几乎就认不出来爸爸了：爸爸苍老得太多，脸色从古铜色变成了黑褐色，仿佛像刚从炭堆里出来一般，脸上还布满深深浅浅的皱纹和触目惊心的黑斑，原来的一头黑发，几乎都白了。一身病号服，皱皱巴巴的拧在身上，有个扣子还系错了扣眼。

何双双自从乡下回到城里，她的记忆里，爸爸非常注意自己的仪容仪表，从来都是西装革履，公文皮包不离身，头发一丝不乱。在周围的邻居当中，爸爸对装扮的讲究在当时是很少见的。他曾经告诉何双双：“人靠衣服马靠鞍，一个人注重仪表，是对自己和别人的尊重。”

想起从前那个意气风发的爸爸，再看看眼前这个邋遢老头。何双双心里忍不住的酸楚，眼泪成串地往下落。

何运洪正在眯着眼打盹，睁开眼时就看见何双双和叶天明来到病床前，又惊讶又激动：“双双，叶老师，你们怎么过来了？也不早来个电话，爸爸好歹收拾一下，看看我这个样子，怎么见人哪？”

何双双无法控制自己，扑在爸爸怀里放声大哭。何运洪泪光闪闪，爱怜地轻抚着何双双的背，嗔怪着：“双双，你都是多么大的人了，怎么还是跟以前一样……”

“爸爸，我都想好了，我要给你肝移植，我要让你快点好起来！”何双双抬起头，迫不及待地说出自己的决定。

“双双，这使不得。我这个病不严重，医生说，保守治疗也可以，再说，即使移植，也不一定非得亲属的肝啊……”何运洪一迭声地反对。

何双双以不容置疑的语气打断了爸爸的话，“爸爸，您不用担心，我上网查了，也问了医生，亲体移植的成功率最大，而且肝的再生生命力很强，我移植给您的肝，用不了两周，很快会长出新的。”

“不行，双双，你不能进行亲体移植……”何运洪欲言又止。他知道，何双双和自己年轻一样，只要自己认定了的事儿，要让她改变，谈何容易！

何双双说："您就安心养病吧，爸爸，这事儿您就别管了，我只有给您做了移植，心里才舒服一些。其他的，说什么也无用！"

"何总，双双既然有这个心，您就让她去做吧，这样她才会心安。只要您快点好起来，比什么都好！"叶天明从宋叔叔口里知道了事情的真相后，一直觉得自己无颜面对何运洪，现在只有帮着何双双说话。

"叶老师，我以前思想狭隘，对不住你们。可是，双双她真的不能给我肝移植……"何运洪继续坚持。

第四十五章　父亲的爱

决心移植肝给爸爸的何双双，等来的血液配型结果却让人大吃一惊：她与爸爸的配型不成功。更令她始料未及的：自己的血型和父亲的血型竟然不符合遗传规律。

为了弄清楚原因，何双双又做了DNA鉴定，结果更让她意外：她跟何运洪的DNA不符合生物学遗传规律，就是说，他们之间不具有血缘关系！

一连串的检查结果让何双双始料未及。她想当面向爸爸问清楚，但是又不知如何开口。何运洪觉察到了异常，主动说出了真相："双双，我阻拦你，不让你给我移植肝，其中就有这个顾虑。我不想让你知道，你不是我的亲生女儿……"

"叶老师，你们都坐下。也该告诉你们实情了。"何运洪的声音里带着浓浓的惆怅，"……欸，时间过得真快，转眼就是二十多年了……"

"双双，你是含笑出生的，见到你的第一眼，我的心都融化了……八个月，你开口说话，第一句就是'爸爸'。那时，我们的三口之家，处处充满你无忧无虑的笑声，像银铃一样清脆悦耳，我和你妈妈听见你的笑声，多大的烦恼都会云霄云散。"

"后来，你上了厂里的幼儿园，我们一家人，早晨一起去上班，我和你妈把你送进幼儿园，下午又一起下班回家。这是我生命中最幸福的时光。"

"是的，那时确实很幸福。"何双双抓着爸爸的手，轻轻按摩着。

何运洪用慈爱的眼光看了一眼何双双，继续回忆："就在四岁那年，我们一家三口去公园玩，正好碰上一群穿白大褂的人做宣传活动，挂着一个条幅写着免费进行血型鉴定。当时很多人都排队等着查，我和你妈妈也好奇地做了检查。没想到结果出来后，出乎了我们的意料：你的血型和我们不符，我和你妈都是O型，而你是B型。从血型的亲子遗传看，这是不可能发生的。那帮白大褂看着我脸色不好，安慰我说，有可能不准，让我们去大医院再鉴定一下。我们没有再去查，但是心里明白，这个结果应该八九不离十。因为随着你的长大，我和你妈发现，除了脾气要强好胜、你身上没有一点我们俩的影子。开始时，我们还互相安慰，说以后长大了就像了。”

何双双抬起头了，看着爸爸说：“那次去公园查血，我还记得，我看很多人都在排队，所以才闹着要查的。当时血型不相符，我却不记得了！”

“你当时年龄小，心里只有好吃的、好玩的，当然不会记得这些……第二天，我们就把你送回了老家。然后，和你妈去了一趟你出生的医院，查了当时的记录，又找到了当时给你接生的医生。医生回忆说当时跟你在同一天夜里出生的孩子很多，一共接生了八个，七个都是女孩儿，只有一个姓何的是个男孩。我们去查了一下当天的病例，发现姓何的只有我自己…”

“这可太奇怪了，我肯定是个女孩儿啊！这怎么可能呢？医生会不会记错了？”何双双不解。

“不会的，当时电视上正在播电视剧《八仙过海》，八个神仙中只有一个姓何的何仙姑是女的；当天接生的八个孩子，只有一个姓何的是个男娃。所以，她们记得很清楚，我们当时生的是个男孩儿！

“我和你妈都惊呆了：这肯定是和其他人家抱错了！我们连着好几天都在商量怎么办……当时那么多孩子，我们一家家去找，也不知道人家住哪里啊？不说找到亲生孩子的可能性也不大 ，就说找到了我们也舍不得把你还给人家啊。思来想去，我们也不愿意拿你去换回抱错的孩子。后来，遇到了厂子倒闭，我们忙于寻找谋生的出路，就把这件事放下了……”

“再后来，你妈在去南方打工的途中出了事，我料理了你妈妈的后事，去了深圳。我心中暗暗发誓，为了你的未来，我不混出个名堂决不罢休。在深圳，我做过清洁工、搬运工、产线工人、废品回收，不管多苦多累的活，只要是能赚钱，别人都不愿意干，我也干。”

“那些年，深圳的装修行业生意特别火爆，我跟着人家做了一段时间，摸清了里面的门路，就找了几个人开始做。因为认真负责，渐渐地，在业内赢得了一些口碑。一个偶然的机会，我认识了一个有背景的房地产开发商，对方看中了我的为人，让我带装修队伍入股。从此，我进入房地产领域，事业越来越顺、逐步壮大。”

“后来有一年，滨海市政府到深圳招商引资，给出了非常优厚的条件，我就回家来发展了。等公司安顿下来后，我就把你接到了市里。那时，你已经成了一个山村丫头。我本想着将爷爷奶奶一起接过来呢，但老两口死活不愿意离开老宅……”

“后来，我在学校里老被人欺负、老跟人打仗，功课还跟不上，你就给我请来了家教；结果，没想到引狼入室，家教把您的女儿给骗到手了！”何双双递给爸爸一杯水，接过话题。

何双双尽量装出来的轻松语气，却难以掩饰内心的震惊。尽管从查出来血型不符后，她就猜到了这种结果，但是从爸爸的嘴里说出这一切时，她还是一时难以接受。

“是的。我当时真的认为请叶老师给你辅导，是引狼入室。为了让叶老师离开你，我还利用她妈的病情对他进行要挟；为了让你对叶老师死心，我还安排人在他们宿舍楼里演了一出戏。现在想起来，我真的是过分，对不住你们啊……”说完这些，何运洪如释重负地长吁一口气。

“何总，您别太过自责。当初如果不是您，我根本就没有机会认识双双。再说了，您作为双双的父亲，担心双双在感情上被人骗了，这也是很正常的。要怪就怪我们当时年少无知，没能体谅您的苦心。”叶天明宽慰何运洪。

一旁的宋叔叔听完后何运洪的讲述也惊住了，他也没有料到，从小看着长大的何双双和自己最敬重的何总，竟然不是亲生的父女。他只知道，因为拆散何双双和叶天明，何运洪不知道多少次表达过深深地懊悔。

“何总，叶老师说的对，您就别自责了。医生说了，你现在的病，就和您长期以来的心情不好有关系。这事儿都过去了，双双她们也都来看你了，您就快把这个心事放下吧，双双和叶老师都不会怪你的。”老宋也劝道。

“不怪他，我怎么能不怪他?!”何双双突然来了这么一句，“爸爸，为什么你不早点告诉我？如果不是因为这次配型不成，您是不是还打算继续对我瞒下去啊?”

何运洪点点头：“当时，确认你是抱错的孩子后，我和你妈一直都很纠结。我们商量很久，如果把亲生孩子找回来，就得把你还给人家。可是，你已经成了我和你妈生命中的一部分；我们怎能舍得你呢……尤其后来你妈走了以后，你就成了我全部的寄托。我一直都是把你当成亲生女儿的，为什么还要让你知道不是亲生呢……”

何运洪的声音变得哽咽。何双双的眼泪不禁落下来：“对不起、爸爸，以前我太任性、太不懂事了……我本来想捐肝给您、弥补内心愧疚，可现在，只能眼睁睁看你生病，什么也做不了……”

何运洪摇摇头，闭上眼睛：“你已经很尽力了，双双。不是什么事情，我们想做就能做到的，天命难违。”

叶天明说话了：“大家别灰心。双双，肝移植和骨髓移植不一样，要求没那么严格，即使是非亲属、只要符合输血原则也可以配型成功。甚至，国内已经有医院开展了跨血型的肝移植……”

何双双眼前一亮：“不是亲属也可以？那我可以问一下曹告白、陆十一他们，看他们谁的血型是O型!"

叶天明点头:"是的,只要是O型都可以试一下。再说,我们还有'十指相扣'这个平台。通过这个平台,我们可以找大家伙儿一起想办法,一定可以为何总找到匹配的肝源!"

何双双又恢复了信心:"对了,爸爸,你还记得上学时被我一黑板擦打破头的那个同学苏达绿吧?我们现在一起工作,关系可好着呢!她要是O型,肯定会愿意捐!"

"双双,那我现在就跟苏达绿联系。"叶天明说道,"只是,你和何总没有血缘关系,是不是要告诉大家?"

何双双毫不犹豫地说道,"把实情都告诉大家吧,万一能找到一点线索,帮爸爸找回亲生儿子,做亲体肝移植的效果更好、成功率会更大。"

看到何运洪欲言又止,何双双说:"爸爸,不管怎样,我永远都是您的女儿。但是,如果有可能,您也应该给您的亲生儿子一个机会啊!"

叶天明也说道:"何总,双双说得对,那个孩子应该也和双双一样大,他也应该有知情权。我看这样吧,何总,我们在发布寻找肝源信息的时候,顺便把这个信息附加上。"

"就这么定吧。帅哥哥,你来拟一个启事,弄好后发给绿姐,然后再跟绿姐电话沟通一下,把所有的资源都调用起来。"

何双双回过头,发现爸爸的脸色不对,不由地问道:"爸爸,您哪里觉得不好吗?"

"我哪里都不好!"何运洪绷着脸,不满地说道:"何总,何总,叶老师一口一个何总,我怎么觉得从他嘴里说出两个字这么别扭?!"

何双双愣了一下,很快会意过来,她拽了拽叶天明:"帅哥哥,咱们孩子都生了,你是不是可以改口叫爸爸了?"她对何运洪说:"爸爸,您是不是也别叫他叶老师了?以后就叫他天明吧……"

"什么,双双,孩子都生了?这是什么意思啊,你们什么时候生孩子了?"何运洪这下真的急了,眼睛瞪大、嗓门高了许多。

"爸爸,宋叔叔都告诉我了,我的什么事您都知道的啊,您就别装了……"在何双双撒娇似的回答中,叶天明微笑着走到外面给苏达绿打电话。

早晨一醒来,何双双就听见窗外,喜鹊在"喳喳喳"大声叫个不停。喜鹊这种鸟儿,何双双不陌生,过去她在农村的时候经常见到。农村人把喜鹊当成报喜的信使,把喜鹊叫当作大吉的预示,听见喜鹊在门前的枝头叫,大家就会眉开眼笑地奔走相告:"喜鹊报吉!喜鹊报吉!"

何双双清晰地记得她小时候在乡下跟着爷爷奶奶时，有一天，院子里突然来了很多的喜鹊，爷爷就给他讲了喜鹊报吉的典故。可是，过了不久，爸爸就带回来了妈妈的骨灰。从那时起，她再也不信传说中的喜鹊报吉。

今天病房的窗外又来了几只喜鹊，何双双不知道将会带来什么样的消息。她装作若无其事的样子起身替爸爸收拾东西。正在看晨报的爸爸也听到了喜鹊的鸣叫，他放下报纸，对何双双说："双双，你知道在窗外叫的是什么鸟吗?"

"喜鹊报吉!"何双双不假思索地脱口而出。

看见爸爸想要下床，何双双赶快丢下手里的东西，扶着爸爸走到窗前。

医院外的草坪上，几只喜鹊正在从容不迫地踱着方步，不时地把头伸到草坪里啄食几口草种子。那黑色的羽毛，翘翘的长尾巴，极像穿着燕尾服的优雅绅士。远远地见到有人过来，它们就飞到草坪中间的一棵树上，"喳喳喳"，声音嘹亮地叫起来。

"过去在老家，老人们都说，喜鹊叫，好事临门，这是好兆头啊!"何运洪兴致勃勃。

何双双的到来，让他的精神大振。尤其是这几天，何双双一直白天黑夜地一直陪在身边，而自己通过和叶天明的近距离交往，又从心里完全接纳了叶天明。这样一来，以前困扰自己的心思都没有了，每天晚上都睡得非常踏实。休息好了，心情就自然就好了。自从妻子离世以后，他还从来没有感觉这么放松安心过。

"喜鹊的适应能力真强，这都从农村来包围城市了!"何双双感慨道。

"这跟我们的小山丫一样，从山村到城里一样打出一番天地!"何运洪打趣道。听爸爸这么说，何双双会心地笑了。

第四十六章　“重男轻女”

父女俩正在愉快地说笑着，叶天明来了，手里提着大包小包，一进门就嚷：“早饭来了！今天吃个新鲜的。昨天，我打听到一家很有名气的早点，今天一大早特地跑了三站路去买来了！”

叶天明将早餐放在病床的床头柜上：“还有，我还带来两位客人！”叶天明边说边回头去望，发现后面没有人。他愣了一下，退回病房门口招呼：“快请进，既然都到了，就别在门外面待着了！”

等两个人在病房门口一露面，何运洪就高兴地叫起来：“小浩，你怎么来了？怪不得今天一大早就听见喜鹊叫！快过来，让何伯伯看看，呦，小浩更成熟了，成了名副其实的男子汉了。这些年，你们都到哪里去了？那是小浩妈吧，快来坐下，记得我们以前见过一面的！”

叶天明接过小浩手里的东西放在床边。何双双搬来一把椅子，让小浩妈坐下。叶天明搬了一把椅子给小浩，但是小浩没坐，立在床边低着头沉默不语，胸口剧烈地起伏着，眼角也似乎有泪痕。

何运洪疑惑起来：“小浩妈，小浩这是怎么了？发生了什么事情？”

“小浩的爸爸，四年前没了！”小浩妈开口一句话，让何双双和叶天明糊涂了：四年前就没了，小浩现在那表情是怎么回事？

何运洪吃了一惊：“陈总没了？我怎么没听说！出了什么事？”

小浩妈叹口气：“四年前，小浩的爸爸检查出来胰腺癌晚期，从查出来到离世，一共不到一个月的时间。”

何运洪很是意外，满怀歉意地说：“陈总当初给了我很多的帮助。都怪我，迁到省城来以后，一直没有和陈总联系。陈总生病的消息我也一直不知道，没来得及最后见陈总一面，真是太遗憾了。”

小浩妈摆摆手：“何总，都过去了，不说了。我们这次过来，一是来看望你，二是想了结我和小浩的一个心愿。”

何双双正在忙着给大家削苹果，听到这里看了一眼小浩妈。而对方也正在看着自己，眼神还有些奇怪。

何双双就把目光转向爸爸。发现爸爸也在好奇地看着小浩妈，催促道：“大嫂，您有什么话，就直说吧！”

“这说来就话长了……我们家的老陈，是家里的老大，底下还有一个弟弟、一个妹妹。”

“老陈的为人，何总应该清楚。他的妹妹人也不错，就是那个弟弟，我们叫他老二，从小游手好闲，仗着有些祖业，结交了一帮狐朋狗友，整天东跑西窜不着家，在外头惹是生非，闯了不少祸。”

“咱们这儿有个风俗，就是家业传男不传女。为了避免家业被老二败光，我和老陈就得生个儿子。当时，小浩的姑姑在医院妇产科上班。我生孩子那天，她特意跟人调了一个班，见到我生的是女孩后，就趁着分娩的产妇多，暗中把我的孩子和一户生男孩子的人家掉了包。调包过来的这个男孩子就是小浩……这些事情我们当初都不知道，是后来小浩的姑姑告诉我们的。”

“这么说，你就是双双的亲生妈妈？”何运洪一下病床上坐起来，盯着小浩妈脱口问道。

小浩妈点点头。这时，一直立在床边的小浩“扑通”一下跪了下来，双手拉过何运洪的手，伏在床沿上失声痛哭：“爸爸……我是您的亲生儿子啊！”

这个突如其来的消息，何双双一点儿思想准备都没有。她一下子明白了为什么小浩妈刚才看自己的眼神那么奇怪了。此时，她又看了小浩妈一眼，发现她正眼巴巴地看着自己。

何双双的心跳加速。为了掩饰，她低下头继续削苹果。

叶天明看到大家的情绪都非常激动，担心会对何运洪的身体不利。他拍拍小浩的肩膀，递去一张纸巾：“小浩兄弟，控制一下情绪，慢慢说吧。”

何双双见状也说道：“小浩，慢慢说吧，我爸爸他不能太激动！”

小浩接过叶天明递来的纸巾，一边擦着眼泪，一边一字一顿地说：“双双，你爸爸、也是我爸爸啊！”

何运洪使劲地攥着小浩的手，眼泪在眼眶里直打转。他提醒何双双：“双双，你亲妈来看你了，你怎么还不叫妈?!”

何双双放下手里正在削的苹果，低着头走到小浩妈的面前。小浩妈从椅子上站起来，伸出双臂一下搂住了何双双。

何双双轻轻地喊了一声：“妈！”

“哎！”小浩妈笑了，但却流下了眼泪……

何运洪看到拥抱在一起的母女二人，从床头柜上扯出一张纸巾，擦了擦眼角，笑着说：“像啊、你们娘儿俩太像了！鼻子、眼睛……”

叶天明的眼睛也湿了，他接过话说道：“爸，小浩和您长得也很像啊！我第一次见到小浩时，就差点儿把他当成您的儿子。”

何运洪看了一眼叶天明，轻轻地叹了口气说：“事到如今，一个压在我心头多年的秘密可以对你们说开了。”

“当年，我结识陈总不久，就见到了小浩，好几次小浩被人当作了我儿子。后来，和陈总熟悉了以后，才知道了小浩和双双是同年同月同日生，并且是同一家医院。”

“我很震惊，心里也产生了猜疑，就找出来自己年轻时的照片，发现小浩和我年轻时确实很像。于是，我就自己去了医院，查到了当年记录，在陈总的名下确实是生了个女孩。”

“当时，我很纠结。双双妈妈去世了这么多年，我也没有其他人可以商量，自己思来想去，决定不对陈总说，让这个秘密烂在肚子里……”

“可是，你在内心深处对此并不甘心，所以才想让我和小浩交往。想着将来有一天，我和小浩结了婚，就相当于亲生儿子又回到了身边。您是这么想的吧，爸爸?”何双双递过来一个削好的苹果，打断何运洪。

何运洪笑了：“是啊，我当时满心希望让你和小浩交往呢，可没想到你心里早有了天明了。”

叶天明尴尬地一笑。他心里明白：这应该就是之前何运洪说的隐情。

“爸爸，你的亲生儿子找回来了，我可仍然还是你的孩子啊！你有了亲生儿子，可不能重男轻女！至少也得对我和小浩同等对待啊！”

听何双双这么说，大家都笑了。

小浩也跟着笑了：“其实，四年前爸爸离世时，我就知道了我的真实身世。但是妈妈养了我这么大，我不愿离开她，不想丢下她一个人。”

小浩妈接口道：“当年，当我们知道了真相后，我和老陈也考虑了很久。最后决定，就将错就错吧，孩子就不换回来了。毕竟养了这么大，和孩子有了很深的感情。”

“何总，老陈和你认识后不久，也猜到了你是小浩的亲爸。当时，他手上有几个项目正需要建设，所以，就选择了与你合作，希望和你建立起个人感情。他当时也想撮合小浩和双双，也是想着这样可以把亲生女儿留在身边。”

“老陈还一直以为你不知道真相呢，临走前留下遗愿，让我一定要找个机会，向你说明这一切，并向你表达歉意……”

何运洪恍然大悟：“我说呢，为什么陈总的几个项目都给了我！有好几次，我的竞争对手实力都很强的，和他们相比，我几乎没有什么优势，但是陈总还是选择了我。原来背后的真相是这样！”

“当时，爸爸也极力撮合我和双双。说实话，我当时年少气盛，在好多人眼中是标准的富二代，身边有好多女孩子对我表示好感，可是我都看不上。爸爸说要给我介绍女朋友时，我开始一肚子不乐意。可是，后来见到了双双后，就动了心，一下子被他迷住了。到现在，我也一直把双双当作我的初恋。”小浩把目光转向双双，直言不讳。

何双双搂着小浩妈的肩膀，迎着小浩的目光看过去，用调侃的口气说：“是吗？我觉得你的情况应该是归于你的恋母情结，你看我和……咱妈长的多像啊！”

“可惜啊，让这个帅老师捷足先登，从我和双双中间插了一脚！要不，我和双双也许早就成一家了！”小浩半真半假地嗔怪叶天明。

叶天明再次尴尬地笑了笑，一时无言以对。何双双连忙解围：“是你小浩，要从我们中间插一脚才对！我们都已经相爱了，你还想横刀夺爱……”

何双双就把目光投向爸爸，问道：“爸爸，有个问题，我想不明白。双方父母，既然都希望亲生儿女回到身边，为什么不直接相认、非要做儿女亲家呢？明明是儿子、非要他做女婿，明明是女儿、非要她做儿媳，这又何苦呢?!”

何运洪解释：“刚才你亲妈不是说了吗，这涉及祖业的继承……”

小浩妈抢过话来：“不不！开始时掉包，是因为家产，后来就不是这个问题了。当时，我和老陈之所以选择将错就错，除了因为舍不得小浩，另外，我们担心牵连到小浩的姑姑。这事情万一传到医院，追究起责任，他姑姑肯定会被处理……”

“是啊是啊。这事儿，小浩和双双，你们两个就别多想了。双方父母当时都有苦衷，你们一定要理解！”何运洪看着何双双和小浩说。

小浩和何双双都点头同意。

小浩妈对何运洪说：“上周，小浩看见了爱心联盟的启事，就来和我商量，说何总你在省城的医院要做肝移植，他想来给你捐肝。我一听，这事儿不能再耽误了，老陈临走前没有等到双双叫一声爸，我们不能让遗憾再发生在何总身上了。所以，就赶紧过来了。”

“你真的决定了，要捐肝给我爸爸？”何双双盯着小浩问。

“什么你爸爸啊，也是我爸爸，好不好?!”小浩嗔怪。

第二天，小浩就做了一次全面体检，检查结果让大家欢欣鼓舞：身体各项指标一切正常，各个脏器全部健康，小浩血型和何运洪完全一致，身高和体重也基本相仿。两个人完全符合亲体肝移植的条件。

经过一些必要准备工作后，移植手术成功地进行了。

术后接下来的几天，小浩和何运洪都需要卧床休养。何双双、叶天明、老宋和小浩妈，天天陪护着何运洪和小浩，相处得就像是一个大家庭。尽管病房里的条件有限，但是每个人都能感觉到其乐融融。

在大家的精心照料下，小浩和爸爸积极配合治疗，按时进行术后的各项检测、检查，身体恢复很快。七天后，小浩就拆线了。医生说，按照现在的情况，不出意外的话，再过半个月，何运洪也可以出院。

眼见着爸爸的精神一天比一天好，何双双心情放松之余，就开始想念何小双了。她跟叶天明商量：“我看爸爸恢复得不错，想回去一趟去看看小麻烦。妈妈陪着小浩，宋叔叔陪着爸爸，你两边照应着，这样应该可以吧?”

刚和叶天明商量完，何双双还没有来得及跟爸爸说，何运洪就开口了：“我这边手术也过了一周了，几次检查都没有什么问题。双双，你就回去看看孩子吧！天明耽误这么多天了，也尽快回去上班吧。这里有你宋叔一个人照顾就够了！”

“爸爸，是不是找到了亲生儿子，就开始想往外赶我们了?”何双双撒娇。

“双双，乱说话！对了，你说的那个小麻烦，真的是你和天明的孩子?”何运洪又旧话重提。

“没错，那就是我们两个的孩子。到了英国不久，我就发现怀孕了。爸爸，您肯定都知道了，是不是?”何双双有点脸红。

“老宋倒是给我说过，说你那里有一个小孩子，叫你姐姐。当时我没有多想，没往心里去，还以为是你房东的孩子呢，谁知道竟然真是你们两个的孩子！欸，我还没有准备好呢，就当上外公了……”何运洪微笑着说，“出院以后，我就给你们举行婚礼吧！”

第四十七章　奉子成婚

何双双和叶天明见到了苏达绿、陆十一、菲塔、曹告白他们，将手术情况向大家介绍后，大家都很高兴。

苏达绿道：“祝贺你，何军师，何叔叔的手术这么成功，你又找到了自己的亲妈，算是了无遗憾了！”

“怎么是了无遗憾？愁人的事还没解决呢！我爸认了亲生儿子，我也认了我的亲妈。问题是，我爸的儿子见了我爸，他们倒是很亲。而我见了我的亲妈，不知道为什么，一点儿也亲不起来。这以后可怎么相处啊？”何双双愁眉苦脸。

“你爸的亲儿子，他现在的妈是你的亲妈；你亲妈现在的儿子，他的亲爸是你爸。也就是说，这么多年以来，你的亲妈养了你爸爸的亲儿子，而你爸养活了你亲妈的女儿！”菲塔一口气说了这么一大段拗口的话，然后拍拍胸口，抱怨道：“这关系怎么好复杂啊，我觉得都像是绕口令了！”

大家哄堂大笑起来。

苏达绿点点头：“双双，本来我还觉得这事儿是你的隐私，不打算公开跟大家说这个事儿呢。既然你自己不避讳，我们就帮你一起理个思路。”

“这有什么避讳的，滨海市是个小地方，瞒得了初一，瞒不了十五。”何双双不以为然。“大家都帮我想想怎么办吧，这个问题真是让人头疼。现在大家都在医院，还能搪塞一阵子。不过早晚要出院啊，医生说手术很成功，再有两周差不多就可以出院了，这个问题我必须得考虑好！”

“总不能你去跟着你的生母过，让小浩去跟着他的生父吧？”苏达绿试探着问。

“那肯定不行！我刚才说了，我和亲妈在一起、感觉很别扭。”何双双的语气里有很多无奈。

“这肯定需要一个适应过程。一个见都没有见过的人，突然间成了自己的亲妈，无论是谁、心理上也会一下子接受不了。”陆十一表示理解。

“我想，最好还是维持目前现状！大家过去都习惯了，就别改了！”曹告白表明自己的态度。

接何小双的时间到了，叶天明想去接何小双。曹告白说，崔磊两口子要顺道将何小双接回来。于是，叶天明就到门口去等。

接到何小双，父女两个好一顿亲热。何小双拉着叶天明的手，噔噔噔地跑上楼。看到何双双，何小双松开叶天明爸的手，一头钻进何双双的怀里：“妈妈、妈妈，我再也不要离开你了！”

看着娘儿俩的亲热，菲塔所有所思：“我想到一个好主意：把双双的爸爸和生母撮合在一起。让他们两个老人成双成对。反正他们现在都是单身，不如干脆结合成一个新家庭。这样，两个老人平时可以相互照顾，双双她们也少了一桩心事。”

何双双说：“我不是没这么想过，就是担心两个老人会不同意。”

叶天明附和道：“这个主意是不错！我也这么想过，之所以没对双双说，就是感觉似乎有些狗血。两个老人本来想把两个孩子撮合在一起呢，结果孩子没在一起，老人在一起了……”

“呵呵，双双，你们家的故事，让我想起来两本书，《古今奇观》《拍案惊奇》！”苏达绿打趣。

大家哈哈大笑。

何双双打定主意：“通过这几天的交往，我看得出来，我的生母是个贤惠温柔的人，性格很好，每次看到她，我都会不由自主地想起来我过世的妈。她和我爸，两个人也很有话儿聊，我觉得爸爸应该能够接受她。等我下次回医院，就发动小浩跟我一起做工作！”

何双双这次回来的主要目的是看望何小双。看到何小双没有什么问题，就又开始不放心爸爸了。尤其是当她决定要和小浩一起撮合两个老人到一起后，更觉得事不宜迟。第二天，何双双和叶天明就迫不及待地返回省城了。

小浩和爸爸的病情没有出现新的情况，按部就班地恢复着。

何运洪和小浩妈发现了一个异常情况，就是何双双和小浩经常在一起嘀咕着什么。两个老人想不到，两个孩子正在讨论的话题，竟然是他们两个老人的事情。

何双双要把自己的计划告诉小浩时，心里是忐忑的。小浩到底是不是支持，她一点儿把握也没有；如果小浩不支持，这事儿就可能没戏了！

想不到，何双双将自己的想法跟小浩一说，小浩立马就表示赞同：“这个主意太好了。说实话，这些年，你妈自己一个人，过得挺孤单，我之所以不去找我亲爸，就是对你妈不放心。可是，有句俗话说得好：少年夫妻老来伴。我们做子女的，不管怎么孝顺，谁也代替不了老伴！”

何双双不满：“能不能别这么说？什么你妈我爸的，像骂人似的。以后就说咱爸咱妈吧！过世的爸妈，就是你妈、我爸！”

小浩笑了：“那就照你说的办！咱们现在就开始分头做工作，你负责咱爸，我负责咱妈。从现在起，咱们得给他们多创造单独相处的机会，让他们多聊天，多沟通，回头也让他们一起单独吃个饭、看个电影什么的。等时机成熟了，就给咱爸、咱妈来个新式的奉子成婚！”

接下来，两个人就对爸爸妈妈分别做具体分析。他们认为妈妈那边的难度可能会比较大，因为女方往往磨不开面子；如果妈妈同意，爸爸这边问题就不大了。于是决定让小浩先探探妈妈的口风，从妈妈那开始做工作。等那边的工作做得差不多了，何双双再去做爸爸的工作。这样，即使事儿不成，也只有妈妈知道，爸爸不知道，将来，相处起来，也不至于尴尬。

说干就干，小浩有一天边输液，边开始试探妈妈：“妈，你说等我和我爸都出了院，下一步咱们怎么办？”

小浩妈不解：“什么怎么办啊？”

小浩说：“我是说，我认了亲爸，双双也认了亲妈。等出院以后，我和双双都跟谁去住啊？”

原来，这些天何双双和小浩鬼鬼祟祟嘀咕的是这个事儿！小浩妈心里的一个谜团解开了，但是发现，这确实是个问题。

小浩妈也为难了，就问小浩：“你和双双，两个人是怎么打算的？”

“大家都搬到一起住呗！”小浩脱口而出。小浩妈吃了一惊，之前她还真没往这方面想过。

搬到一起住？搬到一怎么住啊？她思来想去，扳着指头一一给小浩分析：“双双马上就结婚，会搬回来一起住吗？即使大家都在一起住，可是你们白天都不在家，就我和你爸两个人在家，时间长了，邻居还能不说闲话？不管咱们是搬过来跟着你爸爸，还是让你爸爸回去跟着咱们住，都不方便啊！”

她连连摇头：“不行，不行，搬到一起住行不通！”

妈妈的顾忌，小浩早有准备。他胸有成竹地说出自己和何双双商量好的理由：“妈，我觉得你应该少考虑别人的闲话，多考虑一下咱们自己。我和双双平时都很忙，逢到节假日、休息时，你说我们是去看爸，还是去看妈？都得去吧?！哪个不去，心里也过意不去！这样一来，我们还不得来回奔波折腾！如果搬到一起去住，节省多少时间！”

小浩妈点头：“是啊，这样是给你们两个节省很多时间。但是这可不是一天两天的事，天长日久，能行吗？抛去邻居的闲言碎语不说，我和你爸爸，非亲非故，天天住在一起，算什么事嘛！”

见火候差不多了，小浩开始往正题上引：“其实，大家搬到一起住，主要还是让你们两个互相有个照应，儿女不可能一天到晚在家。将来越往后，你们两个的年龄也越大了，不就是搭伴过日子嘛！如果觉得有所不便，你们两个干脆就办了结婚证，那又有啥？我的亲爸，您也了解，人也不错吧？配得上您吧?”

小浩妈总算听明白了小浩的意图。她迟疑了一下，面露羞涩，没有说话。

小浩接着用轻快的语气说：“新闻上说过不少黄昏恋。人家都是老人黄昏恋，儿女们反对，我们家是一双儿女想把你们二老撮合一起，您不会反对吧?！”

小浩的妈妈尽管之前和何运洪见面不多，但并不陌生。因为当初小浩的爸爸陈天赐在世时，就经常多次说过他。在陈天赐的口中，何运洪是一个难得的勤奋正派的人，尽管企业做的算不上很大，但他完全是靠勤奋和诚信打拼出来的。由于陈天赐对何运洪的评价，小浩妈一直对何运洪暗暗钦慕。

陈天赐去世后，小浩撑起了全部产业，她看着小浩终日奔波、不辞辛苦，自己却不能分担，只能暗暗地为孩子祷告。小浩整天忙得团团转，所有的精力和时间都投入在公司上，几乎没有时间陪自己。有时候，自己身体不舒服了，也只能硬撑着，不愿告诉小浩，怕小浩分心。

最让她心有余悸的是那次煤气中毒。当时，她用的还是老式燃气热水器，洗澡时，她突然闻到浴室里有股细微的煤气味。开始时，她没有太在意，后来快洗完时，突然觉得头晕目眩，她意识到可能煤气中毒了，赶紧挣扎着关掉煤气、打开门窗通风。但接下来就失去了记忆。当她再次醒来时，发现自己赤裸着身体，脑袋冲外躺在浴室的门口。

这件事，她一直没敢跟小浩说，只是事后自己找人换了太阳能热水器。后来，她看了一则新闻，更加后怕。新闻说，农村的夫妻俩在家用煤取暖，煤气中毒两天后才被发现，结果一个终身瘫痪，一个昏倒时因为压着胳膊，因为长时间缺血而截肢。如果当时他们身边有个人的话，这些问题本来都可以避免。

陈天赐去世后的这些年，她不仅体会了世态炎凉，更是体会到了势单力薄和独居无依。如果平时有人做伴，节假日还能让孩子多陪一会儿，又何必介意别人怎么说呢?

小浩妈思前想后，觉得小浩的提议可以考虑，于是就表态说:“你说的这些道理我都懂……你亲爸，何总是什么意思?”

小浩一听妈妈这么说，知道有戏，心中大喜:“我和双双是想先给您说，先做通了您的工作，然后再告诉我爸爸。如果您的工作做不通的话，就不给他说了，免得你们以后两个见面尴尬!”

“那你就让双双问问她爸的意见吧!”小浩妈算是应允了这件事。

何运洪的工作难度，远远超出何双双和小浩的预想。

自从何母去世后，何运洪就一直独身一人，习惯了独来独往。只是，小浩妈一个人生活的那种孤独和不便，他从来没有体会过。平时他只要一发话，就会有人替他鞍前马后地去忙活。

但从个人感情上说，何运洪对小浩妈的印象还是不错的，尤其多年前的一个酒会上，小浩妈对一个突发事件的处理，给他的印象非常深。

那次，他应邀参加陈天赐的生日酒会。那次是陈天赐的一个合作伙伴做东，安排在当地一家有名的酒店，场面热闹而奢华。

席间，一个服务员上菜时，不小心将菜汁撒到小浩妈身上，小浩妈并没有介意。但是做东请客的合作伙伴不乐意了，觉得服务员给自己丢了面子，当场就对服务员好一顿训斥。

酒店经理闻讯赶过来处理，小浩妈也表示了没关系，但是那个合作伙伴平时仗势欺人惯了，小小的服务员根本不在他眼里，另外他也想讨好陈天赐，想以此表达自己的实力，因此不依不饶，非要服务员跪下给小浩妈道歉。服务员是个刚入职的小伙子，不肯下跪，只是一直哭。酒店经理也是一个年轻人，虽然觉得客人的要求过分，但一时也不知道如何处理。

参加酒会的其他客人，觉得做东的合作伙伴有点小题大做，但又不好对此说什么。一时间，所有的人都讪讪地僵在那里。

这时，小浩妈端起酒杯，笑吟吟的来到合作伙伴面前，平静地说:“这事其实不能怪服务员，是我自己突然转身，不小心碰到服务员的。服务员没什么大错，别为了这点事扫了大家的兴!我敬你一杯，谢谢你把大家聚在一起，给我们家的老陈过生日!”

她一边说，一边冲酒店经理做了个手势，让他带着服务员离开，然后举起杯子和那个合作伙伴碰了一下，接着一饮而尽。那个合作伙伴看到这种情况，只得放过服务员，端起杯子将酒倒进嘴里。

当时，何运洪看得很清楚，确实是那个服务员上菜时不注意，盘子倾斜将菜汁洒出的，小浩妈却主动将过错揽到自己身上，不但给酒店解了围，也给了大家一个下来的台阶。

所有人都对小浩妈当时得体的处理暗暗叫好，何运洪更是多出了一份钦佩。他整天在名利场中，看惯了那些靠撕毁别人尊严而彰显自己尊贵的人，小浩妈让他刮目相看，印象非常深刻。

第四十八章　缘由天定

这天，何双双在病床边，一边给爸爸削苹果，一边处心积虑地开始实施自己的计划。她装作不经意地问道："爸爸，你觉得我亲妈，她人怎么样?"

何运洪不假思索地回答："那还用说嘛，你亲妈当然很不错，勤快、贤惠，知书达理，整洁利落，端庄大方……"

看见爸爸的赞美之词一口气说出这么多，何双双不禁笑逐颜开，她顺口接道："出院以后，你就和我亲妈登记结婚吧！"

何运洪一下子愣住了，直勾勾地盯着何双双，仿佛在看一个陌生人。

何双双笑吟吟道："既然妈妈这么多优点，您二老就合在一起过呗！"

"双双，这话可不能乱说啊，要让你亲妈知道了你这么说话，那她还不得说我没把你管教好！"何运洪完全是教训的口吻。

何双双低头继续削苹果，一边说："这有什么啊？为什么你们两个不能结婚?！实话告诉你，我亲妈都已经同意了！"

何运洪急了："她同意我也不同意！她可是我大嫂！你亲爸、陈总之前帮过我多少忙？我和你亲爸可是兄弟。陈总不在了，我怎么能干出这种事情呢？有这种想法也不对！这是大逆不道的事情啊，咱们中国人有句老话，叫'朋友妻、不可戏'，那是会被人戳脊梁骨的！"

何双双使出了撒娇加耍赖的手法："爸，我和小浩平时都很忙，逢到节假日、休息时，你说我们是去看爸，还是去看妈？哪个也得去！哪个不去，我们心里也过意不去！"

"如果爸爸妈妈搬到一起去住，这能节省多少时间！最主要的，还是让你们两个互相有个照应，以后你们年龄越来越大，我们不可能一天到晚在家，你们这样有了照应，我和小浩也就放心了。"

“不就是搭伴过日子嘛！我的亲妈，您也了解，您觉得配得上您吧？这不光是您的问题，还是我和小浩的问题。您就权当替我们照顾我亲妈嘛！你们的问题解决了，我们也就没有后顾之忧了！”

“爸，我亲爸地下有知，一定也会同意我和小浩的想法的。扔开您那些老掉牙的理论，多想想我亲妈，想想我和小浩吧！”

何双双一口气说完，眼睛直盯着何运洪，意思是：看你再说出个“不”字？我跟你没完！

果然，何双双说出这些道理后，何运洪不吭声了。但是，何双双心里知道，爸爸不会轻易同意。

接下来的几天，何双双没有再跟爸爸提起此事。私下里，她和小浩商量了几次，也没有想出来什么好主意，此事似乎陷入了僵局。

叶天明提了一个建议：“我想，是不是可以调整一下思路，从宋叔叔那里寻找一下突破口？你有没有发现？宋叔叔平时很少说话，但是只要他一说话，爸爸几乎每次都会言听计从。所以，如果宋叔叔接受了我们的想法，让他来做爸爸的工作，是不是就会容易一些？”

何双双连连点头称是：“这倒是个不错的办法！宋叔叔比我们更清楚爸爸的心理，他们之间的沟通更容易达成。要是他肯帮我们的话，那就应该没问题了。”

叶天明不乐观：“但是，我觉得宋叔叔这人似乎比爸爸更加守旧。你还记得上次他去车站接咱们吧，当时他嘴里还少东家、少东家的，只怕他不肯帮这个忙。”

何双双道：“你的分析有道理，眼下实在想不出其他办法，我去找宋叔叔试一下。”

听到何双双的想法，老宋惊得瞪大了眼睛。沉默良久，才开口说道：“‘朋友妻，不可戏’，这当然没错。无论朋友的妻子多漂亮，心里也不能起轻狂孟浪的念头。”

“但是，陈总他人都不在了，你们想把何总和小浩妈两人撮合一起，让他们搭伴过日子、互相有个照应，这就不能算轻浮的事儿、不能算是‘戏’了吧？这是对大家都有利的好事儿呀！”

何双双没想到老宋这么开通，本来提着的心一下子落下来。老宋还给何双双讲了一个听来的故事：

“曾经有两个僧人，一大一小、师徒两个出门游方。途中遇到一条河时，看到一个年轻女子正想过河，但又不知深浅，不敢贸然下水。师父见状便主动提出要背女子过河。

“将女子背过河后，放下女子，师徒二人继续一同赶路。接下来，徒弟一直在心里嘀咕：师父这是怎么了？怎么能主动去背一个女子呢？这样不就和女子肌肤相亲了吗？他一边走一边想，想来想去也想不明白。

“最后，他终于忍不住了，问道：‘师父，你犯戒了吧？刚才怎么背了个女人过河?’

“师父停下脚步，叹了口气说：‘我早都已经把那个女子放下了，可是你还没有放下！’”

老宋说：“何总之所以不肯答应，就是没能抹开面子、没能放下啊！”

没想到宋叔叔的工作这么容易就做通了，何双双异常高兴。她哪里知道，老宋之前就多次听说过小浩妈的为人，再加上这些日子的接触，他由衷地希望何运洪和小浩妈走到一起。

小浩即将就要出院了，何运洪的身体也恢复得很好。他认为再让孩子们整天守着自己完全没有必要，就三番五次地把何双双和叶天明往回赶。

何双双跟叶天明商量了一下，觉得确实不需要这么多人陪护爸爸了，就计划等小浩出院时一起回滨海。

他们把想法给小浩和小浩妈也说了，大家都没有异议。小浩妈还大包大揽：“你们都回去忙吧。我反正回家也没事，你们的爸爸就让我和老宋来陪护吧。”

何双双和小浩高兴地对望了一眼，不约而同地想：两个老人以后就会多了单独相处的机会，这是个好事儿。

出院前，何运洪叮嘱他们：“你们宋叔叔一直在这里陪着，还有小浩妈也在这里，你们就安心工作，不用惦记这边了。有什么事，我会给你们打电话！”

小浩悄悄对何双双说：“我多么希望爸爸这么说的目的，是迫不及待地想和妈妈过二人世界啊！”

老宋和小浩妈把大家送到病房门口。告别前，何双双一语双关地对宋叔叔说：“宋叔叔，我爸和我妈，就劳您多费心了。”

老宋心有灵犀地用力点点头，微笑着和大家挥手道别：“一家人不说两家话。我一直把何总当作自己的亲哥哥，这边的事情交给我，你们就放心吧！”

小浩他们回到滨海市，天已近中午。小浩的车直接把何双双和叶天明他们送到婚庆公司楼下，何双双邀请小浩上楼看看，小浩也想见小麻烦，于是欣然上去了。

到了三楼时，发现何小双正在午休，睡得非常香甜。大家不忍心吵醒她，何双双和叶天明就陪着小浩楼上楼下地参观。

到了二楼，苏达绿他们正在热火朝天地讨论着。何双双、叶天明和小浩的推门而入，把大家的目光都吸引了过来，众人注意到了何双双、叶天明后面的小浩。

何双双给大家介绍："这个是小浩，上次我跟大家说过，他就是那个当年跟我抱错的孩子！"接着，她又把大家一一介绍给了小浩，大家都互相打过招呼。

"早就听说了你和双双的故事，今天总算见到活的了！"菲塔开玩笑道。

"嘿，你和双双两个，女孩儿漂亮，男孩儿英俊，你们的两个父母虽然当初抱错了，但其实都不能算亏！"曹告白总结道。

苏达绿也开玩笑道："嗯，曹哥说的有道理！现在猪肉这么贵，但看起来你们两个的身高体重都差不多，无论按什么来算，两家都不亏！怪不得双方父母都懒得换回来了呢！"

苏达绿的话引得哄堂大笑，小浩也跟着笑了。

"绿姐，你们别拿我俩打趣了，接着讨论正事儿吧！我们旁听。"何双双找了个座位、招呼小浩坐下。

坐下后，何双双才发现，现场也多了一个新人，是个长发高挑、面容甜美的女孩。何双双似乎在哪里见过。

苏达绿介绍道："这是咱们公司新来的主持人，叫甜甜，非常有舞台经验。前几天的一场婚礼上，新娘子临场逃婚，甜甜在只有新郎的情况下，让婚礼得以顺利进行。我们现在正在对这场婚礼做总结呢。甜甜，你接着介绍吧……"

苏达绿介绍的这个新人正是歌女甜甜。男友被判刑后，她几次找曹告白要钱，打算把男友捞出来，但是男友却没有等到办完"保外就医"就直接在狱中去世了。

这件事情对于甜甜来说，其实也是一种解脱。事后，她找到曹告白，对他坦白了一切：原来，他的男友当初因为酗酒赌球，欠下了一屁股债，她实在走投无路，才设计对曹告白进行讹诈。

曹告白得知真相，没有责怪甜甜，还被她对男友的不离不弃打动，建议她离开酒吧那种醉生梦死的场所，加入"十指相扣"婚庆公司。

而何双双在面线店里遇到的被恶人欺负的女孩子，也是甜甜。那些恶人因为甜甜男友欠钱不还，找甜甜逼债，恰被何双双碰见，并将恶人打跑，因此她确实见过甜甜。

甜甜主持的第一场婚礼，就经历了一场严峻的考验。婚礼的男主角是市长的儿子王建国，女主角是省领导的千金周蓓蓓。婚礼现场，王建国的爸爸被巡视组带走，周蓓蓓悔婚，而王建国的妈妈还要坚持让婚礼继续举行。

在大家都无计可施之际，甜甜想出了"唐伯虎点秋香"一招，成功化解了危机，在没有新娘的情况下，让婚礼顺利进行……

何双双还敏锐地注意到，在甜甜说话时，小浩一直盯着甜甜看，听得聚精会神；

同时，对小浩这个突然出现的帅哥，甜甜也似乎不由自主地多看两眼，两个人的目光不时还会撞在一起。何双双悄悄地把这个情况告诉了天明。

等甜甜将情况介绍完，小浩就起身告辞道："双双、诸位，大家继续，我先回去了，我要到公司开个会！"

"我去送送小浩，你们继续讨论！"何双双陪着小浩下楼。

走出房门，何双双对小浩说道："小弟，你是不是还没有女朋友呢？要不，姐姐我给你介绍个女朋友吧？看你这样形单影只的，我心里也挺不舒服！"

小浩白了何双双一眼："小弟？你是我姐姐？你怎么就能肯定比我大？爸爸妈妈都不知道，你就知道了?!"

"嗨，分不清楚时，就按照传统，男左女右啊。明摆着嘛，中国传统就是右为上、也就是女为上，西方人也讲究女士优先，所有的称呼都是先说女士们、再说先生们。所以，不管怎么说，你叫我姐姐都不会亏你的！"何双双的回答头头是道，一边说着、还一边心里发笑：要论讲道理，你还早着呢！

果然，小浩听了这一番"大道理"，又白了何双双一眼，一副好男不跟女斗的表情，不说话了。

"刚才那个甜甜，你觉得怎么样？你姐姐我注意到，从你一进门，就没少盯着人家看！"何双双开门见山。

"就是王建国婚礼的那个主持人吧？看着蛮机灵的，也很漂亮。王建国是我好友，他婚礼的事情，我之前也听说了。"小浩回答。

"那，姐姐我帮你打听一下，看她有没有男朋友。如果没有的话，我给你们牵个线搭个桥，你觉得如何？"何双双说出自己的想法。

"给我和她牵线搭桥？姐姐，你没有搞错吧?!"小浩的话，让何双双感觉到自己的提议是天方夜谭。

咦，刚才明明看到小浩和甜甜眉来眼去的，怎么一提这个话题，小浩的态度变得这么不可理喻？

何双双有些意外，一时不知道再说什么好。这时候，他们也已经走到了小浩的车前。小浩转身和何双双挥手道别，钻进了车子。

小浩没有告诉何双双，早在这之前，他就认识甜甜。

那年，爸爸的企业赞助了市电视台举办的青年歌手大奖赛。作为赞助单位的代表，小浩担任了选拔赛的评委。小浩对甜甜有比较深的印象：在所有选手里面，就自然条件而言，甜甜是属于比较出色的，另外，她是唯一一个酒吧驻场歌手。和其他参赛选手的职业相比。酒吧歌手显然是一个敏感的职业，这个职业自然而然让人联想到“风尘”二字，可是在甜甜身上却看不到这些。当甜甜出场时，小浩的感觉却是耳目一新，还以为她也是某个高校的大学生。

当时，另外一个评委嘉宾发现小浩特别用心地看甜甜，开玩笑说：“陈总公司已经有那么多漂亮姑娘了，怎么还不放过这个甜甜，看得这么专注？是不是家花不如野花香啊？如果陈总看上她了，就告诉我，我负责帮你搞定。”

小浩当时一笑了之。现在他仍然记忆犹新的一个细节，是甜甜在舞台上作自我介绍时说的一番话：“感谢我的男朋友，这么多年一直呵护着我！”其他的参赛选手，一般都是说感谢家人或者感谢老师，而她这一点也不同……

直到小浩的车不见影了，何双双还愣在原地，回味和分析着小浩的话，显然，他拒绝了她的介绍。当初看到小浩一直盯着甜甜看，还以为小浩对甜甜有感觉呢。谁知小浩却是这样出乎意料的态度。

她沮丧地意识到自己观察错了：我这个红娘，看样子是没戏了。也许，我这个人，就没有当红娘的命！上次当个红娘，把自己的心上人介绍给了自己的闺密。这次也是很悲催，还没来得及抡开三板斧，就宣告下岗了。

第四十九章　修成正果

苏达绿正在收拾东西，准备下班。何小双跑过来，手背在后面，神秘地转着眼珠："绿姨，你猜，我手里是什么?"

"棉花糖!"苏达绿配合地猜道。

"不对，再猜!"何小双很得意。

苏达绿装作绞尽脑汁的样子，皱着眉想了半天，最后摊了摊手："我猜不出来了，小麻烦，你就告诉绿姨呗!"

"哈，是这个!"何小双将背在后面的手伸出来，手里是一个封得很严实的信封，"送给你的!"

苏达绿狐疑地看了看何小双，小心地拆开信封，抽出里面的内容仔细看了看，原来是一张卡片，是何小双为自己亲手制作的一张生日卡片!

"绿姨，生日快乐! 喜欢吗?"何小双眼巴巴地看着苏达绿。苏达绿一把抱起何小双，在她脸上连亲好几下，动情地说道："谢谢你，小麻烦，你真是个有心的小麻烦! 我自己都忘了今天是我的生日!"

办公室的其他人听见他们的对话，都凑过来打趣："惭愧，绿姐的生日，我们也忘了!"

"还是小麻烦的脑子好用，谢谢小麻烦!"

"真快，去年绿姐的生日在海边那么热闹，好像就在眼前。"

"小麻烦的病好了，何伯伯的手术也很成功，一切心事都没有了，绿姐的生日是个很好的理由，我们要借机好好庆祝一下。我请客!"陆十一高兴地提议。

"正好前面不远新开了一家酒店，看着装修得很有情调，名字也起得意味深长，叫

‘陆羽楼’，咱们去尝尝吧！”曹告白说得那家酒店，大家也都留意到了，正想着有机会去尝尝。曹告白的提议，可谓一拍即合。

看看没有客户再上门，大家干脆提前关了门，说说笑笑，直奔陆羽楼。

陆羽楼装修得古朴典雅，菜也做得很精致可口。大家以苏达绿的生日为主题，说着祝福的话，吃得很开心。

当饭吃到一半时，菲塔感觉到肚子不舒服，从洗手间回来，在沙发上躺了一会儿，才感觉好了一些，大家也只当她是每月一次的生理情况，并没有当回事儿。

等大家吃完回到住处后，苏达绿洗澡时，突然感觉肚子有些难受，胃里也开始不舒服，似乎吃坏了肚子，又隐隐的恶心。她强忍着洗完澡，又去了趟洗手间，还是觉得肚子里闹腾得受不了。她感觉情况不对，打电话给菲塔："今晚的菜，有没有觉得不对劲？我胃里不舒服，刚才还拉了肚子。你们没事吧？"

菲塔说："我吃到一半的时候就感觉肚子隐隐作痛，回来也拉了肚子！现在还是觉得……"菲塔没有说完，苏达绿"哇"的一声开始呕吐。

菲塔一听急了，赶紧叫着曹告白，一起去看苏达绿。

曹告白和菲塔赶到楼下，苏达绿已经吐了好几次。菲塔照顾着苏达绿，曹告白给陆十一打电话，问他饭后有没有什么不良反应。

陆十一听到曹告白的描述，肯定地说："这状况，明显的是食物中毒，很可能就是中间上的那道清炒芸豆，我当时夹了一筷子发现没有熟透，就没有再吃，那个菜就绿姐吃得最多。你们等一下，我马上赶过去，一起送她去医院！"

曹告白看到苏达绿又开始吐，当机立断道："情况越来越不好，我现在先就送她去医院，你也直接去医院、咱们在医院汇合！"

曹告白和菲塔搀扶着苏达绿下楼、上了车。曹告白立即发动了车，向医院飞奔而去。路上，苏达绿数次要求停车呕吐。曹告白从后视镜里看到苏达绿脸色白得像纸，满头虚汗，几乎虚脱的样子，感觉到事态得严重。他不敢耽误一分一秒，对苏达绿："实在不行就在车里吐吧，不能再停车了！"

庆幸的是一路绿灯。到了医院，刚一下车，苏达绿就蹲在路边开始呕吐，又上了一次卫生间后，出来时连站的力气都没有了。曹告白情急下，一把抱起苏达绿往急诊奔去，一边大步飞奔，还一边用变了调的声音大叫着："医生，医生，快救人哪！"

等陆十一赶到的时候，苏达绿已经被送进了急救室。见到曹告白，陆十一满脸的懊悔："都怪我，我明明发现了那份芸豆没有熟透！当时，我如果让饭店再回锅一下这事就避免了！哪怕，我给大家说一下大家都不吃那个芸豆也好啊！"

"芸豆不熟，吃了会中毒，这个以前我还不知道。菲塔也说，她中间也有一阵子肚子不舒服，不过现在应该没事儿了。"曹告白和陆十一心不在焉地聊着，焦急地在急救室门口等待着。

不一会儿，医生神情凝重地从急救室匆匆走出来："你们谁是病人家属，跟我来办公室签个字。"

"我，我来签！"陆十一抢先喊道。他对曹告白和菲塔说："你们在这里等着。"

医生办公室，医生简明扼要地介绍了苏达绿的病情："病人的情况很严重，生命体征很微弱，心率、脉搏、血压、呼吸几乎都没有了。病人是典型的中毒性过敏反应，出现这么严重的症状并不多见，不排除还有其他原因。我们尽力抢救，希望你们家属做好心理准备！"

没有生命体征？那不就差不多等于死亡了吗?!

这种危重程度大大超出了陆十一的想象！陆十一一下子傻了似的，瘫软在地上。他的泪水控制不住地流下来，泣不成声地对医生说："医生，求求你一定要救她啊、一定要救她！花多少钱都可以，我带着现金，也带着支票……需要输血就抽我的血，需要换器官，就换我的器官。一定要把她救过来啊！求求你了，医生！"

医生见多了病人家属这种崩溃的情形。他拍拍陆十一的肩膀，安慰道："小伙子，请相信我们的职业操守，我们会尽最大努力的！请你在通知书上签字吧，我们马上就开始组织抢救。"

陆十一在"病危通知书"的病人家属栏里签下自己的名字……

第二天，苏达绿父母闻讯赶来的时候，苏达绿已经脱离了危险，一个人静静地躺在病床上休息。曹告白和菲塔被苏达绿赶回去上班了，陆十一则去检验科送检验标本。因为昨天太晚，苏达绿中毒发作，没告诉何双双他们三口。

苏母一进病房，看到躺在病床上的苏达绿，就拍着胸口连连表示后怕，责怪的语气里透出的是心疼："你这孩子啊，怎么敢出去乱吃东西，你可吓死我和你爸了！"

苏达绿对妈妈笑了一下："没事儿了，已经好了！"

这时，查房的医生带着护士们就进来，有条不紊地进行各项检查。

医生尽管面带倦色，但说起话来思路清晰："你们是病人的父母吧？昨晚的情况确实很危险，病人真可算是从鬼门关去走了一圈、捡了条小命。她送来的时候严重脱水，血压、脉搏都没有了，要不是抢救及时，就很可能从鬼门关回不来了！"

医生询问苏达绿的感觉，接着说："现在看来，你已经基本脱离危险了，再安静地养两天就没事儿了！这两天，让你老公给你做点容易消化的肉粥、米粥之类的东西吃。"

旁边的护士快言快语地笑道："姐，你可真有福气，找了个好老公！昨天晚上，他可是吓得不轻！在病危通知书上签字时，他非要给你换器官……"

敢情，自己昨晚这么严重，竟然下病危通知书了！苏达绿心里嘀咕。对医生和护士微微一笑。

医生和护士交代完，就到下一间病房去了。

苏达绿的父母嘀咕开了。

"老公？绿绿的老公？难不成绿绿这孩子背着我们结婚了?!"老两口悄悄来到走廊上，你看我、我看你。

苏父说："现在的年轻人观念开放，刚开始谈恋爱，就老婆老公的互相叫开了。"

"不对，医生和护士都这么说了，人家都是大医院的，能弄错?"苏母反驳苏父。

"等会儿问问绿绿不就都知道了！"苏父不以为然。

苏母不同意："不行，绿绿还躺在病床上。你还不知道咱这孩子，一问这事她就急。万一不是呢?"

"那你说怎么办？不敢当面问，心里又惦记！"苏父无奈地把手一摊，看着苏母没撤。

"等等，再等等，不急！"苏母与其是安慰苏父，倒不如说安慰自己。

苏达绿的个人问题，一直是他们挂在心里的大事，如今知道这么一条线索，心里就如一群蚂蚁在爬，痒痒的，恨不得立刻去问个清楚。但是苏达绿刚刚从鬼门关上走了一圈，这个时候为这事惹她也不合适，只能暂时压住自己。

老两口走进病房，苏父注意到病床床头柜上的病危通知书，上面的签名位置是陆十一，和患者关系写的是夫妻。他悄悄拿给苏母看，老两口更好奇了。

这时，陆十一送完检验报告，从外面回到病房。苏达绿给双方做了介绍。

老两口一听陆十一的名字，顿时四只眼放光，上上下下、左左右右仔细打量着他，相互交换着眼神，连连点头，对这个精干利索、外表英俊的小伙子，表示出一致的满意。

看来，绿绿不但找到了男朋友，而且看起来各方面条件和素质都还不错，甚至可能瞒着他们暗中结了婚。老两口既高兴又不满，只想尽快解开这个谜底。

终于，苏母看苏达绿似乎睡着了，就小声地问陆十一："小伙子，你和绿绿，什么时候结的婚?"

陆十一没想到苏母会问这个问题，他看着苏母满脸笑眯眯的表情下掩饰不住地关切，不知道该如何回答。而他的这一幅不知所措的样子，更让苏母觉得这个小伙子淳厚朴实，真是所谓：丈母娘看女婿，越看越喜欢。

"妈，他只是我的朋友！"苏达绿不知什么时候睁开眼睛，嗔怒地提醒妈妈。

苏母一下子意识到什么，于是变了一种说法："你看我说错了话。我知道，你们现在还是在谈朋友，我想说的是，如果你们交往的时间差不多了，也就该考虑考虑什么时间结婚了！"

"我很喜欢绿姐，也想着早一天和她结婚，就怕我配不上她。"陆十一看了一眼苏达绿，见她不动声色、未予置疑，就赶紧见风使舵，趁机表白。

"配得上，配得上！刚才连医生都夸你不错呢！这事儿，我和绿绿的爸爸就替她做主了，改天找个好日子，就给你们把喜事儿办了！"苏母喜出望外，回头安排苏父："她爸，你可得记着这事儿啊，等绿绿出院后，你就赶紧去找人查个日子，让他们把仪式办了。"

"妈，这是医院。"苏达绿哭笑不得："你们就这么急着要把女儿嫁出去啊?"

"你不急，我们急。小伙子，你父母住在哪里？改天我们亲家见个面，把这事定下来！"苏母唯恐陆十一反悔似的。

"我很小的时候，父母就去世了。您二老以后就是我的父母！"陆十一多机灵的人啊，这么好的机会还不赶紧顺杆上?!

此话一出，苏父、苏母的脸上顿时笑开了花……

"绿姐，你知道，我一直都在喜欢你。现在有二老做主，咱们的事就定下来吧！"

陆十一趁热打铁，对苏达绿说道。

“你不是已经在家属栏里签字了吗?”苏达绿嗔怪。陆十一心花怒放——自己和苏达绿看似不可能的爱情，终于修成正果。

苏父、苏母更是高兴得合不拢嘴……

第五十章　十指相扣

何双双、苏达绿、菲塔她们决定一起举行婚礼，日期定在了国庆节。经过大家讨论，大家给这场集体婚礼起了一个名字，叫作“金秋有情，十指相扣”。

他们把消息向社会发了出去，希望能凑齐九十九对情侣一起举行婚庆。消息发出以后，报名者踊跃，九十九对很快凑齐；其中，还有两对在滨海市工作的外籍情侣。

大家决定邀请电视台知名主持人“格非”担任本次婚礼的主持，何小双和他搭档、担任英文主持。

一大一小两个主持人，大的玉树临风，小的天真可爱。这样的组合，届时出现在舞台上，肯定会为现场气氛增加不少活泼和喜庆元素。

当大家确定婚礼的场地时，“水云间欢乐农场”的当家人章琳主动提出，她提供场地。

章琳是个热心的成功企业家，已经多次赞助过“十指相扣”的活动，大家都跟她很熟。她介绍说：“我的农场有一百多亩，今年瓜果大丰收，水稻谷子也都大丰收。主持词我都帮你们想好了：金秋十月是收获的季节，收获金黄，收获火红，收获翠绿，收获爱情……”

大家都被章琳逗笑了，何小双嚷着要去看瓜果大丰收，大家也觉得这未尝不是一个选择。于是当机立断，到水云间欢乐农场看看。

大家到了水云间欢乐农场，立刻被那一眼望不到边的金黄、火红、翠绿震撼了。苏达绿和何双双尤爱那一大片金黄的沉甸甸的谷子。两个人对望一眼，不约而同道：“新人可以从这里出场！”

十月一日到了，水云间欢乐农场一派热闹的景象。所有到来的人们，都是眼前一亮、惊叫赞叹。

只见门口一个巨大的拱桥，用水云间欢乐农场里的南瓜搭建而成。沿着这个瓜果拱形门进去，是一条红色的地毯直通婚礼现场，地毯两边铺着一朵朵鲜艳的红玫瑰，玫瑰再往外，就是大片的薰衣草，花香扑鼻。

中间稍远的开阔地带，有规模地排开铺着白色桌布的成百张桌子，桌子上光是摆着的葡萄就有五六种，另外还有苹果、桃子等水果。桌子四周，则是各种果树，有的枝头挂满红艳艳的累累山楂，有的枝头是成串的葡萄，还有梨子、苹果，让人们目不暇接。几棵极大的金桂，则散发着浓郁的清香。

所有受过“十指相扣”帮助的人们，新人的亲朋好友、热心的市民都来了。何运洪还包了两辆大巴，把“希望小学”的所有师生都拉来了。

结婚仪式的时间马上就要到了，叶天明却没有出现，苏达绿和陆十一焦急地一遍遍向远处眺望，何双双一遍遍拨打电话，他的电话却始终无法接通。苏达绿跟格非耳语这个特殊情况，格非当机立断，决定把“希望小学”的新婚献词提上来。

节目进行完了，叶天明还是没有出现。

何双双跺跺脚：“不等他了！”

苏达绿无奈点头。

在一阵欢快的音乐声中，格非拉着何小双的手，笑容满面地走上了舞台，在正中间站住。格非开口道：“十月的色彩很鲜艳，十月的阳光很灿烂，十月的果实很甜美，十月的爱情，迎来成熟和丰收！”

当何小双用清脆甜美的童音娴熟地重复着英语时，现场掌声雷动。

格非笑吟吟地宣布：“在市领导和社会各界的热情关心下，我们今天将有 99 对新人共同度过这难忘的日子。下面，我宣布，‘十指相扣’婚庆策划公司金秋有情集体婚礼现在开始！首先，有请新人入场！”

何小双又用英语重复一遍。

鞭炮齐鸣，震耳欲聋的十八声礼炮过后，洁白的鸽子飞上天空。舞台的对面，一大片金黄的谷子中间，用红地毯铺出一个长长的通道上，出现了一个萨克斯手，他身穿白色西装、系着一只鲜红的领结。他将萨克斯管放在嘴边，一声嘹亮的婚礼进行曲响起。他一边吹，一边迈开步子有节奏地走动起来。紧跟他其后的，是四队身穿轻盈的白纱裙、打着军鼓的女孩儿。

跟在她们后面的人们惊叫起来：天哪！紧跟在他们后面的，是一群仰头挺胸、神气活现的大、白、鹅！它们身着黑色的燕尾服，开叉处露出高高撅着的屁股，长长的脖子上系着鲜红的领结，头上还俏皮地戴着一顶黑礼帽。只见它们排着整齐的队伍，目不斜视地迈着优雅的步伐，庄严地一队队向前走去。全场轰动，掌声、欢呼声响成一片。还有很多人意犹未尽，离开座位用手机追着它们一顿猛拍。

再后面，是一对对新人，其中，苏达绿和陆十一、曹告白和菲塔、王建国和甜甜、何运洪和小浩妈、章琳和一个阳光男孩儿……还有结过婚也来重新来参与纪念的崔磊和景盈、王志刚和辛囡、楚麒和童伶、楚麟和童俐、王东和薛红……他们手拉手，踩着红地毯，面带微笑，脚步轻盈、幸福满满地走过来。

而小浩和一个漂亮的女孩也在其中。这个女孩儿，正是曹告白的青梅竹马小倩。

原来，当年小倩交往的男友一家都是传销分子，后来被公安机关悉数收监。小倩痛定思痛后决定洗心革面、重新开始，到小浩公司应聘做了文员。此后，她一步步地坐到了总经理助理的位置。而小浩也对这个能干的女助理逐渐产生了感情。直到小浩和小倩去“十指相扣”报名参加集体婚礼时，何双双才恍然大悟，埋怨小浩隐藏得太深。曹告白见到自己的青梅竹马小倩，也早已释然，大方地向菲塔作了介绍。

而甜甜因为王建国婚礼的机智救场而深得他的青睐。王建国举行了一场婚礼，最后却意外跟婚礼主持人喜结良缘，这也是“十指相扣”被人广为传颂的另一个故事。

最后面，是队伍浩大的亲友团，所有新人的父母，一个个都笑容满面地走在队伍里。菲塔的英国养父母也赫然在列。

一对对的新人中，形单影只的何双双一个人走在队伍里，特别显眼。走在前面的苏达绿不时回头看看她，又向远处眺望，脸上露出担忧和焦急的神色。

“现在，我宣布，婚礼进入爱的告白环节。请每对新人用语言或者动作，向对方表达爱的告白，时间五分钟。”格非继续宣布。何小双一丝不苟地用英语重复。

新人们一对对面对面站好，何双双却仍然是一个人。很多宾客发现了这个情况，不解地交头接耳。苏达绿也频频看向何双双，何双双却向对方做了个不必担心的表情。

正在这时，一个头戴橘红色安全帽的健壮男子跑进现场，气喘吁吁地把格非叫下舞台，对格非说着什么。格非一边听，一边不住地点头。男子说完，格非带着他走上舞台，对大家介绍：“咱们婚礼的下一个环节先暂停一下。我身边的这位是来自咱们滨海建筑三公司的车师傅，他给我们带来一个感人的故事，而故事就和我们今天的婚庆有关。下面有请车师傅。”

车师傅接过话筒，语气激动："今天，我们一名工友不慎从脚手架上跌下来，急需AB型RH阴性血救命。有一位来参加今天集体婚礼的新郎，在路上从车载收音机听到我们的紧急求助，二话不说就赶去献血……"

"刚献完血，他就要开车离开。护士说献血后半小时内不能开车，他这才说出来今天是他的大喜日子，婚礼马上就要开始。我们都非常感动，不顾他的反对，坚持开车把他送了过来！在这里，我代表我的工友以及滨海建筑三公司的全体人员，一是向他的新娘表示感谢，二是向他们及现场的所有新人表示祝贺！"

"见义勇为的新郎就是这位，叶天明！"车师傅用手势示意叶天明的位置。

所有人把目光齐刷刷投向刚刚走进现场的叶天明，掌声雷动。

车师傅接着介绍："跟在叶天明后面的，是前来祝贺的工友和血站的工作人员。叶天明是血站登记在案的爱心献血人士，当血站负责人得知他今天结婚的消息后，也特地赶来祝贺。"

何小双拿着话筒跑下舞台，跑到叶天明身旁，拉着他的手，自豪地向大家介绍："这是我的帅爸爸，新娘是我的啰唆妈。我叫小麻烦，我非常爱他们！我也爱大家！"

这个小可爱，永远不会错过"蹭热点"的机会！

大家一边开心地笑，一边用力鼓掌。

格非从车师傅手中接过话筒，接着说："下面我们继续进行'爱的告白'环节。我提议，首先让见义勇为的新郎叶天明当着现场诸位的面，向新娘何双双，说出'爱的告白'。"

掌声中，叶天明牵着何小双的手走上舞台，将何小双交给格非，从格非手里接过话筒。

叶天明与何双双十指相扣，深情地告白："如果我是青花瓷，你就是我的烟雨天，等来了你，我的生命从此开始有意义。"

格非带头鼓掌，接过话筒："大家都知道，这句是'十指相扣'公司的宣传语。但我发现，这不仅是句宣传语，也是对爱的深刻诠释。"

"爱，不仅仅是两个人完美幸福的烟雨青花瓷，同时还要为他人的青花瓷送去烟雨天，成全别人的幸福。就像今天的叶天明，在帮助他人的过程中，获得更大的幸福，赢得更多人的爱！"

格非的解读得到一片掌声……

“爱的告白”环节之后，进入到“爱的故事”环节。此刻，礼炮奏响，现场的所有宾客都情不自禁地站起身来，翘首相望。礼炮过后，台上的新人开始讲起他们的故事。

随着一个个悲欢离合故事的讲述，现场的人们一会儿笑，一会儿又抹眼泪。一些曾经对爱情感到绝望的人，又有了新的领悟：每个人的生命里，都有属于自己的爱人在等你十指相扣。TA 可能会迟到，但绝不会缺席。所以，我们每天都要做最好的自己，不要等爱情来了，却因为没准备好而措手不及！